Olov Svedelid

Piraten

Über dieses Buch:

Unglaublich – ausgerechnet Roland Hassel, der unbestechliche Kriminalinspektor und brave Familienvater, soll an einem Bankraub und der Ermordung zweier Polizisten beteiligt gewesen sein! Nach einer qualvollen Woche im Gefängnis wird er entlassen, jedoch bis zur endgültigen Klärung des Falles vom Dienst suspendiert – ein Alptraum für einen Mann, der mit Leib und Seele Polizist ist.
Da erhält er ein überraschendes Angebot; er soll als Undercoveragent für Interpol arbeiten und gegen »Geschäftsleute« ermitteln, die Schiffe versenken, um Versicherungsprämien zu kassieren. So gelangt Hassel an Bord der »Carla«, doch er kann die Katastrophe nicht verhindern. Er erkennt, daß er die Brutalität und kriminelle Energie seiner Gegner unterschätzt hat, deren Hintermänner in den feinen Villenvierteln der Metropolen dieser Welt residieren.
Schließlich steht der kleine Fahnder von der Stockholmer Kripo einer Geheimgesellschaft gegenüber, die aus prominenten Ex-Politikern und Wirtschaftskapitänen besteht. Die wahren Ziele dieser »Odeoniten« sind nicht leicht zu durchschauen.

Olov Svedelid

Piraten

Aus dem Schwedischen
von Erik Gloßmann

KBV
THRILLER

Die Deutsche Bibliothek - CIP-Einheitsaufnahme

Svedelid, Olov:
Piraten : [ein Roland-Hassel-Roman] / Olov Svedelid. Aus dem Schwed. von Erik Gloßmann. - Elsdorf : Klein und Blechinger, 1997
ISBN 3-927658-75-8

Die Originalausgabe erschien unter
dem Titel Piraterna
im Bokförlaget Forum Stockholm
Published by agreement with Lennart Sane Agency AB
Für die deutsche Ausgabe

Mittelstr. 65
50189 Elsdorf
Telefon 0 22 74 / 93 02 19
Telefax 0 22 74 / 8 11 08
Redaktion: Christine Doege
Umschlaggestaltung: Ulrike Selders, Köln
Satz: Satzstudio Bernd Kreuer, Bornheim
Druck: Ebner Ulm
Printed in Germany
ISBN 3-927658-75-8

Personen, Namen und Handlungen des Romans
sind frei erfunden; Ähnlichkeiten mit realen
Personen und Ereignissen wären rein zufällig.
Soweit zeitgeschichtliche Personen genannt sind,
haben diese mit der Handlung
des Romans nichts zu tun.

1.

Die beiden Männer starrten mich an, und ich starrte zurück. Im gegenseitigen Anstarren waren wir einander ebenbürtig. Obwohl ich sie nicht kannte, wirkten sie doch irgendwie vertraut. In Miene und Körperhaltung drückten sie aus, daß sie etwas gegen mich hatten. Da der Fahrstuhl wegen einer Reparatur außer Betrieb war, hatte ich die Treppe genommen. Sie standen vor meiner Wohnungstür im fünften Stock; ich hatte die finster blickenden Gesellen bereits vom Treppenabsatz aus wahrgenommen. Nun belauerten wir uns; sie warteten, daß ich hinaufsteigen, ich wartete, daß sie etwas sagen oder tun würden. Es war eine unangenehme, aber keinesfalls gefährliche Situation, etwa so wie wenn man feststellt, daß man Kopfschuppen hat. Ich entschloß mich, das peinliche Schweigen zu brechen:

»Ja?«

Das war nicht gerade der Gipfel der Konversation, ließ jedoch das Eis brechen. Der größere von beiden, der mit den abstehenden Ohren, nahm das Gesprächsangebot an. Sie waren wachsam, und ich war wachsam. Wir bewegten uns gemessen und vorsichtig; jedes Zucken, jede hastige Geste konnte ungeahnte Konsequenzen nach sich ziehen.

»Bist du Hassel?«

Das war eine schwierige Frage, die eine gewisse Bedenkzeit erforderte. Im Anstarren waren sie gut, aber ansonsten schienen sie eher ins Amateurlager zu gehören. Der mit den Segelohren war schätzungsweise vierzig, der mit der Warze an der Nase ein paar Jahre älter. Körperlich schienen sie gut in Form zu sein, wenn auch die Gesichtsfarbe des Warzenmannes erkennen ließ, daß er öfter zu tief ins Glas schaute.

»Die Welt ist voller Hassel«, erklärte ich.

»Bist du Hassel?« wiederholte er. »Roland Hassel?«

Auf unserer Etage gab es zwei Türen. Uns gegenüber wohnten neuerdings Herr und Frau Moberg, denen ich allerdings noch nie begegnet war. Virena hatte gehört, daß beide bereits pensioniert waren, was uns freute, denn so mußten wir nicht befürchten, daß Rockmusik durch die Wände dröhnte. Andererseits bestand die Gefahr, daß sie uns aufgrund altersbedingter Schwerhörigkeit mit überlauten lustigen Volksweisen plagten.

»Wenn ich will, kann ich Moberg sein.«

»Was ist denn das für eine verdammte Antwort?«

»Oh, ich habe noch mehr davon auf Lager. Wenn ich in der richtigen Stimmung bin, stelle ich mich als Bernadotte aus einer Seitenlinie vor und fordere Ehrfurcht vor der Tradition. Ich warne euch; ich kann sehr pingelig sein.«

Warum riskierte ich die große Lippe? Es liegt mir eben im Blut. Wenn mich jemand blöd anquatscht, quatsche ich zurück. Störrisch wie ein Esel, aber so bin ich nun einmal. Sie wechselten einen Blick, und das war dumm von ihnen, denn damit hatten sie das Duell im gegenseitigen Anstarren verloren. Ich freute mich über den Sieg, und ihnen blieb nichts anderes übrig, als die Frage ein drittes Mal zu stellen:

»Bist du Roland Hassel, ja oder nein?«

»Und wer bist du? Wer ist der Mann an deiner Seite?«

»Sofort den Namen, und keine albernen Sprüche!«

»Erst deinen Namen, und damit du es weißt: Mit Drohungen läuft bei mir gar nichts.«

Er wurde wütend, und es schien mir, als wackelte er mit den Ohren. Aber das kann auch an der unzureichenden Treppenbeleuchtung gelegen haben. Er kam auf mich zu, und ich ging in Verteidigungsstellung. Offenbar hatten sie es auf mich abgesehen, aber sie waren keine bezahlten Bösewichter, die einer, der durch meine Arbeit im Knast gelandet war, auf mich angesetzt hatte. Einige unserer Klienten können sehr nachtragend sein. Die Warze packte den Segelohrigen am Oberarm und flüsterte etwas. Der nickte leicht und sagte dann in neutralem Tonfall:

»Ich bin Arne Olsson. Mein Begleiter heißt Reine Borg. Können wir jetzt deinen Namen erfahren?«

»Wenn das so ist, heiße ich Roland Hassel. Rolle für meine Freunde. Ihr dürft mich Roland nennen.«

Olsson zeigte eine wie neu glänzende Erkennungsmarke und wies sich aus. Ich sah so etwas nicht zum ersten Mal.

»Wir kommen von der Kripo.«

Polizisten! Deshalb also wirkten sie so vertraut. Wir tragen alle denselben Stempel; ein Bulle riecht den anderen in der Regel drei Meilen gegen den Wind. Jetzt verstand ich auch, warum sie so diskret vorgingen. Viele ausländische Kollegen, die zu Studienbesuchen zu uns kommen, meinen, die schwedische Polizei würde viel zu rücksichtsvoll vorgehen. Sie sind es gewohnt, die Macht, die eine Uniform oder Erkennungsmarke verleiht, auszuspielen, während wir die menschliche Integrität respektieren. Klar, daß auch wir manchmal Türen einschlagen, mit der Waffe herumfuchteln und zum Gummiknüppel greifen müssen, aber in den meisten Fällen verhalten wir uns diskret und achten darauf, daß niemand in Verruf gerät. Daß wir von der Kripo kommen, verraten wir nur jenen, mit denen wir sprechen oder die wir festnehmen wollen. Es geht Frauen oder Freundinnen, Kinder oder Nachbarn, Putzfrauen oder Hausmeister, die Wasserhähne reparieren, überhaupt nichts an, wenn wir mit dem Herrn des Hauses, seltener mit der Dame, etwas zu bereden haben. Offenbar wußten sie nicht, daß ich aus demselben Stall kam und für Versteckspiele nicht allzuviel übrig hatte.

»Ich auch«, verriet ich.

»Was?«

Ich verbeugte mich lässig:

»Kriminalinspektor Hassel – at your service.«

Wieder schauten sie sich an, und Warzen-Borg zeigte, daß auch ihm die Gabe der Sprache in die Wiege gelegt worden war, denn er stöhnte:

»Verdammt!«

»Von welchem Revier seid ihr?«

»Huddinge.«

»Dann ist klar, daß ich euch nicht kennen kann. Ich schiebe in der Zentrale Dienst. Geht es um Moberg?«

Mein kollegialer Ton schien sie nicht zugänglicher werden zu lassen.

»Moberg?« wiederholte Ohren-Olsson.

»Leider kann ich euch nichts über ihn sagen«, erklärte ich. »Was hat er denn verbrochen?«

»Wer, zum Teufel, ist Moberg?« wollte Warzen-Borg wissen.

»Na, der da«, antwortete ich und nickte in Richtung der gegenüberliegenden Wohnungstür. »Soll schon im Rentenalter sein. Hat er ein schnurloses Telefon geschmuggelt?«

Erneut schauten sie sich verständnislos an. Die Ablehnung, die sie mir entgegenbrachten, obwohl ich doch aus demselben Stall kam, war mir unbegreiflich; ich hätte eher erwartet, daß sie mir um den Hals fallen würden. Mit anderen Worten: Auch ich verstand nur Bahnhof, nur hatte ich leider keinen Partner, den ich anglotzen konnte.

»Hier geht es ganz allein um dich«, verriet Olsson. »Du mußt mitkommen.«

»Muß ich?«

»Ja, jetzt gleich.«

»Warum denn?«

Ich begriff immer weniger. Worum ging es eigentlich? Zwei Bullen aus Huddinge kamen nach Kungsholmen, um sich wichtig zu machen. Was bildeten sich diese Hinterwäldler denn ein? Sie wollten mir offenbar Befehle erteilen, aber dafür waren sie eine Nummer zu klein. Glaubte ich jedenfalls; man kann nie sicher sein.

»Du sollst vernommen werden.«

»Weshalb?«

»Du, das hier ist kein Frage-Antwort-Spiel. Komm jetzt mit und mach keinen Ärger.«

Ich holte die Schlüssel aus der Tasche und ging auf die Wohnungstür zu.

»Wartet einen Moment, ich will nur …«
»Wir warten nicht. Her mit deiner Dienstwaffe!«
Die Waffe? Was hatte meine Pistole mit der Vernehmung zu tun? Sicher ging es um einen dringenden Fall, zu dem ich Entscheidendes beitragen konnte, aber das war noch kein Grund, sich aufzuspielen, als wollte ich Huddinge überfallen.
»Danke, die behalte ich lieber. Die Elstern sind zu dieser Jahreszeit sehr diebisch.«
Olsson streckte die Hand aus, aber nicht, um mich zu begrüßen.
»Die Waffe her, sofort! Sonst nehmen wir sie dir ab.«
»Da müßtest du mindestens einen Einsatzwagen zu Hilfe rufen.«
Wir befanden uns in meinem Revier, und ich gestattete mir vorzuschlagen, die Sache nach Jungenart hinterm Haus auszutragen. Borg kratzte sich an der Warze und flüsterte dem Besitzer der Segelohren ein paar Heimlichkeiten ins Ohr.
»Ach so, ja. Hätte ich vielleicht sagen sollen«, stotterte Olsson. »Hassel, wir setzen dich hiermit davon in Kenntnis, daß du verdächtigt wirst …«
»Komm zur Sache«, forderte Borg ihn auf.
»… verdächtigt wirst, unter anderem an einem schweren Raub beteiligt gewesen zu sein.«
Ich zwinkerte mehrmals, doch das Bild wurde nicht klarer. Dies war mein Treppenaufgang, und vor mir sah ich ein paar Segelohren und schräg dahinter eine Warze. Es war Viertel vor vier am Nachmittag, und Elin hatte nach den Sommerferien gerade wieder mit der Schule begonnen. Ein ganz gewöhnlicher Tag also – und doch hatte ich wie durch eine Schicht Watte gehört, daß man mich eines Verbrechens bezichtigte.
»Was?« murmelte ich ungläubig. Mehr brachte ich nicht heraus.
»So ist es. Hiermit bist du festgenommen; ein Haftbefehl liegt vor. Du bist Polizist; du weißt, wie es weitergeht. Also her jetzt mit der Waffe!«

Mechanisch reichte ich ihm meine Sig Sauer. Ich – verhaftet? Ein seltsamer Traum. Beinahe echt. Es wurde Zeit, aufzuwachen und festzustellen, daß ich natürlich weder mit noch ohne Haftbefehl festgenommen war. Ein sehr merkwürdiger Traum.

»Meine Frau und meine Tochter kommen gleich. Ich werde …«

»Darum kümmern wir uns. Unten wartet der Wagen.«

Wir gingen die Treppe hinunter, vor mir die Segelohren und hinter mir die Warze, damit ich nicht abhauen konnte. Dafür, daß es ein Traum war, spürte ich die Steine unter den Füßen recht deutlich. Ein dunkelblauer Volvo, der Huddingeexpreß, stand ein Stück entfernt in der Baltzar von Platens gata, und als wir in Richtung Norr Mälarstrand liefen, begegneten wir Frau Almström, die bei uns im Haus im zweiten Stock wohnt. Wie immer trug sie schwere Taschen, und wie immer lächelte ich sie an und riet ihr, sie sollte sich einen Wagen anschaffen oder ihren Mann einkaufen schicken, und wie immer erwiderte sie, Almström sei zu träge, aber sollte sie im Lotto gewinnen, würde sie einen Wagen kaufen. Meine beiden Begleiter verwandelten sich während der nachbarschaftlichen Plauderei in Statuen, doch als das Gesprächsthema mit Frau Almström erschöpft war, blieb mir nichts anderes übrig, als meinen Gang nach Canossa fortzusetzen. Olsson und Borg waren wie Schatten an meiner Seite. Traum oder nicht Traum, die Umgebung sah aus wie immer.

Im Auto hockte ich auf dem Rücksitz neben einer Tür, die sich von innen nicht öffnen ließ. Warzen-Borg saß am Steuer, und sie unterhielten sich, als wäre ich nicht anwesend. Offenbar lag Huddinge im Traum genau da, wo es sich auch in Wirklichkeit befand, denn wir fuhren in diese Richtung. Neben mir verkündete Olsson, daß er am Abend zum Bridge eingeladen war. Borg entgegnete, er fände Bridge langweilig, nichts ginge über eine richtige Pokerrunde. Dann überlegten sie, ob sie nicht für ein Geschenk zu Jörgensens 60. Geburtstag sammeln sollten, eine Angelrute wäre doch genau das Richtige. Dann ging es um Todde und seine Zwillinge, so ein unverhoffter Kindersegen, armer Kerl, wird wohl Tag und Nacht keine Ruhe mehr finden, eine lebende Leiche. Darauf folgte ein Erfahrungsaustausch über die besten Biersorten, die neueste Krimiserie im Fernsehen, Halbwüchsige und ihre Vorliebe für leistungsstarke Stereoanlagen, Methoden, schnell ein paar Kilo abzunehmen, Reparaturkosten von Waschmaschinen, Geruchsbelästigung durch Katzenklos, die Regierung und andere mehr oder weniger wichtige Themen.

Mein Kopf wurde immer leerer und verwandelte sich erst in einen Gummiball und dann in einen schwebenden Ballon. Ich schaute hinaus und sah Häuser und Bäume und Sträucher und Fabriken, aber eigentlich sah ich gar nichts, denn ich träumte ja, und alles floß ineinander.

Hatte ich Geburtstag? Ich konnte mich nicht erinnern, aber vielleicht war es ja so. Irgendein rundes Jubiläum. Am Polizeigebäude von Huddinge würde die ganze Bande warten und sich über mein dummes Gesicht amüsieren; sogar Sune mit den nikotingelben Zähnen würde sich ein Lächeln abringen. Ein dreifach Hoch dem guten alten Rolle, und dann würde man mir eine Angel mit Senkblei und Haken überreichen, damit Jörgensen nicht allein auf Barschfang gehen mußte. Ein ziemlich derber Scherz, aber so sind wir nun einmal; ich würde sicher eine Gelegenheit finden, mich dafür zu revanchieren.

»Aussteigen!«

Waren wir schon da, im exotischen Huddinge? Warzen-Borg hatte die Tür unbemerkt geöffnet. Vorsichtig stieg ich aus dem Wagen und ließ mich, ein blinder Träumer, in den Zellentrakt des Polizeigebäudes führen. Meine Personalien wurden aufgenommen, dann folgte die übliche Leibesvisitation. Ich hatte diese Situation unzählige Mal erlebt, hätte es mir jedoch nie träumen lassen – aber das tat ich ja gerade –, einmal in der Rolle des Delinquenten zu agieren.

Bald waren alle meine persönlichen Gegenstände registriert und in einer milchweißen Plastiktüte verstaut. Meine Hose durfte ich anbehalten, ebenso die Schuhe, weil sie keine Schnürsenkel hatten, nicht jedoch die Strümpfe. Der Polizist warf mir ein grünes T-Shirt zu; damit war ich in seinen Augen korrekt bekleidet. Dann verlangte er meine Armbanduhr, und er bekam sie.

»Und jetzt noch den Ehering.«

»Muß das sein?«

»Ja. Streif ihn ab und gib ihn mir.«

Mit Mühe schraubte ich den Goldring, in den der Name Virena und das Hochzeitsdatum eingraviert waren, vom Finger und reichte ihn zögernd in die Registratur. Er hinterließ einen weißen Rand, und ich wollte schon fragen, ob ich den auch noch abgeben sollte, konnte mich dann aber gerade noch beherrschen. Sie trugen die Verantwortung, deshalb durfte man nichts mit in die Zelle nehmen, womit man sich verletzen konnte. Ich hatte keinesfalls vor, mir aus Verzweiflung etwas anzutun, aber ich war hier nur ein gewöhnlicher Gefangener, für den man keine Ausnahme machte.

Sie, die Polizisten. Nicht mehr wir. Ich hatte mich von einem Subjekt mit kriminalistischer Ausbildung in ein Objekt, einen mutmaßlichen Täter, verwandelt. Virena und Elin waren wahrscheinlich gerade nach Hause gekommen, plauderten miteinander und fragten sich, wann der Papa auftauchen würde. Gibt es Makkaroni zum Abendessen? Werden wir danach zusammen spielen? Aber der liebe Papa wurde zur selben Zeit in eine Zelle gebracht, wo ihm alle Lust zu spielen verging.

»Wie lange muß ich hier zubringen?«

»Woher soll ich das wissen?«

»Bekomme ich etwas zu essen?«

»Hier ist noch keiner verhungert.«

Ich hatte überhaupt keinen Hunger, aber ich wollte das Gespräch am Leben erhalten, damit sich die massive Tür nicht hinter mir schloß. Doch zwischen uns war alles gesagt. Ich fühlte mich, als säße ich in einem Panzerschrank. Alles, was ich tun konnte, war, auf die Pritsche niederzusinken. Kahle Wände, eine unerreichbare Lampe, kahler Fußboden, kahle Decke, all das erzeugte kahle, fahle Gedanken. Ihr, die hier eintretet, laßt alle Hoffnung fahren …

Langsam, so langsam wie ein Käfer auf harziger Baumrinde, schildkrötenlangsam, rheumatikerlangsam schlich sich die Erkenntnis in meinen hohlen Schädel, daß das Ganze kein Traum war und auch kein derber Scherz, über den sich die Kollegen insgeheim kaputtlachten. Ich saß in einer Zelle, hatte ein staatseigenes T-Shirt an und durfte keine Strümpfe tragen. Man hatte mich verhaftet, weil ich verdächtigt wurde, an einem schweren Verbrechen beteiligt gewesen zu sein. Hatten sie eigentlich gesagt, worum es ging? Ich konnte mich nicht erinnern. Die Leere in meinem Hirn wurde nach und nach durch einen dicken Brei ausgefüllt, der sich in den Windungen festsetzte und jeden logischen Gedanken verhinderte.

Und doch kämpfte sich eine Idee durch die zähe Masse. Es mußte sich um eine groteske Verwechslung handeln, die sich im Verhör sofort aufklären würde. Hassel? Roland Hassel? Hier steht nur, daß ein R. Hassel verdächtigt wird. Moment, hier liegt noch ein Schreiben. Rune Hassel muß es richtig heißen. Verdammt, wer hat denn da nicht aufgepaßt? Eine Entschuldigung, ein paar scherzhafte Bemerkungen, und wir würden als gute Freunde scheiden. Nach Hause zu Virena und Elin, zum gemeinsamen Abendessen. Mein Magen krampfte sich zusammen. Warum, zum Teufel, wurde ich nicht geholt, damit ich das Mißverständnis aufklären konnte? Meine Zeit war kostbar. Virenazeit. Elinzeit. Freizeit. Freie Zeit.

Jedenfalls war ich nicht im Kronobergsgefängnis im Polizeigebäude von Stockholm gelandet. Dort kannte ich alle, und alle kannten mich, aber es macht einen gewissen Unterschied, ob man Lieferant oder Kunde ist. Glaubte ich jedenfalls; mit dem Brei im Kopf ließ sich das nicht endgültig entscheiden. Die Luke in der Zellentür wurde geöffnet, und ein Wärter verkündete lakonisch:

»Essen.«

»Wann werde ich vernommen?«

»Keine Ahnung. Jetzt gibt es erst mal was zu beißen.«

Beefsteak, gekochte Kartoffeln, Salat, Milch. Nichts dagegen zu sagen. Wäre ich Vegetarier, hätte man mir fleischfreie Kost vorgesetzt und als Veganer auf Wunsch sogar Gras für mich gepflückt. Als ausgewiesenem Fakir hätte man mir frische Rasierklingen serviert. Wenn es nach dem Magen geht, lebt man als Gefangener nicht schlecht. Ich holte mein Tablett, und damit war die Unterhaltung beendet.

Nichts zu tun, nichts zu lesen, nichts zum Zuhören, keine Zerstreuungen, nichts, was den Brei im Kopf in Bewegung versetzen oder gar in Gedanken verwandeln konnte. Um dennoch etwas für Körper und Seele zu tun, begann ich, die Zelle diagonal auszuschreiten. So hatten wohl alle Gefangenen gehandelt, seit das erste Gefängnis gebaut worden war. Die Zeit vergeht, und man schafft sich die Illusion, etwas zu tun zu haben. Nun gesellte ich mich zu diesen Millionen und Abermillionen, die in ihren Zellen herumgewandert und inzwischen begraben und vergessen waren oder noch lebten, aber als politisch Verfolgte in Kerkern schmachteten. Bald hatte ich die richtige Schrittlänge gefunden, um genau von einer Ecke in die andere zu kommen, und dann – kehrt marsch!

Im Unterschied zu denen, die in den Verliesen von Diktaturen saßen, weil sie es gewagt hatten, das Maul aufzureißen, schützten mich die Paragraphen des Gesetzbuches. Willkürlich Verhaftete konnten und können Jahre darauf warten, vor ein Gericht gestellt zu werden; manche sterben vor der Zeit. Mich jedoch durften sie nicht vergessen. Ich war verhaftet, nun begann der juristische Apparat zu arbeiten. Die Mühlen der Bürokratie beschäftigten sich mit meinem Fall; es war ausgeschlossen, daß jemand in einigen Monaten mein ausgemergeltes Skelett finden würde. Ach Gott, den Hassel, den hatten wir ja auch noch in Gewahrsam – solche Sprüche würden mir erspart bleiben. Nein, es ist genau vorgeschrieben, wie lange man festgehalten werden darf, bis der nächste rechtliche Schritt erfolgen muß.

Das änderte jedoch nichts daran, daß die Zeit in meiner Zelle stillzustehen schien. Aber bis zum Verhör, bis zur Befreiung würde ich es noch aushalten. Ich war fest davon überzeugt, daß es sich um ein lächerliches Mißverständnis handelte. Wenn der Vernehmungsleiter erfuhr, wen er da festgenommen hatte, würde er vor Scham in den Boden versinken; wie ein Hund, der merkt, daß er Herrchens Lieblingspantoffeln zerbissen hat. Seine Einladung zu Kaffee, Kuchen und Kognak würde ich natürlich ablehnen, den guten Willen jedoch anerkennen. Außerdem ...

Endlich, endlich drehte sich der Schlüssel im Schloß, und plötzlich war nichts anderes mehr wichtig. Zwei Wärter kamen herein. Es waren typische Vollzugsbeamte, denn sie wirkten völlig unpersönlich und demonstrierten damit, daß es zwischen ihnen und dem Delinquenten keinerlei Verbindung gab.

»Könnt ihr mich nicht tragen?« schlug ich vor.

»Wieso tragen?«

»Wenn ich nicht freiwillig zum Verhör komme, müßt ihr mich tragen, einer am Oberkörper und einer an den Beinen. Kleiner Tip: Das Kopfteil ist schwerer.«

»Weigerst du dich denn mitzukommen?«

»Nein. Das war nur Spaß.«

»Dann spar dir in Zukunft solche Scherze.«

Der Gehirnbrei löste sich auf, und ich war nur noch gespannt, wie diese Farce enden würde. Daß ich ein paar – oder waren es drei oder vier? – Stunden zu spät zum Essen kam, war für meine Familie nichts Neues. Wenn man mit einem Bullen verheiratet ist, muß man sich an einiges gewöhnen. Obwohl ich schon ein staatliches Beefsteak im Magen hatte, würde ich mir eine gemütliche Abendmahlzeit mit meinen Lieben nicht nehmen lassen. Daß ich im Gefängnis gesessen hatte, mußten sie ja nicht unbedingt erfahren.

»Rein hier!«

»Oh, hat die Party schon begonnen?«

In bester Stimmung trat ich ein, doch die gute Laune verging mir, als ich sah, wer meine Vernehmung leiten würde. Kommissar Axel Ovengren war etwa sechzig Jahre alt. Groß und schwer wie ein Ochse, mit einem Stiernacken, langer, einem Elefantenrüssel gleichender Nase, flußpferdkleinen Augen und fleischigen Schimpansenlippen, verkörperte der Mann einen ganzen zoologischen Garten. Er hatte kurzes, graues Stoppelhaar, das an ein Kornfeld während einer Dürreperiode denken ließ. Das Hemd spannte über Brust und Bauch, und aus den Schlitzen an der Knopfleiste schauten verschreckte graue Haarbüschel hervor.

Innerhalb des Polizeikorps hatte ich nicht viele Feinde. Während der Jahre war ich einigen auf die Füße getreten, andere hatten sich bei mir unbeliebt gemacht; alles nicht der Rede wert. Wenige Kränkungen rechtfertigen es, nachtragend zu sein. Aber es gab ein paar Menschen, deren Chemie mit meiner nicht übereinstimmte, und das bedeutete kurze Zündschnur, heftige Rauchentwicklung und Explosionen. Solche Leute lockten stets meine schlimmsten Seiten hervor, fünf Minuten mit einem von ihnen, und ich mußte mir ein einsames Plätzchen suchen, um meinen aufgestauten Ärger über kompakte Dummheit, Vorgesetztenarroganz, Knechtmentalität oder Wichtigtuerei abzureagieren. Diese Typen waren zur Polizei gekommen, als es schwer war, junge Leute für unseren Beruf zu begeistern. Damals nahm man jeden, und später wurde man sie nicht wieder los. Wickman zum Beispiel, der meinen Adrenalinspiegel bei jeder Begegnung nach oben schnellen ließ, hatte sich listigerweise über die Gewerkschaft hochgearbeitet und war zu einem Machtfaktor geworden. Ovengren hatte ich viele Jahre nicht getroffen; meinetwegen hätte ein Jahrhundert daraus werden dürfen. Schon beim Anblick seines großporigen Gesichts stieg Ekel in mir auf. Wie er es geschafft hatte, Kommissar zu werden, wußte keiner; er verstand es jedenfalls, Schwächere beiseite zu drücken. Sein Ruf im Polizeikorps war denkbar schlecht; die Anständigen unter uns seufzten, wenn sein Name genannt wurde, und zählten die Tage bis zu seiner Pensionierung. Bis dahin mußten wir den alten Kotzbrocken noch ertragen. Und nun war er Vernehmungsleiter und sollte meine eventuellen Fehltritte ans Licht bringen. Seine runden Augen leuchteten vor Glück.

»Setz dich, Hassel. Zeuge des Verhörs ist Kriminalassistent Ingvar Tjäder.«

Am Rande meines Gesichtsfeldes entdeckte ich ein bleiches, schmales Etwas, dessen Aufgabe wohl darin bestand, zu beobachten, wie sich zwei unterhalten, die sich nicht riechen können. Mit einer wollüstigen Geste schaltete Ovengren das Tonbandgerät ein und nannte unsere Namen sowie das Datum. Damit konnte das Verhör beginnen. Als er mich ansah, war es ihm unmöglich, ein Grinsen zu unterdrücken. Er glaubte wohl, daß er mich bereits im Sack hatte und nur noch zuschnüren mußte, daß ich im Käfig saß und er das Türchen schließen würde – jedenfalls etwas in dieser Art.

Von einem Versehen konnte keine Rede mehr sein. Ovengren würde mich, seine Beute, nie freiwillig aus den Klauen lassen. In diesem Moment beschloß ich, die Zusammenarbeit zu verweigern. Lieber sollte alles zur Hölle gehen, als daß ich ihm den Triumph gönnte, mich in die Mangel zu nehmen.

Meine Reaktion war spontan und primitiv und einfältig, aber sie war mehr als das. In mir wallte eine Wut auf, die ich schon früher hätte spüren müssen – darüber, daß ich, der ich das ganze Erwachsenenleben lang zuverlässig als Polizist gearbeitet hatte, überhaupt eines Verbrechens verdächtigt wurde. Ich gebe ja zu, daß ich in jungen Jahren nicht gerade ein Vorbild gewesen bin und beinahe hinausgeworfen worden wäre, aber mit Hilfe von Freunden hatte ich mich zusammengenommen und seitdem in dem ewigen Kampf gegen das Verbrechen das Meine gegeben. Im wahrsten Sinne des Wortes; nach einer Explosion hörte ich auf einem Ohr schwer, ich mußte regelmäßig Medikamente nehmen, weil verschiedene Organe durch Giftmüll geschädigt worden waren, und trug Jacketkronen und Brücken, weil man mir bei Schlägereien Zähne ausgeschlagen hatte, von mehreren gebrochenen Rippen ganz zu schweigen. Natürlich war mehrfach auf mich gefeuert worden, um mich zu töten, und ich hatte zurückgeschossen. Ich war ein erprobter Kämpfer; die Narben zeugten davon, daß ich mein Bestes getan hatte. Und nun bestand mein Lohn darin, von Axel Ovengren verhört zu werden. Das Knirschen, das im Raum zu hören war, kam von meinen Zähnen.

»Hassel, es geht um den Fall Hagsätra Centrum von vor zwei Jahren.«

»Aha.«

»Ich nehme an, du erinnerst dich?«

»Du nimmst an? Dann bleib dabei.«

»Die Filiale der SE-Bank wurde ausgeraubt. Vier maskierte Männer erbeuteten über drei Millionen Kronen. Ein Angestellter wurde angeschossen, eine Kassiererin schwer verletzt. Sie ist inzwischen blind.«

Dazu erübrigte sich jeder Kommentar. Die Details des Raubes in Hagsätra kannte jeder Polizist in- und auswendig. Aber was hatte das mit mir zu tun? Ovengren kratzte sich am Doppelkinn und fügte hinzu, was ich und alle schon wußten:

»In wenigen Minuten war eine Funkstreife zur Stelle, in dem Wagen saßen Artur Hall und Bo Jansson. Die Bankräuber feuerten aus abgesägten Schrotflinten. Hall und Jansson hatten keine Chance. Es war Doppelmord.«

Der Tragödie zum Trotz grinste er die ganze Zeit. Ich hatte das Gefühl, daß er sich gleich die Hände reiben würde und daß ihm das Wasser im Mund zusammenlief, wie in Vorfreude auf einen köstlichen Sonntagsbraten.

»Du erinnerst dich also, Hassel?«

»Einer von uns beiden ist nicht senil. Ich bin nicht senil.«

Ovengren schob die Papiere, die vor ihm auf dem Tisch lagen, genüßlich hin und her, als könnte er sich zwischen all den Leckerbissen nicht entscheiden. Er grinste bis über beide Ohren; sogar eine farblose Zungenspitze tauchte zwischen den halboffenen Lippen auf.

»Wir werden über einen längeren Zeitraum viel miteinander zu bereden haben, Hassel.«

»Da wünsche ich mir lieber die Cholera.«

»Du hast aber keine Wahl.«

»Komm zur Sache.«

»Ich bin dabei.«

Er erhob die Stimme, und Feuer tanzten in seinen Augen.

»Ich teile dir mit, daß du verdächtigt wirst, an dem schweren Raub in Hagsätra und dem Mord an den beiden Polizisten beteiligt gewesen zu sein!«

2.

Meinte der Kerl wirklich, was er sagte? Erlaubte sich Ovengren einen schlechten Scherz? Wenn ja, dann war er auch in diesem Genre eine Niete. Wollte er mich provozieren? Oder versuchte er, mich einzuschüchtern, um mir dann die eigentliche Anklage zu präsentieren? Das hätte ihm ähnlich gesehen. Alles sah ihm ähnlich. Mein jedenfalls zeitweise von dem Brei befreites Gehirn erinnerte sich, daß Segelohr und Warze behauptet hatten, man beschuldige mich eines schweren Verbrechens. Diese Anschuldigung war mir so absurd erschienen, daß ich nicht darauf reagiert hatte. Eine Weile schwiegen wir und ließen das Tonbandgerät laufen. Er hatte Zeit, und es war nicht sein Band. Langsam begriff ich: Er meinte es ernst und hatte den Staatsanwalt überzeugt, Anklage zu erheben.

»Bist du verrückt?« fauchte ich ihn an.

»Hier stelle ich die Fragen, Hassel.«

»Dir ist doch wohl klar, daß ich mit der Sache nichts zu tun habe!«

»Das haben schon viele behauptet.«

Das Schlimmste war: Er hatte recht. Jedenfalls mit der letzten Bemerkung. Während eines Verhörs fallen mit Sicherheit zwei klassische Sätze: »Ich bin unschuldig« und »Ich habe nichts mit der Sache zu tun«. Ich weiß nicht, wie oft ich diese Schutzbehauptungen selbst schon gehört hatte, trotzig oder gezwungen ruhig, höhnisch oder weinerlich geäußert. Nun war ich selbst in der Situation und hatte eine solche Floskel gebraucht. Einmal und nie wieder, schwor ich mir. Nicht einmal mit glühenden Zangen würde er mir abringen können, daß ich mich für unschuldig erklärte. Von jetzt an herrschte kalter Krieg zwischen uns.

Die Wut, daß ich, ein ehrlicher Polizist, eines Verbrechens verdächtigt wurde, steigerte sich zu einer keinesfalls kalten Raserei. Einen Kollegen des Mordes zu bezichtigen, war so selten, daß mir lediglich der Fall des Reservepolizisten und Massenmörders Hedin einfiel, der vor vielen Jahren in Schonen gewütet hatte. Aber Hedin war eigentlich kein richtiger Polizist und bewies noch lange nicht, daß jemand aus dem Korps eines solchen Verbrechens fähig war. Einen Polizisten wegen Mordes, ja sogar zweifachen Mordes an Kollegen anzuklagen, mußte wie ein Erdbeben wirken oder zumindest Neuwahlen und einen Börsenkrach auslösen. Doch es war nicht ausgeschlossen, daß es einem Typen wie Ovengren gelang, mich sang- und klanglos von der Bildfläche verschwinden zu lassen. Egal wie, meine sogenannte Karriere war jedenfalls im Eimer; als Kriminalist würde ich nie mehr arbeiten können. Plötzlich verstand ich, was die Anarchisten mit ›Zur Hölle mit allem und allen‹ meinen.

»Du hast das Recht, einen Anwalt zu nehmen«, verriet Ovengren gnädig, als erwiese er mir eine persönliche Gunst.

»Das stört dich, nicht wahr?«

»Möchtest du einen bestimmten Rechtsanwalt hinzuziehen oder sollen wir dir einen beschaffen?«

Ich runzelte die Stirn und überlegte.

»Wenn du mich so fragst: Ich nehme Paul Newman.«

»Newman? Newman? Sein Name steht nicht auf der Liste der zugelassenen Verteidiger. Ist er neu?«

»Paul Newman spielte vor Jahren einen Anwalt in einem Film. Sehr überzeugend, obwohl er manchmal zuviel trank. Den hätte ich gern als Verteidiger.«

Ovengren holte tief Luft und murmelte:

»Du sammelst Minuspunkte, Hassel.«

»Das ist mein Hobby. Andere sammeln Briefmarken.«

»Wir wählen einen Anwalt für dich aus. Ich rate dir, die Sache ernst zu nehmen. Das hier ist kein Spaß!«

»Oh, danke für den guten Rat. Axel Ovengren vom Wochenendjournal kümmert sich um Ihre Herzensbedürfnisse! Haben Sie Probleme im Alltag? Fällt es Ihnen schwer, ernst zu bleiben? Fragen Sie Onkel Axel!«

Wie klang meine Stimme auf dem Band? Wirkte ich gelassen oder merkte man, daß in meinen Adern Lava siedete? In diesem Augenblick gab es in meinen Gedanken keinen Platz für Virena oder Elin; ich war ein frisch geborener Anarchist, der gerade eine Übermacht herausforderte. Die Vorspeise hatte ich serviert, als zweiten Gang gab es Stacheldraht, und irgendwann würde es Bomben hageln.«

»Wie stellst du dich zu der Anklage?«

»Wie ein Storch. Ein Bein hoch und die Arme ausgebreitet.«

»Gestehst du die Tat?«

»1973 schmuggelte ich von einer Finnlandreise eine extra Flasche Ballantines ein. Ich hätte sie verzollen müssen. Als mildernden Umstand möchte ich geltend machen, daß ich glaubte, es handelte sich um Haarwasser.«

Wütend stellte Ovengren das Bandgerät ab, drohte mit der Faust und schrie:

»Verdammt noch mal, antworte ordentlich! Denkst du, wir sind hier im Zirkus?«

»Und du, verdammt, stell den Apparat wieder an. Das Band muß während des ganzen Verhörs laufen, sonst ist es wertlos. Und, um deine zweite Frage zu beantworten, solange ich einen Hanswurst vor mir sehe, muß ich mich wohl wie im Zirkus fühlen.«

»Du bist doch selbst schuld, verfluchter Idiot! Wir werden schon sehen, wer zuletzt der Hanswurst ist!«

Mit einem essigsauren Zeigefinger schaltete er das Bandgerät wieder ein. Er wagte es tatsächlich, einen guten – jedenfalls ziemlich guten – schwedischen Polizisten des Raubes und des Doppelmordes zu bezichtigen! Welche bodenlose Gemeinheit! Wenn der Stacheldraht verdaut war, würde ich meine Zähne in eine rostige Panzerplatte schlagen und sie in Stücke reißen. Ich spürte förmlich, wie es hinter meinem Stirnbein brodelte. Seit dem Augenblick, da ich meine Dienstwaffe abgeben und einsehen mußte, daß ich verhaftet war, hatte ich unter Schock gestanden. Jetzt war ich dabei, diesen Zustand zu überwinden – oder mich noch weiter hineinzusteigern. Wie soll man reagieren, wenn einem das ganze Arbeitsleben für wertlos erklärt wird?

»Wo bist du am 6. Oktober 1992 zwischen vierzehn und fünfzehn Uhr gewesen?«

»Wahrscheinlich nicht im Bett.«

Sehr wenige Menschen können auf Anhieb sagen, was sie Jahre zuvor an einem bestimmten Tag gemacht haben, es sei denn, sie haben ein Tagebuch oder eine andere Gedächtnisstütze zur Verfügung. Natürlich kann man sich an besondere Festtage erinnern, aber die ganz normalen Tage verschmelzen zu einer grauen Masse. Trotzdem stellen Vernehmungsleiter immer wieder solche dummen Fragen und wundern sich, daß sie keiner unmittelbar beantworten kann.

»Wir haben uns informiert, welche Aufgaben du an jenem Dienstag zu lösen hattest.«

»War es ein Dienstag? Da aß ich sicher eine alte Fastensemmel, gefolgt von der üblichen Dienstagssuppe. Ich achte sehr auf die Traditionen.«

»Deinem eigenen schriftlichen Bericht zufolge warst du den ganzen Tag unterwegs, hast aber offenbar keine der von dir gesuchten Personen angetroffen. Wie erklärst du das?«

»Es war möglicherweise nicht mein Tag. Vielleicht war ich auch in Sydney und fahndete nach einem Känguruh?«

»Von neun bis halb fünf warst du ...«

»Sechzehn Uhr dreißig. Bitte exakt, sonst zeige ich dich wegen Irreführung an.«

Ovengren war das Grinsen vergangen. Man sah ihm an, daß er mich haßte, und das freute mich. Auch die Hölle hat verschiedene Stufen. Er war in der schlechteren Lage, denn er mußte auf dem Tonband sachlich und ausgeglichen klingen. Ich dagegen konnte sagen, was ich wollte. Das machte mich euphorisch.

»Es gibt klare Beweise, daß du mit einer kriminellen Bande unter einer Decke gesteckt hast.«

»Ich benutze nie Decken. Schlafsäcke sind viel bequemer.«

Er zeigte mir seine gelben Zähne, und darauf hätte ich gern verzichtet, aber man kann nicht alles haben, nicht einmal in einem Vernehmungsraum.

»Zusammen mit drei anderen Kriminellen hast du den Bankraub geplant, und am sechsten Oktober habt ihr euch getroffen. In einem gestohlenen Audi seid ihr zu der Filiale gefahren und habt sie überfallen. Ihr wart alle vier mit automatischen Karabinern bewaffnet und habt geschossen. Der Filialleiter Georg Hakansson wurde in die Schulter getroffen; Frau Britt-Marie Wanneby bekam einen Schuß in die linke Gesichtshälfte.«

Und das sollte ich getan haben! Daß sie sich nicht schämten!

»Als ihr zu dem Audi flüchten wolltet, kamen euch die Streifenpolizisten Jansson und Hall in die Quere. Beide wurden niedergeschossen. Ihr habt drei Millionen vierhundertsechsundvierzig Tausend Kronen in Scheinen erbeutet, die nicht ermittelt werden können. Falls ihr durch vier geteilt habt, bekam jeder etwa achthundertsechzigtausend Kronen. Hassel, was hast du mit dem Geld gemacht?«

Ich lehnte mich zurück, faltete die Hände im Nacken, schaute ihn nachdenklich an und sagte:

»Eines würde ich gern wissen: Gibt es einen dümmeren Menschen auf der Welt als Axel Ovengren?«

»Du willst also nicht verraten, was du mit deinem Teil der Beute gemacht hast?«

»In den dreißiger Jahren soll es in Japan einen Mann gegeben haben, der noch blöder war als du. Im ganzen Land organisierte man Sonderzüge, damit ihn die Leute begaffen konnten. Als er an Idiotie gestorben war, stopfte man ihn aus und zeigte ihn für Geld. Ich schätze, du wirst es mal zu einem eigenen Mausoleum bringen.«

»Wie heißen deine Kumpane in der Bande?«

»Vielleicht Bandenberg, Bandenström und Bandengren?«

»Ist das deine Antwort?«

»Das war keine Antwort, sondern eine Frage. Du weißt schon, das sind diese Sätze, die mit einem Häkchen enden, unter dem ein Punkt steht.«

Er schaute auf die Armbanduhr und entschied:

»Ende des ersten Verhörs. Es ist zwanzig Uhr siebzehn.«

Als er das Bandgerät abgestellt hatte, schnauzte er mich an:

»Verdammter Hassel, wenn ich mit dir fertig bin, wirst du den Tag deiner Geburt verfluchen!«

»Du darfst nicht immer von dir auf andere schließen, nur, weil dich der Esel im Galopp verloren hat.«

»Ich werde dein Geständnis bekommen! Ich bin schon mit ganz anderen Brocken als dir fertig geworden, Hassel!«

»Paß bloß auf, sonst hetze ich meine Bande auf dich, Bandenberg, Bandenström und Bandengren, genannt Los Bandidos!«

Die erste Nacht in der Zelle. Zum ersten Mal in meinem Leben konnte ich mich nicht bewegen, wie ich wollte. Eingesperrt, gegen meinen Willen festgesetzt. Selbst im Krankenhaus hatte ich den Anweisungen der Medizinmänner trotzen können; dafür wurde ich gerügt, aber nicht bestraft. Die Verantwortung für Körper und Seele hatte immer noch bei mir gelegen. Nun war mir diese Verantwortung genommen; ich hatte mich in eine Nummer hinter einer verschlossenen Tür verwandelt, zu der ich keinen Schlüssel besaß. Ich konnte von einer Ecke in die andere wandern, aber keinen Schritt weiter. Mir stand genau so viel Luft zur Verfügung, wie zwischen Wänden, Boden und Decke enthalten war. Jeder Meter, jeder Kubikmeter war mir zugeteilt.

Mit der Müdigkeit kam die Reue. Ich bedauerte meine Großmäuligkeit gegenüber Ovengren; ich hätte anders vorgehen, ihn überzeugen, konkrete Beweise fordern müssen. Ich war ein Idiot, aber das war nichts Neues, nicht einmal für mich. Doch die Lava siedete immer noch in meinen Adern, wie konnte man mich, ausgerechnet mich, verdächtigen? Natürlich war Overgren der größere Idiot von uns beiden.

Die Zelle war ein Gefängnis, also saß ich im Gefängnis. War ein Gefangener. Das grüne T-Shirt, das ich erhalten hatte, war selbstverständlich frisch gewaschen, jedoch nicht neu. Der Angstschweiß vieler Männer hatte es durchtränkt; auch ich steuerte einen Liter bei. Himmel und Hölle, wie konnte jemand glauben, daß ich in der Lage wäre, Menschen bewußt zu verletzen und zu ermorden? Was war das für ein Oberidiot von Staatsanwalt, der Ovengrens wahnsinnigen Theorien auf den Leim ging?

Virena und Elin. Meine Frau und mein kleines Schulmädchen. Der Mann in ihrem Leben war nicht zu Hause, sondern saß im Gefängnis. Strumpflos hockte er in der Zelle und verging fast vor Sehnsucht. Ich schwitzte, doch mein Mund war wie ausgetrocknet. Verdammt, verdammt, verdammt!

Es gab Zeugen gegen mich, klare Beweise? Klar war nur, daß Ovengren etwas falsch verstanden und falsch gedeutet und überhaupt alles falsch gemacht hatte. Aber irgendwo mußte die falsche Fährte ihren Ausgangspunkt haben. Wie war mein Name, war meine Person ins Spiel gekommen? Um welche Ermittlung ging es? Hin und her, hin und her, von einer Ecke in die andere; ich hatte die Arme um den gekrümmten Rücken gelegt.

Langsam schwand mir das Bewußtsein, und irgendwann muß ich auf die Pritsche gesunken sein, wahrscheinlich im Morgengrauen; ich war nicht mehr Herr der Zeit. Ich wurde geweckt, erhielt meinen Frühstückstee und Brot und Butter und Käse, und ein paar Stunden später wurde ich meinem Anwalt serviert. Er nannte seinen Namen und reichte mir seine Visitenkarte. Aha, Klas Lund schrieb sich Claes Lundh, und teilte mir mit, daß wir bald vor dem Haftrichter erscheinen mußten; was hätte ich denn zu dem Fall zu sagen?

In jedem Beruf gibt es gute und schlechte, Genies und Versager. Es gibt Priester, die einen von den himmlischen Herrlichkeiten träumen lassen, und Pfaffen, die einen aus der Staatskirche ekeln. Bei Schauspielern ist es ähnlich – den einen hört man gespannt zu, selbst wenn sie nur aus dem Telefonbuch vorlesen, andere wirken in jeder Rolle wie ein Schlafmittel. Manchen Bankleuten würde man seine letzte Krone anvertrauen, andere lassen einen nach Karl Marx rufen.

Vor mir hatte ich keinen, der sich nur im entferntesten mit den großen Namen der Zunft, den Falk, Althin oder Silbersky, messen konnte. Ovengren war mit der Wünschelrute über die Liste gefahren und hatte mit sicherer Intuition und vermutlich ebenso aus Erfahrung einen Anwalt ausgesucht, der zum Ausschuß seines Berufsstandes zählte. Ein Verteidiger sollte Sicherheit und Verläßlichkeit ausstrahlen, damit man sich an ihm festhalten kann, wenn einem der Wind ins Gesicht bläst. Mir war sofort klar, daß ich mich auf eine Schießbudenfigur wie Claes Lundh keinesfalls stützen konnte. Vielleicht weckte er in bestimmten weiblichen Angeklagten Mutterinstinkte, in mir jedenfalls nicht. Das schmale Bürschchen mit dem dünnen Haar und dem flackernden Blick schien direkt aus dem Konfirmandenunterricht zu kommen. Seine Stimme glich dem Kläffen eines kleinen Hundes.

»Bist du ein Frischling?« erkundigte ich mich.
»Wie bitte?«
»Ich meine, seit wann darfst du dich Anwalt nennen?«
»Seit dem Frühjahr.«
»Anwalt wird man automatisch, wenn man eine gewisse Anzahl von Jahren als Jurist gearbeitet hat.«
»Was meinst du damit?«
»Du arbeitest doch sicher in einer Kanzlei mit mehreren Juristen, oder?«
»Ja, wir sind acht Anwälte und fünf Kandidaten.«
»Hast du dich in die Firma eingekauft?«
»Warum willst du das wissen?«
»Spielt keine Rolle. Mach, was du für richtig hältst. Geh davon aus, daß ich unschuldig bin und nicht die leiseste Ahnung habe, warum ich verhaftet wurde. Was der Ankläger auch behauptet, es kann nicht die Spur eines Beweises gegen mich geben.«
»Du behauptest also, unschuldig zu sein?«
»Habe ich das nicht eben gesagt? Drücke ich mich so undeutlich aus oder bist du schwer von Begriff?«
Mit einer schmalen weißen Hand strich er sich über die rotblonden Haarsträhnen und sah mich aus wäßrigen, leicht verunsicherten Augen an.
»Wir brauchen eine klare Strategie.«
»Die habe ich dir doch gerade vorgegeben. Protestiere gegen die Verhaftung. Fordere, daß ich unmittelbar auf freien Fuß gesetzt werde. Bestehe darauf, daß Kommissar Axel Ovengren garrottiert wird.«
»Was?«
»Das ist eine spanische Hinrichtungsmethode, schön langsam und qualvoll.«
»Was meinst du damit?«
Ich seufzte tief.
»Vergiß es. Laß ihn leben. Er wird sowieso bald an seiner Blöd-

heit zugrunde gehen. Also, protestiere gegen meine Verhaftung und fordere meine Freilassung. Ist die Strategie klar?«

»Ich tue mein Bestes. Wir werden hören, was der Ankläger in der Sache vorzubringen hat.«

»Das werden wir mit Sicherheit. Dafür sind wir da, und dafür ist er da. Aber ich erklärte dir ja gerade, daß es falsch, verrückt, absurd und aussichtslos wäre, von der Position der Anklage auszugehen. Du kannst es auch mit inadäquat umschreiben, dann klingst du wenigstens wie ein richtiger Anwalt.«

Es war Zeit, vor den Haftrichter zu treten. Der Anwalt trabte an meiner Seite, die Vor- und Nachhut wurde durch Vollzugsbeamte gebildet. Gewisse kleinwüchsige und schmächtige Personen verfügen über eine solche Autorität, daß ihre körperliche Unterlegenheit nicht zu spüren ist. Lundh dagegen reckte sich, daß die Wirbelsäule knackte; jeder Zentimeter Körpergröße schien ihm ein Prestigegewinn. Schade, daß sein Gehirn nicht mitwuchs.

Während des Haftprüfungstermins bekam ich endlich den Staatsanwalt Mattias Edvall zu Gesicht. Auch er war jung und unerfahren, strahlte aber bedeutend mehr Kompetenz aus. Er war davon ausgegangen, daß Ovengren wußte, wovon er sprach, und hatte ihm vertraut.

Es dauerte ganze fünf Minuten. Edvall teilte dem Haftrichter mit, daß man einen Mann verhaftet habe, der des Bankraubes und des Doppelmordes verdächtigt war. Dieser habe Kriminalinspektor Roland Hassel von der Zentralen Fahndung in Stockholm der Mittäterschaft bezichtigt. Daß es den Kollegen nach zehntausenden Arbeitsstunden gelungen war, einen aus der Bande zu schnappen, freute mich, der Rest natürlich nicht. Aufgrund der schwerwiegenden Verdachtsmomente beantragte Edvall, mich in Untersuchungshaft zu nehmen. Jeder Kontakt zur Außenwelt müsse mir untersagt werden. Lundh kläffte, man solle mich freilassen. Der Richter war anderer Auffassung. Schwuppdiwupp, schon saß ich wieder.

»Gute Arbeit«, sagte ich zu Lundh auf dem Weg in die Zelle.

»Mehr war nicht drin.«

»Kommt darauf an, wie man es betrachtet. Ich meine, du hättest dich etwas mehr ins Zeug legen können.«

»Ich werde dich im Gefängnis besuchen«, versprach er.

»Eigentlich wollte ich ja nach Hause gehen«, brummte ich.

Als Untersuchungshäftling ist man anderen Regeln unterworfen. Niemand wußte, wann ich freikommen würde. Wenn sich die Sache hinzog, konnte ich über Jahre hinweg immer aufs Neue für jeweils vierzehn Tage eingesperrt werden. Wieder war ich wie betäubt, und der Brei drückte sich in die Hirnwindungen. Ich war so sicher gewesen, nach der einen Nacht entlassen zu werden, daß ich mich auf die neuen Umstände nicht einstellen konnte. Man hatte mir eine Nacht gestohlen, na gut, das verbuchte ich unter Mundraub. Aber jetzt ging es um mehrere Wochen des einzigen armen Lebens, das ich hatte – das war wie schwerer Diebstahl.

Nahm ich Medikamente? Ja. Welche Sorten brauchte ich und wo lagen diese? Im Küchenschrank der Wohnung, in der ich als freier Mann gelebt hatte. Man würde sie holen lassen, ebenso alles Notwendige für meine persönliche Hygiene. Ovengren kam in die Zelle und roch nach Zufriedenheit.

»Sagte ich nicht, daß ich dich kriegen würde, verdammter Hassel? Jetzt habe ich alle Zeit der Welt, die Wahrheit aus dir herauszuholen.«

Ich konnte nicht antworten; ich war auf dem Weg in ein dunkles Loch.

»Du wirst nach Gävle gebracht.«

»Nach Gävle? Warum?«

»Wir sind dabei, deine Bande auszuheben und auf verschiedene Gefängnisse zu verteilen. Wir gehen kein Risiko ein.«

Eine Stunde später saß ich in einem Wagen, der mich in die Provinzmetropole brachte. Diesiges Wetter, ab und zu ein Nieselschauer, herbstlich gefärbte Blätter, endlose Kiefern- und Fichtenwälder. Und Ortschaften mit Menschen, die sich frei bewegen konnten. Dalälven, die Einfahrt in die Stadt, das Polizeigebäude, Ablieferung von Hassel, Registrierung seiner Siebensachen, rein in die Zelle, Essen durch die Luke, auf der Pritsche hocken, an die Wand starren.

Kein Radio, kein Fernseher, keine Zeitungen, kein Besuch, keine Gespräche außer mit dem Anwalt und den Wärtern. Nur eine Bibel leistete mir Gesellschaft, aber ich war nicht in der Stimmung, mich mit Religion zu beschäftigen. Ich war überhaupt nicht in Stimmung. Minuten verschwanden in Stunden, Stunden bildeten Tage, und mein Blick wurde immer leerer. Täglich durfte ich sechzig Minuten über den Hof spazieren, wenn ich wollte. Aber ich wollte nicht. Wozu den Körper anstrengen? Ich hatte doch meine Wand.

Ovengren kam jeden Tag, um mich zu verhören, aber ich ignorierte seine Fragen. Ich bat ihn nur, sich zur Hölle zu scheren; mehr hatte ich ihm nicht zu sagen. Möglicherweise zeigte sich Lundh ab und zu, aber ich war nicht sicher, ob seine Besuche wirklich stattfanden oder zu den Alpträumen gehörten, die mich wie schleimige Krakenarme umfingen, wenn ich einnickte.

Wenn ich zur Toilette oder zur Dusche mußte, schrie der Wachhabende ›Gang frei!‹, und alle Mitgefangenen beeilten sich, in ihre Zellen zu eilen, damit sie ja nicht mit mir in Berührung kamen. Zum Aussätzigen fehlte mir nur noch das Warnglöckchen; ich gehörte nicht mehr zur menschlichen Gemeinschaft. Ich war geächtet und ausgestoßen.

Durch einen Irrtum des Verkäufers wurde eines Tages der Zeitungswagen in meine Zelle geschoben. Ob ich eine wollte? Ja, alle, rief ich. Sofort kamen die Wärter angerannt. Er hat besondere Restriktionen, er darf keine Zeitung bekommen, schrien sie. Bitte, bitte, wenigstens ein Wochenblatt … Nein, keine Zeitung bedeutet keine Zeitung. So blieb mir wieder nur die Bibel, aber die lockte immer weniger.

Eines Nachts überkam mich der Gedanke, ich könnte tatsächlich schuldig sein. Vielleicht hatte ich wirklich geschossen und das Geschehene nur verdrängt, hatte die Maske über das Gesicht gezogen und rücksichtslos auf die Leute gefeuert? Hatte mich das Geld dazu getrieben? Ich mußte etwas verbrochen haben, sonst hätte man mich nicht eingesperrt. Das schwedische Rechtssystem kann sich nicht irren. Also war ich ein Mörder ... Es gelang mir, den Gedanken abzuschütteln, doch er kam mir immer wieder in den Sinn. Langsam fing ich an, an meiner Zurechnungsfähigkeit zu zweifeln.

Ich wunderte mich, warum ich Erbsen und Eierkuchen, unser traditionelles Gericht für den Donnerstagabend, an einem Freitag serviert bekam. Es sei ja Donnerstag, behauptete der Wärter. Unmöglich, erwiderte ich, doch ich hatte mich geirrt, um einen ganzen Tag. Da erwachte ich aus der Lethargie. Verdammt noch mal, ich war unschuldig! Keiner würde mir mein Leben stehlen!

Ich forderte einen neuen Anwalt. Bald würde erneut über meine Untersuchungshaft verhandelt werden, und zu Claes Lundh hatte ich kein Vertrauen. Ein Name fiel mir ein, Donald Tagesson. Ich wußte, daß er einen anderen Polizisten verteidigt hatte, der wegen Mißhandlung angeklagt war. Zum Ärger Ovengrens übernahm er meinen Fall. Tagesson war ein Jurist, dem Lundh nicht das Wasser reichen konnte. Er nahm an den Verhören teil und verlangte, die Tonbandprotokolle lesen zu dürfen, die nach den Verhören mit dem geständigen Täter erstellt worden waren.

»Kare Hultin, genannt Kusken!« rief er überrascht. »Hat er dich angezeigt?«

Kusken war ein bekannter Rowdy mit Muskeln im Hirn. Ich hatte ihn fünf- oder sechsmal verhaftet, zuletzt unter für ihn erniedrigenden Umständen, denn er trug bei seiner Festnahme lediglich einen geblümten Slip und mußte so ins Auto steigen. Wie immer hatte er Rache geschworen, aber diesmal seine Drohung wahr gemacht.

In den Protokollen dominierten Ovengrens Fragen. Deutlich wurde die Abneigung, die beide Seiten gegeneinander hegten, aber auch die Inkompetenz des Kommissars:

»Wurdet ihr von einem Insider unterstützt?«
»Vielleicht.«
»Von wem?«
»Tja, jedenfalls von einem, der sich auskennt.«
»Ein Bankangestellter? Oder meinst du, ein Polizist?«
»Möglicherweise war es ein Polizist.«
»Wie heißt er?«
»Vielleicht habe ich den Namen vergessen?«
»Kennst du ihn schon lange?«
»Kann sein, daß er mich mal hoppgenommen hat. Aber jeder Bulle ist bestechlich.«
»Ein Fahnder also?«
»Vielleicht.«
»Mit dir hat sich vor allem die Zentrale Fahndung beschäftigt. Wer war dort für dich zuständig?«
»Tja, wer wohl?«
»Deiner Akte zufolge hat Hassel dich verhaftet.«
»Hassel, ja ja.«
»War er euer Komplize?«
»Vielleicht.«
Und so weiter, und so weiter. Schließlich bestätigte Kusken alles, was ihm Ovengren in den Mund legte.

Mit diesen Protokollen ging Tagesson zum Staatsanwalt. Edvall konnte sich den Argumenten des Anwalts wohl nicht verschließen, denn in den neuen Verhandlungen war nur mehr von eventuellen Verdachtsmomenten gegen mich die Rede; die Ermittlungen würden weitergeführt. Es wäre gut, wenn ich in Haft bliebe, andererseits hätte er nichts dagegen, wenn ich bis zur endgültigen Klärung nach Hause geschickt würde. Tagesson war ein sehr energischer Verteidiger; der Richter sah keinen überzeugenden Grund, mich länger festzuhalten. Frei! Frei, frei, frei! Unter bestimmten Auflagen natürlich, aber frei!

Während ich mich umzog und meine persönlichen Gegenstände zurückerhielt, berichtete mir Tagesson, was inzwischen in der Welt außerhalb der Mauern passiert war. Ich hatte keine Ahnung gehabt, wie bekannt ich inzwischen war. Die Presse hatte sich auf den Polizisten gestürzt, der zum Räuber und Mörder geworden war, und mit negativen Schlagzeilen nicht gespart. Polizeichefs hatten mich als schwarzes Schaf bezeichnet und erklärt, daß man solchen Abschaum aus dem Korps entfernen müsse. Mein Name wurde nirgends genannt, trotzdem wußten alle Kollegen, um wen es ging.

»Erstaunlich, wie schnell man zum schwarzen Schaf werden kann«, meinte ich.

»Allerdings. Du bist übrigens vom Dienst suspendiert, bis der Fall geklärt ist. Ob dein Gehalt weiterläuft, weiß ich nicht, aber das wird man dir sicher mitteilen.«

Was bedeutete es, suspendiert zu sein? Durfte ich das Polizeigebäude nicht mehr betreten? Würde man mich mit dem Gummiknüppel bearbeiten, wenn ich den Kronobergspark betrat? Ich durfte gespannt sein. Aber zuerst wollte ich nach Hause, zu meinen geliebten Damen, in meine Wohnung, wo sich alle Türen und Fenster öffnen ließen, um die Luft freier Menschen hineinzulassen. Tagesson lächelte und verriet, daß er Virena vorgewarnt hatte.

Ich schloß auf und betrat die Wohnung. Virena fiel mir um den Hals, und wir umarmten uns schweigend. Mit dem Finger strich sie mir über die Wange.

»Du bist abgemagert.«

»Das gibt sich schon wieder.«

»War es ... schwer?«

»Jetzt geht es mir wieder gut.«

Wieder umarmten wir uns, als wollten wir uns nie wieder loslassen. Elin kam mit einem Schulbuch und zeigte mir, was sie gelesen hatte; sie wußte nur, daß ich verreist gewesen war. Nach Kinderart führte sie einfach das Gespräch weiter, das wir vor meiner Verhaftung geführt hatten. Nach einer Weile hielt ich es nicht mehr aus. Ich lief in die Küche und begann, hemmungslos zu weinen. Der Damm war gebrochen, nun floß ab, was sich in mir angestaut hatte.

Virena kam mir hinterher und ließ mich weinen. Auf dem Küchentisch stand das feine Porzellan, Gläser funkelten, im Kühler stand eine Flasche Moselwein. Es gab gegrillten Hummer. Wir setzten uns, und Virena zündete die Kerzen an. Elin redete und redete, und ich konnte mich nicht satthören an ihrem assoziationsreichen Geplauder. Virena erhob ihr Glas.

»Willkommen zu Hause«, sagte sie leise.

»Ich fühle mich willkommen«, flüsterte ich zurück.

Wir tranken, und der kühle Wein glitt wie fließender Samt durch die Kehle. Wieder spürte ich, wie mir die Tränen kamen, und ich wandte mich ab, damit Elin nicht sah, wie ihr lieber Papa heulte. Vor Glück! Das Telefon läutete, und Virena sagte schnell.

»Geh nicht ran. Laß es klingeln.«

»Es könnte Simon sein. Geht ganz schnell.«

»Aber … nun ja. Hoffen wir, daß es Simon ist.«

Ich nahm ab und nannte meinen Namen. Eine Stimme, die ich nie zuvor gehört hatte, zischte böse:

»Ich habe im Radio gehört, daß du freigelassen wurdest.«

»Ja, das stimmt.«

»Gut, dann werden wir dich und deine Familie ergreifen und euch in Streifen schneiden!«

3.

Meinetwegen«, antwortete ich in neutralem Ton.

Ich vermied jeden Seitenblick zu Virena und tat so, als handelte es sich um ein ganz normales Gespräch. Der Moment war zu heilig, um ihn von so einem ekelhaften Typen kaputtmachen zu lassen. Solche Situationen hatte ich schon mehrfach erlebt.

»Keiner von euch wird schnell sterben dürfen.«
»Richtig, nur nichts überstürzen. Noch etwas?«
»Glaubst du, das ist ein Scherz?«
In der verstellten Stimme schwang eine Nuance von Ärger mit, weil ich nicht vor Angst schlotterte. Aber nach dem Aufenthalt im Gefängnis konnte mich nichts mehr so schnell erschüttern. Ich rang mir ein Lachen ab und erwiderte munter:
»Ja, ganz meine Meinung. Prima! Aber derzeit habe ich nichts auf der hohen Kante.«
»So gehen wir mit Mördern um.«
»Da gibt es viele Möglichkeiten. Ich halte mich lieber an die traditionellen; die modernen sind nichts für mich.«
»Wir werden extra stumpfe Messer verwenden ...«
»Danke, schicken Sie mir Ihren Katalog. Hej hej.«
Ich unterbrach die Verbindung, wartete eine Sekunde und legte dann den Hörer neben den Apparat. Jetzt war ich vor störenden Anrufen sicher. Ich lächelte Virena an und erklärte:
»Immer diese aufdringlichen Verkäufer, und gerade zur unpassendsten Zeit.«
Virena nickte und wandte sich an Elin:
»Sei lieb, mein Schatz, und hol noch ein paar Servietten. Von den grünen; du weißt, wo sie liegen.«
Elin rannte eifrig los, und Virena sagte, ohne mich anzusehen:
»Will uns wieder einer in die Luft sprengen, in Streifen schneiden oder vergasen?«
»Er wollte uns einen ... Kühlschrank aufschwatzen.«
»Roland, du ahnst ja nicht, wie viele hier angerufen und mitgeteilt haben, was man mit Räubern und Mördern machen sollte. Kranke Menschen, auch Frauen. Elin und ich sollen auch bestraft werden. Berge von Briefen ...«
»Virena, ich ...«
»Einmal war Elin am Apparat und fragte mich anschließend, warum ihr der Mann den Kopf abschneiden wollte. Ich habe es als Scherz dargestellt. So ist es uns ergangen, Roland.«

Ich hatte einen Kloß im Hals und preßte mühsam hervor:

»Damit ist jetzt Schluß.«

»Das hoffe ich. Ich weiß sonst nicht, was wird. Mir ist klar, daß das Leben nicht immer leicht sein kann, aber es darf nicht unerträglich werden.«

Elin kam mit den Servietten, teilte sie aus und wurde dafür gelobt. Wie plauderten wie zuvor, lächelten und lachten. Nach dem Essen spielten wir Mensch-ärgere-dich-nicht, Elins Spezialität. Es wurde ein wunderschöner Abend, und mein Herz seufzte wegen der Wochen, die ich versäumt hatte. Als Elin schlief, gehörte Virena mir allein. Ein Uhr nachts vernaschten wir den Rest des Moselweins. Virena nahm einen kleinen Schluck.

»Roland ...«

»Ja?«

»Du hast dich verändert.«

»Inwiefern?«

»Deine Augen sind anders, haben einen bitteren, harten Ausdruck. Als würdest du auf Rache sinnen.«

»Das bildest du dir ein. Gerade jetzt bin ich einfach nur glücklich.«

»So sollte es auch sein.«

Ich zwang mich zu einem Lächeln und hoffte, daß es in dem romantischen Kerzenschein überzeugend ausfiel.

»Vielleicht liegt es daran, daß es der erste Tag ist. Das geht vorüber, Virena. Bald bin ich wieder der freundliche, sanfte, alles verzeihende Roland, der ich immer war.«

»Hoffen wir es. Ich will jedenfalls meinen alten Roland wiederhaben.«

»Ich habe beschlossen, bei der Polizei zu kündigen. Der Job gibt mir nichts mehr, ich habe es satt.«

Ihre fein geschwungene Augenbraue hob sich leicht.

»Das sagst du? Du hast doch nie einen anderen Beruf ausgeübt.«

»Gerade deshalb ist es wichtig, etwas Neues auszuprobieren, bevor es zu spät wird. Ich dürfte nicht ganz chancenlos auf dem

Arbeitsmarkt sein, vorausgesetzt natürlich, daß meine Unschuld festgestellt wird.«

Nachdenklich drehte Virena ihr Glas zwischen Daumen und Zeigefinger. Was für zarte, schöne Hände sie hatte!

»Und was würde dich interessieren?«

Vor nicht allzu langer Zeit hatte ich mit dem Gedanken gespielt, Obst- und Gemüsehändler auf einem Markt zu werden. Es gab bereits konkrete Pläne, aber dann war doch alles im Sande verlaufen.

»Etwas in der Sicherheitsbranche vielleicht. Die entsprechende Ausbildung und die nötige Berufspraxis habe ich. Möglicherweise könnte ich positive Referenzen bekommen, wenn das Schmiergeld hoch genug ist. Hauptsache, es riecht nicht mehr nach Polizei.«

Sie nahm den letzten Schluck und stellte das Glas auf das Tablett.

»Es ist spät, und ich bin müde. Legst du dich auch hin?«

»Nein, ich bleibe noch ein Weilchen sitzen. Ich muß ja morgen früh nicht arbeiten. Das sage ich übrigens ganz ohne Bitterkeit.«

Als Virena schlafen gegangen war, machte ich mich über die Zeitungsstapel her, zwei Tages- und zwei Abendzeitungen für jeden Tag der beiden Wochen. Virena hatte gewußt, daß ich sie lesen wollte, egal, was darin stand, und sie für mich aufgehoben.

Es war erstaunlich, was man über das Sündenregister des »Kriminalinspektors« herausgefunden hatte. Die Tageszeitungen hielten sich mit ihren Kommentaren zurück, druckten jedoch Stellungnahmen hoher Vorgesetzter, die meine Schurkereien verurteilten und beklagten, daß ich Schimpf und Schande über das Korps gebracht hätte. Die Abendblätter werden ja für einen anderen Markt produziert und haben alle Hemmungen längst über Bord geworfen. Sie brachten täglich mehrere Seiten über mich und meine Karriere und gingen, was die Persönlichkeitsrechte betraf, bis an die Grenze des Erlaubten. »Wie die Motte vom Licht scheint dieser Mann aus irgendeinem Grund von Gewalttaten angezogen zu werden. Seine nächsten Kollegen wollten sich nicht äußern, aber aus Insiderkreisen verlautet, daß X von einem manischen Hang zur Gewalt beherrscht wird.« Wie die Motte vom Licht! Die Leser mußten glauben, daß kein Tag verging, an dem ich nicht einem Verdächtigen die Ohren abbiß. Was war das für ein netter »Insider« gewesen, der solchen Quatsch von sich gegeben hatte? Sune Bengtsson? Oder hatten die Reporter ihren Informanten einfach erfunden?

»Entgegen der landläufigen Meinung kommen wenige Polizisten in eine Situation, wo sie ihre Waffe im Dienst anwenden müssen. X dagegen hat bereits an mehreren Schußwechseln teilgenommen. Er wurde verwundet und mindestens zwei, vermutlich aber drei oder mehr Menschen starben durch seine Kugeln.« Was wußten die Journalisten oder die Leser über die Hintergründe? Jedesmal war ich nach gründlicher Untersuchung des Falles entlastet worden; ich hatte mir nichts vorzuwerfen. Hätte ich nur einen regelwidrigen Schuß abgegeben, wäre ich verwarnt oder suspendiert worden. Wer diese Artikel las, mußte glauben, daß ich mit gezogener Pistole durch dunkle Gassen schlich und finsteren Typen auflauerte, um mich mit ihnen auf Leben und Tod zu duellieren. Und das Wörtchen »manisch« sollte dem Leser wohl suggerieren, daß meine wilden Schießereien von einem irren Kichern begleitet waren.

Jeder Journalist wußte, um wen es ging, jeder Anwalt, jeder Polizist; rund um diese Personen weitete sich der Kreis der Eingeweihten, und nur ein mental gestörter hundertfünfjähriger Greis, der sich nur noch für aufgeweichte Kekse interessierte, hatte noch nicht mitbekommen, wer jener ominöse »Kriminalinspektor X« war. Erstaunlich, daß mir noch keiner vorgeschlagen hatte, auf Tournee zu gehen, mit eigener Band und Backgroundsängerinnen. Sensationeller Erfolg für Gangster-Hassel und seinen berüchtigten Mörder-Rap!

Virena hatte recht, ich war nicht mehr derselbe Mensch wie vor der Verhaftung. Natürlich war ich verbittert, verhärtet und sann auf Vergeltung für alles, was sie mir angetan hatten, für das Mißtrauen, für den Verlust an Menschenwürde, für die Schädigung meines Rufes als Polizist, für die Verzweiflung am Leben. Ich wußte zwar noch nicht, an wem ich meine Rachlust stillen konnte, aber ich würde es ihnen heimzahlen.

Um vier Uhr morgens schlief ich ein und erwachte erst, als Virena sich aufmachte, Elin zur Schule zu bringen, bevor sie selbst ihren Job im Karolinska-Krankenhaus antrat. Der Küchentisch war gedeckt; es gab Tee oder Kaffee und viel Brot und Käse.

»Ich hätte Elin doch heute wegbringen können«, sagte ich.

»War es nicht schön auszuschlafen, ohne geweckt zu werden?«

»Ja, sicher. Aber trotzdem.«

»Übrigens mußt du nicht allein frühstücken. Um neun kommt dir jemand Gesellschaft leisten. Rasier dich, du siehst aus wie ein Stachelschwein.«

»Wer ist es denn?«

»Was glaubst du? Elin, gib Papa ein Küßchen, wir sind ein wenig spät.«

Ein Küßchen später war ich allein. Leider mußte ich Elins lieben Schmatz gleich wieder abwaschen; auch der stachelschweinische Bart mußte daran glauben. Ich war nicht geweckt worden, fühlte mich aber trotzdem nicht ausgeschlafen. Was spielte das für eine Rolle. Wenn ich wollte, konnte ich den ganzen Tag verpennen. Keiner fragte nach mir, wahrscheinlich nicht einmal Ovengren, nur dieser eine angekündigte Gast. Ich brauchte nicht viel Phantasie, um mir vorzustellen, wer es sein könnte. Richtig, fünf Minuten vor neun klingelte Simon an der Tür.

Ich wollte mich zunächst abwartend verhalten; schließlich gehörte er jetzt zur anderen Seite. Aber dann umarmte er mich so herzlich und hieb mir seine Bärenpranke so kameradschaftlich auf die Schulter, daß ich es unterließ, auf Distanz zu gehen. Wer konnte diesem Lächeln schon widerstehen! Simon war mein bester Freund gewesen und war es vielleicht noch immer, mein Kollege, seit wir gemeinsam bei der Polizei angefangen hatten, mein Chef, seit er in Rudas Nachfolge befristet Kommissar geworden war. Er hatte die Gruppe und den Titel behalten dürfen. Jetzt reckte er gerade die Nase in die Luft wie ein lüsterner Trüffelhund.

»Es riecht nach frischgebrühtem Kaffee! Aus der Küche, vermute ich. Also nichts wie hin! Hier vergeuden wir nur unsere Zeit.«

Er trabte in die Küche und grunzte zufrieden.

»Drei Sorten Brot, man dankt. Schnittkäse und Schmelzkäse, wunderbar. Setz dich und schlürfe deinen langweiligen Tee. Willst du denn nie in die Kaffeegemeinde zurückkehren? Lang doch zu, sei nicht schüchtern.«

Wie immer hatte Simon das Kommando übernommen, und ich wurde zum Gast in meiner eigenen Küche. Er kannte keine Hemmungen, und alles Eßbare verschwand nach und nach in seinem Schlund. Seine kräftigen Kiefer mahlten. Als er sich nach vorn beugte, schimmerte seine Glatze, als wäre sie von seiner aus Rußland stammenden Frau Nadja poliert worden. Vielleicht hatte sie es ja wirklich getan. Sie versuchte auch, seine Anzüge in Form zu halten, doch bei seiner Figur zerknitterten sämtliche Kleidungsstücke sofort.

»Du wagst es also, das schwarze Schaf zu besuchen«, brummte ich.

»Ich habe keine Vorurteile. Dieser Pfefferkäse hier ist wirklich schön pfefferig.«

»Weißt du, daß ich während der Ermittlungen beurlaubt bin?«

»Ja, aber nicht in deiner Küche. Französische Baguettes? Mhm, ich weiß nicht warum, aber die schmecken mir besser als die Weißbrotscheiben, die Nadja immer toastet.«

»Wirst du nicht degradiert, wenn man erfährt, daß du mit dem Schandfleck Nummer eins verkehrst?«

Da wir unter uns waren, rülpste er herzhaft und goß sich ungeniert Kaffee nach.

»Natürlich riskiere ich, in der Wäscherei zu landen und Uniformen zu bügeln. Reich mir doch mal ein Wasa-Knäcke herüber!«

Er wirkte so unbekümmert, als sei überhaupt nichts geschehen. Irgendwo hatte er ja auch recht; schließlich betraf die Sache einzig und allein mich.

»Simon, ich höre auf. Ich habe mich definitiv entschlossen.«

»Prima. Ich habe dir schon immer gesagt: Tee ist nichts für dich, Kaffee schmeckt viel besser.«

»Ich meine den Job. Vor dir siehst du einen ehemaligen Polizisten. Wenn es Ovengren und seinem Anhang gelingt, mich zur Strecke zu bringen, bekomme ich automatisch lebenslänglich. Wenn nicht, dann kündige ich an dem Tag, an dem der Fall abgeschlossen wird.«

»Soweit ich weiß, kann dich Ovengren gar nicht zur Strecke bringen.«

»Dann sein Anhang.«

»Solche wie Ovengren haben keinen Anhang. Ein Staatsanwalt verläßt sich auf das Material, was ihm übergeben wird, und leitet daraus seine eventuelle Anklage ab. Andere Verbindungen zu Ovengren gibt es nicht. Wenn er merkt, daß Ovengren in die falsche Richtung steuert, reißt er das Ruder herum. Ist dir das nicht klar?«

Ich sparte mir jeden Kommentar. Was ich zur Kenntnis nehmen wollte, nahm ich zur Kenntnis, der Rest ging mich nichts an. Genau wie Virena wollte Simon wissen:

»Und wovon will der Herr Expolizist dann leben? Von Gurken und Tomaten, ekligem Grünzeug, wie du dich auszudrücken beliebst?«

»Nein, aber …«

»Stop, ich weiß, was in dem Hohlkörper vor sich geht, der auf deinem Hals sitzt und die Arbeitsbezeichnung Kopf trägt. Du träumst von einem Job in der Sicherheitsbranche, hab ich recht?«

Als Antwort zuckte ich die Schultern. Gedankenlesen war kein Beweis für paranormale Kräfte. Viele Polizisten wechseln in diese Wachstumsbranche, die von der Unsicherheit in der Welt profitiert. Die Arbeitszeiten sind fest, keiner will einem die Fresse polieren, man muß keine Betrunkenen festnehmen, die einem das Hemd vollkotzen, man wird besser bezahlt, hat an Feiertagen frei, bekommt keine Magengeschwüre und außerdem fühlt sich die Familie sicherer. Simon starrte auf die Käseplatte und trommelte mit den Fingern auf den Tisch. Würde er den letzten Rest auch noch vertilgen? Er würde.

»Rolle, ich wüßte einen Job für dich, über den du einmal nachdenken solltest.«

»Ach ja?«

»Mhm. Da war heute so ein Mann im Frühstücksfernsehen ...«

»Wie schaffst du es fernzusehen, wenn du von neun Kindern und einer russischen Frau umgeben bist?«

»Man gewöhnt sich daran. Warte nur, bis du selbst so viele hast.«

Der Zug war abgefahren. Wir standen zwar noch auf dem Bahnsteig, doch die Schienen waren bereits herausgerissen.

»Was für einen Job meinst du?«

»Trendguru.«

»Was, zum Teufel, macht so einer? Hat das etwas mit Computern zu tun?«

»Nein, ein Trendguru erklärt uns, wie wir uns kleiden und was wir essen sollen oder welche Modefarben in den nächsten zwei Jahren dominieren werden. Weißt du, daß alles Handwerkliche boomen soll? Daß wir alle in Lindgrün herumlaufen werden? Daß Rotzbremsen wieder aktuell sind? Für Männer, selbstverständlich, für Frauen erst im nächsten Jahrhundert.«

Ein Stück Sesambrot war noch übrig. Simon erbarmte sich seiner und schickte es hinunter zu den anderen.

»Bist du verrückt?« erkundigte ich mich. »Was weiß ich schon von Trends? Ich habe keine Ahnung, was in oder out ist, und es interessiert mich auch nicht.«

Simon kramte in seinen Erinnerungen.

»Waren wir nicht einmal zusammen Schuhe kaufen? Du wolltest diese breiten Treter, während der Verkäufer behauptete, die spitzen seien modern. Macht nichts, hast du geantwortet, ich habe noch die selben Füße wie im vergangenen Jahr. Eine köstliche Replik, die ich in mein Repertoire übernommen habe! Du meinst, das wäre nichts für dich?«

»Rede doch keinen Blödsinn! Natürlich ist das nichts für mich. Trendguru, wenn ich das schon höre!«

»Trotzdem sind wir der Sache nähergekommen, weil wir diesen Broterwerb als für dich nicht in Frage kommend streichen können. Warum glaubst du, daß dich auf dem Sicherheitssektor jemand einstellen wird?«

»Mit meinen Kenntnissen ...«

»Rolle, Rolle!«

Er strich sich über die Glatze und schmatzte abschätzig mit den Lippen. Kaum zu glauben, daß dieser Mann einst der Schwarm aller Mädchen gewesen war, bis Nadja ihre Klauen in ihn schlug.

»Du bist nicht auf dem neuesten Stand. Erstens bist du ein oder zwei Jahrzehnte zu alt, ein Urvieh aus der Kreidezeit. Die Sicherheitsfirmen suchen junge Männer und bilden sie selbst aus. Vor ein paar Jahren konnten solche wie du und ich noch anständige Jobs in der Branche kriegen, aber inzwischen sind wir wertlos.«

»Hör mal, ich kenne mehrere Polizisten, die ...«

»Spezialisten, ja! Ganz besondere Kenntnisse, die sind gefragt. Aber was haben wir zu bieten? Eine allgemeine Ausbildung zum Polizisten aus einer Zeit, als Sigge Fürst in den Schwarzweißfilmen über Kalle Blomqvist den Konstabler Björk spielte. Wir sind Fahnder, nichts dagegen zu sagen, aber wer heutzutage jemanden finden will, muß nicht unbedingt jemanden anstellen, der auch noch soziale Kosten verursacht.«

Zugegeben, da schien etwas dran zu sein. Ich hatte ja auch nicht behauptet, daß sich jemand um mich reißen würde.

»Ich werde schon einen Job finden«, murmelte ich.

Simon hob seine Pranken und wedelte durch die Luft, als wollte er Fliegen verscheuchen.

»Okay, okay, nehmen wir mal an, du bekommst einen Job bei der Personenkontrolle einer Fabrik. Du sitzt in deinem kleinen Häuschen und siehst die Leute kommen und gehen. Langweilig, aber du bist auf alle Fälle zufrieden, dem bösen Polizeikorps entronnen zu sein. Oder irre ich mich?«

Sein Ton war schärfer geworden; er hatte sogar aufgehört, an dem Käse herumzuschnitzen.

»Meine Gefühle gehen niemanden etwas an.«

»Da sitzt du und kaust bis zur Pensionierung an dem Unrecht herum, das dir angetan wurde. Mit jedem Tag wirst du saurer; die Leute nennen dich bald Zitronen-Hassel. Stolz wie eine Essiggurke, weil du es der Polizei gezeigt hast, die so böse zu dir war. Das ist deine Zukunft.«

»Verdammt, du hast doch keine Ahnung!«

»Ein Kilo mehr als du auf alle Fälle. Man löst Probleme nicht, indem man vor ihnen davonläuft.«

Ich hieb mit der Faust auf den Tisch und schrie:

»Simon, ich *bin* schlecht behandelt worden! Als ich …«

»Von wem?«

Ich starrte ihn an. Er wiederholte:

»Von wem bist du schlecht behandelt worden? Vom Haftrichter? Der urteilt nach den Fakten, die ihm zugänglich sind. Nach der ersten Verhandlung hat er dich eingesperrt, nach der zweiten ließ er dich laufen, denn er wußte inzwischen mehr über den Fall. Hat er dich deshalb vorsätzlich schlecht behandelt? Oder meinst du den Staatsanwalt? Über ihn haben wir schon gesprochen. Er hat seinen Job gemacht, völlig korrekt. Haben dich die Vollzugsbeamten schlecht behandelt? Hast du kein Essen bekommen? Wurdest du getreten und geschlagen?«

Er erhob sich und lief in der Küche auf und ab. Für seinen Leibesumfang bewegte er sich sehr gewandt. Das Gespräch war alles andere als angenehm, und ich beschloß, nur das Notwendigste beizusteuern.

»Bist du sauer, weil sie nicht gleich gesehen haben, daß du eine schneeweiße Weste hast? Meinst du, du wärst über jeden Verdacht erhaben? Wir haben Kollegen, die wegen Korruption, Mißhandlung und Diebstahl verurteilt wurden. Sollte man deinetwegen eine Ausnahme machen? Lex Hassel? Leidest du an Größenwahn?«

Um etwas zu tun zu haben, stellte ich das Geschirr zusammen und trug es zum Spülbecken. Aus mir würde er kein Wort herausbekommen.

»Ovengren ist ein Dummkopf, der schlampig ermittelt hat, wie immer. Er kann es nicht besser. Das ist der Grund für all deine Probleme, aber du wurdest nicht schlechter behandelt als andere.«

Die Post fiel durch den Schlitz, und ich fischte einige Briefe heraus, die von scheinbar unbeholfener Hand adressiert worden waren. Als ich sie gelesen hatte, wußte ich mehr über mein bevorstehendes Hinscheiden. Ich gab sie an Simon weiter:

»Bitte, viel Vergnügen. Virena hat Drohungen erhalten, über die sie nicht einmal reden will. Auch per Telefon. Ein Mann hat Elin erzählt, er würde ihr den Kopf abschneiden.«

»Oh verdammt, das wußte ich nicht! Sonst hätte ich deinen Apparat abhören lassen. Aber solche durchgeknallten Typen haben ja wohl nichts mit der Polizei zu tun. Also noch einmal: Hat dich das Rechtssystem schlecht behandelt, ja oder nein?«

»Die Käseblätter ...«

»Du weißt doch, worum es bei diesen Boulevardzeitungen geht. Die kämpfen mit allen Mitteln um ihre Auflage. Ein Polizist, der des Mordes verdächtigt wird, verkauft sich gut. Vielleicht steckt aber auch echte Empörung dahinter, daß ein Bulle offenbar gegen alle geschriebenen und ungeschriebenen Gesetze verstoßen hat. Der Wind kann sich schnell drehen; dann bist du plötzlich ein armes Opfer der Justiz. Das ist schlimm, aber wer hat behauptet, daß wir in einer perfekten Welt leben? Wenn dein Fall abgeschlossen ist, werden wir zusehen, daß alles richtiggestellt wird.«

»Also in einigen Jahren.«

»Rede doch keinen Unsinn! Du weißt genau, daß es einen oder vielleicht auch drei Monate dauern kann, aber solche Fälle werden niemals zu den Akten gelegt.«

»Weshalb bist du eigentlich gekommen? Außer, um wie ein Präriebrand über das Frühstück herzufallen.«

Er blieb vor mir stehen, und wir schauten einander in die Augen. Ich war nicht sicher, ob wir uns einig waren.

»Ich möchte, daß du begreifst, daß du zu uns gehörst. Alle in der Gruppe sind sich einig, mich zu steinigen, falls du nicht wiederkommst.«

»Auch Sune?«

»An den komme ich schwer heran. Du weißt ja, wie er ist. Aber die anderen vermissen dich.«

Gegen meinen Willen und meine Überzeugung war ich schwankend geworden. Es ist schwer, eine Kameradschaft zu verlassen, in der man so verwurzelt ist. Doch die Zweifel machten nur ein paar Prozent aus, die ich unter nostalgischer Sentimentalität verbuchen konnte.

»Gut, nun weiß ich Bescheid.«

»Ist das alles, was du zu sagen hast?«

Eine freundschaftliche Umarmung wäre jetzt angebracht gewesen, doch ich beherrschte mich. Alles brauchte seine Zeit, und ich war noch nicht so weit. Die Bitterkeit steckte in mir, auch der Wunsch, jemanden für das Geschehene verantwortlich zu machen.

»Für heute ja. Ich nehme an, daß ich mich im Polizeigebäude nicht sehen lassen darf? Nicht einmal beim Wächter am Tor?«

»So sind leider die Regeln. Aber zu mir oder den anderen aus der Gruppe kannst du jederzeit Kontakt herstellen. Ich bin ja wahrlich schwer zu übersehen.«

»Ist es erlaubt, Ovengren die Hölle heiß zu machen?«

»Nein. Früher oder später bekommt er sowieso Ärger. Setz dich und überlaß den Abwasch den Frauen, dazu sind sie schließlich da. Da keine Damen anwesend sind, kann ich das ruhig einmal sagen. So, jetzt darfst du mir Kognak und Zigarren anbieten.«

»Fünf vor halb zehn am Vormittag?«

»Warum nicht? Ich bin ein Renaissancemensch.«

»Dann nimm noch eine Scheibe Knäcke.«

»Warum bin ich nur mit einem Puritaner befreundet?«

Ein wenig war es wie früher. Wir spielten, als wäre alles so wie früher. Nichts dagegen zu sagen. Man soll erst aufs Eis gehen, wenn es trägt.

»Womit willst du die Zeit totschlagen?« erkundigte sich Simon.

»Die Situation ist zu neu; ich habe noch gar nicht darüber nachgedacht. Vielleicht sollte ich Patiencen legen? Eine heißt Idiot, wenn ich mich richtig erinnere. Meine Großmutter wurde verrückt, weil sie nie aufging.«

Simon wollte noch etwas sagen, schien aber nicht die rechten Worte zu finden. Ich konnte ihm nicht helfen. Er druckste herum, als wollte er mir gestehen, er sei schwanger.

»Erinnerst du dich an einen Kommissar namens Carl Hiller?« fragte er schließlich.

»Der von der Reichskripo? Hat er nicht vor etwa fünf Jahren eine bedeutende internationale Bande zerschlagen, die über den Freihafen Tabak einschmuggelte?«

»Das war die richtige Antwort; der Kandidat erhält zehn Punkte. Hiller landete danach bei Interpol. Du weißt ja, Interpol hat in den letzten Jahren ganz schön zugelegt und arbeitet aktiv über Ländergrenzen hinweg. Wir trafen uns kürzlich. Er ruft dich eventuell an.«

»Was hätten wir einander zu sagen?«

»Das verrät er dir besser selbst.«

Er schaute auf die Küchenuhr und tat so, als würde er erschrecken.

»Mein Gott, es ist ja schon so spät. Rolle, jetzt mußt du allein klarkommen. Wenn ich jetzt nicht gehe, verpasse ich die Kaffeepause.«

Ich brachte ihn zur Tür, doch er blieb stehen und kniff die Lippen zusammen. Dann gestand er:

»Ich glaube, ich habe einen Fehler gemacht. Ich werde versuchen, Hiller zu erreichen, und ihm abraten, dich anzurufen.«

»Na gut, wie du willst.«

»Ich meine, du bist mein bester Kumpel. Ich will nicht, daß du vielleicht ermordet wirst!«

4.

Lange, triste Tage voller Regen und schlechter Laune. Wie konnten sich Leute nur auf ihre Pensionierung freuen, mit dem Argument, dann könnten sie endlich tun, was sie wollten? Ich las, aber nach fünf Seiten hatte ich keine Ruhe mehr; ich ging ins Kino, aber ein Film war schlechter als der andere; ich besuchte Museen, aber sie waren allesamt uninteressant; die Fernsehprogramme waren tagsüber katastrophal; die Uhr schien immer wieder stehenzubleiben. Drohbriefe kamen, aber ich öffnete sie nicht mehr, die Geisteskranken riefen an, und ich hörte ihnen zu und lud sie zu mir ein, um die Sache in Ruhe zu diskutieren, aber sie gingen nicht auf meinen Vorschlag ein.

Etwa eine Woche später kam ich gegen sechzehn Uhr nach Hause. Ich trug mehrere Einkaufstüten, denn ich hatte versprochen, ein schönes Abendessen zu bereiten. Meine Damen waren bereits daheim. Elin war im Bad, und ich hörte sie singen. Virena saß in der Küche und war außer sich; kalter Schweiß stand auf ihrer Stirn, und ihre Hände zitterten. Bevor ich etwas sagen konnte, schloß sie die Tür, damit Elin nichts mitbekam, und schluchzte:

»Roland … ich halte es nicht länger aus!«

Ich nahm ihre Hand und flüsterte weich:

»Ist wieder so ein schrecklicher Anruf gekommen?«

»Roland, ich habe … nicht alles gesagt … auch auf Arbeit … Anrufe … mitten im größten Streß … Arme und Beine will er mir abschneiden …«

»Virena, wir müssen etwas unternehmen …«

»Heute war er da! Schlich sich in die Röntgenabteilung ein. Ein so … ekelhafter Typ! Zog ein riesiges Messer hervor … Sagte, er würde … aber da kamen ein paar Ärzte, und er floh … aber er würde wiederkommen, sagte er …«

Ich versuchte, sie zu umarmen, doch sie war stocksteif und stieß mich weg.

»Und … in Elins Schule ist er auch gewesen … sie hat es nicht begriffen … ein Lehrer hörte sein irres Gerede … Kopf abschneiden … krank, krank, krank …«

Ich versuchte, ihre Stirn zu kühlen, aber das Fieber schien nicht nachzulassen.

»Morgen früh reisen wie ab, Elin und ich. Ich bin innerlich wie Gelee … schon lange … ich kann nicht mehr …«

Für besondere Anlässe stand immer eine Flasche Wodka in Schrank. Ich goß ihr ein Wasserglas voll; sie trank es in einem Zug aus. Ein deutlicher Hinweis, daß sie dem totalen Zusammenbruch nahe war, aber sie wurde wenigstens etwas ruhiger.

»Roland, ich habe mit der Schule gesprochen. Elin bekommt frei, wenn ich mit ihr übe. Im Krankenhaus habe ich Bescheid gesagt. Gott im Himmel …«

»Wann geht der Zug nach Norrland?«

»Nein, nein, meine Schwester ist krank, wir können nicht nach Kramfors fahren. Das Reisebüro hatte noch ein paar Tickets für die Kanarischen Inseln. San Augustin heißt der Ort; irgendein Hotel für drei Wochen ...«

Sie stand auf und gab mir einen hastigen Kuß, aber ihr Blick flackerte. Sie war in der Küche und doch nicht anwesend.

»Es ist nicht dein Fehler, Roland. Absolut nicht. Du verstehst mich, sag, daß du mich verstehst, du mußt mich verstehen!«

Was blieb mir anderes übrig? Wenn sie auf Kungsholmen bliebe, wäre sie bald ein nervöses Wrack. Polizeiliche Überwachung Tag und Nacht, aber wie schützt man sich gegen Wahnsinnige? Dazu kam, daß sie sich weniger um sich selbst, sondern mehr um Elin Sorgen machte. Man kann ein Kind im schulpflichtigen Alter nicht in einen Panzerschrank einschließen. Vielleicht war eine Flucht auf die Kanaren für sie die beste Lösung, um das seelische Gleichgewicht wieder zu finden.

Mitten in der Nacht kam ein Anruf, weil ich vergessen hatte, den Telefonstecker zu ziehen. Diesmal war es eine neue Stimme, ein offenbar angetrunkener Gentleman, der nuschelte, daß ich in der Hölle braten würde. Ich bat ihn, mir einen Platz zu reservieren, und legte auf. Am nächsten Morgen spielten wir Elin großes Theater vor. Die Schule habe die Erlaubnis gegeben, daß sie mit Mama an ein großes, schönes Meer fliegen und Ferien machen durfte. Lachend und scherzend fuhren wir zum Flugplatz Arlanda, doch Virenas Hand zitterte, und sie schaute immer wieder in den Rückspiegel. Erst als sie mit Elin in die Transithalle ging, sah ich, daß sie aufatmete. Ich hoffte, daß sich ihre Nerven in der kanarischen Sonne erholen würden.

Mir blieben noch mehr Regen, Verdruß und eine Einsamkeit, die mich begreifen ließ, wie sich Menschen fühlen müssen, die gerade ihren Lebenspartner verloren haben. Vier Tage später rief Carl Hiller an und wollte sich mit mir treffen. Ich hätte auch zugestimmt, wenn der Teufel mich zu einem Geschäftsessen eingeladen hätte, um mit mir über die Schwefelpreise zu diskutieren, nur, um etwas Abwechslung zu haben. Hiller schlug vor, gemeinsam zu lunchen, und ich empfahl Gamla Bysis in der

Hornsgatan. Dieses gemütliche Lokal war einst ein Schuldgefängnis gewesen; dort hatte Bellman gelegentlich gesessen und darauf gewartet, von seinen Freunden freigekauft zu werden. Ich konnte sehr gut nachempfinden, wie sich der Dichter gefühlt haben mußte und gelobte insgeheim, keine schlüpfrigen Anekdoten mehr über meinen Geistesbruder zu verbreiten. Hiller kannte Gamla Bysis.

»Ich stamme aus Söder«, erklärte er. »Viertel vor zwölf, wenn es dir recht ist.«

Ich rechnetet es ihm hoch an, daß er keinen kumpelhaften Ton angeschlagen hatte, sondern sachlich geblieben war. Es gibt Stimmen, die sich einem sofort einprägen und eine Vorstellung von der Persönlichkeit des jeweiligen Menschen vermitteln. Hillers Stimme war weich und melodisch, aber dennoch deutlich und bestimmt.

Die Hornsgatan lädt zu einem Spaziergang ein. Hier ist die Zeit in vielerlei Hinsicht stehengeblieben; so hat ganz Stockholm früher ausgesehen, mit vielen kleinen Läden, die ein reichhaltiges Angebot an originellen Waren garantierten. Nirgendwo gibt es so viele Geschäfte mit Antiquitäten. Man steht davor und fragt sich: Wer mag so einen Plunder kaufen? Aber im nächsten Moment packt es einen, und man glaubt, ohne diese alte Vase oder jene Petroleumlampe nicht mehr leben zu können. In dieser unverfälschten Gegend gedeiht ein besonderer Menschenschlag, bodenständig und ungekünstelt. Wenn man sich trifft, grüßt man; das affektierte Gehabe der Leute gegenüber von Slussen wird belächelt.

Bars, Kneipen, Restaurants und Pubs liegen dicht an dicht. Feinschmeckerlokale findet man selten; hier wird eine deftige Küche bevorzugt, und ein großes Bier kostet nicht viel. Wichtig ist das Zusammensein; es kann laut zugehen, aber immer herzlich.

In dieser Straße sind die Häuser etwas zurückgesetzt. Davor ist ein schmaler Grünstreifen mit Büschen, Bäumen und Sitzbänken angelegt worden. Die Grundstücke 76 bis 80 bieten alles für das leibliche Wohl. An der Ecke zur Ludviksbergsgatan liegt das Restaurant Kolossal, das seinem Namen alle Ehre macht; ein Stück weiter kann man griechisches Fast Food kaufen; dahinter folgt ein Delikatessenladen, der unter anderem Kräutersalami, Lammrouladen, Schinken und cholesterinstrotzenden Käse im Angebot hat. In unmittelbarer Nachbarschaft befindet sich ein Reformhaus – in Söder sind alle Brüder.

Der Grünstreifen weitet sich zu einem kleinen Park, Bysistäppan genannt. Dort steht eine schöne Bronzestatue. Sie stellt eine Frau dar, die einen Blumenstrauß in der Linken hält; die rechte Hand ruht auf der Brust. Ro, so heißt das sagenhafte Weib, ist in Harmonie mit sich selbst; ihr Blick verliert sich in der Ferne.

Dann folgt das Haus mit Gamla Bysis. Es hat drei Stockwerke, und man kann an der Fassade erkennen, daß es im 18. Jahrhundert erbaut und später stets sorgsam renoviert wurde. Ein blauer Baldachin trägt den Namen des Lokals; eine kräftige Fahnenstange über dem Tor, durch das früher Pferdefuhrwerke rumpelten, weist zusätzlich auf diese Stätte der Gastlichkeit hin. Der Durchgang zum Hof zieht sich lang hin und ist gelb gestrichen. Von der Decke hängen altertümliche Lampen mit matten Gläsern. Durch einen Doppelbogen tritt man in den Hof, der an den Seiten von zweistöckigen Gebäuden begrenzt wird. Geradezu steht das Haupthaus, das eine Etage höher ist. Alle Bauwerke sind im selben gelb-beigen Farbton verputzt und bieten ein reiches Betätigungsfeld für kreative Menschen unter der Regie des Arbeiter-Bildungsverbandes. In dem sandbestreuten Hof stehen im Sommer Tische und Stühle, und man kann sein Essen im Freien genießen. Meistens ist es dann sehr voll, man findet bei schönem Wetter selten einen Platz.

Wir kamen gleichzeitig an. Obwohl wir uns noch nie begegnet waren, erkannten wir einander sofort. Er nahm die gerade Pfeife aus dem Mundwinkel, kratzte den verbrannten Tabak heraus und verstaute das Rauchwerkzeug sorgfältig in der Tasche seines kleingemusterten Blazers. Die Person paßte zu der Telefonstimme.

Hiller war etwa fünfzig und mittelgroß. Seine blaugrauen Augen hatten einen ruhigen, forschenden Blick. Sein gewelltes dunkles Haar zeigte die ersten grauen Strähnen, die Gesichtshaut war sonnengebräunt. Er war leger, aber nicht nachlässig gekleidet und wirkte nicht wie ein gewöhnlicher Polizist, sondern eher wie ein beethovenliebender Architekt, der gute Chancen hat, den Auftrag zum Umbau des Reichstages zu erhalten. Welchen Eindruck mochte ich auf ihn machen? Den eines berufsgeschädigten Bullen, der Bingo spielt und Autogramme von Fußballern sammelt?

Wir gingen hinein. Die Gaststätte besteht aus mehreren Räumen mit niedriger Balkendecke sowie altem Küchengerät und ansprechenden Kunstwerken an den Wänden. Eine Gittertür erinnert an die Zeit als Gefängnis, steht aber nunmehr einladend offen.

»Suchen wir uns doch Plätze mit einer schönen Aussicht«, schlug ich vor.

»Über die Hornsgatan?«

»Über die ganze Stadt.«

In dem größeren Raum, in dem sich auch eine kleine Bühne befindet, gibt es ein Panoramabild, das der Künstler direkt auf die Wand gemalt hat. Die Farben sind kräftig, und man betrachtet die Strandlinie von Kungsholmen aus gesehen; Stadshuset ist der zentrale Punkt, dann wandert der Blick über Riddarholmskajen nach Slussen. Die wohlbekannten Gebäude heben sich schön gegen den blauen Himmel und das blaue Wasser ab.

Als Zugabe zeigte uns ein anderes Gemälde auf der gegenüberliegenden Wand den Festsaal eines dänischen Schlosses. Die Perspektive war wunderbar getroffen.

»Der Maler heißt Bo Karman«, verriet ich. »Ich war dabei, als es eingeweiht wurde; die Farbe war noch nicht einmal richtig trocken. Amüsanter Typ. Wenn ich so malen könnte ...«

»Aber du kannst es nicht und ich auch nicht. Also, was wollen wir essen? Ich lade dich ein.«

»Dann füll die Badewanne voll Moët & Chandon.«

»Warum sollen wir auswärts wählen, was wir jeden Tag zu Hause haben? Wie wäre es denn mit Avocado und Mozzarella als Vorspeise? Dazu Olivenöl und Basilikum, versteht sich. Es gibt hier Glattbutt, das klingt gut; dazu empfehle ich ein frisches Bier.«

»Ein schreckliches Menü! Du kannst meinetwegen bestellen, was du willst, aber ich hätte gern Avocado mit Mozzarella und dann den Glattbutt. Im Gegensatz zu dir würde ich gern ein gutes Bier trinken.«

»Hier gibt es selbstgemachtes Schokoladenmousse als Dessert. Und ich mag Desserts.«

»Ich nicht, und deshalb nehme ich, schon in Anbetracht meines Gewichts, Schokoladenmousse.«

Wir grinsten uns an. Die Fronten waren geklärt, der richtige Ton gefunden. Kein höfliches Vorgeplänkel, kein Herumreden um den heißen Brei, wir konnten sofort zur Sache kommen.

»Simon meinte, er hätte es sich anders überlegt und würde dir abraten, mit mir zu reden.«

»Ach ja? Nun, ich war ein paar Tage in Wien. Wie kam er zu dieser Auffassung?«

»Er hatte Angst, ich könnte ermordet werden.«

Hiller nickte und schien sich überhaupt nicht zu wundern. Er gab die Bestellung auf. Als sich die Serviererin entfernt hatte, fragte er leichthin:

»Hast du denn Angst um das liebe Leben?«

»Eine selten idiotische Frage! Natürlich. Das Leben ist doch das schönste am Leben.«

»Das sage ich auch immer. Ein Leben in Ruhe und Frieden ist die größte Gnade. Ich hasse Sylvester Stallone, vor allem als Rambo. Spielst du Schach?«

»Nein.«

»Ich auch nicht, aber es ist der Inbegriff eines sicheren Daseins. Tja, dann wird wohl nichts aus uns. Ein bißchen aufregender als Schach könnte es schon werden; nicht gleich Mord, aber … Magst du Wasser? Meere und Schiffe?«

Das Bier kam, und wir nahmen ein paar Schlucke. Das war das richtige Leben, jeden Tag faulenzen und auch noch zum Essen eingeladen werden!

»Mein Vater war Taxifahrer und eine Landratte. Also bin ich auch eine Landratte geworden. Meine maritimen Erlebnisse beschränken sich auf die Djurgardsfähre, ein paar Touren durch die Schären und einige Reisen mit der Vikinglinie, gemeinsam mit meiner Frau Virena. Es war schön an Bord und das Essen schmeckte, darüber hinaus weiß ich nichts. Schiffe werden mit Propellern angetrieben, nicht wahr? Oder schießt man sie mit dem Katapult übers Wasser?«

Die Vorspeise wurde serviert, und mir lief das Wasser im Mund zusammen.

»Mein Vater arbeitete als Maschinist für die Johnsonlinie. Er war unglaublich stolz auf die Reederei. So war das damals, man hielt zu seiner Reederei, bei jedem Wetter. Man konnte sich mit ihr identifizieren. Davon ist fast nichts geblieben. Die Identität ist weg, die Loyalität ebenso. Wie erging es deinem Vater?«

»Lunge kaputt. Holzgas.«

»Mein Papa fuhr mit seinem Schiff auf eine Mine. Bums, und es war aus. In bestimmten Gewässern trieben noch Jahre nach dem Krieg Minen. Aber ich bin sicher, daß er bis zuletzt stolz war, ein Johnson-Maschinist zu sein.«

Leider konnte ich nicht behaupten, daß mein Vater sein Leben stolz in einem Chrysler ausgehaucht hatte, nachdem er mit einem schwimmenden Ford kollidiert war. Als seine Lungen versagten, wurde er vorzeitig in Rente geschickt, aber wenn wir durch die Stadt spazierten, war auch er stolz über den zuverlässigen Taxiverkehr.

»Das Interesse für das Meer und die Handelsflotte habe ich geerbt«, fuhr Hiller fort. »Ich las Bücher über Schiffe und prägte mir ihr Aussehen und die Reedereizeichen an den Schornsteinen ein. Ich träumte von fernen Ländern. Aber dann wurde ich Polizist, und ich habe es nicht bereut. Mein Interesse für Schiffe habe ich behalten. Was schätzt du, wie viele Seeleute pro Jahr umkommen?«

»Weiß nicht. Viele.«

»Im Durchschnitt ein paar Tausend. In Jahren mit großen Katastrophen sind es bedeutend mehr.«

»Estonia ...«

Er nickte ernst.

»Estonia, zum Beispiel. Aber vergessen wir die schlimmen Einzelfälle, konzentrieren wir uns auf die Statistik für Angehörige der Handelsflotte. Ein paar Tausend sterben also pro Jahr, das wissen wir. Aber es gibt eine Dunkelziffer. Menschen, die nicht mitgezählt werden. Aber Menschen.«

»Das Matrosenleben ist hart.«

Der Glattbutt kam, weiß und fest im Fleisch, mit einer Soße, in die man gern Kartoffeln drückte. Jetzt war Schluß mit lustig. Bei dem Namen Estonia füllte sich mein Gehirn mit eiskaltem Wasser, in den Zellen stürmte es und die Schreie von Ertrinkenden fraßen sich durch das Trommelfell. Hiller fühlte offenbar dasselbe und bestellte noch zwei Bier. Zwei Flaschen zum Lunch! Wo sollte das noch hinführen? Andererseits war ich ja bereits so tief gesunken, daß es darauf nicht mehr ankam.

»Das Meer kann ein treuer Diener, aber auch ein grausamer Herr sein, Roland. Wirst du Rolle genannt?«

»Ja. Und du – Calle?«

»Nein, Carl. Schiffe erleiden unter tragischen Umständen Schiffbruch, doch sind solche Ereignisse auf See normal – Orkane, Auflaufen auf ein Riff, Verschiebungen der Fracht, Brände an Bord, Kollisionen, um nur einige Ursachen zu nennen. Ich rede von seetüchtigen Schiffen von seriösen Reedereien. Ein bestimmtes Risiko gehört zum Beruf. Es gibt keine unsinkbaren Schiffe, aber seriöse Reeder achten darauf, daß ihre Fahrzeuge in einem Zustand sind, der Risiken minimiert.«

Ich erinnerte mich, daß ich als Kind einmal eine Nacht auf einer weit draußen gelegenen Schäreninsel verbracht hatte. Am ersten Tag war das Meer spiegelglatt, am zweiten kochte es wie ein Hexenkessel. Ich hatte nie geglaubt, daß es solche Wogen geben konnte; ich war voller Angst und zugleich fasziniert von den entfesselten Kräften, die ich bis dahin nur aus dem Kino kannte. Für einen Stadtmenschen wie mich war es eine Naturkatastrophe, wenn der Wind einen Ast von einem Parkbaum riß und dabei eine Autoscheibe zu Bruch ging.

»Dann gibt es eine zweite Gruppe von Seeleuten, die in schwimmenden Leichenkisten umkommen. Manchmal sind die Schiffe nicht einmal klassifiziert und versichert. Sie fahren so lange, bis sie entweder sinken oder nicht mehr vom Kai wegkommen und verschrottet werden müssen. Es kommt auch vor, daß sie zwar klassifiziert, aber dennoch am Auseinanderfallen sind. Solche Kisten schwimmen massenhaft auf den Weltmeeren herum, und es wäre besser, den Besatzungen die Leichentücher gleich mitzugeben. Die Reeder sind unseriös, um es einmal höflich auszudrücken. Gesindel, wenn du mich fragst, Mörder auf Zeit, ähnlich wie die Drogenhändler. Ich könnte dir ...«

Die Teller wurden weggeräumt; nun war es Zeit für das Schokoladenmousse. Hatte jemand etwas gegen Desserts gesagt? Wer kümmerte sich schon um Kalorien, außer ein paar Gesundheitsfaschisten ...

»Nun ja, vielleicht ein andermal«, nahm Hiller den Faden wieder auf. »Ich will dich nicht langweilen. Langweile ich dich?«

»Nein, aber was du erzählst, ist nicht gerade neu für mich. Jeder, der lesen kann, ist über solche Geschichten mehr oder weniger informiert. Für Billigflaggen wie Panama gelten offenbar keine Gesetze, da kann man nichts machen. Ich unterschreibe keine Petitionen und nehme an keinen Demonstrationen teil. Ich will mit meinen Kräften haushalten, bis Dinge kommen, die ich aktiv beeinflussen kann, und selbst dann muß ich ordentlich motiviert sein.«

»Cappuccino?«

»Lieber Tee. Aber bitte nicht gerade Earl Grey.«

»Glaubst du mir, wenn ich dir verrate, daß die Meere heutzutage ein Dschungel ohnegleichen sind, ein Wasserdschungel, in dem furchtbare Monster lauern?«

»Meinetwegen. Wie so viele Mitbürger bin ich inzwischen bereit, alles zu glauben. Nichts ist unmöglich, Monster gibt es in jedem Element.«

Tee und Kaffee wurden aufgetragen. Hiller nahm noch ein Stück Gebäck dazu, aber ich lehnte dankend ab. Wenn man eingeladen ist, soll man nicht unverschämt werden, und außerdem wollte ich nicht in einer Schubkarre nach Hause gefahren werden. Hiller rührte in seiner Tasse und schwieg eine Weile. Dann erkundigte er sich:

»Du bist verheiratet und hast eine Tochter, nicht wahr?«

»Sie sind auf den Kanarischen Inseln, aber ich durfte nicht mit. Mein Paß ist eingezogen. Du weißt vielleicht, daß gegen mich ermittelt wird – wegen Raub und Mord an zwei Polizisten?«

»Das ist mir nicht unbekannt.«

»Fürchtest du dich nicht vor mir?«

»So gefährlich bist du nun auch wieder nicht.«

Er lächelte, und es war ein gutes Lächeln, ein halbes Simon-Lächeln, was bedeutete, daß es vier Meter breiter war als das der meisten anderen Menschen.

»Ich bin geschieden, aber ich habe ein gutes Verhältnis zu Monica und den Kindern. Ich war zuviel unterwegs; so einer taugt nicht für die Ehe. Eine Frau will einen Mann, mit dem sie über ganz gewöhnliche Dinge reden kann. Ich dagegen war besessen von einer Aufgabe, die mir bei Interpol übertragen wurde.«

Aha, nun kam er endlich zur Sache. Ich war durchaus ein wenig neugierig. Schließlich hatte er lange genug die Trommel gerührt für die Saltos, die jetzt folgen sollten.

»Und dann gibt es eine dritte Gruppe von Opfern – die sterben bei Schiffskatastrophen, die absichtlich herbeigeführt werden, um Versicherungsprämien zu kassieren. Man sprengt die Fahrzeuge dort, wo das Meer am tiefsten ist. Oft existieren keine Zeugen, und eventuelle Überlebende wissen nichts. Wir können nichts beweisen, doch wir sind sicher, daß so etwas im großen Maßstab geschieht. Wie nennst du es, wenn vielleicht vier- oder fünfhundert Menschen auf einmal umgebracht werden? Für Geld?«

Er legte mir das Wort in den Mund:

»Massenmord. Aber wenn es keine Beweise gibt und ...«

»1975 starb einer der reichsten Männer der Welt, Sokrates Aristoteles Homer Onassis. Für viele war er ein großer Held; kein Luxus war ihm fremd. Der Goldjunge der High Society, mit Betonung auf Gold, wurde Anfang des Jahrhunderts in Izmir geboren. Er begann als Tabakhändler, merkte aber schnell, daß mit Schiffen mehr zu verdienen war. Mit geborgtem Geld finanzierte er den Kauf einiger ausgedienter Tanker. Einige davon gingen im Atlantik mit Mann und Maus unter. Bei ruhiger See explodierten sie ganz plötzlich. Die Schiffe waren enorm überversichert, aber er erhielt das Geld. Damit wurde er zum Machtfaktor; er hatte den Bogen raus. Andere Griechen kopierten die Methode und konnten sich ebenfalls mit dem legendären König Midas vergleichen. Die Griechen ... aber das kann noch warten.«

»Gab es keinerlei Beweise gegen Onassis?«

Hiller schüttelte langsam den Kopf.

»Ein Sprengexperte, der möglicherweise um seine Bezahlung betrogen worden war, versprach aus Rache auszupacken. Er wohnte in der Nähe von Athen. Leider stürzte er aus seiner Wohnung im fünften Stock, kurz bevor die Polizei bei ihm eintraf. Ein tragischer Unglücksfall.«

»Nun ja. Aber, Carl, dieser Fall ist ein wenig zu alt für uns. Außerdem ist es nicht unser Zuständigkeitsbereich.«

Er nahm die Pfeife aus dem Mund und wies mit dem zerkauten Mundstück auf mich.

»Bisher konnte lediglich in zwei Fällen bewiesen werden, daß die Reeder selbst hinter den Sprengungen steckten. Der erste hatte einen Bezug zu Schweden. Einige Esten, die während des Krieges zu uns geflohen waren, starteten eine Reederei mit einem Schiff namens Energi, das in Panama registriert war. 1950 sank es, angeblich durch eine Mine. Wie gesagt, die trieben noch lange nach Kriegsende im Meer herum. Neun Mann riß es mit in die Tiefe. Die Reeder erhielten die Versicherung ausgezahlt. Die Sache wäre nie publik geworden, wenn nicht eine Frau, die mit einem der Esten liiert war, fünfzehn Jahre später Gewissensbisse bekommen hätte. Neun Tote! Genug, um von Massenmord zu sprechen. Die Hinterbliebenen jedoch erhielten keine müde Krone, denn für Kriegsschäden kamen die Versicherungen nicht auf.«

Schwach erinnerte ich mich an den Fall. War er nicht auf einem Weiterbildungskurs behandelt worden? Man kann sich nicht alles merken. Manchmal erinnert man sich nicht einmal an den Kurs.

»Was geschah mit den Reedern?«

»Sie wurden selbstverständlich verurteilt. Nach der Haftstrafe, die sie wegen mehrfachen Mordes verbüßten, kehrten sie in die Reedereibranche zurück. Der zweite Fall drehte sich um ein italienisches Schiff, das ›Cona‹ getauft war. Auf der Reise in den Fernen Osten explodierte es. Die Besatzung sollte mit untergehen, aber der Bug blieb über Wasser, so daß sechs der zwölf Besatzungsmitglieder von einem in der Nähe kreuzenden türkischen Schiff gerettet werden konnten.«

Er stopfte seine Pfeife, zündete sie jedoch nicht an.

»Die Reeder forderten eine Summe von 40 Millionen. Das Schiff hatte angeblich Hochtechnologie an Bord. Doch diesmal weigerte sich die Versicherung zu zahlen, weil zwei überlebende Seeleute einen Prozeß gegen die Reederei anstrengten. Es dauerte zehn Jahre, bis die Klage ernst genommen wurde und man Taucher hinunterschickte. Die Fracht bestand aus wertlosem Schrott, die Explosion war zweifellos absichtlich herbeigeführt worden. Die Reeder gingen für zwanzig Jahre ins Gefängnis, aber erst nach zehn Jahren beharrlichen Kampfes. Wenn der Plan gelungen und die ganze Mannschaft ertrunken wäre, hätten sie nichts zu befürchten gehabt.«

Hiller zündete ein Streichholz an und wollte es an den Pfeifenkopf halten. Ich blies es aus und zeigte auf ein Schild: Nichtraucherzone. Kommentarlos ließ er die Pfeife in der Tasche verschwinden. Was er erzählt hatte, war sicher interessant, aber ich hatte anderes im Kopf und konnte eine gewisse Enttäuschung nicht unterdrücken. Was hatte das mit mir zu tun? Ich verstand auch Simon nicht. Gewisse höhergestellte Persönlichkeiten behaupten ja, daß nichts über ein freies Mittagessen geht, aber die haben sicher andere Möglichkeiten zuzulangen.

»Möchtest du wissen, was ich bei Interpol mache?« fragte er.

»Suspendierte Greifer zum Lunch einladen?«

»Hast du noch ein bißchen Zeit?«

»Ja, aber nur bis das Essen serviert wird.«

»Ich weiß, daß ich umständlich bin, aber irgendeinen Fehler muß man ja haben. Es ist wichtig, alles ganz genau zu schildern. Vor einigen Jahren brachten die Amerikaner ein Schiff auf, das unter einer Billigflagge fuhr. Man beschlagnahmte Narkotika in einer noch nie dagewesenen Menge. Das FBI beschloß, die Eigentümer des Schiffes ausfindig zu machen, koste es, was es wolle. Aber nicht einmal das FBI konnte die Mauer des Schweigens durchbrechen. Die ganze Autorität der Bundespolizei und enorme Ressourcen nutzten nichts; das Schiff gehörte einer anonymen Briefkastenfirma. Als man an diese heranwollte, landete man bei einem Anwalt, der sich auf seine Schweigepflicht berief. Selbst wenn der Advokat auf die Streckbank gelegt worden wäre, er hätte nichts anderes von sich gegeben als die Honorarordnung. Eine wasserdichte Sache, sozusagen.«

»Nicht einmal Interpol bekommt Einblick?«

»Nein, die Gardinen sind zugezogen, und zwar für alle. Ich gehöre zu einer Spezialgruppe von Interpol, die gegen diese kriminellen Reedereien ermittelt. Es geht um gewaltige Summen – und um Massenmord.«

Er war durstig und winkte nach einem dritten Bier. Für mich war es genug. Weil vornehmlich er redete, hatte er die trockenere Kehle.

»Nun werde ich dir verraten, welchen Verdacht wir haben.«

»Hurra! Endlich!«

Er ignorierte meinen Zwischenruf und fuhr fort, wobei seine Stimme leidenschaftlicher wurde:

»Wir glauben, daß ein kleines Syndikat von Personen hinter einer Anzahl von Briefkastenreedereien in verschiedenen sogenannten offenen Registern steckt. Bevorzugte Länder sind Panama, Liberia, Belize, Honduras, St. Vincent, Antigua, Bermuda, Cayman Islands, Malta, die Bahamas, Isle of Man, Gibraltar, Zypern, Hongkong, die Marshallinseln, Tubala, Vanuatu ...«

»Von diesen Plätzen hat der Zeuge nie etwas gehört.«

»Es gibt noch weitere, und an Kunden herrscht kein Mangel. Man spart Kosten und zahlt fast keine Steuern. Wir vermuten also, daß dieses Syndikat dreißig, vierzig Unternehmen besitzt, die unterschiedliche Namen tragen und scheinbar nichts miteinander zu tun haben. Es handelt sich um eine Flotte von über hundert, vielleicht sogar mehreren hundert Schiffen, die auf diverse Firmen verteilt sind. Die meisten Fahrzeuge sind in einem erbärmlichen Zustand. Einige sind Leichenkisten, die keinen Sturm und nicht die schwächste Kollision überstehen würden. Viele verschwinden spurlos nach Explosionen im Maschinenraum. Wir sind sicher, daß sie absichtlich gesprengt werden. Ein Massenmord nach dem anderen, nur des Geldes wegen, um eine teuflische Gier zu befriedigen. Die Versicherungen werden bei wechselnden Unternehmen in verschiedenen Ländern abgeschlossen. Zusammenhänge lassen sich nicht nachweisen. Ist das nicht eine perfekte Mord-GmbH?«

In seiner Erregung wollte er sich erneut die Pfeife anzünden.

»Immer noch Nichtraucher«, bremste ich ihn.

Irritiert steckte er die Streichhölzer wieder ein. Ich merkte, daß er das Nikotin zu vermissen begann.

»Rolle, wir haben Grund anzunehmen, daß Schweden zu diesem Syndikat gehören. Wenn wir an diese Person oder Personen herankommen, könnten wir die ganze Organisation unschädlich machen. Die Chance ist klein, aber wir sollten sie nutzen, mit allen Mitteln.«

»Klar, verstehe ich vollkommen. Was sollte Interpol sonst mit ihren Mitteln machen?«

Ich erhob das Glas mit dem kleinen Rest, der noch darin war.

»Viel Glück und Erfolg dabei. Frisch gewagt ist halb gewonnen. Ohne Fleiß kein Preis. Morgenstund hat Gold im Mund.«

Wenn er wollte, hatte ich noch mehr flotte Sprüche auf Lager. Meine moralische Unterstützung konnte er hektoliterweise bekommen. Aber was nutzte ihm der Zuspruch eines Stockholmer Bullen? Unsere Arbeitsgebiete lagen zu weit auseinander.

»Wir brauchen Hilfe, Rolle. Zufällig haben wir die einmalige Möglichkeit, einen Mann in die Organisation einzuschleusen. Zwar auf unterem Niveau, aber es ist immerhin die erste Chance in vielen Jahren.«

Er griff nach meiner Hand und schaute mir tief in die Augen.

»Du könntest unser Mann sein. Bist du bereit?«

5.

Hiller, der Interpol-Mann mit den Spendierhosen, hatte sogar das Taxi zu mir nach Hause bezahlt. Die Wohnung war nicht aufgeräumt, und der Staub freute sich bestimmt, wegen Abwesenheit der Hausfrau einmal länger liegenbleiben zu können. Ich entschuldigte mich nicht für das Chaos, sondern führte Hiller in das Wohnzimmer und plazierte ihn in einen der

Plüschsessel. Dann ging ich zur Stereoanlage, um im Hintergrund ein wenig Musik dudeln zu lassen.

»Magst du südamerikanische Tänze?«

»Mir ganz egal.«

»Oder lieber einen Hambo mit Hirsch-Anders und seiner Holzschuhgang?«

»Dann lieber südamerikanisch.«

Ich wählte weiche, leichte Bossa-Nova-Klänge, die beruhigen sollten. Denn Ruhe braucht man, wenn man über Sprengungen und den Tod reden will. Ich hatte vorgeschlagen, das Gespräch in meiner Wohnung fortzusetzen, denn ich wollte mir meine Entscheidung in Ruhe durch den Kopf gehen lassen. Doch mein Nein stand nahezu fest.

»Ich soll mich also in die Mord-GmbH einschleusen lassen?«

»Ich bitte dich, Mord-GmbH ...«

»Das war genau deine Bezeichnung, und du sprachst von Massenmord und gewissenlosen Menschen. Was würden die mit einem machen, der sich in ihre Organisation eingeschlichen hat?«

»Wie sollten sie das mitbekommen?«

»Ein Undercover-Agent kann tausend Fehler machen. Er balanciert stets über einem Abgrund; der kleinste Fehltritt, und er stürzt ab. Wenn so einer erwischt wird, stellt man ihn nicht in die Ecke und sagt ›Pfui, schäm dich‹, sondern eliminiert ihn kalt, schnell und effektiv. Habe ich recht?«

Hiller schwieg und zuckte die Schultern, aber seine Miene sprach Bände. Ein Schuß in den Kopf, so sah die Realität aus. Nein, das war nichts für mich. Ich hatte meine Portionen Gefahr im Leben gehabt und verdaut; mein Appetit war für alle Zeiten gestillt.

»Ich bin glücklich, wenn ich im Schaukelstuhl sitzen kann; das Kind liest mir etwas vor, die Frau strickt einen Pullover, und im Kamin knistert das Feuer.«

»Du scheinst mir kein Schaukelstuhltyp zu sein.«

»Ich meine ja auch einen modernen Schaukelstuhl mit Gangschaltung und Federung.«

Er spitzte die Lippen und pfiff den Bossa Nova mit. Ich mochte Hiller, hielt jedoch nichts von seiner Idee. So ist es ja oft; man muß lernen, Person und Botschaft auseinanderzuhalten, damit man nicht im falschen Lager landet.

»Die Gewerkschaften der Seeleute in aller Welt würden dir dankbar sein.«

»Na und? Sie kennen mich nicht, und ich kenne sie nicht. Wir haben nichts miteinander zu tun, und dabei wird es bleiben.«

Er seufzte und holte erneut die Pfeife hervor. Bei uns in der Wohnung hing zwar kein Schild, aber Rauchen war trotzdem unerwünscht. Ich teilte es ihm mit.

»Darf ich denn auf dem Balkon …?«

»Meinetwegen, Calle. Oh, Verzeihung: Carl. Da draußen bin ich für deine Bronchien nicht verantwortlich.«

Er öffnete die Glastür, zündete die Pfeife an und sog den Rauch gierig ein. Ich erinnerte mich, als junger Schnösel selbst geraucht zu haben, um Errol Flynn ähnlich zu sein. Das verriet ich aber keinem. Pfeifenraucher mit geradem Mundstück galten als männlich, entschlossen und kraftvoll, die anderen als ältlich und ein wenig beschränkt; mit ihnen assoziierte man Brillen und graue Bärte. Hiller war ein Glückskind; der Regen hatte gerade eine kleine Pause eingelegt, aber es war kühl. Vielleicht hielt er mich für einen fanatischen Gegner des Tabaks, aber ich haßte nun einmal den Gestank, der sich überall festsetzte und schwer auszulüften war.

»Immer, wenn ich von einem ertrunkenen Seemann höre, sehe ich meinen Vater vor mir«, sagte Hiller leise. »Unglaublich viele sterben, weil die Schiffe schrottreif sind. Ich hasse die Marodeure, die dafür verantwortlich sind.«

»Holzgasgeneratoren werden immer noch produziert, um gewappnet zu sein, falls uns der Ölhahn einmal abgedreht wird. Aber ich käme nie auf den Gedanken, in die Fabrik einzudrigen und sie zu zerstören. Obwohl nach wie vor die Möglichkeit besteht, daß jemand durch Holzgas geschädigt wird wie damals mein Vater.«

»Wir reden über verschiedene Sachen.«

»Da bin ich anderer Meinung.«

»Willst du gar nicht wissen, wie du uns eventuell helfen könntest?«

»Nein.«

»Ist das dein letztes Wort?«

»Ja.«

Es war ein Dialog wie bei einem Ehepaar in einem alten Film. Alles sah nach Scheidung und getrennten Betten aus, aber dann schluchzten die Geigen, und alles war nur ein Mißverständnis. Man fiel sich um den Hals, und das ganze Orchester stimmte ein. Hiller nickte, nahm einen letzten Zug und klopfte dann mit der Pfeife auf das Balkongeländer.

»Schade. Du hättest der Richtige sein können. Nicht perfekt, nicht einmal annähernd, aber nach dem, was ich über dich gehört habe, durchaus geeignet.«

Das Telefon klingelte, und ich haßte es dafür. Zu oft kündete es Ärger an. Aber ich mußte antworten; vielleicht war es Virena, die Neuigkeiten über die Sonne, den Strand oder Elin, die sich nach ihrem Papa sehnte, zu berichten hatte. Aber es war nicht Virena, natürlich nicht, sondern eine kranke Stimme aus dem kranken Hirn eines kranken Mannes. Ich hatte diese abstoßenden, schleimigen Sätze schon einmal gehört. Dieser ekelhafte Typ war eine Ausgeburt der Hölle!

»Warum hat man dich freigelassen, du Mörder? Du solltest im Gefängnis schmoren, bist du verfaulst und die Krähen dir die Augen aushacken ...«

»In der Zelle gibt es keine Krähen«, murmelte ich schwerfällig.

Dieses kranke Lachen – war das jener Teufel, der sich zu Virena ins Krankenhaus und zu Elin in die Schule geschlichen hatte?

»Du, dein Mörderweib und eure Brut, ihr sollt alle drei zusammen verfaulen, und dann zerhacke ich euch genau wie die Krähen, ha ha ha …«

Das Blut stieg mir zu Kopfe, Schaum stand mir vor dem Mund. Ich hatte alle diese anonymen Wahnsinnigen satt, die nach Gelegenheiten suchten, um ihre psychopathischen Instinkte auszuleben. Sie genossen die anonymen Anrufe und Briefe wie Schweine, die sich im Dreck suhlen; sie geilten sich daran auf, andere in Angst und Schrecken zu versetzen. Ich knallte den Hörer auf die Gabel, als schmetterte ich ihn einem dieser perversen Kerle ins Gesicht. Wieder auf dem Balkon, trat ich voller Wut gegen das eiserne Geländer.

»War wohl kein angenehmes Gespräch?« konstatierte Hiller.

»Nein.«

»Hat der Tritt geholfen?«

»Nein, nichts hilft. Carl, ich höre dir zu. Laß uns hineingehen, wo es warm ist, und dann erzählst du weiter.«

Wir setzten uns wieder, aber ich war so erregt wegen des Anrufs, daß ich wie besessen meine Oberarme knetete.

»Erinnerst du dich an den Film ›Der dritte Mann‹?« wollte Hiller wissen. »Er spielt in Wien, unmittelbar nach dem Krieg. Es geht um eine Bande, die verdünntes oder sogar falsches Penicillin an Kinderkrankenhäuser verkauft.«

»Ja, mit Orson Welles. Er kam im Kino und später im Fernsehen. Warum?«

»Orson Welles verkörpert den Schurken, der sich in der Stadt versteckt. Seinem alten Freund, gespielt von Joseph Cotton, gelingt es, sich mit ihm im Prater zu treffen. Sie fahren mit dem Riesenrad; ganz oben bleibt die Gondel stehen, und sie schauen über die Ruinen. Cotton fragt, wie Welles am Tod von Kindern und Erwachsenen Geld verdienen kann. Welles zeigt hinunter und sagt etwa folgendes: ›Schau dir all diese kleinen schwarzen Punkte an. Von hier gesehen wird jeder Mensch zu einem schwarzen Punkt. Was kümmern dich all diese Punkte, es sind doch nur Punkte. Wenn man dir für jeden Punkt, den du ausradierst, zehntausend Dollar gäbe, würdest du dann zögern? Was bedeuten ein, zehn oder hundert kleine Punkte, wenn du reich werden kannst, indem du sie auslöschst?‹ Verstehst du, was ich meine?«

»Sprich nicht in Rätseln. Für Filmanalysen bin ich noch zu wütend.«

Hiller vollführte eine Geste, die bedeuten konnte: Warum intellektuelle Perlen vor ein einfach gestricktes Bullenschwein werfen? Vielleicht hatte meine Interpretation etwas mit meinem maßlosen Zorn zu tun.

»So wie Orson Welles betrachten die Inhaber der Briefkastenreedereien die Morde auf hoher See. Die Seeleute, das sind Punkte auf dem Wasser. Außerdem haben diese sauberen Geschäftsleute mit der eigentlichen Tat nichts zu tun. Sie machen sich ihre feinen weißen Hände nicht schmutzig. Für den aktiven Teil braucht man andere Kaliber, Typen, die professionell, eiskalt und effektiv sind, die planen können und denen jedes Mitgefühl, jegliche Spur von Barmherzigkeit fehlt. Die Reeder bestellen die Morde, und die Bande führt sie aus. Was sie vereint, ist die Gier nach Geld.«

Wieder klingelte das Telefon, und ich bat Hiller zu antworten. Falls es Virena war, sollte er mir den Hörer reichen, sonst nicht. Mit seiner melodischen Stimme rief er »Hallo!«, lauschte kurz und sagte dann:

»Wer? Wie bitte? Nein, er ist für ein paar Monate verreist. Kann ich ihm etwas ausrichten? Nein, tut mir leid, aber das geht nicht. Bye bye.«

Er legte auf. Sein Gesicht drückte leichten Ekel aus.

»Offenbar dieselbe Person wie vorhin. Möchtest du hinausgehen und gegen das Geländer treten?«

»Danke, mir tun jetzt noch alle Zehen weh. Erzähl weiter!«

Hiller legte den Hörer neben den Apparat und wählte ein paar Ziffern, bis ein Besetztzeichen ertönte.

»In Norsborg bei Stockholm teilen sich zwei Brüder eine Wohnung. Beide sind Seeleute und selten gleichzeitig zu Hause. Sie heißen Mark und Johnny Odler. Ich spreche im Präsens, obwohl für beide nunmehr das Präteritum angebrachter wäre. Mark hat eine Leidenschaft, und die heißt Frauen. Eines Abends in London trifft er ein Rasseweib, mit dem er die Nacht verbringt, und er hat zuviel getrunken.«

»Klingt originell«, grunzte ich. »Kommt so etwas wirklich vor?«

»Was er nicht weiß: Sie ist eine Polizistin, die in Scheidung lebt. Ihr Berufsethos erwacht, als sie sieht, daß seine Brieftasche prall mit Geld gefüllt ist. Was sie ihm entlockt, meldet sie weiter, und schließlich landet der Bericht bei uns. Wir finden die Sache hochinteressant. Mark scheint eine Art Kontrollfunktion in einer Gang auszuüben, die mit Schiffen zu tun hat. Die Scheine lassen darauf schließen, daß es um größere kriminelle Geschäfte geht. Wir beschließen, ihn zu beschatten, aber leider wird er bald darauf von einem Lastwagen überfahren und stirbt. Sein Unglück ist auch für uns ein Unglück. In seinem Zimmer in London finden wir Briefe und andere Papiere. Wir nehmen uns seine Wohnung in Stockholm vor und entdecken weiteres Material.«

Ich verzichtete auf dumme Bemerkungen, denn jetzt war ich wirklich neugierig geworden. Wenn Interpol einen Fall übernahm, kamen die besten Experten zum Einsatz.

»Mark hat seinem Bruder oft geschrieben, und dieser deponierte die Briefe, wenn er nach Hause kam, in seinem Schreibtisch. Alle Briefe finden wir nicht, aber Mark prahlt damit, wieviel Geld er nebenbei verdient hat, und wenn Johnny will, kann er ihn ebenfalls an die ›Gesellschaft‹ empfehlen. Er erwähnt ein paar Schiffe, auf denen er gearbeitet hat – alle sind untergegangen. Doch sein Name taucht auf keiner Besatzungsliste auf. Noch Fragen?«

»Gab es Antwortbriefe von Johnny?«

»Einige. Aus ihnen geht hervor, daß Johnny nichts dagegen hatte, empfohlen zu werden. Er hatte es satt, für ein paar Mäuse zu schuften. Einige Bemerkungen in Marks letztem Brief weisen darauf hin, daß er wirklich mit der ›Gesellschaft‹ über Johnny gesprochen hat.«

»Wo ist Johnny jetzt?«

»Dort, wo auch sein Bruder ist. Ich gehe noch einmal auf den Balkon. Schon als Teenager begann ich, Pfeife zu rauchen. Papa lehrte es mich, und Mama kaufte den Tabak. Sie hat mir auch das Pokern beigebracht.«

Hiller saugte an seinem Ersatznuckel und sah so zufrieden aus, daß ich an meine eigenen Erfahrungen mit Tabak erinnert wurde. Ein Genußmittel macht nur dann abhängig, wenn es gleichzeitig stimuliert. Es geht nicht um Moral, sondern um das Überleben. Endlich war er stimuliert genug, in das Zimmer zurückzukehren und den Bericht fortzusetzen.

»Ein phantastischer Zufall kam uns zu Hilfe. Es war nicht schwer, Johnny Odler ausfindig zu machen, da er ganz regulär zur See fährt. Jetzt wird es Zeit, zum Präteritum zu wechseln. Er fuhr auf einem Tanker nach Südamerika. Dort erkrankte er und musterte ab, um sich in einem Krankenhaus auszukurieren. Nach einer Woche glaubte er, wieder gesund zu sein und verließ das Krankenhaus. Offenbar gab es einen Streit zwischen ihm und dem Arzt. Bald darauf verschlechterte sich sein Zustand wieder, und er ging zu einem Quacksalber. Dort starb er an einer Herzattacke.«

»Bei dem Quacksalber?«

»In seinen Armen. Dieser Möchtegern-Mediziner bekam es mit der Angst zu tun, da er eine ganze Menge auf dem Kerbholz hatte. Wegen eines toten Ausländers die Polizei ins Haus zu bekommen, gefiel ihm gar nicht. Deshalb verschwieg er den Sterbefall und verscharrte die Leiche im Garten. Ein paar Wochen später wurde er wegen einer anderen Sache geschnappt. In diesem Zusammenhang gestand er, was er mit Johnny Odler gemacht hatte. Da der Tote Ausländer war, gingen die Papiere automatisch an Interpol, und da wir den Namen zur Fahndung gemeldet hatten, landete die Angelegenheit bei uns.«

Er schaute mich an, und ich schaute zurück. Meinte er wirklich, ich … Er mußte verrückt sein!

»Du kannst dir nicht einmal in deinen wildesten Phantasien eingebildet haben, ich könnte seinen Platz einnehmen!« fauchte ich.

»Dazu braucht man nicht viel Phantasie. Du bist Schwede und etwa in seinem Alter. Nach den wenigen Fotos zu urteilen, die es von ihm gibt, siehst du ihm sogar ein bißchen ähnlich. Die Bande hat ihn mit Sicherheit noch nie gesehen. Außer uns weiß niemand, daß er tot ist, und da Mark nicht mehr zur Verfügung steht, kann man damit rechnen, daß Johnny als Ersatzmann willkommen wäre.«

Ich schüttelte so heftig den Kopf, daß der Hals protestierte.

»Carl, Bruder, wie soll einer, der an Bord nicht rechts und links unterscheiden kann, gestandenen Seeleuten vorspielen, er wäre vom Fach? Backbord und Steuerbord und wie das alles heißt.«

»So viel mußt du gar nicht wissen. Du bist eben der schweigsame, introvertierte Typ. Das Wichtigste bringen wir dir bei.«

»Das Wichtigste! Hillers Schnellkurs, das Matrosen-ABC für Analphabeten. Ein Seemann muß sicher eine Menge mehr können, und dafür fehlen mir die Voraussetzungen. Knoten schlagen, Decksarbeiten verrichten und so weiter.«

Hiller lächelte mild und überlegen.

»Die Zeit der Segelschiffe ist vorbei, Rolle. Heutzutage haben Seeleute zumeist Kontrollfunktionen im Laderaum, oder sie beschäftigen sich mit Sicherheit, Wartung und Reparatur. Mark war übrigens Kapitänstewart, und du würdest sicher dieselbe Aufgabe erhalten. Mahlzeiten servieren kannst du doch, oder?«

»Sie werden mich auf Herz und Nieren prüfen, bevor sie Kontakt zu mir aufnehmen. Wie soll ich durch dieses Nadelöhr kommen? Wir haben es vermutlich nicht mit Idioten zu tun.«

»Natürlich werden sie dich genau unter die Lupe nehmen, aber da sie dich für Johnny Odler halten, ist das eher eine Formsache. Es sind sicher keine Idioten, aber auch keine Genies. In der Mörderbranche braucht man Leute, auf die man sich verlassen kann;

Mark Odler war zuverlässig, warum nicht auch sein geldgieriger Bruder?«

Er beugte sich vor und wurde eifriger:

»Die Gelegenheit ist günstig und vielleicht einmalig! Endlich haben wir eine Chance, die Verbindung zu den Geldgebern, den unsichtbaren Figuren hinter den Taten, aufzudecken. Du wirst zum Fußvolk gehören und kannst Namen und Adressen aufschnappen, durch dich können wir Risse in der Mauer finden, du gibst uns die losen Enden in die Hand, die wir aufwickeln können.«

»Wer hat dir denn eingeredet, ich sei für diese Rolle als Phantom geeignet?«

Wieder lächelte Hiller; diesmal war es ein Dreiviertel-Simon-Lächeln. Wenn er glaubte, mich damit zu gewinnen, hatte er recht. Aber noch war ich weit davon entfernt, ja zu sagen; der Kopf und die Stimmbänder weigerten sich.

»Auch dich haben wir uns genau angeschaut. Du bist gut ausgebildet ...«

»Das ist lange her.«

»Du verfügst über langjährige Erfahrungen ...«

»Es waren jedes Jahr dieselben.«

»Du hast ein starkes Rechtsgefühl ...«

»Gewiß, deshalb verdächtigt man mich eines Doppelmords.«

»Du bist mutig ...«

»Junge, du ahnst ja nicht, daß ich beim leisesten Geräusch zusammenzucke.«

»Du kannst allein arbeiten ...«

»Ich sehne mich bereits nach großer Gesellschaft.«

»Du sollst ein sehr eigensinniger Typ sein ...«

»Das kommt, weil ich meistens nicht kapiere, was die anderen von mir wollen.«

»Außerdem kannst du aggressiv und rücksichtslos sein, was ich in diesem Zusammenhang als positiv ansehe ...«

»Nein, nein, das ist nur negativ zu sehen.«

»Und schließlich, Rolle, treibt dich die Sucht nach Vergeltung.«
»Glaubst du wirklich, daß ich so kindisch bin?«
»Ja, du bist kindisch. Genau wie ich. Natürlich will man sich rächen. Habe ich nicht recht?«
War das der Schlüssel, um an mich heranzukommen? Oder, um mich festzunageln? Ja, ich wollte Rache. Obwohl Simon versucht hatte, mich zu beruhigen, saß mir der Stachel noch im Fleisch oder im Gehirn oder im Herz oder wo auch immer, jedenfalls an der Stelle, von wo aus die Gefühle gesteuert werden. »Die« hatten mich eingesperrt, »die« hatten mich auch vom Dienst suspendiert – natürlich wollte ich »denen« zeigen, was sie in Wahrheit an mir hatten.
»Mag sein«, gab ich zu. »Aber ich zweifle daran, ob das hier die richtige Methode ist.«
»Ich bin davon überzeugt. Machst du mit?«
Ja, warum nicht? Ganz im Ernst, warum nicht? Ich hätte wieder etwas zu tun, zu denken. Könnte schön sein, sich wieder anzustrengen, die Räder im Hirn schnurren zu lassen. Fort mit der Unlust, die mich lähmte und mir die Lebenskraft raubte! Fort mit dem würgenden Ekel, den mir all die kranken Gespräche, kranken Briefe und das kranke Lachen verursachten, und der in Raserei mündete! Ich würde die Fenster aufreißen und frische Luft einlassen! Großes Reinemachen war angesagt!
»Okay, Carl. Ich bin dabei.«
Er machte deswegen keine große Szene; ein Dreiviertel-Simon-Lächeln reichte mir. Nun, da ich mich entschieden hatte, wollte ich genauer wissen, was er und Interpol von mir erwarteten. Als Antwort auf meine Flut von Fragen zog er ein Bündel Papiere aus der Tasche und reichte sie mir.
»Schau dir zuerst dieses Material an, die Grundlagen sozusagen. Morgen früh Verhör. Dann verpassen wir dir Johnny Odlers Identität. Bist du schon einmal in die Haut eines anderen geschlüpft?«
»Ja, in Südfrankreich habe ich mal einen Amerikaner gemimt.

Es funktionierte, aber nur, weil ich kaum ein Wort gesprochen habe.«

»Den Einsilbigen gehört die Welt. Frei nach der Bergpredigt. Bist du ein Frühaufsteher? Kann ich um neun kommen? Frühstück bringe ich mit. Ein kontinentales, ich habe mich daran gewöhnt.«

»Komm um neun und frühstücke kontinental.«

Die Seiten waren eng beschrieben und enthielten Informationen über Schiffstypen, schwedische und englische Fachausdrücke, Berechnungsgrundlagen, Reedereigeschichte, Gesetzestexte, Flaggen, Routen, Frachten und andere Themen, die mich zu einem theoretischen Seebären machten. Ich las, bis ich im Sessel einschlief. Bereits in den frühen Morgenstunden saß ich wieder über den Papieren.

Kurz vor acht Uhr morgens legte ich den Hörer wieder auf. Punkt acht rief Virena an; wir hatten uns auf diese Zeit geeinigt. Ihre Nerven schienen sich bereits ein wenig erholt zu haben. Sie erkundigte sich, ob es immer noch krankhafte Anrufe gab, ob der Apparat abgehört wurde und ob neue Briefe gekommen wären. Ich hätte lügen und behaupten können, daß das Gute gesiegt und das Böse in die Flucht geschlagen war, aber ich tat es nicht. Sie sollte das Gefühl haben, daß ihre Flucht mit Elin die richtige Entscheidung gewesen war.

»Schade, daß du nicht mitkommen konntest«, sagte sie leise. »Sie hätten dich reisen lassen sollen.«

»Nicht einmal in EU-Zeiten darf man ohne Paß nach Spanien.«

»Ist der Alptraum nicht bald vorüber, damit du nachkommen kannst?«

»Das liegt nicht in meiner Macht, sonst hätte ich die Verantwortlichen längst wachgerüttelt. Wie meisterst du deine Rolle als Lehrerin?«

Ich erfuhr, daß Elin den Privatunterricht ernst nahm, mehrmals am Tag lernte und bestimmt nicht sitzen bleiben würde. Weil Nachsaison war, gab es nicht viele Kinder in dem Ferienort, aber

Elin hatte sich mit den Töchtern der Putzfrauen angefreundet, die noch nicht zur Schule gingen.

»Sie kann schon mehrere spanische Sätze«, berichtete Virena stolz. »Moment, sie kommt gerade aus dem Bad. Elin, begrüße Papa mal auf spanisch.«

Als ich ihre zarte Stimme hörte und wir ein paar spanische Grüße austauschten, wurde es mir vor Sehnsucht ganz warm ums Herz. Aber ich war ja nun Matrose, und wir Seemänner sind es gewöhnt, von der Familie getrennt zu sein.

Um neun kam Hiller mit seinen Frühstückstüten. Bald brutzelten Spiegeleier mit Schinken in der Pfanne; er kochte starken Kaffee und tischte reichlich Wurst, Käse und verschiedene Sorten Brot auf. Der Inhalt meiner Speisekammer nahm sich dagegen äußerst bescheiden aus.

»Jetzt kommt das Verhör«, verkündete er und tupfte sich mit einer Serviette die Mundwinkel. »Was heißt ...«

Er agierte wie ein echter Vernehmungsleiter und ließ mir zwischen den Fragen keine Zeit zum Nachdenken. Wenn ich versagte, warf er mir einen verletzten Blick zu, als hätte ich mich grob versündigt. Gegen elf konstatierte er:

»Gar nicht schlecht. Ganz bildungsunfähig bist du nicht.«

Merkwürdig, daß man im reiferen Alter für ein kleines Lob so dankbar ist. In jedem Mann steckt wohl noch ein Schuljunge.

»Jetzt fahren wir zum Freihafen und schauen uns richtige Schiffe an; danach essen wir dort irgendwo zu Mittag.«

Sein im Ausland registrierter Citroen stand in der Pontonjärgatan. Der Wagen war so bequem und luxuriös ausgestattet, daß ich beschloß, ein höherer Angestellter bei Interpol zu werden. Für die Stockholmer Kripo wäre das natürlich ein herber Verlust, aber die internationale Organisation konnte nur davon profitieren.

Die Besuche waren vorbereitet und wir hatten keine Schwierigkeiten, an Bord der verschiedenen Schiffe zu kommen. Mit großer Sachkenntnis erklärte er der Landratte, was ein Schott und ein Hellegatt ist und fragte zugleich die englischen Bezeichnungen ab. Ich durfte die Küche sehen, die von den Eingeweihten Kombüse genannt wurde. Wenn der Plan funktionierte, würde ich dort zusammen mit dem Koch meine Mahlzeiten einnehmen. Schließlich inspizierten wir noch Messen und Kabinen. In einem leeren Frachtraum wurde mir der Dimensionen wegen ganz schwindlig. Es war ein Gefühl, als würde man in einer Kirche stehen.

Ein etwas verspäteter Lunch beendete den anstrengenden Unterricht. Wir aßen in einer gewöhnlichen Kantine, und zu meiner Überraschung vertrug der verwöhnte Interpolmagen auch deftige Hausmannskost.

»Hier am Kai mag es ja noch angehen, aber was ist, wenn auf hoher See die Winde blasen?« überlegte ich laut. »Auf Seemannsbeinen zu stehen, kann man nicht theoretisch erlernen.«

»Was meinst du mit Seemannsbeinen?«

»Na, zum Balance halten, nehme ich an. Eben die Beine von Seeleuten.«

»Einen solchen Ausdruck gibt es nicht. Man könnte eher von einem Seemannskopf sprechen, denn da man nie weiß, wann das Schiff krängen wird, muß man allzeit bereit sein. Ein Seemann geht vorsichtig und breitbeinig und hält sich nach Möglichkeit fest. Wirst du seekrank?«

»Woher soll ich das wissen?«

»Manche bleiben verschont. Bist du ein guter Tänzer?«

Die Erinnerung an einige peinliche Erlebnisse ließ mich erschaudern.

»Feministinnen sprechen vom unterdrückten Geschlecht. Für meine Tanzpartnerinnen gilt das mit Sicherheit.«

»Das Innenohr ist wie eine Wasserwaage. Menschen mit guter Balance, zum Beispiel Tänzer, werden leicht seekrank. Also hast du nichts zu befürchten.«

»Erzähl mir jetzt von Johnny Odler.«

Hiller legte Messer und Gabel beiseite und sah seltsam schuldbewußt aus.

»Tja, eine Sache habe ich ganz vergessen zu erwähnen … es ist ein wenig unangenehm … ziemlich unangenehm sogar, wenn ich ehrlich sein soll …«

»Meinst du, man könnte mich an Bord enttarnen und umbringen?«

Er wich meinem Blick aus, räusperte sich und murmelte:

»Viel schlimmer.«

6.

Dann reichte er mir zwei Fotografien. Ein vergrößertes Paßbild, das offenbar schon einige Jahre alt war, und ein unscharfes Bild, das einen Mann zeigte, der in irgendeinem Hafen vor einem Schiff posierte. Auf dem Paßfoto schaute er ernst, auf dem anderen Bild schien er zu lächeln. Johnny Odler hatte eines jener neutralen Dutzendgesichter, denen gute Schauspieler Charakter und Leben zu geben verstehen. Irgendwie ähnelten wir einander durchaus, bis auf einen entscheidenden Unterschied: Sein Schädel war blank wie eine gewachste Billardkugel, und er trug einen dicken Schnauzbart!

»Er ist kahlgeschoren!« rief ich entsetzt.

»Mm.«

»Aber, verdammt … er kann sich doch seit dem letzten Foto die Haare wachsen lassen haben?«

»Es geht um die Glaubwürdigkeit. Die Aufnahme vor dem Schiff ist die einzige, die aus neuerer Zeit existiert; wir haben sie in Marks persönlichen Utensilien gefunden. Wer so viele Jahre kahlköpfig herumgelaufen ist, wird es auch in Zukunft tun.«

Unbewußt strich ich mir übers Haar, mein schönes, dichtes

Haar, das noch keinerlei Neigung zur Glatze erkennen ließ. Wir Hassels haben alle so gesundes, kräftiges, glänzendes Haar, bis ins hohe Alter hinein.

»Ich werde unmöglich aussehen!«

»Die Kraft sitzt nicht im Haar. Denk an Simson.«

»Was redest du da? Gerade bei dem saß sie im Haar!«

»Äh, ja, sicher, das stimmt. Okay, dann vergiß Simson. Außerdem wachsen sie nach. Und der Bart kommt von ganz allein. Laß uns von etwas anderem reden. Zum Beispiel über den restlichen Johnny. Du wirst alles, was wir über ihn haben, zu lesen bekommen, auch die Briefe. Er war keine besonders starke Persönlichkeit; du hast also eine Menge Spielraum.«

Er wollte schnell von den Haaren ablenken, aber ich starrte weiter auf die Fotos. Die Glatze schien immer stärker zu leuchten, und ich konnte mir nicht vorstellen, wie ich mit dieser Unfrisur aussehen sollte. Und was würde Elin sagen? »Mama, guck mal, der häßliche Onkel!«

»Ehrlich gesagt finde ich nicht, daß ich unbedingt kahlköpfig herumlaufen muß. Er kann doch ...«

»Bist du fertig mit dem Essen?«

»Ja, aber ...«

»Dann gehen wir zum Kai zurück. Wir schauen uns noch ein RoRo-Schiff an.«

Ich stellte mir zunächst einen Kahn mit Doppelrudern vor, doch RoRo war kein Anfeuerungsruf, sondern bedeutete roll on, roll off; das heißt, man konnte mit der Fracht direkt in das Schiff hinein- und später wieder hinausfahren. Es ging Leitern hoch und runter und Korridore entlang; wir schauten in den Maschinenraum, in Kabinen und Messen. Aus jedem Spiegel blickte mir ein wohlfrisierter Hassel entgegen – wie lange noch? Lieber Gott, bald würde mich ein kahles Monster anstarren!

Noch mehr lesen, noch mehr Begriffe einpauken, um ein hundertprozentiger Johnny Odler zu werden. Abende mit Papieren, Fotos, Zeichnungen und Übungen, um die Identität eines anderen Mannes anzunehmen. Tage mit praktischen Prüfungen und Kontrollen, um meine Fortschritte als Seemann und Doppelgänger zu testen. Jeden Morgen ein Telefongespräch mit der Familie, die im Exil lebte und in etwas mehr als einer Woche zurück sein würde. Briefe kamen, die ich ungelesen wegwarf, und Anrufe, die ich ignorierte. Nach unglaublich kurzer Zeit meinte Hiller, daß ich reif wäre, nach Norsborg zu ziehen; jedenfalls so lange, bis Virena und Elin zurückkämen. Alles weitere würde sich ergeben. Ein Job war ein Job war ein Job. Bald würde ich den Kamm einmotten und das Staubtuch bereitlegen. Auf der Oberlippe sproß der Bart.

Ich traf mich mehrmals mit Simon. Die Ermittlungen in meinem Fall kamen in einem Tempo voran, das eine lahme Schildkröte an ein Überholmanöver denken ließ. Ovengren grölte immer noch, es gäbe ausreichende Verdachtsmomente gegen mich und Kusken würde weiter auspacken, aber es blieb bei dem Geschrei. Simon war überzeugt, daß Kusken die Vernehmungsleiter an der Nase herumführte, doch solange man keine anderen Tatverdächtigen hatte, mußte man sich an ihn halten. Das gefiel Kusken, und er betrachtete jedes Verhör als Unterhaltung. Ein paarmal hatte er über den obligatorischen Kaffee, leckeres Gebäck und Zigaretten hinaus gefordert, das Roxyballett möge auftreten.

Hiller und ich wurden mehr als Berufskollegen; wir wurden Kameraden, Freunde. Seine Analysen waren messerscharf, seine Logik imponierend; er war auf eine sehr praktische Art intelligent, indem er handfeste Probleme löste und sich nicht in luftige Theorien verrannte. Er verfügte über eine ungewöhnliche Kombinationsgabe; wie ich verabscheute er die Gier, die Wurzel allen Übels, aus tiefstem Herzen. Seine Brillanz paarte sich mit Selbstironie und einem unverkrampften, niemals verletzenden Humor, so daß in seiner Gegenwart selbst geistig weniger Bemittelte wie ich zu Höhenflügen verleitet wurden.

Das Hauptquartier der Interpol-Gruppe, zu der er gehörte, befand sich in Wien. In wenigen Jahren hatte er perfekt Deutsch gelernt; er redete fließend Englisch und Französisch und beherrschte weitere fünf Sprachen so weit, daß er sich in ihnen mühelos verständigen konnte. Bei einem Essen erzählte er von einem alten Seemann in Helsingborg, der für unseren Auftrag eine große Hilfe war.

»Man bildet sich leicht ein, daß nur die großen Organisationen über Informationen und Möglichkeiten verfügen. Auch die etablierten Politiker glauben ja, daß alle, die nicht zum Establishment gehören, nicht mehr kapieren als dressierte Affen. Doch ohne Walter Nilsson würden wir ganz schön alt aussehen. Durch befreundete Seeleute erhält er Kenntnis von vielem, was durch die weitmaschigen Netze der Behörden rutscht. Sie kennen und vertrauen ihm.«

»Ich habe nie von ihm gehört.«

»Nun ja, er hat sogar Romane geschrieben, aber deine Bibliothek ist vielleicht etwas begrenzt. Sein Leben lang ist er ein Durchreißer gewesen, hat für zwei gearbeitet, ein Kraftmensch. Die See kennt er in- und auswendig, obwohl er auch an Land gearbeitet hat. Von Kindesbeinen an interessierte er sich für Schiffe und ihre Geschichte, notierte sich jedes Fahrzeug, das am Kai anlegte, und recherchierte die Hintergründe. Heute ist er ein lebendes Lexikon über alles, was mit Schiffen und Reedereien zu tun hat. Was er weiß, kann kein Computer speichern. Er studiert alle Register und komplettiert sie mit anderen Angaben. Immer wieder ändern sich Namen und Heimathäfen. Junge, da wird herumgetrickst ... und andererseits gibt es so viel Dummheit und Ignoranz, daß man nur staunen könnte, wenn man es sich nicht abgewöhnt hätte.«

Er staunte also nicht, und ich hatte inzwischen so viele Fakten in mich hineingefressen, daß ich beschloß, ebenfalls unbeeindruckt zu bleiben.

»Würdest du als russischer Jungmann es wagen, auf einem schrottreifen Kahn anzuheuern, der ursprünglich nur für Binnengewässer gebaut wurde, und damit über die als gefährlich bekannte offene Ostsee zu schippern? Vor allem, wenn du wüßtest, daß der Seelenverkäufer einer von der Mafia beherrschten Reederei gehört und von einer russischen Gesellschaft klassifiziert worden ist?«

»Mit Hacke und Spaten in Tschernobyl zu arbeiten, klingt sicherer.«

»So ist die Situation, und die russischen Seeleute haben keine Wahl. Unsere Kontrolleure in den Hafenstädten können höchstens fünfundzwanzig Prozent der Schiffe unter die Lupe nehmen, und die meiste Zeit brauchen sie für die Papiere. Doch viele der russischen Zertifikate sind gefälscht. Wir schlagen bei den russischen Behörden Alarm, aber die sind hilflos. Rußland ist ein Staat in ökonomischer und juristischer und administrativer und politischer und moralischer Auflösung.«

Für Jelzin war das sicher nichts Neues, und mit den Versuchen der Russenmafia, gewaltsam in Schweden einzudringen, hatte ich persönlich üble Erfahrungen gemacht.

»Aber was ist mit den Klassifikationsgesellschaften außerhalb der Staaten im Osten, gibt es da keine, auf die man sich verlassen kann? Sie müssen doch auf ihren Ruf achten, oder?«

»Das sollte man meinen. Viele von ihnen sind durchaus seriös, zumindest wenn es um Schiffe geht, die nicht unter fremder Flagge fahren. Lloyds ist die allgemein bekannteste dieser Gesellschaften, aber auch Bureau Veritas, Norske Veritas, American Bureau und einige andere haben einen respektablen Ruf. Ein Inspektor untersucht das Schiff, klassifiziert es also, und wenn er zufrieden ist, stellt er ein Zertifikat aus, das bis zur nächsten Klassifikation gilt. Wenn man dieses in der Tasche hat, kann man Versicherungen abschließen. Man darf dabei jedoch nicht vergessen, daß diese Gesellschaften in Konkurrenz zueinander stehen. Man urteilt nicht zu hart, weil man sonst von der betreffenden Reederei vielleicht keine Aufträge mehr erhält. Wenn es um ausgeflaggte Schiffe geht, die, wie man es auch ausdrückt, unter Billigflagge segeln, ist die Lage anders. Nicht immer, aber sehr oft.«

»Sprechen wir von Schmiergeldern und Bestechungen?«

»Die Klassifikationsgesellschaften haben Repräsentanten in verschiedenen Häfen. Nehmen wir an, ein Schiff legt an einem Kai in Riga oder in Polen an, um sich klassifizieren zu lassen. Der Repräsentant kommt an Bord und wird herzlich umarmt. Jetzt werden wir erst einmal ordentlich essen und trinken, oh ja, ein feines Schiff, wie beim letzten Mal, schreib auf, daß du zufrieden bist, und wir werden dich für deine Mühe bezahlen, darauf laß uns anstoßen, Prost! So läuft das, und die Leichenkiste wird als seetüchtiges Schiff registriert. Wenn sie sinkt, heißt es, die Mängel seien erst später aufgetreten. Aufgrund der schlechten Wirtschaftslage sparen viele Länder an den falschen Stellen, und so werden Überwachungen und Kontrollen eingeschränkt. Das feiern die Schlitzohren unter den Reedern, indem sie Champagner aus den silbernen Schuhen ihrer Geliebten schlürfen.«

Da hatten wir es wieder, das alte Lied mit den vielen falschen Tönen. Man spart am falschen Ende, die rechte Hand weiß nicht, was die linke tut, man schiebt die Probleme von einem Schreibtisch auf den anderen, keiner will wissen, keiner will hören, mit den Konsequenzen müssen andere fertig werden. Vom administrativen Gebrüll zum asthmatischen Schnaufen.

»Die meisten Leute begreifen nicht, worum es beim Ausflaggen von Schiffen geht. Ich glaube nicht, daß du es richtig kapiert hast, deshalb will ich es dir an einem Beispiel erklären. Hast du einen Führerschein für Busse?«

»Nein.«

»Nehmen wir an, du hättest einen und würdest als Chauffeur arbeiten. Es gibt aber keine Jobs, und du wirst langsam verrückt. Da bietet man dir an, einen vollbesetzten Bus von Frankreich nach Italien zu fahren. Du freust dich und unterschreibst einen sehr oberflächlichen Vertrag mit einem Makler. Du erfährst, daß der Arbeitgeber BB Buss AB heißt und in Ruritanien sitzt.«

»Klingt wie ein Operettenland.«

»Ist es auch, und dein Lohn besteht darin, daß du hinterm Lenkrad singen darfst. Nun merkst du, daß schlechtes Wetter herrscht. Du nimmst Kontakt zum Makler auf und fragst, ob es nicht sicherer wäre, durch den Tunnel zu fahren, anstatt den Weg über die Alpen zu nehmen. Der Makler sagt, das wäre zu teuer; wenn du Angst hättest, würden tausend andere den Job gern übernehmen. Und du hast eine Frau und fünf Kinder zu versorgen. Also hältst du die Klappe und fährst los.«

Ich nickte zustimmend und hielt die Klappe.

»Mit dem proppenvollen Bus erreichst du den Alpenkamm; jetzt geht es bergab. Und du merkst, daß es höllisch glatt ist. Langsam fährst du die schmale, gewundene Straße hinunter. Plötzlich spürst du, daß die Bremse nicht funktioniert; vergeblich trittst du das Pedal bis zum Anschlag durch. Der Bus kommt ins Schleudern. Und die Bremse hat versagt, weil der Inspekteur bei der jährlichen Kontrolle einen Tausender erhielt, damit er das Protokoll unterschreibt, ohne einen Blick auf das Fahrzeug zu werfen.«

Ich erinnerte mich, daß es auch bei der schwedischen technischen Überwachung Fälle von Bestechung gegeben haben soll, aber meines Wissens war niemand in einem Prozeß verurteilt worden.

»Du versuchst, mit dem Motor zu bremsen, aber das Getriebe geht kaputt. Es ist nicht gewartet worden. Der Bus rollt immer schneller bergab. Du rufst den beiden Reisebegleitern zu, sie sollen die Last so schnell wie möglich nach hinten verlagern, aber sie verstehen deine Sprache nicht und verschlimmern das Ganze nur. Du schreist, die Passagiere sollen abspringen; das sei die einzige Chance zu überleben. Aber sie wissen nicht wie, denn eine entsprechende Einweisung haben sie nicht erhalten. So hängt alles von dir ab. Der Bus schlingert, es geht um Leben oder Tod. Vor dir taucht eine scharfe Kurve auf, und du weißt, wenn du die nicht meisterst, dann rast du geradewegs in eine tausend Meter tiefe Schlucht.«

Ich sah die Situation vor mir; ein kalter Schauer lief mir über den Rücken.

»Gerade, als du das Lenkrad herumreißen willst, versagt auch noch die Lenkung. Sie ist immer nur provisorisch repariert worden und hält die Belastung nicht mehr aus. Und jetzt, jetzt, jetzt stürzt ihr in den Abgrund und seid alle, alle tot.«

Nach kurzem Schweigen fuhr er in weniger dramatischem Ton fort:

»Einige Tage später schickt ein von BB Buss AB in Ruritanien beauftragter Anwalt eine Schadensmeldung an die Versicherung. Schade um den Bus und die Leute, schluchz, schluchz, aber nun her mit dem Geld, damit wir eine neue Fuhre über die Alpen organisieren können. Merk dir diese Geschichte, wenn du jemandem erklären willst, wie das mit den Billigflaggen funktioniert. Eine Straße, vier Räder und ein Lenkrad, das begreifen die meisten.«

Er hatte recht. Die meisten von uns haben auf Schiffen ein unangenehmes Gefühl, aber in Autos sind wir zu Hause.

»Carl, kann es wieder zu so einer Katastrophe wie mit der Estonia kommen?«

Er zögerte mit der Antwort, und ich verstand ihn. Wir hatten alle irgendeine Beziehung zu der Todesfähre gehabt, wir würden den Schock nie überwinden.

»Die Estonia war eigentlich kein schlechtes Fahrzeug. Nach dem, was wir wissen, haben sich Offiziere und Mannschaft vorbildlich verhalten, als die Katastrophe eintraf. Ob sie abzuwenden gewesen wäre, möchte ich nicht erörtern. Aber die Estonia war einfach nicht dafür gebaut, so große und gefährliche Gewässer zu überqueren. Sie liefert ein Schulbeispiel für mangelnde Kommunikation zwischen Behörden. Man kontrolliert nicht, was man kontrollieren müßte, sondern geht nach der Praxis. Keiner übernimmt die Verantwortung; man schiebt sie sich gegenseitig zu.

Wenn es in unserem bürokratischen Winkel der Welt so ist, warum sollte es da anderswo anders zugehen? Übrigens, kanntest du jemanden auf der Estonia?«

»Unter den Opfern waren viele Polizisten. Einige von ihnen kannte ich.«

Wieder schwieg er einen Moment, dann sagte er leise:

»An Bord war eine junge Frau, um die ich trauere wie um eine Tochter. Sie war frisch verheiratet, mit einem anständigen Mann, und sie waren glücklich miteinander.«

Langsam schüttelte Hiller den Kopf.

»Für den, der stirbt, kommt der Tod schnell; Überlebenden erscheint er unbarmherzig langsam. Nun ja, so ist es eben. Global gesehen, geschehen Unglücksfälle dieser Größenordnung selten. Vor kurzem sank eine ausgeflaggte Riesenfähre vor der indischen Küste; viertausend Menschen ertranken. Um auf deine Frage zurückzukommen: Meinst du, in unseren Breiten?«

»Ja. Hier ist alles noch etwas überschaubarer.«

Er nickte.

»Wenn ich ehrlich sein soll: Ich glaube, daß es weitere Katastrophen wie mit der Estonia geben wird. Vielleicht noch schlimmere. Es geht schließlich um Geld.«

Ein neuer Bericht von den Kanarischen Inseln, und wieder wuchs die Sehnsucht. Ich schaute aus dem Fenster. In Stockholm hing der Nieselregen wie eine graue Decke vom düsteren Himmel; über den Kanaren dagegen strahlte die Sonne wie ein Haustürverkäufer von Electrolux. Elin war braun wie ein Pfefferkuchen, und sogar Virena hatte ein wenig Farbe abbekommen. Ich konnte lediglich mit ein paar langweiligen Nachrichten aus dem Großstadtleben aufwarten.

»Die wollen unseren Kasten renovieren. Gestern war eine Mitteilung in der Post. Erst von innen und anschließend das Dach. Es soll bald losgehen, dann ist hier der Teufel los.«

»Würde ein neuer Anstrich nicht reichen?«

»Irgend etwas müssen sie ja mit dem Gewinn machen, bei den Mieten! Wie geht es meiner Lieblingstochter?«

»Elin spricht richtig gut spanisch.«

»Finos Caramellos.«

»Sie findet es hier ganz toll. Übrigens habe ich ein paar Schweden getroffen, mit denen wir gemeinsam etwas unternehmen.«

»Hat er einen schwarzen Bart und blitzende Augen?«

»Ha ha. Spaß beiseite, man kann sich an das Leben hier gewöhnen. Aber ich schlafe nicht gut. Ich liege oft schweißgebadet, und Elin ist schon einmal davon aufgewacht, daß ich im Traum geschrien habe. Wie sieht es denn zu Hause aus; ist der Spuk vorbei?«

»Noch nicht ganz.«

»Wann, Roland, wann?«

Sie konnte mein Gesicht nicht sehen, aber ich zog trotzdem eine Grimasse. Glaubte sie, daß nur sie schlecht schlief? Die Frage, die in der kühlen schwedischen und der warmen spanischen Luft hing, war doch, ob sie heimkommen oder den Urlaub verlängern würden. Ich wollte sie aus vollem Herzen bei mir haben – und andererseits auch nicht. Denn so lange solche Anrufe kamen … und dieser Teufel lachte … Das Abhören des Telefons hatte bisher nichts gebracht, weil die Terroristen den Braten wohl gerochen hatten und aus öffentlichen Telefonzellen anriefen. Da wir diese Geisteskranken unbedingt fassen wollten, war ich gezwungen, die meisten Gespräche entgegenzunehmen und den jeweiligen Teilnehmer so lange wie möglich hinzuhalten, auch wenn ich am liebsten in den Hörer kotzen wollte.

Die Frage war also, ob eine Krankenschwester und ihre Tochter aus dem Urlaub zurückkehrten oder eine ausgebildete Flamencotänzerin mit Kastagnetten, stolzer Miene und einer Rose zwischen den Zähnen. Mit einer Elin, die mich Padre nannte und nur noch Paella essen wollte.

Der Friseur Harry, ein jovialer Mann, konnte mit Schere und Rasierapparat umgehen und wußte noch, daß man mit Brylcreme herrliche Tollen zaubern konnte. Hiller war dabei und beobachtete verstohlen lächelnd, wie ich Platz nahm, eine weiße Halskrause und einen Umhang verpaßt bekam und in den Spiegel schaute, in dessen Rahmen Fotos zufriedener Kunden steckten. Die Frisuren aus verschiedenen Epochen zeugten vom Wechsel der Moden. Da ich die Haartracht, die meinen Kopf zierte, seit Geburt unverändert trug, konnte ich sie wohl zeitlos nennen. Der Schnurrbart war schön dicht geworden und lief in Spitzen aus; von weitem sah es aus, als hätte ich zwei Eichhörnchen vernascht und nur die Schwänze vergessen.

Wir hatten einen Termin nach Ladenschluß bekommen und waren durch eine spanische Wand gegen neugierige Blicke von außen abgeschirmt. Hiller zündete seine Pfeife an, schlug die Beine übereinander und kommandierte:

»Fang an!«

Der Friseur zog den Kamm durch das Haar.

»Gute Qualität«, lobte er.

»Ehrlich gesagt, Harry, bist du nicht ein wenig zu alt für diese Art Barbierladen?«

Mit kundigen Fingern betastete er die Haarwurzeln.

»Das hier ist ein Haarstudio; wir vermieten die Plätze an Unternehmer, die ihren eigenen Kundenkreis mitbringen. Mein Sohn führt das Geschäft und hat das Know-how. Das ist englisch und bedeutet ›Gewußt-wie‹. Die Firma heißt »Beauty-Klipp«, auch eine Idee meines Sohnes. Soll ich die Musik anmachen, die sonst den ganzen Tag läuft?«

»Nur, wenn es Duke Ellington ist.«

Er seufzte, und ich begriff, daß unsere Seelen verwandt waren.

»Duke Ellington ist es nicht gerade. Eher etwas für die jüngeren Semester. Meine Trommelfelle haben eine andere Auffassung von Musik, aber sie müssen sich dem Zeitgeschmack anpassen. Darum geht es im Leben, sich anzupassen.«

»Warum paßt du dich an?«

Er schnippelte prüfend in die Luft; vermutlich, um sich richtig in Schwung zu bringen. Andere Gründe konnte es nicht geben – oder zahlt man heutzutage schon für eine Geste?

»Ich schulde meinem cleveren Sohn Geld. Manchmal kommen altmodische Typen herein; das werden dann meine Kunden.«

»Bin ich altmodisch?«

»O ja, einer der altmodischsten. In meinen Augen ist das ein Kompliment. Soll ich wirklich …«

»Streu bitte kein Salz in die offene Wunde. Du sollst!«

»Heimlich habe ich noch eine Scheibe von Carl Jularbo, die könnte ich doch auflegen?«

»Nein. Tu, was getan werden muß. Zu solch einem traurigen Anlaß ist Grabesstille die passende Musik.«

Drei rasche Schnitte hier, drei rasche Schnitte da, und schon näherte sich die Schere der Schwarte. Harry war der philosophische Typ Friseur, der diesen Beruf gewählt hatte, um mit seinen Kunden über Themen von Blumendünger bis Hitlers Schnurrbartwichse zu plaudern. An meiner bedrückten Miene erkannte er, daß ich nicht in der Stimmung war, über allgemeinmenschliches zu reden. Er konnte es sich jedoch nicht verkneifen, fachliche Bemerkungen zu machen:

»Kurze Haare stehen dir; du siehst aus wie ein amerikanischer Leutnant vom Marinekorps.«

»Nein.«

»Vielleicht lassen wir zwei Zentimeter stehen? Ein richtiger Bürstenhaarschnitt. Echt cool, würde mein Sohn sagen.«

Hiller winkte abwehrend mit der Pfeife.

»Harry, ich will jetzt eine Billardkugel sehen.«

»Kann ich euch wirklich nicht zur Bürste überreden? Ich begreife ja, daß es um eine Wette geht, aber als Künstler widerstrebt es mir, einem Mann, der Duke Ellington mag, eine Glatze zu schneiden. Das paßt irgendwie nicht.«

»Die Billardkugel, Harry!«

»Das hier hätte mein Sohn übernehmen sollen. Ich bin ein Gefühlsmensch und habe ein Gewissen. Am Tag der Auferstehung werden mir meine Missetaten vorgehalten. Vielleicht lassen wir ein halbes Zentimeterchen stehen? Okay, okay, ich habe verstanden, bitte nicht solche Grimassen in meinem Salon, ich mach ja schon, ich mach ja schon.«

Ich konnte nicht länger zusehen. Die Schere kam der Kopfhaut immer näher, dann dröhnte die Maschine über meinen Kopf zum Nacken hinunter. Der letzte Akt vor der Exekution bestand darin, mir den Schädel einzuseifen und mit dem Rasiermesser die letzten Stoppeln zu beseitigen.

»Beug dich vor«, seufzte er. »Armer Mann!«

Mit lauwarmem Wasser spülte er die Seifenreste ab, dann trocknete er den Kopf mit einem Handtuch.

»Ich wünschte, ich könnte Duke Ellington auflegen, um den Schock zu lindern. Bitte sehr! Ich verlasse lieber die Reichweite der Fäuste.«

Ich öffnete die Augen. Aus dem Spiegel starrte mich eine wildfremde Person an. Wie befürchtet, sah ich zum Gotterbarmen aus. Mehr als das: Ich glich einem Irren, der um die Jahrhundertwende aus einer Anstalt entflohen ist und steckbrieflich gesucht wird. Man sollte die Allgemeinheit warnen sowie Kinder und Dienstmädchen von der Straße holen. Daß mein guter alter Haarschopf eine solche Bedeutung haben könnte, hätte ich nicht gedacht; die Verwandlung eines Durchschnittsschweden in den Cousin von Frankensteins Monster war beunruhigend schnell gegangen.

»Ich kann mich im Haus nicht mehr zeigen«, murmelte ich. »Die Nachbarn werden fordern, daß ich ausziehe.«

»Ach was, du siehst scharf aus. Wie Yul Brunner, falls du dich an ihn erinnerst.«

»Ja, der ist seit Jahren tot. So sieht man also aus, wenn man wieder ausgebuddelt wird.«

»Jetzt lade ich dich erst mal zu einem feinen Essen ein. Wir haben viel zu besprechen.«

Während er die Brieftasche zückte, um zu bezahlen, holte ich eine Strickmütze aus der Tasche und zog sie über den Kopf. Das war ja noch schlimmer! Nun glich ich einer Billardkugel mit übergestülptem Eierwärmer!

»Eigentlich nehme ich kein Geld von einem Herrn, der Duke Ellington liebt«, erklärte Harry. »Besonders, wenn ich gezwungen war, ihn auf so empörende Weise zu verschandeln. Aber die bittere Not macht auch vor Friseuren nicht halt. Können wir das ohne Quittung und ähnliche fiskalische Spitzfindigkeiten regeln?«

»Leider nicht. Wir sind Polizisten.«

»Schade, schade. Es wäre mir ein Vergnügen gewesen, den Staat und meinen Sohn gleichzeitig zu linken.«

Zum Trost wollte mich Hiller in ein Luxuslokal einladen, aber ich gab zu bedenken, daß solche Etablissements meist gut beleuchtet sind. Schließlich landeten wir im Restaurant seines Hotels, wo es schummerige Nischen gab. Am liebsten wollte ich meine Mütze aufbehalten, aber er zwang mich mit sanftem Nachdruck, sie abzusetzen. Um mich abzulenken, begann er sofort mit dem Abfragen der letzten Lektionen.

Die Mahlzeit zog sich hin, doch obwohl der Koch sicher die Meisterprüfung abgelegt hatte, schmeckte alles wie Asche. Leute, die an unserem Tisch vorbeikamen, warfen mir unterschiedliche Blicke zu. Die einen bedauerten mich wegen der Krankheit, die mich die Haare gekostet hatte; andere fragten sich, wie so eine Figur hier Einlaß gefunden hatte; wieder andere vermuteten in mir einen Skinhead oder einen Freigänger aus dem Knast. Vielleicht sollte ich mir einen Ring ins Ohr stecken und mich als Rapper ausgeben.

»Wa-was?« stammelte ich, als mir Hiller eine Frage stellte.

»Hast du nicht zugehört?«

»Nein, ich habe Ohrensausen. Wahrscheinlich ist eine Erkältung im Anzug, oder gar eine Lungenentzündung mit hohem Fieber. Hier zieht es, und mein Kopf ist ganz ungeschützt!«

Er wischte sich den Mund mit der Serviette ab, auf die endgültige Art, die andeutet, daß die Mahlzeit vorüber ist.

»Du wirst dich schnell daran gewöhnen.«

»Das sagt sich leicht, wenn man noch alle Haare auf der Birne hat.«

Er wollte mich nach Hause fahren, doch ich bevorzugte in meiner düsteren Stimmung einen Spaziergang in der kühlen Herbstluft. Die Mütze in die Stirn gezogen, die Hände tief in den Taschen vergraben, kam ich als ein Typ daher, dem ehrliche Bürger aus dem Weg gingen. Ich fühlte mich wie ein Ausgestoßener, ein Paria, und das war nicht nur Einbildung.

Im Hauseingang bemerkte ich eine Anzahl großer Farbbüchsen, eine bekleckste Leiter und ein Bündel Metallrohre. An der Wand verkündete ein Anschlag, daß die Mieter, die ihre Schlüssel nicht abgegeben hatten, selbst dafür sorgen mußten, daß die Handwerker in die Wohnung gelangen konnten. Der Fahrstuhl war vorübergehend außer Betrieb, da die Türen ausgewechselt werden sollten, und so keuchte ich die Treppen hinauf.

Ganz oben hatte die Renovierung schon begonnen. Die Wand, an der sich der Fahrstuhl befand, war grundiert; neben meiner Wohnung klebte ein Zettel: Vorsicht, frisch gestrichen! Meine Metalltür war weiß lackiert und roch so stark nach Lösungsmitteln, daß es in der Nase stach. Das fand ich gar nicht schön, und ich nahm mir vor, mich beim Vermieter zu beschweren.

Vorsichtig drehte ich den Schlüssel in dem Kombinationsschloß, das ich extra hatte einbauen lassen. Dahinter kam das Schutzgitter, das ich mit einem langen Spezialschlüssel öffnete. Drinnen herrschte ein anderer Geruch, den ich nicht identifizieren konnte, scharf, beißend, Übelkeit erregend. Würde ich bei diesem Gestank schlafen können?

Ich hängte meine Jacke auf, warf die Mütze ins Regal, zog die Schuhe aus und lief durch den Korridor ins Bad. In dem grellen Licht überprüfte ich mein Äußeres kritisch von allen Seiten, mit Hilfe eines Handspiegels sogar von hinten. Selbst völlig apathische Brauereipferde würden vor Schreck durchgehen, wenn ich mich so in der Öffentlichkeit zeigte. Wie sollte ich mich mit diesem Anblick versöhnen? Und Virena? Und Elin? Virena konnte eine ganze Menge vertragen, aber es gab Grenzen. Das Wort Scheidung begann, in meinem Hinterkopf herumzuspuken. Und Elin …

Irgend etwas stimmte nicht, und es hatte nichts mit meinem Aussehen zu tun. Ein Gefühl beschlich mich. Ich riß die Badtür auf und starrte in den Korridor hinaus. Alles war ruhig. Da war nur dieser Geruch, aber das mußte wohl so sein.

Die Tür zum Wohnzimmer – sie war zu. Ich war sicher, daß ich sie beim Verlassen der Wohnung wie immer offen gelassen hatte. Andererseits … Ein plötzlicher Windstoß durch ein nicht geschlossenes Fenster konnte die Tür zugeschlagen haben. Welches Fenster? Vielleicht im Schlafzimmer … Mir wurde plötzlich flau im Magen, und ich ärgerte mich darüber. Hatte mich die Einsamkeit zu einer ängstlichen alten Tante gemacht?

Meine ersten Schritte in Richtung Wohnzimmertür waren vorsichtig schleichend, doch dann riß ich mich zusammen und trat betont forsch auf. Die Tür schwang auf. Im Dunkeln sah ich etwas schimmern … was zum Teufel … ich verstand nicht … Ich taumelte und tastete nach dem Lichtschalter. Und dann …

Von der Decke hingen Menschen herab, vielleicht ein Dutzend. Männer, Frauen und kleine Mädchen; sie hatten Stricke um den Hals, die an Fleischerhaken befestigt waren. Nackte Körper mit der graubleichen Haut von Leichen. Die Augen stierten ins Leere, die Zungen hingen heraus. Von irgendwo ertönte das heisere Lachen, und die schmierige Stimme sagte:

»Jetzt werde ich dir zeigen, was man mit Polizistenmördern macht!«

7.

Ich warf mich auf den Boden und kroch zum Sofa. Instinktiv tastete ich nach der Pistole, aber die hatten sie mir ja abgenommen. Meine Bewegungen versetzten die aufgehängten Körper in sanfte Drehungen.

»Verdammter Polizistenmörder ...«

Das war wahnsinnig, verrückt, aber kein böser Traum, sondern Realität. Dieser Mann wollte mich wirklich umbringen, und ich war sicher, daß er meinen Tod bis ins Detail geplant hatte. Er wußte alles über mich; ich konnte ihm nicht entkommen. Wo zur Hölle steckte er? Komm heraus, wir kämpfen Mann gegen Mann! Aber so leicht würde er es mir nicht machen. Er kämpfte nicht Mann gegen Mann, er schlich sich hinterrücks ein. Dieses widerwärtige Lachen ... Es drückte gegen die Trommelfelle und stach in den Kopf hinein.

Mir mußte etwas einfallen. Er hielt sich im Raum auf, aber ich konnte ihn nicht entdecken. Ein unsichtbarer Rächer, der überall und nirgends war. Angst schnürte mir die Kehle zu; das Atmen fiel mir schwer.

»Bald bist auch du tot, und du wirst dir wünschen, daß es schneller geht ...«

Meine Hände ertasteten die Sofakante. Ich nahm alle Kraft zusammen. Ein Poltern, ein Krachen, ich warf mich nach vorn, schlug einen Purzelbaum, kam wieder auf die Beine, verlor die Balance und fuchtelte wild mit den Armen.

»Du wirst sterben ... sterben ... sterben ... und deine Frau wird sterben ... sterben ... sterben ... und deiner Schlangenbrut werde ich den Hals abschneiden und sie wird sterben ... sterben ... sterben ...«

Einer der Körper streifte mich, und ich hielt mich daran fest, um nicht hinzufallen. Der Strick gab nach und ich ging zu Boden. Die Leiche lag genau auf mir, und ich schrie vor Schreck, vor Ekel ... Aber was war das, der Körper wog ja gar nichts, als würde er aus Luft bestehen! Und auch die Haut, wie seltsam, fühlte sich trocken an und gab nach. Waren die inneren Organe entfernt worden, wie bei einem Ritualmord?

»Wie fühlst du dich jetzt, Polizistenmörder?«

Wo steckte dieser Teufel? Kalter Schweiß bedeckte meine Stirn. Aber warum bluteten die Körper nicht, warum waren sie so leicht? Die Haut gab meinen Fingern nach; sie war wie Gummi. Gummi … Ich drückte kräftiger, meine Fäuste trafen auf keinen Widerstand. Es war eine Gummipuppe, die jemand mit einer fahlgrauen Farbe bestrichen hatte. Mit zitternder Hand wischte ich mir über die Stirn. All die von der Decke hängenden Körper waren aus Gummi und hatten aufgemalte Gesichter. Verrückter als verrückt!

»Du wirst noch um dein Leben flehen. Auge um Auge, Zahn um Zahn … die Polizistenmorde werden gerächt …«

Mein Blick irrte umher und entdeckte das Tonbandgerät. Von dort kam also das heisere Lachen. Die Stimme malte mir weiter die schlimmsten Foltern aus, verstummte jedoch, nachdem ich das Gerät ausgeschaltet hatte.

Erschöpft sank ich auf das Sofa und versuchte, mich zu beruhigen. Das hier verkraftete ich nicht allein; ich streckte die Hand nach dem Hörer aus und rief Simon an. Er versprach, in einer halben Stunde da zu sein.

Simon nahm sich ein Bier aus dem Kühlschrank und maulte nicht einmal, weil es nur Leichtbier war. Daß mein Kopf genauso kahl war wie seiner, schien ihm ebenfalls nicht aufzufallen. Er hatte die Kriminaltechnik sowie Leute mobilisiert, die die Nachbarn wecken und befragen sollten. Sein Gesicht war tiefernst; er schien sich nicht wohl zu fühlen. Warum sollte es ihm besser gehen als mir, der ich von Gummileichen umgeben war?

»Rolle, hier kannst du nicht bleiben. Bis wir den Wahnsinnigen geschnappt haben, wohnst du im Hotel.«

»Morgen früh ziehe ich nach Norsborg, die Zeit ist reif. Aber

Virena und Elin können nicht nach Hause, solange dieser geistesgestörte Typ frei herumläuft. Wer weiß, auf welche Ideen er nächstes Mal kommt«, gab ich zu bedenken.

Simon nickte zustimmend und stieß eine der Puppen mit dem Fuß in die Seite. Er erschrak, als plötzlich der Arm hochschnellte. Die Gesichter waren geschickt gemalt; alle trugen Perücken. Die Maskerade war zwar billig, hatte ihren Zweck aber erfüllt.

»Er will dich, und er scheut weder Kosten noch Mühen. Er muß geradezu besessen sein.«

»Virena und Elin bedroht er ebenfalls.«

»Ja, ich habe es gehört, aber eigentlich meint er dich. Er täuscht eine allgemeine Renovierung des Hauses vor, damit niemand auf Geräusche reagiert und Verdacht schöpft. Er schleppt einen Laserbrenner an und schneidet die kompletten Schlösser heraus, um sich Einlaß zu verschaffen. Nachdem er die Wohnung präpariert hat, setzt er die Schlösser wieder ein. Bei dem Gitter ist es kein Problem, bei der Außentür muß er die Spuren beseitigen, indem er sie überstreicht.«

Die Decke war durch die Metallhaken verunstaltet; die Reparatur würde einige Zeit dauern.

»Er koppelte das Tonbandgerät mit der Tür«, fuhr Simon fort. »Das Band lief an, als du das Zimmer betratst. Er muß für die Vorbereitungen Stunden gebraucht haben. Du hättest auftauchen können oder ein mißtrauischer Nachbar. Der Kerl ist ein enormes Risiko eingegangen, nur um dich zu erschrecken.«

»Wäre er damit zufrieden gewesen, wenn ich ihn auf frischer Tat ertappt hätte?«

»Du hast recht, das weiß man nie bei solch kranken Köpfen. Hier seid ihr jedenfalls nicht sicher, weder du noch deine Familie. Morgen früh telefonieren wir mit Virena und schlagen ihr vor, die Sonnenferien zu verlängern. Wenn du willst, kümmere ich mich um alles.«

»Danke. Aber mit Virena spreche ich lieber selbst. Ich muß sie aus diesem Gruseltheater heraushalten. Das ist sowieso eine heikle Sache. Der perverse Idiot kann ja nicht wissen, daß sie und Elin auf den Kanaren sind. Er hat also einkalkuliert, daß auch sie nach Hause kommen konnten, als er den Horror inszenierte.«

Simon klopfte mir beruhigend auf die Schulter und verfiel in einen scherzhaften Ton, der verbergen sollte, wie betroffen er war:

»Die Schule, das Reisebüro und so weiter übernehme ich. Die spuren besser, wenn statt eines popeligen Kriminalinspektors ein richtiger Kommissar am Apparat ist.«

»Zumal der Inspektor auch noch wegen Doppelmordes vom Dienst suspendiert ist.«

»Ja, das kommt noch hinzu. Mein Gott, was hat dieser selbsternannte Rächer hier zusammengebastelt! Es müßte doch zu ermitteln sein, woher diese Puppen stammen ... Rolle, ich werde heute nacht hierbleiben. Wir rufen jetzt Hiller an und besorgen dir dann ein Hotelzimmer. Nach dieser Aufregung brauchst du Ruhe. Hast du Schlaftabletten?«

»Im Schrank sind bestimmt welche.«

»Nimm zwei. Wenn du träumen solltest, bitte von mir. Dann erwachst du frisch und zufrieden wie ein Baby.«

Vom Hotel aus hatte ich Virena angerufen, und ich konnte hören, daß sie erleichtert war. Die bevorstehende Rückkehr, die offenbar wie ein Alptraum auf ihr gelastet hatte, war auf unbestimmte Zeit verschoben. Zugleich teilte ich ihr mit, daß ich für Interpol einen Spezialauftrag auszuführen hätte und nicht wüßte, wie ich den Kontakt zur Familie halten könne.

»Darfst du denn arbeiten, wenn du suspendiert bist?«

»Interpol ist da großzügig.«

»Was sollst du tun?«

»Eine Art Überwachung, könnte man sagen. Ich kann überall auf dem Globus landen. Vielleicht. Noch steht nichts fest.«

Sie schwieg eine Weile und ich begriff, daß sie überlegte.

»Roland, du machst doch … keine Dummheiten? Ich meine … etwas Ungesetzliches?«

»Würde mir das ähnlich sehen?«

»Nun ja, manchmal bist du wie ein kleiner Junge.«

»Darin besteht unter anderem mein Charme, Virena. Aber mach dir keine Gedanken, Interpol läßt keinen Fuchs auf den Hühnerhof. Vermißt du mich am Strand und in den kleinen Cafés? Oder bist du in Begleitung dieses jungen Mannes mit dem feschen schwarzen Bart und den blitzenden Augen?«

Ich redete dummes Zeug, um meinen bevorstehenden Job in ihren Augen zu bagatellisieren, zu einer Nebensache zu machen.

»Natürlich wäre es schöner, wenn du bei uns wärst.«

»Mhm. Mein Bett hier kommt mir sehr groß und leer vor. Und wie ist es bei dir?«

Sie lachte leise, und ich freute mich darüber. Wie schön war es, nicht über das Berufsrisiko oder die erlittenen Kränkungen, sondern über die Sehnsucht zweier Menschen zu reden, die einander zugetan waren, obwohl sie ganz Europa trennte.

»Für Seeleute ist so etwas ganz normal«, antwortete sie.

Einen Augenblick lang war ich sprachlos. Seeleute! Dieses Thema mußte vom Tisch.

»Ach die, die haben doch Salzwasser in den Adern. Das ist Bedingung, um zur See fahren zu dürfen. Ein warmblütiger Bulle ist da ganz anders geschaffen. Ach, das Bett ist wie eine Wüste, und ich sehne mich nach meiner Oase!«

Ich war stolz auf mein poetisches Ablenkungsmanöver; gleichzeitig spürte ich, daß es viele Sandkörnchen Wahrheit enthielt. Ich hatte die Einsamkeit satt, ich hatte die Isolation satt, ich hatte die Geisteskranken satt, die mich zum Opfer erkoren. In Ermangelung einer lebensspendenden Oase würde ich mich auf die kommende Aufgabe stürzen und nicht den Kamelen hinterherrennen.

Gegen zehn kam Hiller, und er hatte eine fertig gepackte Reisetasche bei sich. Simon hatte ihm offenbar von den Ereignissen der vergangenen Nacht berichtet, denn er gab seiner Überzeugung Ausdruck, daß der Täter über die Puppen gefaßt werden würde.

»Hier hast du deinen Paß, ausgestellt auf Johnny Odler. Es ist sein richtiger, natürlich leicht frisiert.«

Er reichte mir ein abgegriffenes Dokument, das in einer schwarzen Hülle steckte. Das Paßbild war gegen ein Foto von mir ausgetauscht; ansonsten herrschte kein Mangel an Stempeln aus Ländern, die sich noch die Mühe machten, welche zu verteilen. Falls jemand, der Johnny kannte, den Paß in die Hand bekam, würde er den Betrug bemerken, aber die Gefahr war nicht sehr groß. Eine gewisse Ähnlichkeit war in jedem Fall vorhanden.

»Brauche ich keinen besonderen Seemannspaß?« fragte ich.

»Das war einmal. Heute sind alle Angaben in der EDV erfaßt. Hier hast du einen Seesack, wie er von vielen immer noch benutzt wird. Darin sind typische Kleidungsstücke, wie sie von Seeleuten getragen werden. Hier ist eine Aufstellung dazu. Zieh dich um, bevor du nach Norsborg fährst. Nimm die U-Bahn; hier ist der Wohnungsschlüssel. Denk immer daran, du bist Odler. Also tritt entsprechend auf; jemand könnte dich dort erwarten. Ich lasse regelmäßig von mir hören. Hier sind seine Brieftasche, der Führerschein und einige persönliche Papiere. Das war es dann wohl. Die Schule ist aus; Zeit fürs Examen!«

Ein wenig feierlich streckte er die Hand aus:

»Viel Glück, kann man da nur sagen. Nutze diese einmalige Chance für uns, Rolle. Eine neue werden wir im Leben nicht bekommen.«

Auf der Fahrt nach Norsborg schlüpfte ich in die Haut Johnny Odlers und versuchte, mit meinem Auftreten seinem Charakter zu entsprechen. Schweigsam, schroff, ein wenig unbeholfen, keine geistige Leuchte, aber gerissen, wenn es um den eigenen Vorteil ging, so stellte ich ihn mir vor. Johnny Odler hatte es satt, für wenig Geld zu schuften, doch Aufstiegsmöglichkeiten waren bisher nicht zu erkennen gewesen.

Vom Bahnhof aus trottete ich, den Seesack über der Schulter, zu der angegebenen Adresse. Es war kalt, und obwohl der Winter noch weit war, ahnte man schon Schnee und Frost. Wurde ich beobachtet? Hatte jemand ein Fernglas auf den U-Bahnaufgang gerichtet? Natürlich nicht, aber wenn man eine Rolle spielt, dann sollte man es konsequent tun.

Norsborg steht in dem Ruf, ein ziemlich heruntergekommener Vorort zu sein, aber das stimmt nicht. Hier ist in den letzten Jahren viel passiert; Wohnungen und Fassaden wurden renoviert, Höfe, Grünanlagen und Spielplätze umgestaltet oder neu geschaffen. Inzwischen ist Norsborg eine Stadtrandsiedlung, auf die die Bewohner stolz sein können. Vielleicht gehen auch die Sprayer etwas rücksichtsvoller mit den Wänden um, aber das bleibt wohl ein frommer Wunsch.

Das Haus gehörte zu den älteren in der Gegend, war aber wie die anderen aufpoliert worden; Eingang und Treppe machten einen sauberen Eindruck. Ich schloß die Wohnungstür auf und watete bis zu den Knöcheln in Werbebroschüren und Postwurfsendungen. Die Beleuchtung funktionierte, und ich öffnete erst einmal die Fenster, um zu lüften. Was hätte der echte Odler jetzt gemacht? Den Kühlschrank inspiziert, der in Betrieb war. Er enthielt ein Sixpack Bier, aus dem zwei Flaschen fehlten, Butter, Käse, der völlig verdorben war, eine große Flasche Limonade sowie im Gemüsefach eine Plastiktüte, die ich sofort wegwarf. Auch die Speisekammer war fast leer – Johnny Odler alias Roland Hassel mußte also einkaufen gehen.

In dem kleinen Zentrum von Norsborg entschied ich mich für Vivos Verbrauchermarkt und kaufte die grundlegenden Lebensmittel sowie einige Fertiggerichte aus der Tiefkühltruhe. Breitbeinig wankte ich mit meinen Tüten in die Wohnung und die Matroseneinsamkeit zurück. In dem Seesack fand ich auch Laken und Kopfkissen, und ich war Hiller dankbar, nicht die Bettwäsche der toten Brüder Odler benutzen zu müssen.

Die Wohnung bestand aus zwei kleinen Schlafräumen, einem Wohnzimmer und einer Küche, in der vier Personen sitzen und essen konnten; ein guter Standard also. Da die Brüder so selten zu Hause waren, hatten sie die Einrichtung kaum verschlissen. Die Möblierung war etwas dürftig, aber für zwei Junggesellen und gelegentliche Gäste durchaus ausreichend. Natürlich lag überall Staub. Es gab einen älteren Fernseher mit akzeptablem Bild, ein Radio mit Schnelleinstellung und eine sehr leistungsfähige Stereoanlage. Den CDs und Kassetten nach zu urteilen hatten die Brüder keinen gehobenen Musikgeschmack gehabt, sondern konsumiert, was es an Tankstellen im Sonderangebot gab. Vor dem Bad fürchtete ich mich ein wenig, doch ich hatte schon schlimmeres gesehen. Für eine schnelle Dusche würde es allemal reichen.

Die Wohnung wirkte irgendwie unpersönlich. Hier hatten die Odlers ja nur gelebt, wenn sie einmal nicht auf See waren. Es war ihr Bau, in den sie sich zurückziehen konnten, aber ihr wirkliches Heim war die Kabine, und dort verwahrte man seine wichtigen Dinge. Dennoch gab es ein paar deutlichere Hinweise. Jeder der Brüder hatte seinen eigenen Schlafraum, und in den Schränken hingen Kleidungsstücke. Johnnys waren unmodern und billig, während Mark einen besseren Geschmack sowie Geld für italienische Anzüge gehabt haben mußte. Kein Wunder, daß Johnny neidisch geworden war. Der Unterschied im Lebensstandard setzte sich in den Schubläden fort. Johnny verwahrte dort Strümpfe und Unterwäsche, die er bei Kapp-Ahl oder Hennes & Mauritz im Fünferpack gekauft hatte. Marks Intimwäsche dagegen war weich und exklusiv, wie Frauen sie mögen, jedenfalls in der Werbung.

In dem Postberg entdeckte ich einige Briefe an Mark und einen an Johnny, aber sie waren inhaltlich uninteressant und stammten von Leuten, die ich nicht kannte. Johnny hatte durch eine Glücksnummer fünfunddreißig Kronen gewonnen und es war tragisch, daß er seinen unerwarteten Reichtum nicht mehr genießen konnte. Ansonsten gab es ein paar Rechnungen, die ich einfach ignorierte.

In einer kleinen Kasserolle, die wegen ihres losen Handgriffs schwierig zu handhaben war, kochte ich mir ein paar Eier. Dann schmierte ich ein paar Stullen, belegte sie mit Käse und Tomatenscheiben und fühlte mich nützlich. Während ich aß, untersuchte ich die Brieftasche. Man hatte Johnny 1800 schwedische Kronen und 86 englische Pfund zugebilligt. Eine Eintrittskarte für den Nachtklub Babylon versprach zehn Prozent Rabatt, wenn man sie am Eingang vorwies, doch eine Adresse war nicht angegeben. Hinter einer Glasscheibe steckte ein Schwarzweißfoto, das eine exotisch aussehende Frau mit Kinderwagen zeigte. Neben ihr stand im Halbschatten ein glatzköpfiger Mann, der ich sein konnte. Die Frau lächelte und hatte sich bei ihm untergehakt. Die Liebe hatte Früchte getragen, und nun hoffte sie wohl, daß der schwedische Sailor sie ehelichen und damit ehrbar machen würde. Oh, sie kannte die zweifelhafte Moral der nordischen Teerjacken nicht! Das Telefon klingelte und unterbrach mein Nichtstun. Ich antwortete, indem ich die Nummer murmelte. Eine junge Männerstimme grüßte fröhlich und erkundigte sich:

»Ist da Odler?«

»Mhm.«

»Hier ist … Televerket. Dein Telefon ist … und … Kann sein, daß … Leitung …«

Gewisse Worte verschwanden, als hätte sie jemand verschluckt.

»Was willst du denn?«

»Wir … prüfen. Können wir … unmittelbar?«

»Ich bin zu Hause.«

Aha, nun ging es los. Ich rief Hiller an und berichtete, daß sich Leute von Televerket angekündigt hatten, um den Anschluß zu prüfen. Wir wußten beide, was das bedeutete.

»Ganz unten im Seesack findest du ein Handy. Wenn du anrufst, verwende ausschließlich dieses Gerät. Wenn die Jungs von Televerket bei dir waren, wird Johnny angerufen werden. Vergiß nicht – keine Abschweifungen. Die goldene Regel lautet: Klappe halten!«

»Das hast du mir tausendmal gesagt. Halte dich selbst an diese goldene Regel.«

Er lachte, und es klang nach einem Fünftel-Simon.

»Mach deines, und wir machen unseres.«

Eine halbe Stunde später klingelte es an der Tür. Ich öffnete in Pantoffeln und aufgeknöpftem Hemd. Zwei junge Mitarbeiter von Televerket standen mit ihren Werkzeugtaschen vor mir und lächelten so freundlich, wie es sich alle im Servicebereich Tätigen angewöhnen sollten.

»Hallo, wir haben miteinander telefoniert.«

»Mhm.«

Ich ließ sie herein, wobei ich mit dem Sportteil von Dagens Nyheter raschelte. Der Gesprächigere von beiden schien eine natürliche Führungsrolle auszuüben, während der andere nur Isolierband und Schraubenzieher reichen durfte.

»Warst du verreist?«

»Wieso?«

»Weil wir lange gebraucht haben, um dich zu erreichen. Im Haus kommt es immer wieder zu Schwankungen; kann sein, daß bei dir eine Leitung beschädigt ist.«

»Schaut euch um.«

Ich setzte mich auf das Sofa und studierte die Resultate von Sportarten, die ich nicht einmal dem Namen nach kannte. Aus den Augenwinkeln beobachtete ich, wie sie den Apparat untersuchten und die Leitungen prüften. Der Wortführer gab sich weiterhin sozial:

»Warst du im Süden?«

»Was?«

»Ich fragte, ob du im Süden warst. Du siehst aus, als hättest du Sonne abbekommen.«

»Mhm.«

»Und wo? Ich sammle gute Tips. Marokko zum Beispiel ist Spitze. Herrliche Strände. Hast du dich vielleicht dort gesonnt?«

»Nein.«

»Wo dann, wenn ich fragen darf?«

»Irgendwo. War nichts Besonderes.«

Der andere teilte mit, daß der Kontakt wieder in Ordnung sei, und sie riefen zur Probe bei der »Zentrale« an. Der Gesprächige hielt mir einen Zettel hin und bat um eine Unterschrift.

»Was ist das?« maulte ich.

»Die Bestätigung, daß wir den Auftrag ausgeführt haben. Beim Televerket muß man nachweisen, daß man jede Minute am Tag gearbeitet hat.«

»Aha.«

Ohne Protest schrieb ich Johnny Odler in das gekennzeichnete Feld. Es gelang mir recht gut, die kindlich runde Schrift und den kleinen Schlußkringel, auf den Johnny sicher besonders stolz gewesen war, nachzuahmen. Die beiden trollten sich, und ich stürzte mich sofort auf das Telefon, um es zu untersuchen. Im Hörer saß eine Wanze, die wahrscheinlich durch die Stimme aktiviert wurde. Was ich sagte und was andere mir antworteten, würde von nun an mitgeschnitten und abgehört werden.

Das erste fingierte Gespräch kam abends gegen sieben. Die Stimme war rauh und ungehobelt. Ich fragte mich, wo Hiller diesen Typen aufgetrieben hatte.

»Hej, hier ist Kodde. Hörte, daß du mal wieder im Lande bist.«

»Von wem?«

»Ein Vogel hat es mir ins Ohr geflüstert. Wäre doch schön, wenn man sich mal wieder trifft, um über die alten Zeiten zu reden. Erinnerst du dich an Rio vor zwei Jahren?«

»Mhm.«

Der Mann, der sich Kodde nannte, lachte anzüglich.

»Die Braut mit den Riesentitten hat dich ja bis aufs Schiff verfolgt. Was hast du eigentlich mit ihr angestellt? Los, verrate es einem alten Kumpel!«

»War wohl ein wenig angetrunken.«

»Ein wenig? Du warst so voll, daß du dich kaum auf den Beinen halten konntest. Aber ich habe es für dich gedeichselt. Erinnerst du dich?«

»Mhm.«

»Und was war vor fünf Jahren auf der ›Galathea‹, wer hat dich da rausgehauen? Na? Auch ich! Fällt es dir wieder ein?«

»Mhm.«

»Beinahe wärst du dran gewesen, und du wärst nicht mit einem blauen Augen davongekommen. Aber der gute alte Kodde, der hat die Sache hingebogen. Man ist ja auch mal jung gewesen, ha ha.«

»Mhm.«

Die Stimme wurde drängender.

»Wenn du in Lissabon nicht gekniffen hättest, wäre ich um fünftausend reicher gewesen. Das ist dir doch wohl klar?«

»Ich auch.«

»Was – du auch?«

»Hätte auch fünftausend bekommen.«

»Ja, aber du warst es schließlich, der gekniffen hat, so daß die Sache platzen mußte. Kurz und gut, ich bin blank; ich brauche die fünftausend, und ich will, daß du sie ausspuckst.«

»Ich habe nichts auszuspucken.«

»Junge, du solltest nicht versuchen, Kodde zu leimen. Wie du es hinkriegst, ist mir egal, aber ich will meine fünftausend. Ich hasse es, ohne Geld in der Tasche herumzulaufen. Du weißt, Kodde kann ungemütlich werden, und das will ich einem alten Kumpel ersparen. Ich rufe dich bald wieder an.«

Jetzt war Johnnys Rolle umrissen – ein kleiner Querulant, der sich vielleicht an einer Schmuggelei oder ähnlichem beteiligt hatte und gescheitert war. Mit anderen Worten: einer, der offen für Vorschläge sein konnte. Am folgenden Tag kamen noch ein paar ähnliche Anrufe, während ich einfache Gerichte nach Junggesellenart zubereitete und in der interessanten Fachzeitung »Der Seemann« las, die beide Brüder Odler abonniert hatten. Am Nachmittag trottete ich wieder ins Zentrum und hatte das sichere Gefühl, beobachtet zu werden. Am Kiosk kaufte ich die Abendzeitungen und ein Krimitaschenbuch der billigsten Sorte. Das Titelbild zeigte eine erschrockene junge Dame, die von einem finsteren Schatten mit Pistole bedroht wurde. Solche Lektüre mochte Johnny sicher.

Gegen fünf rief ein Mann an, dessen Stimme kühler klang und der seine Worte wohl zu setzen wußte. Er erinnerte mich an einen meiner Lehrer in grauer Vorzeit, der mich nach einer meiner unzähligen Dummheiten wissen ließ, was er von mir hielt.

»Hier ist Arnold Lindberg. Erster Steuermann auf der ›Andrea Gota‹. Erinnerst du dich?«

»Mhm, hej.«

»Du hast dich als Hausmeister bei der Wohnungsbaugesellschaft Arsenalen beworben, nicht wahr?«

»Woher weißt du das?«

Eine Spur von Verbitterung schwang jetzt in der Stimme des Steuermannes mit.

»Weil du die Unverschämtheit besessen hast, mich als Referenz anzugeben. Du wärst der letzte, den ich empfehlen würde. Du hast natürlich damit gerechnet, daß ich außer Reichweite wäre, falls sich jemand nach deinem Charakter und deinem Arbeitsvermögen erkundigt hätte, aber du hast Pech gehabt.«

»Ach ja?«

»Ja, und ich betrachte es als eine Frechheit ohnegleichen, nach allem, was geschehen ist, auch noch meinen Namen zu mißbrauchen.«

»War ja wohl nicht so schlimm.«

»Na hör mal, Odler, mit dem Ruf, den du erworben hast, dürfte es dir schwerfallen, wieder irgendwo anzuheuern. Übrigens, wie kommst du dazu, dich als Hausmeister zu bewerben? Deine technischen und handwerklichen Fähigkeiten tendieren doch gegen Null; du hast ja nie etwas anderes gemacht als in der Messe Essen serviert!«

»Irgendwie muß man doch mit dem Arsch an die Wand kommen«, murmelte ich düster.

»Und die Konsequenzen? Wenn du den Job aufgrund meiner angeblichen Empfehlung bekommen hättest, und es wäre herausgekommen, was du für ein Versager bist – wie hätte ich dann dagestanden? Ich wäre zur Polizei gegangen, mein Wort darauf.«

»Verdammt noch mal, eine Referenz anzugeben, ist doch kein Verbrechen!«

»Du solltest dich in der nächsten Zeit nicht allzu sehr in Erinnerung bringen, Odler. Wir konnten deine Beteiligung an der Sache mit Hadar Jonasson damals nicht beweisen, aber die Polizei würde die Wahrheit schon herausfinden.«

Was war dem Ärmsten denn geschehen?

»Ein reiner Unglücksfall«, meinte ich.

»Wenn es hier einen Unglücksfall gibt, dann bist du es«, wetterte der Steuermann. »Jonasson hatte Familie, du nicht. Wenn du meinen Namen noch einmal benutzt, wird es dich teuer zu stehen kommen!«

Er knallte den Hörer auf die Gabel, und ich machte noch ein paarmal mhm – mhm, um die Rolle überzeugender zu spielen. Ich begann, für Johnny Odler eine gewisse Sympathie zu empfinden. Er hatte es sicher nicht leicht. Am Abend sprach ich über das Mobiltelefon mit Hiller. Wir waren uns einig, daß ein fetter Köder am Haken hing; wir mußten warten, bis jemand anbiß. Anschließend rief ich Simon an und unterhielt mich mit ihm lange über die Abteilung. Ich sehnte mich nach dem Streß und seinem Gegenteil, der Langeweile, wenn man stundenlang in einem Auto oder einem zugigen Hauseingang wartet. Ja, ich wollte zurück, denn die Fahndung war ein Teil meines Lebens gewesen. Man wird von seinem Beruf geprägt. Andererseits ist der Kampf, den man bestehen muß, bis Tod oder Pension als Befreier kommen, voller Trennungen und Aufbrüche. Ich sehnte mich also zurück, aber die Erinnerungen an meinen Schreibtisch und das Fahndungsregister trafen mich nicht mehr ins Herz. Vielleicht vermißte ich einfach die Sicherheit des Gewohnten.

Es wurde eine unruhige Nacht. Das Haus war hellhörig, und nicht alle Mieter wollten so zeitig schlafen gehen wie ich. Als ich endlich einschlummerte, landete ich in der Zelle, und eine lähmende Angst überfiel mich – ich würde nie wieder frei sein, die Türen waren für immer verschlossen, ich würde vertrocknen und zu Staub zerfallen. Im Morgengrauen erwachte ich schweißgebadet, und es war tatsächlich ein Grauen, bis ich wieder einschlief.

Gegen neun saß ich im Pyjama, glotzte Frühstücksfernsehen, kaute an einem Käsebrötchen und kleckerte Tee auf Odlers Teppich. Das Türsignal gellte unerwartet laut. Ich hoffte, daß mir die Aufregung nicht anzumerken war, zog mir Johnnys verschlissenen Morgenmantel über und öffnete. Draußen stand ein Mann in den Fünfzigern. Als ich ihn ansah, wußte ich sofort, daß es nun kein Zurück mehr gab.

»Du bist Johnny Odler?«

Der Satz war als Frage formuliert, klang aber mehr nach einer Feststellung.

»Mhm.«

»Mein Name ist Leon; ein guter Freund von Mark. Darf ich hereinkommen?«

»Gewiß.«

Leon sprach perfekt schwedisch, lediglich ein schwacher Akzent wies darauf hin, daß seine Wiege in einem anderen Land gestanden hatte. Er hatte glattes, dunkles Haar und ein großporiges Gesicht. Seine Haut war bronzefarben; er lächelte mit fülligen Lippen und entblößte Zähne, die einem Raubtier alle Ehre gemacht hätten. Breitschultrig und geschmeidig in den Bewegungen wirkte er wie einer, der jederzeit angriffsbereit ist.

Was man zuerst bemerkte und zuletzt vergaß, waren seine Augen. Schwarzglänzend und prüfend bohrten sich ihre Blicke durch Mark und Bein. Diese Augen forderten Wahrheit und entlarvten Lügen. Wäre er Vernehmungsleiter, hätte einer dieser Blicke genügt, um den Verdächtigen zu einem kompletten Geständnis zu bringen. Ich bekam selbst Lust herauszuschreien, daß ich Hassel und nicht Odler hieß, nur um von ihm in Ruhe gelassen zu werden.

»Noch beim Frühstück? Aha. Kann ich Kaffe bekommen?«

»Hab nur Tee.«

»Dann nehme ich Tee.«

Er bekam eine Tasse, die noch keinen Sprung hatte, und einen Teebeutel. Ich goß ihm heißes Wasser auf und achtete darauf, daß meine Hände nicht zitterten. Sein eisiger Blick schweifte durch die Küche und registrierte jede Kleinigkeit. Der Krimi lag aufgeschlagen verkehrt herum auf dem Kühlschrank und auch sonst deutete alles darauf hin, daß hier Johnny Odler hauste.

»Schade um deinen Bruder.«

»Sowas passiert.«

»Hätte nicht sein müssen. Mark war noch relativ jung und hatte noch viel vor. Wie habt ihr euch verstanden?«

»Wieso?«

»Ich würde es gern wissen.«

»Warum?«

Wieder lächelte er, aber nur mit den Lippen. Er schaute sich nach einer Serviette um, aber ich hatte nur eine Haushaltsrolle, von der ich ihm ein Stück abriß.

»Wie sieht deine Zukunft aus, Johnny?«

»Gut«, brummte ich einsilbig.

»Fährst du wieder zur See?«

»Weiß noch nicht.«

»Oder willst du dir vielleicht an Land eine Existenz aufbauen?«

»Nun, ich habe einen Posten als Verwaltungschef bei einer

großen Wohnungsbaugesellschaft in Aussicht. Werde wahrscheinlich annehmen.«

Er nickte nachdenklich zu meiner beschönigten Darstellung einer Bewerbung, die, wie er wußte, längst chancenlos war.

»Ja, ja, das Leben an Land hat seine Vorteile. Und du würdest nicht wieder anheuern wollen?«

»Nein, ich habe es satt. Bringt nichts, und außerdem sind heutzutage Massen von Kanaken an Bord.«

»Hast du den Job satt oder die schlechte Bezahlung? Wenn es am Geld liegt – darüber läßt sich reden. Du weißt vielleicht, daß dein Bruder zur See nicht schlecht verdient hat. Er arbeitete für uns.«

Jetzt war ich interessiert, schien mich jedoch anzustrengen, es nicht zu zeigen, um bessere Karten zu haben.

»Schieß los, ich bin ganz Ohr.«

Leon holte einen Zigarillo der schwärzesten Sorte hervor, drehte ihn genießerisch zwischen den manikürten Fingern und steckte ihn dann zwischen die Lippen. Hier herrschte kein Rauchverbot, also benutzte er sein flaches goldenes Feuerzeug.

»Mark war ein Kerl, auf den wir uns verlassen konnten. Entschlossen und ohne jenes störende Gewissen, das so viele Männer daran hindert, das Leben zu genießen. Bist du vom selben Schlag?«

»Was Mark konnte, kann ich auch, das ist keine Frage.«

»Du hast das Wort Kanaken benutzt, als du über die Besatzung sprachst. Hast du was gegen diese Sorte Arbeitskräfte?«

»Verdammt, für mich sind das Kanaken, Bimbos, Schlitzaugen, wie du willst. Nehmen uns alle Jobs weg. Zur Hölle mit ihnen!«

Mit dem Zigarillo signalisierte Leon Zustimmung, und der Rauch blieb wie ein Ausrufezeichen in der Luft stehen.

»Bist du bereit, Befehle entgegenzunehmen? Kannst du handeln, ohne darüber nachzudenken, wenn du gut dafür bezahlt wirst?«

»Wie gut?«

Das war in diesem Augenblick genau die richtige Frage. Damit zeigte ich, daß ich bereit war, mein Gewissen zu verkaufen. Jetzt mußte konkret verhandelt werden.

»Dein Bruder hat sich über die fünf Reisen, die er für uns gemacht hat, nicht beklagt.«

»Ach ja? Und wo ist sein Geld? Ich habe überall danach gesucht.«

Er beugte sich vor und gab mir einen aufmunternden Klaps auf die Matrosenschulter.

»Es ist auf einem sicheren Konto deponiert. Du kannst es später einmal abheben, als brüderliches Erbe sozusagen. Wenn wir mit dir zufrieden sind.«

»Wieviel hatte er auf der hohen Kante? Und wieviel zahlt ihr mir?«

»Auf dem Konto dürfte eine Viertelmillion liegen. Er stand kurz vor einer Beförderung in unserem kleinen Konzern und sollte noch mehr verdienen. Man muß sich seine Sporen erst verdienen. Als Neuling bekommst du ...«

Er machte eine effektvolle Pause, während der gierige Johnny an seinen Lippen hing.

»... hunderttausend pro Reise, in Scheinen, die nicht verfolgt werden können. Wir helfen dir gern dabei, ein Konto einzurichten, das nicht mit deinem Namen in Verbindung gebracht werden kann. Dein Name taucht in der Liste der Besatzung nicht auf; offiziell bist du nicht an Bord. Wie gesagt, du kannst dich hocharbeiten und richtig reich werden. Ehrgeizigen Menschen stehen wir nicht im Wege. Und, Odler ...«

Der Zigarillo wies gebieterisch auf mich.

»... du hast keine Bedenkzeit. Es gibt nur ja oder nein. Bist du dabei oder nicht?«

Sein hypnotischer Blick versetzte den armen Seemann Johnny Odler in das gelobte Land, und das Medium Hassel nickte eifrig.

»Ja, verdammt, ich bin dabei. Wann und wie bekommt man das Geld?«

Er streckte mir zur Bekräftigung die Hand hin, und der Druck war überraschend weich.

»Willkommen an Bord, Odler. Bezahlt wird immer, wenn der Auftrag erledigt ist.«

»Fein. Was geschieht jetzt? Ich bin sozusagen ein wenig ohne ...«

»Das kann passieren. Dein erster Auftrag wird die ›Carla‹ sein. Das Schiff liegt in Piräus. Hat Hochtechnologie geladen.«

»Klingt gut. Wann geht es los?«

Leon drückte den Zigarillo in der Teetasse aus, daß es zischte.

»Zieh dich an. Wir reisen ab!«

8.

Sein Wagen stand vor dem Haus. Es war ein beigefarbener Teenagertraum mit roten Ledersitzen, Dachfenster, Funktelefon und Stereoanlage; vielleicht kam auch noch ein Fernseher zum Vorschein, wenn man auf den richtigen Knopf drückte. Der Schlitten war im Ausland zugelassen; wo genau, konnte ich nicht feststellen. Um meinen Seesack zu verstauen, öffnete Leon den Kofferraum, in dem ein ganzes Regiment Platz gefunden hätte. Danach war ich auf den Sitz gesunken wie es Jungvermählte in der Phantasie von Schlagerkomponisten tun. Als er den Motor startete und die vielen Pferdestärken unter der Haube dröhnen ließ, erschrak ich und griff an die Brusttasche.

»Der Paß!«

»Wie konntest du den vergessen?«

»Hatte anderes im Kopf. Bin gleich zurück.«

Ich eilte in die Wohnung und wählte Hillers Nummer auf dem Mobiltelefon. Er meldete sich sofort, und ich platzte heraus:

»Fahre mit einem Mann, der schwedisch spricht und sich Leon nennt, nach Athen. Er fährt einen Mercedes 600 mit der Nummer AX 23 LWE. Das Schiff heißt ›Carla‹.«

»Warte einen Moment. Gleich ruft Kodde an, damit wir Zeit gewinnen. Laß das Handy gleich in der Hand.«

Unmittelbar darauf klingelte das normale Telefon, und ich hörte Koddes rauhe, drohende Stimme:

»Hier Kodde, hast du die fünftausend?«

»Ich habe keine Zeit. Muß verreisen.«

»Willst du mich auf den Arm nehmen? Du, ich weiß das eine oder andere über dich; ich kann dir das Leben zur Hölle machen …«

»Ruf in einem Monat wieder an.«

»Ich will meine fünftausend sofort und …«

»Geh zum Teufel!«

Ich schmetterte den Hörer hin und hoffte, daß ein lautes Krachen auf dem Band sein würde. Hiller hatte am Computer recherchiert.

»Die ›Carla‹ ist ein Kühlschiff von 7000 Tonnen und wurde 1969 in Japan gebaut. Muß in sehr gutem Zustand sein, da sie nach einem Rechtsstreit zwischen den Eigentümern lange stillgelegt war. Heimathafen ist San Lorenzo in Honduras. Gehört der Black Circle Ltd.«

»Wie soll ich mich verhalten?«

»Geh kein Risiko ein. Was immer du auch hörst oder siehst, du darfst nicht eingreifen. Handele wie abgesprochen; es geht uns um Namen, Namen, Namen. Melde dich nur, wenn du sicher bist, daß du nicht enttarnt werden kannst. Viel Glück!«

Leon wirkte verstimmt, als ich wieder neben ihm Platz nahm und meinen Paß triumphierend schwenkte.

»Hast du noch Mittag gegessen oder warum hat es so lange gedauert?«

»Es hat einer angerufen.«

»Sooo? Wer denn?«

»Ein Idiot, mit dem ich mal auf einem Schiff war. Kodde heißt er. Wollte Geld von mir. Hab ihm gesagt, er soll sich zur Hölle scheren.«

»Da gehören viele hin, und einige landen auch dort.«

Nach einer Weile hielt er vor einem Tabakladen.

»Ich muß mir was zu Rauchen kaufen. Wenn du willst, kannst du Radio hören.«

Mir war klar, daß er aus dem Geschäft anrufen würde, um zu erfahren, ob meine Geschichte stimmte. Ich hatte ein reines Gewissen. Leon und seine Bande waren äußerst vorsichtig; Vertrauen ist gut, aber Kontrolle bringt einen in fast allen Branchen weiter. Jetzt war ich in den Händen von Leuten, die ich nicht kannte und die ich nicht einschätzen konnte. Sicher war nur eines: Wenn sie mitbekamen, daß ich ein Bulle im Seemannslook war, konnte ich mein Testament machen. Der Gedanke ließ mich erschauern. In meiner Kindheit hatte ich einen Film gesehen, in dem ein paar Haie einen Menschen in Stücke rissen. Seitdem kam diese Szene immer wieder in meinen bösen Träumen vor.

Leon fuhr nach Arlanda und paffte dabei zufrieden sein Zigarillo. Ich redete mir ein, daß der Tabak wunderbar roch. Da er nichts sagte und es noch einige Kilometer bis zum Flughafen waren, beschloß ich, mich neugierig zu zeigen.

»Verrate mir doch, was ich zu tun habe«, bat ich.

Zuerst schien es, als hätte er mich gar nicht gehört, aber nach einer Weile antwortete er mit einer Gegenfrage:

»Kannst du mit Schußwaffen umgehen?«

»Ja. War in meiner Jugend mal Jäger.«

»Prima. Dann hast du im Prinzip schon einmal ohne zwingenden Grund getötet. Deine Aufgabe besteht darin, dich unter der Besatzung zu bewegen. Störenfriede werden sofort unschädlich gemacht. Du berichtest dem Kapitän über Stimmungen und eventuelle Verdachtsmomente. An der eigentlichen Operation nimmst du so aktiv teil, wie es die Situation erfordert.«

»Fein. Tja ... falls ich in den Maschinenraum soll ... ehrlich gesagt ...«

»Natürlich nicht. Du wirst in der Kapitänsmesse arbeiten. Die Reise soll ganz normal verlaufen. Einige von der Besatzung kennen die Route, also darf nichts verdächtig erscheinen.«

»Und wohin geht es?«

Er warf mir einen ausdruckslosen Seitenblick zu.

»Eine kluge Regel sagt, man soll nicht so viel fragen. Was man wissen muß, bekommt man gesagt, wenn es soweit ist.«

»Mhm, verstehe.«

Hiller hatte mir erzählt, daß bei manchen zusammengewürfelten Besatzungen die Kapitäne mit dem Revolver unterm Kopfkissen schlafen. Das Risiko einer Meuterei ist groß, weil die alte Art der Disziplin an Bord nicht mehr funktioniert. Wenn die Besatzung aus verschiedenen ethnischen Gruppen besteht, kann es zu internen Auseinandersetzungen kommen, die im Bandenkrieg enden können. Dieselbe Gefahr besteht bei verfeindeten Religionen, wenn der Friedensfürst gerade auf einem anderen Schiff angeheuert hat.

Es gibt aber noch größere Risiken. In einigen Gewässern, vor allem in der Nähe bestimmter afrikanischer Staaten und vor diversen asiatischen Küsten lauern Piraten, die nicht weniger brutal vorgehen als ihre Vorgänger unter den gekreuzten Knochen des Jolly Roger. Sie verfügen über Schnellboote, entern Handelsschiffe und schießen auf alles, was sich bewegt. Dann wird die Fracht umgeladen und an der Küste verkauft. Im besten Fall zerstört man nur die Funkanlage und das Ruder, bevor man das Schiff verläßt; es kommt jedoch auch vor, daß alle an Bord erschossen und ins Meer geworfen werden.

Viele Reedereien weigern sich, durch die Piratengewässer zu fahren, aber andere können es sich nicht leisten, auf Aufträge zu verzichten und bewaffnen deshalb die Besatzung bis an die

Zähne. Das mögen die Piraten. Friedliche Seeleute sind mit Entschlossenheit und Rücksichtslosigkeit leicht zu besiegen, und als Zugabe erhält man moderne Feuerwaffen.

Die Regierungen der betroffenen Länder werden mit Klagen überschüttet und versprechen, die Fälle zu untersuchen und die Täter abzuurteilen, aber alles verläuft im blutbesudelten Sand. Die Ermittler sind korrumpiert, die Polizisten bezahlt und die Minister entweder bestochen oder sogar Miteigentümer der Piratenflotte. Ihren Anteil an der Beute transferieren sie auf Konten in stabilen und diskreten Ländern. Wenn man wirklich wollte, wären die Piraten innerhalb einer Woche dingfest gemacht. Da man aber nicht will, ist die moderne Seeräuberei eine genauso lukrative und angenehm sichere Branche wie die Drogenindustrie, der Waffenexport oder der wachsende Sklavenhandel.

Wer glaubt, daß die Sklaverei mit dem amerikanischen Bürgerkrieg beendet wurde, irrt. Der Sklavenhandel war noch nie so umfangreich wie heute. Ich meine richtige klassische Sklaverei, mit Menschen in Ketten, die mit der Peitsche zu höheren Arbeitsleistungen angetrieben werden, auf Feldern weit von der Heimat, und sich nicht beschweren dürfen. Man schläft in bewachten Baracken, und wer versucht zu fliehen, wird sofort getötet. In gewissen Ländern Afrikas und Arabiens wird Sklavenhandel als ein traditionelles Geschäft angesehen. Sklavinnen im attraktiven Alter landen in Bordellen; natürlich gibt es verschiedene Grade der Hölle. Hiller hatte mir Berichte über Verhältnisse gezeigt, an deren Realität ich nicht glauben wollte. Die zahnlose UNO hat keine Macht, in sogenannte innere Angelegenheiten der Staaten einzugreifen, auch wenn es sich im Grunde um Verbrechen der widerlichsten Art handelt. Wenn man seine Sorglosigkeit und die gute Laune behalten will, sollte man sich nicht darum kümmern, was in der großen weiten Welt hinter Sundbyberg geschieht.

Leon hielt vor dem Dauerparkhaus von Arlanda und bat, in meinen Paß sehen zu dürfen. Er studierte ihn aufmerksam Seite für Seite und verglich ihn mit Eintragungen in einem kleinen Notizbuch. Wortlos reichte er ihn mir zurück; wieder hatte ich eine Prüfung bestanden. Er gab mir ein Kuvert.

»Wir fliegen getrennt nach Paris. Von dort geht es weiter nach London und von London nach Athen. Du checkst jedesmal aus. Vergiß dabei nicht, eventuelle Gepäckanhänger oder -aufkleber vom Seesack zu entfernen. Und was das Trinken angeht: Alles, was stärker ist als Wasser, ist verboten.«

»Ich habe kein Geld, falls ...«

»Du brauchst nicht eine Krone. Essen wird dir im Flugzeug serviert. Wir sehen uns in Athen, aber ich werde die ganze Zeit ein Auge auf dich werfen.«

»Kann man nicht mal ein Bierchen schlucken?« ließ ich Johnny maulen.

»Du darfst dich totsaufen, wenn du willst, aber nicht, solange du für uns arbeitest. Von unseren Bedingungen gehen wir nicht ab. Hast du das verstanden?«

»Okay, okay, nur Wasser. Verdammt, du hast ja an alles gedacht. Woher wußtest du, daß ich ja sagen würde?«

Sein Lächeln war das schiefste, was ich gesehen hatte, seit die Wahldebatten im Fernsehen übertragen wurden.

»Als ich erfuhr, daß du nach Hause kommst, bereitete ich alles vor. Hättest du denn nein gesagt?«

»Na ja ...«

»Ein altes Sprichwort sagt, daß es keine Mauer gibt, die ein mit Gold beladener Esel nicht überwinden könnte. Ich habe ein paar Sachen für dich besorgen lassen; du findest sie auf dem Schiff. Happy flying!«

Für ein geachtetes Mitglied der EU standen die Grenzen mehr oder weniger weit offen, und ein Paß war eher eine Art Souvenir. Mit SAS flog ich nach Paris. Ich saß irgendwo in der Affenklasse auf einem Mittelplatz, eingeklemmt zwischen einem riesigen Mann, der nur schlafen wollte und dessen Kopf immer wieder auf meiner Schulter landete, und einer Frau, die endlose Geschichten über begabte Enkelkinder zu erzählen hatte. Der Fraß, mit dem wir Affen gefüttert wurden, war geschmacklos und kalt, aber bei den kleinen Portionen fiel es kaum auf. Dazu gab es Mineralwasser.

In Paris befolgte ich die Instruktionen. Ich wartete auf den Seesack, checkte aus und erhaschte einen kurzen Blick auf das französische Straßenleben, bevor ich als Reisender nach London auftrat. Ich konnte Leon nicht sehen, aber ich ahnte seinen Geist in meiner Nähe, sogar in der Toilette, und ich war in jeder Minute Johnny Odler, der zwar scharf auf ein Bier war, sich aber nicht getraute, die Abmachung zu brechen.

Nach London flog ich mit Air France, hatte einen Fensterplatz und erhielt ein Tablett mit besserem und wärmerem Essen. Im Unterschied zu der skandinavischen Fluggesellschaft servierte man ein richtiges Dessert, das dem Gaumen schmeichelte. Wieder gab es Mineralwasser, aber diesmal wählte ich eine Sorte ohne Kohlensäure.

Im gewaltigen Flughafengebäude von Heathrow verbrachte ich drei ereignislose Stunden damit, weitere Waren anzuschauen, die ich nicht haben wollte. Damit pflegt man sich für gewöhnlich zu trösten, wenn man kein Geld in der Tasche hat: Ich will, ich brauche die Dinge ja gar nicht. Leon war unsichtbar, aber wir atmeten dieselbe Luft, und die forderte unbedingten Gehorsam.

Die letzte Strecke legte ich mit British Airways zurück. Ich saß am Gang und stellte mich schlafend, um der Konversation mit einem dänischen Geschäftsmann aus der Papierbranche zu entgehen. Er gehörte zu den ungemütlichen Dänen und plagte statt meiner den Passagier am Fenster. Es gab wahrhaftig eine kalte, jedoch geschmackvoll gewürzte Hähnchenkeule mit Bohnen und Erbsen, dazu einen Savarin und ein Stück Schokolade als Dessert. Das war einen Applaus wert. Als erfahrener Wassertrinker bestellte ich mir ein Seven up.

Wir flogen über einer kompakten Wolkendecke, die sich, wie

der Kapitän über Lautsprecher mitteilte, über ganz Europa erstreckte. Für Athen kündigte er dreizehn Grad an; regnen sollte es nicht. Als ich keine Lust mehr hatte, den Schlafenden zu spielen, blätterte ich in der Bordzeitung der Fluggesellschaft, doch die Gedanken im Kopf surrten wie Hornissen. Obwohl ich mich lange auf die Aufgabe vorbereitet hatte, war sie so überraschend auf mich zugekommen, daß ich mich mental noch nicht umstellen konnte. Ich zweifelte an meinen Fähigkeiten. Wie sollte ich einen Seebär spielen, wenn man mir die Landratte von weitem ansah? Die Chancen standen 1:1000 gegen mich. Wie konnte ich mich überreden lassen, bei dieser unmöglichen Maskerade mitzumachen? Mit offenen Augen ging ich der Enttarnung und anschließenden Exekution entgegen. Leon hatte vielleicht absichtlich ein falsches Schiff angegeben, vorsichtig, wie er war, und Hiller würde nie erfahren, wo ich letztendlich landete. Von dem Zeitpunkt an, da ich mit Leon die Wohnung verlassen hatte, war ich allein einem unbekannten Schicksal ausgeliefert; es bestand nicht die geringste Möglichkeit, mit Leuten in Kontakt zu kommen, denen etwas an meinem Überleben lag.

Ich konnte mich nicht zurückziehen, obwohl mein bißchen Vernunft mir riet, es zu tun. Es gibt einen Ausdruck dafür, »point of no return«, der für die verschiedensten Situationen verwendet wird. Er bedeutet, daß es, auch wenn man das eigentliche Ziel nicht erreicht hat, einen Punkt gibt, an dem sich die weitere Entwicklung entscheidet; von da an gibt es kein Zurück mehr. Ich hatte diesen Punkt längst überschritten und mußte mich daran gewöhnen, ein Johnny Odler mit Nerven wie Drahtseilen zu sein.

Das Flugzeug setzte durch den dicken Wolkenbrei zur Landung an, und die Abenddämmerung machte sich bemerkbar. Unter mir sah ich die Millionen Lichtpunkte der griechischen Hauptstadt, die entlang der Straßen und um die Plätze Muster bildeten. Virena und ich hatten unsere erste gemeinsame Reise hierher gemacht und die Stadt interessant gefunden, doch war sie zu sehr Steinwüste, um sich richtig in ihr wohlzufühlen. Während das Fahrwerk aufsetzte, dachte ich daran, daß ich meine Frau wegen meiner beispiellosen Dummheit beinahe verloren hätte. Man konnte es nicht mir zuschreiben, daß wir ein Paar und schließlich ein Trio geworden waren. Es war nicht immer leicht gewesen zusammenzubleiben, aber ich hatte die schwere Lektion gelernt, zu der auch gehörte, im richtigen Moment den Mund zu halten.

Die Drohungen gegen mich und meine Familie würden nichts zerstören können, hoffte ich jedenfalls, denn ich hatte wirklich keine Schuld an dem Raub und den beiden Polizistenmorden. Als ich aus dem Flugzeug stieg, zitterte ich, obwohl ich eine dicke Schifferjacke trug. Bloß gut, daß Virena nichts von meiner Reise nach Athen wußte. In kurzer Zeit war sie vielleicht Witwe. Für ein Begräbnis würde sie nicht sorgen müssen, denn meine sterblichen Überreste lösten sich wahrscheinlich im Wasser auf und wurden in dem ewigen Kreislauf anderen zur Nahrung.

Mein Gewissen erwachte und machte Einfluß auf mein Verhalten geltend. Wenn ich heimlich ermordet wurde, konnte es lange dauern, bis man mich für tot erklärte. Hin- und hergerissen zwischen Hoffnung und Furcht, würden Virena und Elin in einer Grauzone leben, in einem Niemandsland, und sozial absinken. Irgendwann würde Virena resignieren und sich vielleicht wieder verheiraten wollen, um Elin Sicherheit zu geben, aber das ginge nicht, denn ich wäre ja offiziell nur vermißt. All das hatte ich vorher nicht bedacht; ich konnte die Schuld keinem anderen zuschieben. In meinem Kopf hämmerte es: »Du bist ein Idiot, Idiot, Idiot! Kehr um, verschwinde, zerstör nicht dein Leben und das deiner Lieben!«

Mit dem Seesack über der Schulter stand ich vor dem Flughafengebäude und schaute unentschlossen um mich. Noch hatte ich eine Chance zu fliehen, eine kleine Frist blieb mir, physisch war es möglich, renn los, Rolle, noch zehn Sekunden, schnell in ein Taxi und irgendeine Adresse genannt, noch sieben Sekunden, renn um die nächste Ecke, aber renn los, jetzt, noch fünf Sekunden, versteck dich, bald ist es zu spät, worauf wartest du noch, du verdammter Idiot …

»Der Wagen wartet dort hinten.«

Zu spät, es gab kein Entkommen mehr, der letzte Zug war abgefahren, ich saß in der Falle. Leon war plötzlich an meiner Seite, und der Rauch des Zigarillos mischte sich mit der kühlen Luft Athens. Der Wagen war ein älterer dunkelgrauer oder dunkelblauer Ford. Er forderte mich auf einzusteigen, und etwas anderes blieb mir gar nicht übrig. Der Schlüssel steckte im Zündschloß, also hatte jemand das Auto vor kurzem hier abgestellt.

»Wo geht es denn hin?« brummte ich.

»Nach Piräus natürlich. Wo soll das Schiff denn sonst liegen?«

Hassel hatte keine Ahnung, aber Odler mußte es wissen.

»Piräus ist groß.«

»So groß nun auch wieder nicht. Wir werden es schon finden.«

Piräus, die Hafenstadt Athens, hat ein paar tausend Einwohner und lebt von der kommerziellen Seefahrt nicht schlecht. Seit der griechische Staat zu Zeiten der Junta griechischen Reedern Steuerfreiheit einräumte, flaggten diese ihre mächtigen Flotten um und erwarben im Mutterland neue Vermögen. Dennoch unterhielten sie Büros in aller Welt. Sie kontrollierten die meisten Industriezweige, den Tourismus und laut Hiller zum großen Teil auch die Politik. Piräus konnte schön oder häßlich, eine ökologische Musteranlage oder eine Umweltkatastrophe sein, ich bekam nichts davon mit, weil es dunkel war und ich außer Lichtreflexen von Lichtern und Laternen im schwarzen Wasser nichts erkennen konnte.

Leon sprach leise in ein Mobiltelefon, in einer Sprache, die ich nicht verstand, ja nicht einmal kannte. Wir fuhren an einem Kai entlang. Er suchte offenbar nach einem bestimmten Liegeplatz, denn er studierte aufmerksam die beleuchteten Nummern. Dann hielt er an, stellte den Motor ab, kurbelte die Scheibe herunter und zündete seinen ewigen Zigarillo an.

»Der Kapitän heißt Machec«, informierte er mich. »Er sagt dir, was du wann und wie machen sollst.«

»Gehst du mit auf die Reise?«

»Nein, bewahre. Wenn ich dich abgeliefert habe, ist mein Teil an der Operation erledigt. Solltest du so zuverlässig arbeiten wie dein Bruder, werden wir uns bald wiedersehen.«

»Wer bezahlt anschließend?«

Immer geschäftsmäßig oder besser gesagt, gierig, das war Odlers Stil, und Leon war keinesfalls verwundert.

»Möglicherweise ich.«

Ein leises Motorengeräusch erklang; es wurde lauter und erstarb schließlich. Ein kleines Boot hatte am Kai festgemacht. Leon stieg aus dem Wagen, und ich folgte ihm. Gemessen grüßte er den Mann, der an dem Außenbordmotor saß. Dann reichte er mir die Hand.

»Unsere Wege trennen sich jetzt. Ich hoffe wirklich, daß wir in dir den richtigen Mann gefunden haben.«

»Auf Johnny Odler ist Verlaß«, versicherte ich.

Auf diese großspurige Bemerkung hin rümpfte er leicht die Nase.

»Es dauert lange, bis wir jemandem trauen. Das hat nicht einmal dein Bruder geschafft. Aber wir rechnen damit, daß du nicht gegen deine eigenen Interessen verstoßen wirst. Wenn du uns in die Quere kommst, werden wir natürlich dafür sorgen, daß du nicht mehr lange lebst.«

Omerta, so lautet der klassische italienische Mafiaausdruck. Totales Schweigen oder der Tod; ein Prinzip, das alle verbrecherischen Organisationen übernommen haben, weil es so fundamental effektiv ist. Die Wahl ist fiktiv, da beide Alternativen auf dasselbe hinauslaufen: Schweigen.

»Ich will reich werden.«

»So muß es klingen! Wir werden dich reich machen. Happy boating!«

Der Mann im Boot reichte mir die Hand, und ich stieg hinunter. Sobald ich auf der Bank saß, fuhr er zur Reede hinaus und kreuzte zwischen den vor Anker liegenden Schiffen. Im

Dunkeln waren verschiedene Geräusche zu hören; weiter entfernt surrte ein anderer Bootsmotor wie eine Mücke, dumpf dröhnte eine eingesperrte Maschine aus einem Schiffsrumpf, vom Hafen klang Gitarrenmusik aus einer offenen Kneipentür herüber, ein Frauenlachen von einem Vergnügungskahn flog auf leichten Schwingen heran, dazu kamen das Klingen einer Schiffsglocke und das glucksende Wispern der Wellen, die von den Geheimnissen der Tiefe erzählten.

Das Motorboot beschrieb eine Kurve und ging längsseits eines Schiffes, dessen schattengleicher Rumpf nur schwach beleuchtet war. Der Schein der Taschenlampe erfaßte eine Leiter. Unsicher erhob ich mich und kletterte hinauf, wobei ich mich krampfhaft an den Stricken festhielt. Was zum Teufel hatte ich hier verloren? Der Mann kam mir nach und trug meinen Seesack.

Auf Deck erwartete mich ein kleinwüchsiger Mann und gab mir ein Zeichen, ihm zu folgen. Ich übernahm meinen Seesack und wankte nach achtern. Ich hoffte, daß ich den Gang eines erfahrenen Seemannes perfekt nachahmte. Wir betraten einen Gang, der durch kleine Lampen erhellt wurde. Umschauen konnte ich mich später; jetzt mußte ich mich auf die erste Begegnung mit dem Kapitän konzentrieren. Die Treppen zu seiner Kajüte waren zwar steil, aber doch fest und bereiteten mir keine Probleme. Der kleine Mann hatte kurzgeschnittenes Haar, einen schwarzen Schnurrbart und unrasierte Wangen. Da er vor mir ging, konnte ich die Fettwülste im Nacken sehen. Aus welchem Teil Asiens stammte er? Er blieb vor einer Kajüte stehen, klopfte und öffnete die Tür, ohne auf eine Aufforderung zu warten. Er nickte mir zu hineinzugehen und machte die Tür dann hinter mir zu.

Ein Mann saß an einem Tisch; vor ihm lagen Papiere. Er war etwa vierzig und hatte ein scharfgeschnittenes Gesicht, ein richtiges Pokerface, von dem sich nichts ablesen ließ. Groß, mager, aber dennoch muskulös, glich er einem Tiger, der zwar ruhig scheint, aber dennoch immer auf dem Sprung ist. Sein weißes

Hemd war am Hals aufgeknöpft. Er erhob sich und reichte mir die Hand. Seine Finger waren so lang, daß sie meine ganze Faust umschlossen. Er lächelte mich an; dabei traten seine Wangenknochen noch stärker hervor.

»Setz dich, Odler. Du bist im letzten Moment an Bord gekommen. Ich befürchtete schon, ohne Controller in See stechen zu müssen, aber auf Leon ist ja immer Verlaß.«

Sein Englisch war perfekt. War er Brite? Jedenfalls Westeuropäer. Vermutlich. Hatte er mich geduzt? »You« kann ja beides bedeuten, »sie« oder »du«. Ich hatte letzteres verstanden, weil ich nur mit Odler und nicht mit Mister Odler angeredet worden war. Meinte er mit »controller« Kontrolleur oder Aufseher? Oder gab es da eine Doppeldeutigkeit, die ich nicht verstand?

»Auf dieser Reise heiße ich Machec«, stellte er sich vor.

»Leon hat es mir erzählt.«

Also hatte er einen anderen Namen, nannte sich aber aus mir noch unbekannten Gründen Machec. Daß er so offen zu mir war, bedeutete, daß er mich zur Organisation zählte.

»Dein Bruder Mark war vor einem Jahr mit mir vor der Küste von Pakistan.«

»Mhm«, antwortete ich und nickte, als wäre das nichts Neues für mich.

»Als es zur Sache ging, war er verdammt gut. Ich nehme an, du weißt, wie es gelaufen ist?«

»Mhm.«

»Manchmal geht trotz bester Vorbereitung etwas schief, und es wird hart. Dann gilt es, einen kühlen Kopf zu bewahren – so wie dein Bruder.«

»Habe ich auch.«

»Sonst hätte dich Leon ja nicht eingestellt. Ich habe ein Geschenk für dich.«

Aus einer Schublade holte er eine Pistole vom Typ Beretta. Das Kaliber reichte aus, um ein Nashorn zu töten. Er wog sie mit Kennermiene in der Hand und schaute mich mit einem jungenhaften Lächeln an.

»Gefällt sie dir?«

»Stehe mehr auf Revolver. Wie eine Verlängerung des Armes. Aber die ist okay.«

»Die gehörte deinem Bruder! Er hat sie gepflegt und mit ihr geschossen. Als ich hörte, daß du mitkommst, beschloß ich, daß du sie bekommen sollst.«

Ein Mordwerkzeug mit sentimentalem Hintergrund. Johnny war keiner, der vor Rührung in Tränen ausbrach, aber ein wenig geehrt durfte er sich doch fühlen, und so imitierte ich einen Schuß in die Luft.

»Gute Balance«, lobte ich.

Als Bonus erhielt ich einen Schalldämpfer. Um zu zeigen, daß ich wußte, wie man damit umging, schraubte ich ihn auf und täuschte einen weiteren Schuß vor.

»Ein gutes Gefühl.«

»Den Schalldämpfer benutzt du in der Schlußphase. Leg die Waffe unters Kopfkissen. Die Besatzung besteht aus der schlimmsten Sammlung Abschaum, die ich je gesehen habe. Mitio muß lange gesucht haben, um solches Gesindel zu finden.«

»Mhm.«

Er war längst nicht so zugeknöpft wie Leon, sondern ging davon aus, daß wir beide dem Gott Mammon dienten, also den Glauben teilten und damit auch in den religiösen Kulthandlungen übereinstimmten. Auch die veränderte Umgebung spielte eine Rolle. Ein Schiff ist im Prinzip ein verschlossener Raum; wäre ich ein Verräter, würde nicht viel Federlesens gemacht. Einen Namen mußte ich mir für meinen Bericht bereits einprägen: Mitio. So hieß eine Person oder Firma, die Besatzungen rekrutierte.

»Morgen früh triffst du die anderen. Alle, die an Deck etwas zu sagen haben, sind auf unserer Seite. Im Maschinenraum können wir uns nur auf den Chief verlassen.«

»Das reicht.«

Er wedelte mit einem Blatt voller Kurven und Daten.

»Es soll gutes Wetter werden. Dieser Schrottkahn würde einen Sturm gar nicht überstehen. Sollte doch stärkerer Wind aufkommen, beginnen wir zeitiger mit der Aktion. Odler, du hast einen langen Tag gehabt. Morgen früh wirst du geweckt, damit du das Frühstück servieren kannst. Das Aas in der Kombüse gibt dir deine Sachen. Wenn du Hunger hast, macht er dir etwas zu Essen, bevor du schlafen gehst.«

»Klar hab ich Hunger.«

»Du findest den Weg.«

Wieder reichte er mir die Hand, und wir grinsten uns verschwörerisch an – zwei Männer, vereint durch eine Krankheit, die Geldgier heißt und gegen die keine Medizin hilft. Die an ihr Erkrankten wollen auch keine Rezepte, die ein gesünderes Leben mit Hausmannskost, Sparen und Knausern, Buchführung über die kleinsten Ausgaben, Ferien bei einem neidischen Verwandten auf dem Land und Gespräche mit Fonus über die billigste Bestattung empfehlen. Es war doch viel angenehmer, von den goldenen Bazillen befallen zu sein, die einem alle Hemmungen nahmen. Alles war erlaubt, die ganze Welt verwandelte sich in einen Spielplatz. Wer weiß, welchen Weg ich selbst unter anderen Umständen gegangen wäre? Und Hausmannskost hatte ich noch nie gemocht.

Das Rätsel, wo sich meine Kabine befand, löste sich, als ich den Kurzgewachsenen mit meinem Seesack traf. Er öffnete eine Tür und warf mein Gepäck hinein. Meine Aufgabe war es, mich mit der Mannschaft anzufreunden und ihre Interessen zu teilen; ich durfte keinesfalls als Lakai des Kapitäns auftreten.

»Danke für die Hilfe«, sagte ich. »Ich heiße Johnny und bin Steward.«

»Marcos. Arbeite an der Maschine.«

»Mein Bruder hieß Mark. Starb vor kurzem bei einem Autounfall. Alter Seemann, wie ich.«

Er blieb in der Kabine, während ich meine Sachen auspackte

und verstaute. Marcos schien herausfinden zu wollen, was der Neue für ein Vogel war. Ich mußte Johnny Odlers Scheu vor menschlichen Kontakten überwinden und mich auf ein Gespräch einlassen. Sein Englisch war gut; entweder war es seine Muttersprache oder er benutzte es täglich.

»Wo hast du angemustert?«

Ich wollte gerade Stockholm sagen, da fiel mir ein, daß das sicher der falsche Ort war. Warum sollte die Reederei einem gewöhnlichen Steward eine teuere Flugreise nach Piräus bezahlen?

»In Piräus. Reine Glückssache. Gestern habe ich abgemustert, und schon heute bekam ich einen neuen Job.«

»Warum hast du abgemustert?«

»Das Schiff sollte klassifiziert und repariert werden. War ein mieser Kahn. Na, der hier scheint auch nicht viel besser zu sein.«

Marcos zog eine bittere Grimasse.

»Für uns gibt es keine anderen Schiffe. Wo kommst du her? Aus Deutschland?«

»Nee, Schweden. Du weißt doch, mit den blonden Mädchen.«

»Und du als Schwede gehst freiwillig auf ein Wrack wie dieses hier?«

Ich zuckte die Schultern.

»Tja, war wohl nicht ganz nüchtern. Was solls, Heuer ist Heuer. Man hat Essen und eine Koje. Ich höre sowieso bald auf, bleibe an Land, Frau und Kinder und so. An Land findet man immer was.«

Meine Art, den sorglosen Seemann zu spielen, der auf allen Weltmeeren zu Hause und glücklich ist, wenn er nur Seeluft atmet, schien ihn zu überzeugen, daß ich es wert war, in den Kreis der Kameraden aufgenommen zu werden. Er wurde ein wenig vertraulicher.

»Kennst du London?«

»War ein paarmal da, kann aber nicht behaupten, viel von der Stadt gesehen zu haben.«

»Dort kann man Jobs kriegen. Ohne Papiere und so. In Hotels und Restaurants.«

»Marcos, schwarz in einem Londoner Pub zu arbeiten, bedeutet viel Schufterei für wenig Geld. Reinste Sklaverei.«

»Ja, aber die Chancen sind größer, irgendwann einmal etwas Ordentliches zu finden. Ich will auch heiraten und ein ruhigeres Leben führen.«

Er machte eine lässige, aber freundliche Geste zum Abschied und ließ mich ungestört weiter auspacken. Die Kabine war klein und konnte Platzangst verursachen. Nach dem Schmutz zu urteilen, hatte man sie längere Zeit nicht belegt. Das Waschbecken zeigte Spuren früherer Benutzung, und als ich den Hahn aufdrehte, tröpfelte rostbraunes Wasser heraus. Der Spiegel war gesprungen, und ich schreckte zurück, als ich mein Ebenbild erblickte. Ich würde mich wohl nie an meinen Eierkopf gewöhnen können. Den dicken Schnauzer mochte ich ebensowenig, doch ich wußte, daß er mein für gewöhnlich glattrasiertes Gesicht entscheidend veränderte.

Durch die Lektionen mit Hiller wußte ich, daß sich die Kombüse ganz hinten im Oberdeck befindet. Die Schiffsküche ist, wie auch die Messen, nie verschlossen. Auf einem Schiff wird rund um die Uhr gearbeitet, deshalb muß immer warmes Essen bereitstehen. Ich passierte die drei Messen, eine für die Offiziere und zwei für die Mannschaft, wobei eine den Decksleuten und eine den Maschinisten vorbehalten war. Leute, die ich traf, grüßte ich freundlich, indem ich ihnen zunickte oder die Hand hob. Einige nickten zurück, andere übersahen mich geflissentlich. Bald würden mich alle wie einen Bruder lieben. Oder sich wundern, wo der Schwede nach dem Pistolenschuß abgeblieben war. Ich gab mir wirklich Mühe, Johnny zu sein, aber der Hassel unter der Haut zitterte vor unterdrückter Angst wie eine an Land gespülte Qualle.

Der Vorraum der Kombüse war dunkel. Der Fußboden schien zu leben. Kakerlaken huschten massenhaft umher und bildeten einen braunen Teppich. Durch meine Schritte zogen sie sich schnell in ihre Schlupfwinkel zurück. Ein Mann, der längst seine Pension genießen sollte, schaute auf und lächelte mich an, wobei sich die Runzeln in seinem Gesicht vertieften, so daß er wie eine verschrumpelte Rosine aussah.

»Du mußt Johnny Odler sein.«

»Mhm. Johnny Odler.«

»Ich heiße Ramon Sunga, aber alle nennen mich Sunny. Bin Koch, seit ewigen Zeiten. Im Topf ist Hähnchen mit Curry. Eigenes Rezept.«

Ich nahm mir einen Teller und aß die zweite Portion Hähnchen an diesem Tag. Sunnys war besser. Er glotzte mich mit neugierigen Altmänneraugen an; die Brille war ihm auf die Nase gerutscht. In dem kleinen runden Mund fehlten einige Zähne.

»Wie heißen deine Frau und deine Kinder?«

»Hab keine.«

Bedauernd schüttelte er sein gelocktes Haupt und zog eine dicke Brieftasche aus seiner weißen Kochjacke.

»Hier sind meine Frau Isabella und meine sieben Kinder. Sie haben ein Gruppenbild aufgenommen und es mir geschickt. Das hier sind meine elf Enkel. Bald werden es zwölf sein. Die beiden jüngsten habe ich noch nicht sehen können.«

Verliebt schaute er auf das Bild und schmatzte einen Kuß in die Luft.

»Wo leben sie?«

»Oh, in einem schönen kleinen Dorf ein paar Meilen nördlich von Manila. Isabella war die Tochter des Schuhmachers. Viele junge Männer wollten sie haben, weil sie so hübsch war, aber sie hat mich erwählt.«

Wieder betrachtete er die Fotografie und fügte hinzu:

»Und sie ist es immer noch.«

»Ist es nicht Zeit für dich abzumustern und dich um deine Enkel zu kümmern?«

Sorgfältig verstaute er das Bild in der Brieftasche, die er dann in die Jacke zurücksteckte. Seine Hände waren hellbraun mit dunkleren braunen Flecken, die wie Herbstblätter auf trockener Erde aussahen.

»Isabella will es, und ich auch. Jetzt kommt es darauf an, ob Gott will. Deine Sachen sind da unten im Schrank. Sie sind frisch gewaschen und müßten passen.«

Ich schob die Schranktür auf. Darin war es leer und dunkel. Wenn ich den Fuß hineingesetzt hätte, wäre ich vermutlich bis zum Knöchel in Kakerlaken versunken. Vor dem Licht verschwanden sie in Windeseile. Obwohl ich wußte, daß ich mich an solche Erscheinungen gewöhnen mußte, konnte ich mir eine Bemerkung nicht verkneifen:

»Verdammt viele Kakerlaken, Sunny. Paß auf, daß sie nicht beim Kapitän auf dem Teller landen.«

Amüsiert schaute Sunny dem Ungeziefer zu, das sich im Hellegat, wie der Raum in der Seemannssprache hieß, wie zu Hause zu fühlen schien.

»Weißt du, daß die Kakerlaken zu den ältesten Tieren der Welt gehören? Sie werden uns alle überleben, wie die Ratten. Sie richten keinen Schaden an. Aber ich gebe dir recht; hier sind ungewöhnlich viele.«

In dem Unterschrank fand ich eine weiße Kellnerjacke und eine Hose mit Pepitamuster. Irgendwie würden mir die Sachen schon passen; schließlich sollte ich auf keinem Luxusdampfer servieren. Die Kombüse erinnerte an die Kochnische eines Wohnwagens, oder war es umgekehrt? Jedenfalls hatte man jeden Millimeter ausgenutzt. Um unter diesen Bedingungen längere Zeit arbeiten zu können, mußte man eine geradezu pedantische Ordnung halten, doch Sunny schien es zu schaffen. Selbst hätte ich vermutlich bereits nach fünf Minuten das absolute Chaos geschaffen.

»Sonst sieht es mies aus, Johnny«, fuhr Sunny fort. »Die Lebensmittel, die für die Reise an Bord genommen wurden, sind das letzte. Billigste Sorte! Na ja, Sunny wird das Beste daraus machen, aber Wunder kann er auch nicht vollbringen. Wenn es zu schlimm wird, fordere ich, an Land gehen und einkaufen zu dürfen. Glaubst du an Vorahnungen, Johnny?«

»Hab nie welche gehabt.«

»Meine Familie ist dafür bekannt. Was die ›Farlon‹ angeht, fallen sie nicht gut aus. Das Schiff ist in einem schlechten Zustand. Na ja, ich mache meinen Job und vertraue auf Gott. Was soll man sonst tun?«

Er warf einen Blick auf die Uhr und begann, mit Schüsseln und Töpfen zu hantieren.

»›Farlon‹? Was heißt hier ›Farlon‹?«

Sunny warf mir über seine Brille hinweg einen erstaunten Blick zu.

»Du bist schließlich in der Kombüse der ›Farlon‹. Weißt du denn nicht, wo du angeheuert hast?«

»Aber ... das Schiff heißt doch ›Carla‹. Ich bin sicher ...«

»Da mußt du etwas falsch verstanden haben. Ich und alle anderen an Bord arbeiten auf MS ›Farlon‹.«

»›Carla‹ mit Heimathafen San Lorenzo, Honduras«, behauptete ich halsstarrig.

Er nahm sich einen Löffel und kostete schlürfend an einer Suppe oder Soße.

»Ich weiß nicht, wie das Mißverständnis entstanden ist, aber du befindest dich auf der ›Farlon‹ mit Heimathafen Nikosia auf Zypern!«

9.

Leon hatte mich belogen. »Carla« war ein Scheinmanöver gewesen, ein Name, der nichts mit meiner Wirklichkeit zu tun hatte. Ich war an Bord eines Schiffes, das Hiller nicht kannte, und damit befand ich mich allein in einem wäßrigen Universum. Sunny pfiff vor sich hin und kostete hier und da von den schmorenden und brutzelnden Gerichten. Erst jetzt sah ich, daß seine Ohren wie kleine Segel vom Kopf abstanden. Unter der Schürze wölbte sich ein kugelrundes Bäuchlein, womit sich bestätigte, daß eine ganze Mannschaft verhungern kann, der Koch aber niemals.

»Sunny, kannst du mir erklären, warum ich auf der ›Carla‹ angemustert habe, du jedoch auf der ›Farlon‹ arbeitest?«

Gleichgültig zuckte er die Schultern,

»Das Schiff ist wohl wieder einmal verkauft worden.«

»Verkauft?«

»Ich fuhr einmal auf einem Kahn, der seinen Namen auf einer einzigen Reise dreimal wechselte. Heutzutage weiß man nie. Spielt keine Rolle, wer kauft, Hauptsache, er bezahlt. Vielleicht heißen wir jetzt ›Carla‹ – mein Hähnchencurry bleibt dasselbe.«

In Gedanken versunken trottete ich in meine Kabine zurück und streckte mich in meiner Koje aus. Die Hände unter dem Kopf verschränkt, starrte ich an die Decke. Hier gab es nicht so viele Kakerlaken, aber trotzdem stopfte ich die Socken in die Schuhe und stellte diese auf den Hocker.

Falls die »Farlon« ihren Namen in »Carla« änderte, war es dennoch nicht die »Carla«, die Hiller aus dem Register kannte. Welche »Carla« war es dann? Was war mit der anderen geschehen? War sie gesunken; würde Hiller glauben, ich wäre mit ihr untergegangen? Rätsel und Probleme, bei denen mir nur Hiller helfen konnte, und der war Tausende Seemeilen entfernt.

Ich erwachte aus einem tiefen, traumlosen Schlaf mit einer starken Unruhe, einem Gefühl, daß etwas nicht stimmte. Durch das kleine Kabinenfenster konnte ich sehen, daß der Morgen graute und ein leichter Regen fiel. Die Unruhe nahm zu. Ich setzte mich auf und spähte in alle Richtungen. War ich nicht allein in der Kabine? Aber es gab keinen Platz, wo sich jemand hätte verstecken können.

Dann begriff ich, was mich geweckt hatte. Der Anker war gelichtet worden; das Maschinenherz des Schiffes hatte zu schlagen begonnen. Barfuß stellte ich mich zwischen die fliehenden Kakerlaken und spähte hinaus, doch ich konnte nichts anderes erkennen als graues Wasser und ein paar andere Schiffe, die in verschiedene Richtungen fuhren und weiße Streifen auf der Wasseroberfläche hinterließen.

Schnell brachte ich mich in Ordnung. Das Rinnsal aus dem Wasserhahn mußte zum Rasieren meines Schädels reichen; Hiller hatte mir dafür einen Spezialapparat besorgt. Für die eigentliche Rasur verwendete ich einen Elektrorasierer, weil Johnny Odler einen besessen hatte, aber ich mochte ihn nicht. Da ich verschwitzt war, warf ich mir ein Handtuch über die Schulter und suchte nach dem Duschraum für die Mannschaft. Dort traf ich auf einen jungen Mann unter dreißig, der bei meinem Anblick zur Salzsäule erstarrte und sich dann hastig abtrocknete, um schnell verschwinden zu können. Dabei beobachtete er mich, als hätte ich eine ansteckende Krankheit. Seine glatte Bronzehaut glänzte wie eingeölt, er hatte kein Gramm Fett auf dem Körper und wirkte mit seinen Muskelpaketen wie ein gut durchtrainierter Mittelgewichtsboxer.

»Hallo, ich bin Johnny. Habe gerade angemustert.«

Er stellte sich vor mich und starrte mich kalt an. Manchmal täuscht man sich ja wegen der für Asiaten typischen Augenform, aber dieser Blick war wirklich gnadenlos, und die dünnen Lippen bildeten einen harten Strich. Er reichte mir nur bis zur Schulter, doch das schien ihm nichts auszumachen.

»Arbeitest du auf Deck oder im Maschinenraum?«, erkundigte ich mich, um eine Konversation zu beginnen.

Aus seinen Augen, schwarzen Steinkugeln, sprühte Haß, und ich konnte nicht verstehen warum. Soweit ich wußte, waren wir uns nie zuvor begegnet. Plötzlich spuckte er mir mitten ins Gesicht, warf mir noch einen letzten haßerfüllten Blick zu und verließ die Dusche. An seinen gespannten Oberarmmuskeln sah ich, daß er mich beinahe geschlagen hätte.

Die Dusche funktionierte schlecht, und ich hüpfte von Strahl zu Strahl, um wenigstens naß zu werden. Ich tröstete mich damit, daß diese Bedingungen für alle galten – außer für die Offiziere. Es steht ja auch in der Bibel: Wer da hat, dem wird gegeben.

Einen Feind hatte ich also schon an Bord und das war nicht gut. Spucke läßt sich wegwischen, aber wie beseitigt man den Haß? Besonders, wenn er Ursachen hat, die einem unbekannt sind und die man also nicht beeinflussen kann. Als ich mich abgetrocknet hatte, ging ich in meine Kabine zurück und zog die Kellnerkluft über. Die weiße Jacke spannte über den Schultern, und in die Pepitahosen hätte noch ein halber Hassel mehr hineingepaßt. Dazu gehörte eine kleine Schürze, die um die Hüfte gebunden wurde. So bekleidet begab ich mich in die Kombüse, um selbst ein Frühstück einzunehmen, bevor ich es in der Offiziersmesse anderen servierte.

Sunny begrüßte mich mit einem rosinenverschrumpelten Morgenlächeln und bedeutete mir, ich sollte mich selbst bedienen. Ich nahm ein Glas Orangensaft und eine Scheibe Weißbrot mit Emmentaler. Seine Kochhände flogen wie Schwalben über die Serviertabletts, und die für die Mannschaftsmessen zuständigen Stewards hatten alle Hände voll zu tun. Die einfachen Seeleute mußten sich ihr Essen am Büfett selbst zusammenstellen.

»Du hattest recht, Johnny«, sagte Sunny. »Wir heißen jetzt MS ›Carla‹, Heimathafen San Lorenzo. Die Jungs mußten heute früh den Namen überstreichen, bevor wir den Anker lichteten. Es war noch nicht einmal hell, aber sie haben es trotzdem geschafft. Wenn man die Nase ganz dicht ans Blech drückt, kann man auch im Dunkeln malen, genau wie ich im Finstern koche.«

»Soll ich jetzt servieren?«

»Ja, das Tablett ist fertig. Heute gibt es Schweinebraten; in Zukunft wird es wohl ausschließlich Hammelfleisch geben.«

Ich balancierte die schwer beladene Platte zur Kapitänsmesse.

Da das Schiff nicht mehr am sicheren Kai lag, wollten meine Beine meistens in eine andere Richtung als der Rest des Körpers, aber ich schaffte es bis zur Messe, ohne mich selbst zu überholen. Am Tisch saß Kapitän Machec mit vier weiteren Männern, die Uniformen trugen. Daraus schloß ich, daß es sich um den Ersten, Zweiten und Dritten Steuermann sowie den Herrscher des Maschinenraumes, Hiller zufolge »Chief« genannt, handelte.

»Meine Herren, begrüßen Sie unseren beinahe verlorengegangenen Sohn Johnny Odler«, sagte Machec. »Seinen Bruder Mark haben wir alle gekannt, und ich bin überzeugt, daß Johnny seinen Platz zur Zufriedenheit ausfüllen wird.«

Sie hießen mich nacheinander willkommen, und es gab keine Klassenunterschiede zwischen uns. Ich gehörte zu dieser Bande von Schurken, einer war nicht besser als der andere. Ihre Titel waren sicher nicht echt und ihre Namen noch viel weniger; darauf basierte der Betrug. Der den Ersten Steuermann spielte, nannte sich Hodinsky und war ein untersetzter, kräftiger Mann. Er schien leicht in Rage zu geraten.

Der Zweite Steuermann Ortega war groß und schlank. Dennoch strahlte er geballte Kraft aus, dieselbe eiskalte Stärke wie eine Boa, die ihr Opfer erst zerquetschen muß, bevor sie es verspeist. Mir zeigte er eine herzliche Fassade, doch dahinter ahnte ich eine Gefühllosigkeit, die mich wiederum an die Schlange denken ließ; ein lebender Beweis dafür, daß eine Umarmung nicht nur Liebe, sondern auch Tod bedeuten kann.

Steuermann Nummer drei nannte sich Strahl und war der Riese in der Runde. Es fehlten ihm nicht viele Millimeter an der Zwei-Meter-Marke, und mit seinen unglaublich breiten Schultern paßte er sicher nur quer durch die Tür. Augenscheinlich war er der älteste in der Runde, aber es konnte sein, daß sein kurzgeschnittenes weißes Haar für diesen Eindruck sorgte. Seine gerötete Haut deutete auf häufigen Alkoholgenuß hin, doch seine Augen waren klar und ruhig wie bei einem Milchtrinker. Meine Hand verschwand völlig in seiner Faust.

Chief Ziegfelt erinnerte mit seiner kreideweißen Haut und dem glanzlosen, dünnen Haar an einen Albino. Die runde, goldgefaßte Brille auf der knochigen Nase verlieh ihm ein intellektuelles Aussehen. Sein feuchter Händedruck und die Art, wie er mich ansah, ließen mich erschaudern, als wäre ich der Patient und er der Chirurg und hätte beschlossen, mich zu operieren – ohne Narkose. Sie sprachen alle ein gutes, völlig dialektfreies Englisch, wie man es auf Schulen und Kursen lernt.

»Vor uns kannst du frei sprechen«, meinte Machec gutmütig. »Wenn die anderen höheren Ränge aus dem Maschinenraum dabei sind, mußt du den Moses spielen.«

»Mhm.«

In seiner voluminösen Brust fand Strahls Stimme eine hervorragende Resonanz, so daß sie selbst in einem normalen Gespräch wie ein Gewitter grollte:

»Jetzt besteht deine Aufgabe darin, das Vertrauen des Packs zu gewinnen. Dein Bruder war gut darin.«

»Kein Problem«, erwiderte ich. »Ihr müßt mich nur ordentlich anschnauzen.«

»Was?«

»Am besten, Machec übernimmt das. Mach mich richtig fertig, fluche und drohe damit, mich kielholen zu lassen. Behaupte, ich würde zu nichts taugen.«

Strahl donnerte ein Lachen heraus, und Machec stimmte ein.

»Gut, Odler! Eine ausgezeichnete Idee. Bereite dich auf eine Strafpredigt vor, auf die selbst Kaiser Nero stolz gewesen wäre.«

Ich hatte wenige Aufgaben an Bord und somit viel freie Zeit. Hiller war sogar auf die Idee gekommen, ich könnte Verbindung zu einer Universität aufnehmen und nebenbei promovieren. Aber ich habe mir nie etwas aus akademischen Titeln gemacht, deshalb machte ich mich lieber daran, das Schiff zu erkunden.

Von Deck aus konnte ich auf der einen Seite das inselreiche Mittelmeer bewundern; die gezackte griechische Küste erstreckte sich zur Rechten beziehungsweise steuerbords, wie wir Seeleute sagten. Ich hielt mich an der Reling fest und schaute auf meine Hände. Der Ringfinger backbords war leer, von dem Symbol der Ehe war nicht einmal ein hellerer Streifen Haut geblieben. Maritime Ausdrücke schwirrten mir durch den Kopf, alte Begriffe, die ich aus Filmen und Büchern aufgeschnappt hatte; war es nicht Zeit, die Bille zu brassen, die Schote einzuholen und raumschots zu segeln? Und dabei hatte sich Hiller so viel Mühe geben müssen, mir beizubringen, daß ein gewöhnlicher Eimer an Bord Pütz hieß.

Aber selbst ein Laie wie ich konnte erkennen, daß die »Carla« nicht mehr viel taugte. Von weitem wirkte sie wegen des neuen Anstrichs noch ganz passabel, doch von nahem sah man die vielen Roststellen auf Deck und anderswo. Die vierstöckigen Aufbauten waren wohl einmal weiß gewesen, jetzt aber war das Metall wie von einer Krankheit zerfressen, so daß sich die neue Farbe als Spinngewebe über die Löcher legte. Auf den Schornstein hatte man ein weißes Feld mit einem schwarzen Kreis gemalt; das Symbol der neuen Reederei. Die Arbeit war so nachlässig ausgeführt, daß der Kreis eher einem Oval glich, aber das schien niemanden zu stören.

Langsam tastete ich mich an der Reling entlang, fühlte mich aber trotzdem nicht sicher. Die Beschläge der Luken zum Frachtraum waren verrostet und hätten wohl sicherer gesessen, wenn sie mit Klebeband befestigt gewesen wären. Zwischen den Ladeluken standen Kräne, deren Masten deutliche Risse zeigten. Als ich den vorderen Teil des Schiffes, in der Seemannssprache sinnigerweise Back genannt, erreicht hatte, stellte ich mich an die Luke für die Ankerkette und lehnte mich über die Reling. Ich betastete die Bordwand und es war, als faßte ich in Sand. Das Metall war vom Rost pulverisiert und hielt nur aus alter Gewohnheit zusammen.

Der Bug war zu gewölbt, um erkennen zu können, was darauf stand. Ich schaute mich um. Niemand schien an mir Interesse zu nehmen. Aus der Tasche zog ich einen kleinen Spiegel und hielt ihn in der ausgestreckten Hand. Jetzt konnte ich erkennen, daß das »n« des früheren Namens »Farlon« mit grauer Farbe flüchtig übermalt und das »o« in ein »a« geändert worden war. Aus dem »F« hatte man ein »C« gemacht; darunter stand »San Lorenzo« in schwarzen Buchstaben, denen man ansah, daß sie mit der Schablone gezogen waren.

Der Himmel war bleigrau; schwere Wolken trieben dahin und ich hoffte, daß es keinen Sturm geben würde. Machec hatte zwar gutes Wetter verkündet, aber seit wann konnte man den Meteorologen vertrauen? Vielleicht war ja das, was ich für einen Sturm hielt, nur eine sanfte Brise in ihren Augen.

Ebenso unauffällig schlenderte ich über Deck zurück. Da ich mir theoretische Kenntnisse eingepaukt hatte und in Stockholm an Bord eines ähnlichen Schiffes gewesen war, fand ich mich ganz gut zurecht. Ganz oben in den Aufbauten befanden sich Funk- und Navigationsraum; darüber drehten die Radarantennen ihre ewigen Kreise. Dann kamen die Kapitänskajüte und nach der Rangordnung die Räumlichkeiten der anderen Offiziere. In vielen schwarzweißen Seemannsfilmen hatte ich Massenunterkünfte für die Mannschaft gesehen, aber diese Zeiten waren laut Hiller längst vorbei. Heutzutage hat jeder Seemann seine eigene Kabine, jedenfalls in der Handelsflotte. Noch früher hatten die Matrosen unter freiem Himmel in Hängematten auf dem Vorderdeck genächtigt. Was hatte ich nicht alles gelernt; nicht nur von Hiller, sondern auch aus Harry Brandelius Schlagern über die blauen Jungs.

Als ich die Aufbauten betrat, schlug mir sofort der allgegenwärtige Dieselgestank entgegen. Man kann ihm nur entkommen, wenn man sich an Deck begibt. Dazu gesellte sich der unangenehme Geruch alter, vergammelter Matten, die den Boden bedeckten. Verfall und Verwahrlosung, wohin man auch schaute. Schimmel, Rostflecken, Schrammen, Risse, Splitter, verrottetes Holz, Schmutz, Dreck und allgemeine Schlampigkeit. Kakerlaken.

Als ich das Tablett mit dem Geschirr und den übriggebliebenen Speisen aus der Offiziersmesse holte, war der erste Maschinist gekommen. Niemand sah mich, ich war Luft, ein weißgekleideter Lakai, den man ignorierte. In der Kombüse war Sunny dabei, das Mittagessen zuzubereiten. Die Runzeln seines Rosinengesichts hatte er in melancholische Falten gelegt.

»Wir haben nicht einmal einen Steward an Bord, der für den Einkauf zuständig ist. Das hat der Kapitän übernommen; natürlich, um Geld zu sparen. Aber schau doch, was ich an Lebensmitteln bekommen habe. Erst dachte ich nur, daß sie minderwertig wären, doch jetzt weiß ich, daß sie ungenießbar sind.«

Zur Demonstration hielt er eine Mohrrübe in die Höhe.

»Zwei Drittel mußte ich wegschneiden. Ich kann doch kein verfaultes Gemüse auf den Tisch bringen! Das gibt Aufruhr!«

»Verdammt, diese geizigen Reeder«, fluchte ich mit.

»Das Hammelfleisch ist von miesester Qualität und wird bald verdorben sein. So lange es geht, versuche ich, den Geschmack mit meinen Soßen zu retten, aber glaub mir, Johnny, bald werden sich die Leute beschweren.«

»Wir sind schließlich Menschen«, sagte ich mitfühlend.

»Für gewisse Reeder offenbar nicht. Und wer bekommt die Schuld für schlechtes Essen? Der Kapitän? Die Reederei? Nein, man macht Sunny verantwortlich. Der Koch muß immer den Kopf hinhalten.«

»Das wird anders, wenn du für Isabella und alle Kinder und Enkel kochst«, tröstete ich ihn.

Bei dem Gedanken an die geliebte Familie hellte sich seine Miene sofort auf.

»In unserer Kultur ist es nicht üblich, daß Männer das Essen zubereiten. Wenn ich abgemustert habe, werde ich keinen Topf mehr anfassen. Isabella ist keine besonders gute Köchin, aber was sie zustande bringt, schmeckt besser als alle Festessen, die ich kreiert habe, wenn der Kapitän hohe Gäste an Bord hatte.«

Weil ich das ganze Schiff kennenlernen wollte, beschloß ich, in den Maschinenraum hinunterzusteigen und mich mit denen bekannt zu machen, die dort arbeiteten. Sofort bereute ich meinen Entschluß. Wie konnte es hier jemand freiwillig aushalten? Oben roch es penetrant nach Diesel, aber das war gar nichts gegen diesen infernalischen Ölgestank. Überall tropfte es aus defekten Leitungen und sammelte sich auf dem Boden in kleinen Pfützen, so daß man Gefahr lief, wie auf Glatteis auszurutschen. Dicke Rohre liefen kreuz und quer, dazwischen schlängelten sich Kabelstränge; Schränke mit kaputten Türen gaben den Blick auf Sicherungen frei. Die Maschinen dröhnten einem ins Gehirn hinein; der Lärm war teuflisch.

Eine Hand auf meiner Schulter ließ mich herumfahren. Der Mann war in mittleren Jahren, dick und trug ein schweißgetränktes T-Shirt mit Ölflecken. Da er gutmütig aussah, grinste ich ihn an und schrie, daß ich nur mal gucken wolle, doch der Krach erstickte meine Worte. Er machte eine Handbewegung, daß es ihm egal wäre, doch in seiner Lärmzentrale wollte ich ohnehin nicht bleiben.

Da stellte sich mir plötzlich ein anderer Mann in den Weg. Ich erkannte ihn wieder; er war es, der mich in der Dusche angespuckt hatte. Er verzog das Gesicht und ballte die Fäuste, als wollte er mir die Seele aus dem Leib prügeln. Ich lächelte ihn kameradschaftlich an, doch er versetzte mir einen Stoß, der mich gegen die Rohre taumeln ließ. Ich spannte die Muskeln, denn er schien sich auf mich stürzen zu wollen, doch der Dicke packte ihn am Arm, während er mir ein Zeichen gab, auf dem schnellsten Weg zu verschwinden; lange könne er den Tiger nicht bändigen. Johnny Odler war kein Held, also trollte ich mich wieder auf Deck und genoß die frische Mittelmeerluft und die relative Stille.

Was zum Teufel hatte ich ihm getan? Warum ging er in die Luft, wenn er mich sah? Wie für alles gab es wohl auch dafür eine Erklärung. Jedenfalls wußte ich jetzt, wie der Maschinenraum aussah, und der Eindruck reichte mir für den Rest des Lebens. Wer konnte wissen, wie groß dieser Rest noch war …

Sunny teilte mir mit, daß der Kapitän vor dem Lunch Kaffee serviert haben wollte; eine Kanne mit dem duftenden, starken Getränk stand schon auf dem Tablett, dazu Milch, Zucker und eine kleine Dose Kekse. Vor der Kombüse stampfte ich abwechselnd kräftig mit den Füßen; das war mir zur Routine geworden, um die Kakerlaken abzuschütteln. Dann stieg ich die steile Treppe hinauf. Bei schwererem Wetter würde es mir schwerfallen, mich selbst in der Balance zu halten, geschweige denn das Tablett. Machec bat mich, das Geschirr hinzustellen und mich zu setzen. Seine Kajüte bestand aus einem Schlafraum, dessen Einrichtung auch schon bessere Tage gesehen hatte, die aber immer noch zeigte, wer der Herr an Bord war, einem Wohnraum, der gleichzeitig als Arbeitszimmer diente, einem Empfangsraum, dessen Möbel Eindruck bei Besuchern schinden sollten und einem eigenen Bad mit Toilette. Vielleicht zollte ihm auch das Wasser Respekt und floß weniger rostbraun aus dem Hahn.

»Was ist dein erster Eindruck von dem Gesindel?« erkundigte er sich.

»Es ist noch zu früh, etwas zu sagen.«

»Aber ein bißchen hast du wohl schon aufgeschnappt, oder? Kommst du mit dem alten Aas in der Kombüse klar?«

»Ja. Er glaubt, daß wir Freunde sind.«

»Gut, gut. Wie sieht er die Lage? Köche haben immer und zu allem eine Meinung.«

»Er sagt, daß die Lebensmittel nichts taugen und daß die Besatzung murren wird.«

Machec stieß ein zufriedenes Lachen aus.

»So lange wird die Mannschaft gar nicht mehr essen. Es scheint, als ob die Maschinisten mit uns essen wollen, und ich kann sie schlecht aussperren. Also wirst du deine Instruktionen hier in meiner Kajüte entgegennehmen und mir auch hier Bericht erstatten, wenn dir etwas auffällt. Sofort – man kann diesem Pack nicht trauen.«

»Verdammte Bande«, pflichtete ich ihm bei.

Er legte die Fingerspitzen gegeneinander und warf mir einen vielsagenden Blick zu.

»Bist du bereit, zur Sau gemacht zu werden?«

»Mhm.«

Ich hatte Gefallen an diesem gegrunzten »mhm« gefunden, das nichts sagte, aber doch alles ausdrücken und vom Zuhörer ganz nach Belieben interpretiert werden konnte.

»Die Reise wird etwa eine Woche dauern. Morgen mittag, Viertel nach zwölf, um genau zu sein, wirst du dich in der Messe des Deckspersonals aufhalten. Dann komme ich hinein und mache dich fertig. Du rennst hinaus, und ich verfolge dich, schimpfend wie ein Rohrspatz. Sieh zu, daß die Tür zur anderen Mannschaftsmesse geöffnet wird, damit auch die Maschinenleute etwas mitbekommen. Je mehr Zeugen, desto besser.«

Machec zeigte mir einen bekritzelten Zettel.

»Ich bin dabei, mich ordentlich vorzubereiten. Ich komme mir vor wie der Priester vor einer wichtigen Predigt. Wird eine lustige Erfahrung für mich. Ich habe schon oft Leute fertiggemacht, aber noch nie zum Schein.«

»Auch ich muß so tun als ob.«

Wieder lachte er und klopfte mir kollegial auf den Rücken.

»Hoffen wir, daß wir gute Schauspieler abgeben. Wir können die Aufführung gern wiederholen.«

Schauspieler! Er hatte ja keine Ahnung, wie richtig er damit lag; er wußte ja nicht, was für ein blendender Darsteller in die weiße Kellnerjacke geschlüpft war, um den verkleideten Diener zu spielen.

Einige Stunden später brach die Sonne durch und vertrieb die Wolken. Sofort wurde es warm auf Deck; die Luft veränderte sich und trug die Düfte fremder Strände mit milden Kräutern und blühenden Obstbäumen heran; ein Balsam für die Lunge.

Auch das Wasser verwandelte sich und schimmerte in den verschiedensten Grün- und Blautönen. Als die Sonne auf die Oberfläche traf, wurde die Tiefe klar und ich glaubte, hunderte Meter tief bis auf den Grund sehen zu können und sogar lebendige Wesen im fischarmen Mittelmeer zu erkennen.

Der folgende Tag war ebenso sonnig und warm. Die Mannschaft schien mir zufriedener, aber das konnte von meiner eigenen guten Laune herrühren. Sunny wußte nie, ob die Sonne schien oder ein Schneesturm toste, ob es Tag oder Nacht war; für ihn kam die Wärme aus dem Herd und das Licht von der Lampe.

Kurz vor zwölf trug ich den Lunch in die Offiziersmesse und registrierte, daß Machec mir verstohlen zuzwinkerte. Eine Viertelstunde später betrat ich die Messe der Deckmannschaft, wo alle, die nicht unmittelbar Dienst taten, beim Essen versammelt waren. Sie schauten auf, als ich hereinkam, aber niemand reagierte negativ. Marcos fragte, ob ich etwas suchte, und ich antwortete:

»Der Pfeffer ist alle, und ich wollte sehen, ob …«

Von draußen war ein Gebrüll zu hören:

»Where is the damned Swede?«

»Herrgott!« stöhnte ich. »Was habe ich nur falsch gemacht, daß er so hinter mir her ist?«

Machec stürzte herein und baute sich vor mir auf wie ein Racheengel. Den Kopf vorgestreckt, starrte er mich an, und ich fragte mich, wie er es geschafft hatte, so blutunterlaufene Augen zu bekommen. Keiner aß; alle waren wie in der Bewegung erstarrt. Beschimpfungen prasselten wie Schüsse auf mich herab; ich wußte gar nicht, auf was für schmutzige Wörter man kommen kann. Ich duckte mich vor den Salven und machte mich klein, aber das schien ihn noch mehr anzufeuern, und ich bekam zu hören, was meine Mutter für einen miesen Hund und Idioten geboren hätte. Er habe mich angemustert, schnauzte er, weil er einen Europäer als Steward haben wollte; welch ein Fehler, ein Affe wäre eine bessere Wahl gewesen! In London würde er mich eigenhändig an Land setzen und dafür sorgen, daß ich nie wieder eine Heuer bekäme.

Klägliche Figur, die ich war, zog ich mich langsam zurück. Er blieb mir mit hochrotem Gesicht dicht auf den Fersen und machte ein Geschrei, das Tote aufwecken konnte. Um die andere Mannschaftsmesse brauchte ich mich nicht zu kümmern; die Türen gingen von allein auf, denn die neugierigen Seeleute wollten wissen, welcher arme Kerl hier zur Sau gemacht wurde.

Machec kam immer wieder darauf zurück, daß er mich, den Europäer, nur angeheuert hätte, weil er dachte, ich sei besser, aber ich sei der geborene Trottel. Psychologisch war das geschickt gemacht; er überwand damit eventuelle ethnische Vorbehalte der anderen. Nachdrücklich demonstrierte mein Fall, daß es an Bord ein »wir« und ein »sie« gab. Er leerte noch eine letzte Tonne Schwefel über mir, ballte die Faust und kehrte dann in seine Kajüte zurück. Marcos und der Dicke aus dem Maschinenraum kamen zu mir.

»Er ist total verrückt«, schnaufte ich und wischte mir über die Stirn.

»Komm mit uns essen«, schlug Marcos zum Trost vor. »Du brauchst jetzt Gesellschaft.«

Die Schimpfkanonade hatte gewirkt. Ich war nicht mehr der skandinavische Außenseiter, sondern ein Seemann unter anderen Seeleuten; einer, der für wenig Geld ihr Risiko teilte. Sie hatten geglaubt, daß die ethnischen Bande zu Machec stärker wären als die sozialen zur Mannschaft; nun waren sie eines besseren belehrt. Damit hatte ich mich in einen Kollegen und Kameraden verwandelt. Doch das Gefühl der Zufriedenheit blieb aus. Alles beruhte auf falschen Prämissen. Ich war falsch, ich war eine Fälschung, aber ich betrog nur, um die viel gefährlicheren Betrüger zu entlarven. Theoretisch war das klar, aber praktisch fühlte ich mich trotzdem mies.

Der Mensch ist ein anpassungsfähiges Tier, und nach ein paar Tagen hatte ich die Routinen verinnerlicht. Es war, wie es war, ich konnte nichts daran ändern. An die Kakerlaken hatte ich mich gewöhnt; Schmutz und Verfall kümmerten mich nicht mehr. Ich erledigte meine Arbeit und hoffte, es würde reichen, um alle Parteien zufriedenzustellen.

Außer mir, der ich in den Papieren nicht geführt wurde, bestand die Besatzung aus dreiunddreißig Mann, darunter vier Decksoffiziere und genauso viele im Maschinenraum. Die Mannschaft stammte von den Philippinen. Alle Altersgruppen waren vertreten, von dem Jungen, der mich angespuckt hatte und immer noch haßte, bis hin zum alten Sunny. Der Junge hieß Chico, und ich versuchte, mit ihm Freundschaft zu schließen, doch er wich mir aus oder reagierte aggressiv.

Ich servierte den Offizieren täglich drei Mahlzeiten, und trotz Sunnys Befürchtungen aß man mit Appetit. Das Frühstück bestand aus Brot, Butter, Käse, Kaffee, Omelett, Kartoffeln und gebratenem Fleisch, Pfannkuchen und Kompott; dazu kam Aufgewärmtes vom Vortag. Zum Lunch gab es verschiedene Gerichte wie Hähnchen mit Reis, Boeuf bourguignon, gekochten Fisch mit Kartoffeln oder ähnliches. Dazu immer ein Dessert und Kaffee. Gegen drei Uhr am Nachmittag gab es wieder Kaffee und dazu Gebäck. Das Abendessen war die wichtigste Mahlzeit des Tages, mit Vorspeise, warmem Hauptgericht und Dessert, wobei mehrere Menüs zur Auswahl standen. Die Offiziere bekamen Rindfleisch vorgesetzt, während die Mannschaft mit Hammelfleisch vorlieb nehmen mußte. Sunny meinte, ich sei ein mäkeliger Seemann, weil ich so wenig aß, doch ich schob es auf eine Magenverstimmung. Ich mußte Simon unbedingt mitteilen, daß er den falschen Beruf ergriffen hatte. Zur See konnte er kostenlos die Mengen verdrücken, die sein Körper brauchte, und jederzeit Nachschlag holen. Zu meinen Aufgaben gehörte es sicher auch, dem Kapitän rund um die Uhr zur Hand zu gehen, aber Machec war ja kein richtiger Kapitän und außerdem war es ihm lieber, wenn ich mich mit dem »Pack« abgab, anstatt in seiner Kajüte herumzuscharwenzeln.

Zu trinken gab es Wasser oder Bier. Härtere alkoholische Getränke waren, wie in der gesamten internationalen Handelsflotte, strikt verboten. Es stand zuviel auf dem Spiel; man konnte nicht riskieren, daß ein betrunkener Seemann den geringsten Fehler machte. Und im Hafen war keine Zeit; kaum angekommen, legte das Schiff auch schon wieder ab. Liegezeiten kosteten Geld; also waren die Be- und Entladezeiten so gestrafft worden, daß die Schiffe kaum Atem holen konnten, bevor die Segel wieder gesetzt beziehungsweise die Motoren angelassen wurden. Die Seemannsromantik behauptet, daß ein Matrose in jedem Hafen ein Mädchen hat, aber das schafft er gar nicht, so daß sich die Frauen wohl mit Ansichtskarten begnügen müssen.

Die kleine Welt, die nun die meine war, lebte rund um die Uhr; Tag und Nacht schlug der Puls der Motoren und ging einem in Fleisch und Blut über. Dazu kam das Rauschen, mit dem das Schiff durch das Wasser schnitt, das Singen des Windes, der die Ladekräne knacken ließ, das Surren der Antennen und das Klirren der Ketten.

Die Leuten an Bord unterhielten sich mit mir und zeigten mir Fotos von Frauen, Kindern, Bräuten, Freundinnen oder Eltern. Alle sehnten sie sich nach Hause, aber sie brauchten Geld und hatten keinen anderen Beruf als den des Seemanns. Sie verfluchten ihr Schicksal, das sie zwang, zur See zu fahren. Ich verstand sie voll und ganz. Auch ich sehnte mich nach Virena, und mein Schicksal war es, Kakerlaken zu zertrampeln.

Aus Gesichtern wurden mit der Zeit Individuen. Ramon Ngo sang, spielte wehmütige Balladen auf der Gitarre und träumte von einer Karriere als Popsänger. Der kleine Huan Rabanal, der sich einbildete, krank zu sein und Unmengen von »stärkenden« Pillen und Mixturen konsumierte, verfügte über Selbstironie und verlachte seine Hirngespinste, fühlte sich aber dennoch gräßlich. Der ständig quasselnde Fanio Lazaro kannte tausend Anekdoten und zotige Witze, die er in Bars und Hotelfoyers aufgeschnappt hatte. Alfredo Dizon dagegen war so etwas wie ein Künstler; er verbrachte jede freie Minute damit, Modelle von Segelschiffen zu basteln; richtige Holzschiffe, die Geduld und Fingerfertigkeit verlangten.

Wir befanden uns nach wie vor im Mittelmeer. Manchmal konnte ich auf beiden Seiten Küsten erkennen, manchmal nur die europäische; dann wieder sah ich nur den Horizont und begriff, daß wir tatsächlich ein großes Meer befuhren. Das sonnige Wetter hielt an; der knallblaue Himmel spiegelte sich im Wasser und setzte Grünspan an.

Was verbarg sich im Frachtraum? An Flugzeugmotoren glaubte ich keine Minute, aber was hatten wir wirklich geladen? Für meinen späteren Bericht mußte ich es wissen – falls ich je dazu kam, einen zu schreiben. Die Luken waren geschlossen. Obwohl sie sich aufgrund der durchgerosteten Beschläge sicher leicht öffnen ließen, war es doch unmöglich, dies in aller Heimlichkeit zu tun. Es gab allerdings in der Nähe der Aufbauten eine Inspektionsluke, durch die ich im Schutze der Nacht vielleicht einsteigen konnte. Und wenn ich Machec einfach fragte? Aber dann würde er Verdacht schöpfen. Auch der Mannschaft mußte es seltsam vorkommen, wenn sich der Steward der Offiziersmesse für den Laderaum interessierte.

Es war die dritte Nacht auf See, und wir näherten uns der Straße von Gibraltar. Zu den sonnenhellen Tagen gehörten samtschwarze Nächte. Mit einer Taschenlampe bewaffnet schlich ich mich gegen ein Uhr aus der Kabine und tastete mich an der Reling entlang, bis ich in Höhe der Inspektionsluke war. Die Lampe konnte ich erst unter Deck anmachen, sonst hätte der Ausguck den Lichtschein bemerkt. Zwei Mann und ein Offizier waren stets an Deck, ebenso viele hielten im Maschinenraum Wache.

Die letzten Meter legte ich kriechend zurück und ärgerte mich. Wie so oft in meinem Leben hatte ich eine Sache begonnen, ohne sie zuvor ordentlich zu durchdenken. Schon oft war ich Impulsen gefolgt, und dann war alles schief gelaufen, weil ich die Konsequenzen nicht beachtet hatte. Der eventuelle Bericht war gar nicht so wichtig; ich hatte wie ein Polizist gedacht, ohne die besondere Situation zu berücksichtigen. Dummkopf, Holzkopf – ich beschimpfte mich auf jede erdenkliche Art, aber das konnte die Lage auch nicht verbessern.

Ich tastete über Deck und fand die Luke. Der Verschluß war leicht zu öffnen, doch ein scharfes Knirschen ließ sich dabei nicht vermeiden. Ich hielt den Atem an und erwartete, jeden Moment vom Ausguck angerufen zu werden. Aber nichts geschah, kein Alarm, keine sich nähernden Schritte.

Vorsichtig, mit beinahe zärtlichen Fingern, öffnete ich die Luke. Ich schwang das Bein über den Rand, fühlte die Leiter, kletterte ein paar Stufen hinab und klappte dann den Deckel über mir zu. Während ich nach der Taschenlampe griff, atmete ich aus und schaute nach unten.

Augen starrten mich aus dem Dunkeln an.

10.

Ratten, natürlich, irgend jemand mußte ja das Schiff zuerst verlassen. Nicht viele, vielleicht ein Dutzend. Sie saßen still und schauten mich abwartend an. Es waren struppige, räudige Exemplare mit kahlen Schwänzen, die wie helle Striche aussahen. Auf das Dutzend, das ich sah, kamen sicher Hunderte, die sich versteckten, doch ich hatte nicht vor, sie zu zählen. Da man in unserer zivilisierten, klinischen Gesellschaft selten Ratten zu Gesicht bekommt, glauben viele, daß sie am Aussterben sind. Weit gefehlt! Wenn der letzte Mensch an Umweltgiften verröchelt ist, werden die Ratten den Planeten übernehmen – zusammen mit den Kakerlaken. Mich berührte es nicht. Ratten fallen normalerweise keine Menschen an. Allerdings wußte ich nicht, ob die lieben Tierchen die Situation als normal einschätzten.

Als ich unten angekommen war, stapfte ich mit dem Fuß auf, und die Ratten verschwanden in ihren Löchern. Der Lichtstrahl tanzte durch den Raum. Da es sich um ein Kühlschiff handelte, gab es verschiedene Sektoren, damit Kühlwaren im Bedarfsfalle von anderer Fracht getrennt werden konnten. Es waren aber keine Kühlwaren an Bord, sondern lediglich eine Anzahl großer Holzkisten. Ein paar Ratten hockten darauf und trollten sich widerwillig, als ich mit Sunnys kleiner, flackernder Taschenlampe näher kam. Bei den Kisten handelte es sich um nachlässig zusammengenagelte Würfel mit etwa zwei Metern Kantenlänge. Die schwarze Aufschrift an den Seiten gab als Inhalt »Flugzeugmotoren« an, hergestellt von »Simmons Engines Ltd.« in Tampa.

Auf dem Boden hatten sich Pfützen gebildet; es war unangenehm, in dem eiskalten Wasser zu waten. Wahrscheinlich hatte der Schiffsrumpf irgendwo ein Leck; das wunderte mich überhaupt nicht. Ich versuchte, ein Brett zu lösen, doch meine Kraft reichte nicht aus. Nach Werkzeug würde ich hier unten wohl vergeblich suchen. Falls es welches gab, lag es sicher unter Wasser. Ich kletterte auf eine der Kisten; empört piepend machten sich die Ratten davon.

An den Kanten standen die Bretter ein wenig über. Ich setzte mich, zog die Beine an und stieß dann mit den Hacken gegen das hervorstehende Holz. Langsam gaben die Nägel nach; das Brett löste sich mit einem Knirschen. Dann beugte ich mich hinunter und schaute in die Kiste hinein.

Steine, schwarze Steine, wie Schlacke. Die Kisten waren nur ein Trick, falls jemand von der Besatzung zufällig in den Frachtraum schaute. Ich sprang wieder hinunter und brachte mit ein paar Faustschlägen das Brett wieder notdürftig an seinen Platz. Nun wußte ich Bescheid, und ich war keinesfalls überrascht. Als ich wieder zu der Leiter watete, entdeckte ich in einer Ecke eine kleinere Kiste aus schwarz gestrichenem Holz. Der Sack, unter dem man die Kiste verborgen hatte, war zur Seite gerutscht. In der Kiste lagen einige griechische Zeitungen, die feucht waren und zerfielen. Doch unter ihnen schimmerte etwas auf. Ich schob das Papier zur Seite.

Eine Pistole! Ich nahm sie und hielt sie in den Lichtkegel. Es war eine Waffe einfachster Konstruktion, aber sie konnte, aus der Nähe abgefeuert, tödlich sein. Als ich kontrolliert hatte, daß sie gesichert war, steckte ich sie aus alter Gewohnheit in den Hosenbund und knöpfte die Jacke zu. Ich fröstelte und merkte, daß ich mir eine Lungenentzündung und Rheuma holen würde, wenn ich noch lange hier unten bliebe. Ohne Bedauern verließ ich das kalte Loch und kletterte die Leiter hinauf.

Dabei glitt mir die Taschenlampe aus der Hand, platschte ins Wasser und erlosch. Meinetwegen konnte sie liegen bleiben; ich brauchte sie nicht mehr. Ich öffnete die Luke, hangelte hinauf und machte die Klappe wieder zu. Plötzlich packte mich jemand an der Schulter, drehte mir den Arm auf den Rücken und schleppte mich in den Schein der nächsten Lampe.

»Odler? Was zur Hölle hast du hier zu suchen?«

Der explosive Erste Steuermann Hodinsky zerrte an mir herum, als wollte er die Wahrheit aus mir herausschütteln.

»Ich tue meinen Job«, stammelte ich, während meine Zähne aufeinanderschlugen.

»Sehr komisch! Du kommst mit; das werden wir jetzt klären.«

Er packte fester zu, doch ich riß mich los und versetzte ihm einen Stoß.

»Faß mich nicht an! Ich gehe selbst.«

»In die Kapitänskajüte! Und keine Tricks, sonst fliegst du im hohen Bogen über Bord.«

Als wir die Treppe hinaufstiegen, knuffte er mich die ganze Zeit in den Rücken. Wir trafen einige Besatzungsmitglieder, die zur Seite traten und mir einen verwunderten Blick zuwarfen, der auch Sympathie und Mitgefühl ausdrückte. Ich war nicht nur ihr Bruder, sondern dazu noch ein ausgesprochener Pechvogel.

Hodinsky riß die Tür zur Kajüte auf und stieß mich hinein, so daß ich über den Teppich bis zur gegenüberliegenden Wand taumelte. Machec und Ziegfelt saßen über verschiedene Papiere gebeugt und schauten überrascht auf. Hodinsky zeigte auf mich, und in seinem Finger war Dynamit.

»Er schlich im Dunkeln aus dem Frachtraum wie ein Dieb. Was zur Hölle hatte er dort zu suchen? Was haben wir uns da für eine miese Ratte an Bord geholt?«

Er klang wie ein Vorgesetzter, der einen Untergebenen bei etwas Verbotenem ertappt hatte. Machec und Ziegfelt erstarrten und musterten mich mit erstaunten und drohenden Blicken. Falls sie einen Verräter vor sich hatten, war das Kräfteverhältnis in der Kajüte drei zu eins; bald würde es heißen: drei und eine Leiche. Ziegfelt verschränkte die Arme vor der Brust und legte den Kopf ein wenig zur Seite. Seine Stimme war weich wie Honig vom Reichsverband der Schwedischen Bienenzüchter.

»Ich muß zugeben, daß das äußerst merkwürdig klingt. Merkwürdigkeiten mögen wir hier gar nicht. Wir ziehen das Einfache, Direkte und Begreifliche vor. Wie kommt es, daß du im Dunkeln an einer Stelle, wo du nichts zu suchen hast, herumschleichst wie eine, um die Beschreibung unseres Freundes zu gebrauchen, miese Ratte?«

Machec sagte nichts, doch seine Blicke schienen mich zu durchbohren.

»Ratten gab es da unten im Überfluß, aber eine miese habe ich nicht gesehen. Deshalb kann ich mit dem Vergleich nichts anfangen.«

»Hast du eine akzeptable Erklärung?« fuhr Ziegfelt im selben honigweichen Tonfall fort, doch ich hatte den Verdacht, daß der Honig von Killerbienen stammte.

Mein Lächeln bestand aus Nachsicht und Bitterkeit. Ich hoffte, das war die richtige Mischung. Jetzt nur keine Panik; ich zwang mich, ruhig, ja gleichgültig zu klingen. In meinem Hosenbund hatte ich die entscheidende Trumpfkarte. Je länger ich das Spiel hinauszog, desto höher würde der Gewinn ausfallen.

»Hodinsky, du scharfer Beobachter, hast du nicht noch jemanden aus dem Frachtraum kommen sehen?« begann ich.

»Nein, nur dich. Da war sonst keiner.«

»Wenn du besser aufgepaßt hättest, wäre dir noch jemand aufgefallen.«

Machec schaute mich an, dann Hodinsky und dann wieder mich. Ich konnte seine Gedanken lesen: Feind oder Verbündeter?

»Seltsam, welche Anziehungskraft der Frachtraum ausübt. Aber auch das Seltsame mögen wir nicht«, erwiderte Ziegfelt, und im Honig schimmerten die Stacheln der Killerbienen. »Erzähl weiter, wir werden dich nicht unterbrechen.«

»Meine Aufgabe besteht darin, die Besatzung zu kontrollieren«, fuhr ich fort. »Das Pack muß in Schach gehalten werden. Ich war auf Deck, da entdeckte ich, wie jemand durch die Inspektionsluke in den Frachtraum schlich. Ich versteckte mich in der Nähe, um zu beobachten, wer es war, wenn er wieder hinaufkäme. Dann ...«

»Na und, hast du gesehen, wer es war?« fragte Ziegfelt ungeduldig.

»Du hast versprochen, mich nicht zu unterbrechen!«

»Ich tue es aber trotzdem. Meine Versprechen halte ich nur denen gegenüber, die es verdienen. Also?«

»Nein. Es war dunkel, und er hatte eine Art Maske über das Gesicht gezogen.«

»Hast du ihn nicht festgehalten?«

»Nein, er hätte bewaffnet sein können.«

Hodinsky prustete los, und Ziegfelt verzog mitleidig seine dünnen Lippen.

»Oje, oje, so ein brutaler Typ. Oder ist der werte Herr Odler etwa feige?«

Ich reagierte nicht auf den Einwurf.

»Was hatte der Mann im Frachtraum zu suchen? Ich holte eine Taschenlampe, stieg hinunter und suchte nach Spuren. Wie gesagt, Ratten gab es zur Genüge. Danach kletterte ich wieder hinauf, natürlich so unauffällig wie möglich. Er konnte ja in der Nähe sein. Doch da war nur Hodinsky, der über mich herfiel und ein Spektakel machte.«

Machec räusperte sich und äußerte sich zum ersten Mal, mit übertrieben neutraler Stimme:

»Du begreifst, daß wir mißtrauisch sind. Wenn du nichts hast, was deine Geschichte unterstützt, dann befürchte ich …«

»Aber ich habe doch den Beweis! Unter einem Sack in einer Holzkiste fand ich, in Zeitungen gewickelt, das hier.«

Ich knöpfte die Jacke auf und legte die Pistole auf den Tisch. Sie starrten wie hypnotisiert auf die Waffe. Jetzt kam meine Stunde, der Augenblick, den Gewinn zu kassieren. Machec nahm die Waffe in die Hand und betrachtete sie eingehend.

»Eigenbau. Gar nicht schlecht gemacht. Liegt gut in der Hand. Nahkampfwaffe. Es kann …«

»Meine Frage ist, wie kann jemand eine Pistole an Bord geschmuggelt haben?« fiel ich ihm ins Wort. »Warum hat sie keiner von euch entdeckt?«

»Verdammt, wir können doch nicht jeden einer Leibesvisitation unterziehen!« rief Hodinsky hitzig.

»Warum nicht? Auf so einer Reise? Ihr laßt das Pack vollgestopft mit Waffen an Bord kommen, aber ihr fallt wie hungrige Wölfe über mich her, wenn ich meine Arbeit mache.«

Machec wandte sich Hodinsky zu, der murmelte:

»Sorry, ich habe übereilt gehandelt. Aber ich glaubte …«

»Halt dein Maul!« schrie ich. »Du hast mich wie einen Verräter behandelt, und das vergesse ich nie! Ich habe mein Leben riskiert, um einen möglichen Aufruhr zu verhindern, und du sabotierst alles mit deiner bodenlosen Dummheit.«

Das waren harte Worte, doch bei der Wut, die ich im Bauch hatte, kamen sie mir leicht über die Lippen. Hodinsky warf mir einen grimmigen Blick zu, schien sich aber nicht ein bißchen zu schämen. Machec wedelte abwehrend mit den Händen.

»Bleiben wir doch ruhig. Odler hat uns einen großen Dienst erwiesen und seinen Auftrag gut erfüllt. Ich möchte nicht, daß sich unser Team zersplittert, das können wir uns nicht leisten. Wir haben ein Problem, und Probleme müssen gelöst werden. Wenn einer von dem Gesindel eine Waffe hat, können andere auch welche haben. Odler, du spitzt die Ohren, ob du etwas aufschnappen kannst. Beim geringsten Risiko einer Meuterei müssen wir mit aller Kraft zuschlagen.«

»Mhm. Ich werde meinen Job erledigen, macht ihr euren.«

Worte wie »nun gebt euch die Hand und vertragt euch wieder« paßten nicht zu dieser Bande; hier mußte man zufrieden sein, wenn man kein Messer in den Rücken bekam. Das Vorkommnis war in beiden Lagern gut für mein Image. Machec und Anhang waren überzeugt, in mir einen tüchtigen Mitstreiter zu haben. Was ich auch unternahm, sie würden überzeugt sein, daß ich wußte, was ich tat.

Der Mannschaft war nicht verborgen geblieben, daß Hodinsky mich am Wickel gehabt hatte, und sie waren dadurch noch sicherer, daß ich gegen die Übermacht und die Unterdrückung, die die Schiffsleitung repräsentierte, auf ihrer Seite stand. Die einfachen Seeleute fühlten sich wirklich unterdrückt. Der Klassenunterschied zwischen den Offiziersuniformen und den schmuddeligen T-Shirts der Mannschaft war enorm. Darin unterschied sich die »Carla« nicht von den meisten ausgeflaggten Schiffen; man betrachtet die Mannschaft als ein notwendiges Übel, dem man nach preußischer Manier absoluten Gehorsam abverlangt.

Auf den unter schwedischer Flagge fahrenden Handelsschiffen herrscht, wie in der gesamten Gesellschaft, Demokratie. Die Offiziere werden als Personen angesehen, die die Arbeit an Bord organisieren und anleiten. Sie haben kein Recht, einen Extraservice zu fordern, und sie tun es auch nicht. Sie reinigen zum Beispiel ihre Kabinen selbst, was bei ihren Kollegen unter den Billigflaggen Lachkrämpfe auslösen würde, wenn sie es erführen.

Für die Philippiner wurde ich so etwas wie ein Beichtvater für ihre Träume. Schweden war ein Märchenland, von dem schon viele gehört hatten, und wenn sie sich darüber unterhielten, entwickelte sich meine Heimat rasch zu einem sagenhaften Schlaraffia. Gab es wirklich keine Armut? Durfte man in den Zeitungen schreiben, was man wollte? Mußte man keine Angst vor der Polizei haben? Was die letzte Frage anging, machte ich eine gute PR für das Korps und beschrieb uns als eine Sammlung netter Damen und Herren, die Lutscher an Kinder verteilte und lieber sang, als den schlimmsten Ganoven, die wir hatten – also den Falschparkern – Verwarnungen auszusprechen. Natürlich hätte ein mieser Typ namens Ovengren Schlagzeilen gemacht, sagte ich mit dunkler Stimme, doch sei dieses faule Ei von einem Kommissar achtkantig hinausgeflogen. Vielleicht trug ich mit solcher Propaganda zur zukünftigen Einwanderung bei, aber sie waren willkommen. Sie wollten viel vom Leben – ein erträgliches Dasein ohne Furcht bei ihren Familien und mit Verwandten in Reichweite.

Mich betrachteten sie als einen sorglosen Bohemien, der einen Fehler gemacht hatte, als er auf der »Carla« anmusterte. Aber bei meiner Herkunft konnte ich den Fehler schnell korrigieren und zu meinem Märchenvolk zurückkehren. Sie gaben mir Fotografien und Adressen, und sollte ich je zu ihren Familien auf die Philippinen kommen, würde ein Hinweis auf unsere gemeinsame Reise genügen, und ein Bett zum Schlafen und ein Teller zu jeder Mahlzeit wären garantiert. Natürlich lud ich sie alle zu den selben Exzessen in Odlers Wohnung in Norsborg ein. Nur Chico wollte nichts von mir wissen; wenn er mich sah, ballte er die Fäuste und spuckte mich an, als hätte ich etwas Widerwärtiges oder Beleidigendes getan.

Mitten am Tag passierten wir die Meerenge von Gibraltar, die ein Nadelöhr ist, aber kein so enges, wie manche glauben. Wie Hiller vorausgesagt hatte, machten die unter Nationalflagge fahrenden Schiffe einen großen Bogen um die ausgeflaggten, weil sie wußten, daß das Personal dort großenteils inkompetent war und sich nicht an geltende Regeln hielt. Der Verkehr war ziemlich dicht, sowohl zwischen den beiden Meeren als auch zwischen den Kontinenten. Bis London waren es noch 1300 Seemeilen.

Hodinsky stand gemeinsam mit dem Ausguckposten auf der Brücke; wer von der Besatzung frei hatte, lehnte an der Reling und schaute zu den Küsten hinüber. Auf halbem Wege schien es eine Luftbarriere zu geben; der Atlantik grüßte mit kühlerem Wind. Hinter uns lag das Mittelmeer mit einem klaren blauen Himmel darüber, vor uns der Ozean, der von einer grauen Wolkendecke überspannt war.

Die »Carla« setzte ihre Fahrt nach Golgatha längs der spanischen Küste fort und visierte die Südwestspitze Portugals an. Der Atlantik präsentierte sich ganz anders als das Mittelmeer; er war kabbelig, und die Wellen hieben gegen den Schiffsrumpf, als wollten sie ihn bestrafen. Auch die Farbe des Wassers hatte sich geändert; die graubraungrünen, schaumgekrönten Wogen wirkten wie eine kompakte Masse. Im Vergleich dazu war das Mittelmeer ein Swimmingpool; der Wind konnte zwar die Wasseroberfläche kräuseln und auch ein Boot zum Kentern bringen, wenn man nicht aufpaßte, aber eigentlich war man sicher, den Beckenrand zu erreichen, wo der Kellner mit einem kühlen Drink wartete.

Der Atlantik war wie eine ständige Bedrohung der Existenz. Dieses Meer konnte nicht zum Freund, nicht einmal zum Bekannten werden; dieses Wasser duldete nicht, von Kielen zerschnitten zu werden, es wehrte sich, es stellte sich zum Kampf, mochte er noch so viele Runden dauern. Auch wenn man den Hafen unbeschadet erreichte – der Gegner ermüdete nicht, er hatte die Zeit auf seiner Seite. Früher oder später werde ich gewinnen, sagte der Atlantik zu seinem Trainer, und wenn nicht durch k.o., dann nach Punkten. Der Sieg gehört in jedem Falle mir. So ein Ozean gibt niemals wieder her, was er einmal genommen hat; er bewahrt seine Geheimnisse, und das Seufzen von Millionen Toten auf seinem Grund berührt ihn nicht. Ein schreckliches Meer, ein Gewässer, dem man gern opferte, um die blind rasenden Kräfte, die unter den wie Muskeln schwellenden Wellenbergen schlummerten, gnädig zu stimmen.

Sunny wußte wahrscheinlich nicht einmal, daß wir jetzt ein anderes Meer befuhren. Seine große Sorge war, jeden Tag etwas Eßbares auf den Tisch zu bringen. Das ewige Hammelfleisch war nicht mehr lange zu variieren; er mußte zu den ersten Rezepten zurückkehren und versuchen, sie mit anderen Soßen zu kombinieren. Sogar sein ganzer Stolz, die hohe, gestärkte Kochmütze, knickte zusammen und glich einem angeknabberten Baiser.

»Was hat Chico eigentlich gegen mich?« erkundigte ich mich, als ich an dem kleinen Tisch saß und einen einfachen Lunch zu mir nahm.

Sunny drehte sich zu mir, ohne die Kelle loszulassen, mit der er in seinem riesigen Topf herumrührte. Die Mütze hing auf den Segelohren, und die kleinen Augen wurden zu schmalen Schlitzen.

»Er hat nichts gegen dich«, antwortete er ausdruckslos.

»Doch, Sunny. Jedesmal, wenn er mich sieht, ballt er die Fäuste und spuckt aus.«

Sunny rührte und rührte, kostete und würzte kräftig nach.

»Sunny? Bist du noch da?«

Wieder kostete er, und diesmal nickte er zufriedener.

»Die Philippinen sind seit vielen Jahren eine starke und entwickelte Demokratie. Wenn man niemals eine Behörde kritisiert, sich vor jeder Uniform verbeugt und davonrennt, wenn sich ein Polizist zeigt, kommt man mit dieser Demokratie gut aus. Wenn man das Geld für eine kleine demokratische Bestechung hat, kann man sich eine Position verschaffen. Auch der Ärmste hat das Recht, Schmiergelder zu zahlen, das gehört zur Demokratie.«

»Sunny, wovon sprichst du?«

»Von meinem geliebten demokratischen Vaterland. Dort werden Isabella und ich zusammen leben und es allen recht machen und keinem auf die Füße treten und glücklich sein bis ans Ende unserer Tage. Ja, alle haben das Recht, im Namen der Demokratie als arme Kinder armer Eltern zu Armen heranzuwachsen. Den Reichen räumt man natürlich dieselben Rechte ein.«

»Chico ...«

»Er wählte die ärmste Schicht der Demokratie. In ihrer Weisheit hatte die Regierung beschlossen, daß alle Schulkinder eine Uniform tragen sollten. Da sich die Armen keine Uniform leisten können, bekommen ihre Kinder keine Ausbildung. Dahinter verbirgt sich sicher ein genialer Gedanke. Schade, daß ich in meiner Demut zu dumm bin, ihn zu erkennen. Vor der Küste, unweit von Manila, liegen ein paar Schiffe verankert. Ziemlich große; ein paar hundert Personen können auf ihnen leben. Es sind Schiffe für Jungen von sechs bis vierzehn Jahren. Manche wurden von ihren Eltern an die Unternehmer verkauft, andere haben keine Eltern mehr und wurden von verständnisvollen Erwachsenen hingebracht. Also von Erwachsenen, die Verständnis haben für die Neigung anderer Erwachsener zu kleinen Jungen.«

Das war nicht mehr der freundliche Sunny, aber wir haben ja alle mehrere Seelen in unserer Brust. Und diese wollte oder mußte jetzt hinaus.

»Chico kam an Bord, als er gerade sieben Jahre alt war, also noch ein kleines Kind. Kurze Zeit später war er kein Kind mehr. Er durfte in die demokratische Ordnung hineinwachsen. Diese Schiffe voller Jungen sind bei Pädophilen in der ganzen Welt bekannt. Dorthin kommen Männer, die Geld haben, um sich einen Knaben zu mieten und für einige Stunden oder Tage mitzunehmen. Sie kommen nicht aus Manila; unsere Reichen nutzen andere Kanäle. Nein, es sind Reiche aus den demokratischen westlichen Ländern, die glauben, daß sie mit einem asiatischen Jungen, für den sie bezahlt haben, machen können, was sie wollen. Chico durfte ihnen vom siebten bis zum vierzehnten Lebensjahr zur Verfügung stehen. Das waren sieben Jahre. Vierundachtzig Monate. Dreihundertvierundsechzig Wochen. Zweitausendfünfhundertzweiundvierzig Tage.«

»Du bist gut im Kopfrechnen«, murmelte ich bedrückt.

»Die Zahlen hat mir Chico genannt. Ihm hat sich jeder einzelne Tag eingeprägt. Nein, Johnny Swede, er haßt nicht dich. Er haßt alle Europäer, und du bist einer. Dich zu hassen, ist sein demokratisches Recht.«

»Warum unternimmt die Polizei nichts? Oder die Regierung?«

Sunny nahm den Topf von der Platte, stellte einen anderen darauf und füllte ihn zur Hälfte mit Wasser. Dann wartete er, daß es kochte.

»Auch in unserem Land gibt es Leute, die so etwas nicht mögen. Sie schließen sich sogar in Gruppen zusammen. Sehr undemokratisch! Auch aus anderen Ländern kommen Proteste und Anzeigen. Natürlich ermittelt unsere feine Polizei, aber die findet nie Beweise. Die Regierung sagt, es sei Sache der Polizei, und die Angelegenheit würde verfolgt. Doch die Schiffe sind immer noch da. Auch hohe Polizisten und Minister haben ein Recht auf Schmiergelder.«

Wir näherten uns Lissabon, und der Seeverkehr wurde dichter. Unmengen portugiesischer Fischerboote schwärmten zum Fischfang aus. Um meine Kenntnisse aufzufrischen, stieg ich an Deck und versuchte, die Schiffstypen zu identifizieren. Da waren Tanker, die nicht nur Öl, sondern alle Arten von Flüssigkeiten transportieren können, auch giftige. Kurz darauf sichtete ich RoRo-Schiffe und Spezialfrachter, die Erz, Kohle und Öl transportieren und OBO-Schiffe genannt werden. Es gab Schiffe verschiedenster Konstruktion, große und kleine, schlanke und bullige. Viele waren in einem schlechten Zustand, doch die »Carla« sah am erbärmlichsten aus.

Die Schiffe zu beobachten war Therapie und nichts anderes. Die Umstände hatten mich vorübergehend zum Seemann gemacht, aber mir fehlte jegliches Talent und Interesse für diesen Beruf. Nach vier, fünf Tagen auf See stand ich psychisch kurz vor dem Zusammenbruch.

Wo lagen meine Loyalitäten? Machec und seine Bande forderten volle Loyalität und glaubten, sie zu haben. Das Fußvolk war sicher, daß ich gegenüber jedem Besatzungsmitglied loyal war. Insgesamt gesehen gehörte meine Loyalität Hiller, doch darüber hinaus allen betrogenen und ausgenutzten Seeleuten, also auch der Mannschaft der »Carla«. Aber ich durfte ihr gegenüber nicht loyal sein; ich mußte sie betrügen, wie ich die Machec-Bande betrog. Ich war ein Dreifachagent, ich bestand aus verschiedenen Persönlichkeiten und mußte blitzschnell die Gestalt wechseln, je nachdem, wer gerade betrogen werden sollte. Nur Roland Hassel durfte nirgendwo auftreten. Ich hatte das Gefühl, Zigarettenasche im Gehirn zu haben.

Von der Küste Portugals ging unsere Fahrt durch die Biskaya zur Westspitze Frankreichs. Nun sah ich kein Land mehr, rundherum gab es nur Atlantik, gefährliches, stürmisches, drohendes Meer. Ich fühlte mich kleiner als ein Staubkorn im Universum. Marcos informierte mich, daß die Mannschaft beschlossen hatte, die »Carla« nach der Ankunft in London bei der britischen Seefahrtsinspektion anzuzeigen:

»Das Schiff muß aus dem Verkehr gezogen werden. Es leckt, alles ist verrottet. Die Instrumente funktionieren nicht, die Rettungsboote sind unbrauchbar. Machst du mit?«

»Selbstverständlich. Dieses Wrack ist nicht mehr seetauglich!«

Ich berichtete Machec von diesem Plan, und er war zufrieden:

»Ausgezeichnet! Ich nehme an, das war deine Idee. Geradezu brillant! Jetzt grübeln sie über ihre Anzeige und vergessen Aufruhr und Meuterei. Odler, mit uns wirst du reicher als Rockefeller!«

An einem frühen Morgen, so zeitig, daß der erste Lichtschein über dem Wasser gerade erst zu erahnen war, wurde ich von einem leichten Rütteln an der Schulter geweckt. Ich fuhr auf und sah Ortegas Gesicht im Schein einer Taschenlampe.

»Los, zieh dich an!« flüsterte er. »Hier ist der Schalldämpfer für die Pistole.«

»Werden wir …«

»Beeil dich. In zwanzig Minuten wird der verdammte Kahn gesprengt!«

11.

Die meisten Sachen hatte ich schon an; Ortega meinte, eine Jacke würde reichen. Als ich den Schalldämpfer aufschraubte, zitterten meine Finger vor Aufregung. Die Gedanken schossen mir durch den Kopf, ohne ein Ziel zu finden. Schossen ... durch den Kopf ... Seltsam, was mir so einfiel. Und wieso sprengen? Wie? Womit?

»Los, raus aufs Deck, nach steuerbord. Wenn du ein Aas siehst, zögere nicht.«

»Was soll ...«

»Quatsch nicht! Ich habe noch ein paar andere zu wecken.«

Ortega eilte hinaus und ich sah, daß er dicke Gummischuhe trug, die seine Schritte lautlos machten. Zögere nicht ... womit? Mein Körper war schwer und unwillig; die Pistole wog sicher hundert Kilo. Ich war deprimiert, wollte aussteigen, Schluß machen. Als Polizist hatte ich mich darauf eingelassen, für Interpol zu arbeiten und in fremde Identitäten zu schlüpfen. Ich hatte gelogen und betrogen, doch jetzt war mir, Rolle, dem kleinen naiven schwedischen Laienspieler, das Textbuch aus der Hand gefallen, und ich wußte nicht mehr, ob ich mich in einem Drama, einer Tragödie oder einer Farce befand.

Ich hielt den Lauf der Waffe gesenkt, als ich meine Kabine verließ. Außer denen, die auf der Brücke oder im Maschinenraum Dienst taten, schlief die Mannschaft um diese Zeit, doch ich vernahm leise, verdächtige Geräusche. Ich wußte nicht, wie ich mich verhalten sollte. Die Steuerbordseite war schließlich lang. Was würde mich dort erwarten? Plötzlich wurde die Tür zur Kombüse geöffnet, zu der verräucherten Schiffsküche, die mir in der einen Woche so vertraut und zur Zuflucht geworden war. Sunny trat heraus, in der Hand eine Bratpfanne, von der noch das Fett tropfte. Hinter ihm tauchte Chico auf. Er hielt ein langes Küchenmesser in der Hand und verzog das Gesicht, als er mich erblickte.

»Johnny Swede«, sagte Sunny erstaunt. »Was ist los?«

»Ich weiß nicht«, murmelte ich.

»Er weiß«, knurrte Chico drohend. »Er weiß ganz genau.«

»Johnny, was weißt du?«

»Nichts.«

Ich mußte die Buchstaben regelrecht herauswürgen. Zum Teil sprach ich die Wahrheit; ich wollte nichts wissen. Chico hob das Messer:

»Jetzt schneide ich dem Kerl die Leber raus!«

Er ging auf mich los, doch Sunny stand ihm im Weg, und er schubste ihn zur Seite, um vorbeizukommen. Sunny holte aus und schlug ihm die schwere Pfanne über den Schädel. Chico stürzte und blieb in dem engen Korridor liegen, das Messer wie einen Talisman gegen die Brust gepreßt. Sunny kniete sich neben ihn und sagte liebevoll:

»Verzeih mir, Chico, aber wir dürfen Johnny Swede nichts Böses tun.«

Plötzlich tauchte Strahl hinter der Biegung des Ganges auf. Auf Gummisohlen näherte er sich lautlos. Die Pistole mit dem Schalldämpfer wirkte in seiner Riesenfaust wie ein Spielzeug. Ohne zu zögern zielte er auf Sunny und drückte ab. Der Laut war dumpf, als würde man mit der flachen Hand auf ein Kopfkissen schlagen. Der Schuß schmetterte Sunny gegen die Wand, die Arme flogen auseinander, die Bratpfanne schepperte zu Boden. Sein Gesicht war keine verschrumpelte Rosine mehr, sondern eine blutige Masse.

»Gut, Odler, da haben wir jeder einen von dem Pack erledigt. Komm jetzt!«

Er packte mich am Arm, und ich folgte ihm widerstandslos auf Deck. Natürlich glaubte er, ich hätte Chico getötet, so wie er Sunny erschossen hatte. Das Aas Sunny. Das Pack Sunny. Den wunderbaren Sunny ...

Auf Deck lag einer der Leute aus dem Maschinenraum. Im Herztakt quoll Blut aus einer Wunde in der Brust. Ziegfelt winkte uns zu, und ich trabte wie willenlos hinter Strahl her. Von der Reling hing eine Leiter hinab. Ich konnte ein Boot mit Verdeck und einer Reihe Bullaugen an der Seite erkennen, es ähnelte einem kleinen Vergnügungsdampfer oder einem Fischkutter; was wußte ich, der ich nichts wissen wollte. Ein paar Männer hantierten mit Bootshaken, damit die Bordwände der Schiffe sich nicht berührten. Ich sah, daß Machec uns ein Handzeichen gab. Dann kletterte ich, gefolgt von Strahl, hinunter, und es war wie in einem Traum, den ich bereits geträumt hatte.

Im Boot saßen Machec, Ortega, Hodinsky und zwei Philippiner, die ich nicht mit Namen kannte. Es waren junge Männer; wie im Gebet hatten sie die Köpfe gesenkt und die Hände gefaltet. Ganz hinten lag das kleine Rettungsboot der »Carla« und sah surrealistisch aus, aber die ganze Szene schien ja eine von Dalis Halluzinationen zu sein.

»Los!« kommandierte Machec.

Sie stießen das Boot von der »Carla« ab und ließen den Motor leise tuckern. Es war ein ganz klein wenig heller geworden, aber dennoch war das ständig kabbelige Meer schwarz und drohend in seiner Unendlichkeit. Eine Horizontlinie war nicht zu sehen; alles verwob sich zu einem dunklen Leichentuch. Ein paar hundert Meter von der »Carla« entfernt wurde der Motor wieder abgestellt. Das Boot trieb nun mit den Wellen und Strömungen. Vom Deck der »Carla« winkten und schrien Besatzungsmitglieder zu uns herüber. Machec setzte sich neben mich und schien in bester Stimmung zu sein.

»Du hast genau so kaltblütig gehandelt, wie ich es von dir erwartet hatte«, lobte er.

»Mhm.«

»Kaltblütiger sogar als dein Bruder beim ersten Mal. Sonst ging es schmerzfrei. Du und Strahl, ihr habt jeder einen kaltgemacht, Ortega ein paar. Ein sauberer und ruhiger Job.«

Er schaute auf die Armbanduhr und pfiff leise durch die Zähne, und weil alles ein absurder, fast vergessener Traum war, lauschte ich der Melodie. War es nicht »Schwarze Augen«?

»Wo sind wir?« fragte ich. Meine Stimme hatte jeden Klang verloren, doch das merkte er nicht.

»Im Golf von Biskaya, ein gutes Stück vor der französischen Küste südwestlich von Brest. Hier führt keine der üblichen Routen vorbei.«

Plötzlich schienen viele der Leute an Deck wie von einer unsichtbaren Riesenhand durch die Luft geschleudert zu werden. Kurz darauf erreichte uns wie aus einem verschlossenen Schrank der dumpfe Laut der Explosion. Die Druckwelle riß meinen Kopf herum und dröhnte in den Ohren wie eine vibrierende Baßsaite. Die zweite Explosion brachte meinen ganzen Körper zum Beben. Gott im Himmel! Aber Gott antwortete nicht; er hatte wohl anderes vor.

Langsam, als ob das Schiff seinen Todeskampf demonstrieren wollte, hob es das Heck, so daß die Schrauben in der Luft drehten. Ich glaubte, sie surren zu hören, aber das war natürlich eine Illusion unter all den anderen. Der Kiel zeigte sich und drohte mit seiner scharfen Schneide, doch er konnte uns nichts tun; er glich einem zahnlosen Tiger.

Nun ragte das Schiff wie ein Ausrufezeichen in den grauen Himmel, und es wirkte wie ein wenn auch nicht stolzer so doch würdiger Protest. Die »Carla« vergoß keine Tränen; sie trug ihr Schicksal wie eine Frau. Vielleicht zehn Sekunden, vielleicht eine halbe Minute, Zeit läßt sich oft nicht mit gewöhnlichen Mitteln messen, stand sie so aufgerichtet, wie zu einer Präsentation. Meine Damen und Herren, verehrtes Publikum, sehen, staunen und bewundern Sie heute zum letzten Mal die »Carla« ohne Netz und doppelten Boden, und wenn Sie kräftig applaudieren, gibt es einen doppelten Salto als Zugabe …

Aber niemand klatschte Beifall, und irgendwann hatte der Atlantik den Balanceakt satt, denn er hatte schon neuere, bessere Nummern gesehen; das hier taugte nur noch für Kinder. Hätte nicht wenigstens ein Klageschrei vom Schiff herübertönen müssen, als es in die nasse Umarmung des Atlantik glitt? Aber die Lungen waren wohl schon voller Wasser – oder gesprengt. Schneller und schneller versank die »Carla«, als scheute sie das Licht, als wäre sie müde und hätte die Lust am Leben verloren, als sehnte sie sich nach einem Ruhebett für die Ewigkeit. So würde aus diesem müden Schiff einst ein Luxuskreuzer in der Inselwelt des Elysiums werden – oder auch nur ein Lastkahn auf dem Styx …

Plötzlich war die »Carla« verschwunden. Ein Wirbel, ein wenig Schaum, eine Woge, die von den Wellen des Meeres geglättet wurde, dann war alles vorbei. Ich zwinkerte und traute meinen Augen kaum. Etwas mußte doch bleiben, eine sichtbare Erinnerung, ein Astralkörper, irgend etwas. Doch die Wasseroberfläche war leer. Machec lachte und drehte den Daumen nach unten.

»Der Ozean ist hier dreitausend Meter tief. Habt ihr in eurem Land überhaupt so tiefe Meere, Odler?«

»Nein«, war alles, was ich herausbrachte.

»Tja, der Atlantik hat seine Vorteile. Okay, fahren wir los!«

Er gab ein Zeichen, und der Motor heulte auf. Nun brauchte er keine Angst mehr zu haben, von der Besatzung könnte jemand aufwachen. Die konnte niemand mehr wecken. Ich starrte weiter auf die Stelle, an der die »Carla« verschwunden war. Schwammen wirklich keine Menschen im Meer? Kämpfte in dem kalten, schwarzen Wasser niemand um sein Leben? Wie sehr ich mich auch anstrengte, ich konnte außer den Schaumkämmen auf den Wellen nichts entdecken.

Ich dachte an Chico mit seinem Haß, der keine Erlösung gefunden hatte und vielleicht niemals finden würde, einem Haß, der geboren, gesäugt, gefüttert und zu eiterigen Beulen ausgewachsen war, weil sich Yankees und Europäer – Deutsche, Briten, Schweden – mit dicken Brieftaschen die Befriedigung ihrer perversen Neigungen erkauften. Das letzte, was er in seinem von anderen vergeudeten Leben gesehen hatte, war ich gewesen. Im Gegensatz zu Sunny mußte er glauben, daß ich des Geldes wegen töten wollte.

Ich dachte an Sunny, den glücklichen Sunny mit der warmen Seele und dem wachen Verstand, der sein Leben als Oberhaupt seines Clans mit seiner Isabella und den Kindern und Enkeln beschließen wollte. Nachdem er mir das Leben gerettet hatte, mußte er mit seinem bezahlen, weil er zu Johnny Swede gehalten hatte, dem unechten, dem falschen, dem heuchlerischen Freund, der behauptete, Steward zu sein. Hammelfleisch hatte er zuletzt zubereitet; jetzt war Fischfutter aus ihm geworden. Und ich dachte an Marcos und all die anderen mit ihren Träumen und Hoffnungen; jetzt waren sie in dreitausend Metern Tiefe in ständiger Dunkelheit.

Auf das, was geschieht, nicht reagieren, hatte Hiller mir eingeschärft, nur mitspielen und Informationen sammeln. Was, hatte ich geglaubt, würde passieren? Sprengung, natürlich, das war ja die Voraussetzung, aber in meiner vernebelten schwedischen Seele, geformt von Tradition und Humanismus, in der dem Leben Wert und Bedeutung zukam, hatte ich mir eingebildet, die Leute würden in die Rettungsboote eilen und davonkommen, während das Schiff unterging. Kessel, hatte ich gelernt, können explodieren und die Mannschaft kann bezeugen, daß es so war. Ich großer verdammter Idiot hatte nicht zu Ende gedacht, hatte mir einen kaltblütigen Massenmord nicht vorstellen können. Nach all den Lektionen bei Hiller hätte ich eigentlich etwas ahnen müssen, doch es ist ein Unterschied zwischen einer Ahnung und einer konkreten Vorstellung.

Wie viele waren ermordet worden? Im stillen rechnete ich schnell durch. Ich kam auf sechsundzwanzig. Über zwei Dutzend Leben, die ... nein, sechsundzwanzig, keine diffusen Mengenangaben; jedes Leben zählte gleichermaßen. Sechsundzwanzig Menschen! War ich schuld daran? Hätte ich die Katastrophe verhindern können? Wäre mein Auftraggeber dann enttäuscht gewesen? Wie wichtig war die Aufgabe im Verhältnis zu dem, was ich mit eigenen Augen gesehen hatte? Egal, was noch geschehen würde, die sechsundzwanzig Seeleute waren nicht mehr zum Leben zu erwecken. Hatte ich mich also an einem Massenmord beteiligt?

Der Motor wurde abgestellt und das kleine Rettungsboot der »Carla« vorsichtig zu Wasser gelassen. Man half den beiden jungen Philippinern, die beharrlich zu Boden starrten, auf die Ruderbank. Sie hatten sich ihre Leben für Geld erkauft, und ich konnte sie deswegen nicht tadeln. Aus Armut waren sie zu Handlangern der Bande geworden. Auch sie hatten wohl ihre Träume von einem gesicherten Dasein mit Frau und Kindern.

Machec flüsterte ihnen die letzten Instruktionen zu. Sie lauschten und nickten, schauten jedoch kein einziges Mal auf. Wieder starteten die Motoren, doch das Boot fuhr nur ein Stück weiter, um erneut zu stoppen. Strahl warf etwas ins Wasser, das wie ein kleiner Feuerlöscher aussah und an der Oberfläche schwamm.

»Der Notsender der ›Carla‹«, sagte Machec, nicht als Erläuterung für mich, denn als echter Seemann hätte ich das sowieso gewußt, sondern als Beginn einer Erklärung, warum der Sender gerade hier ausgesetzt wurde. »Ungefähr hier sind bereits viele Schiffe untergegangen. Mit anderen Worten, unter uns befindet sich ein Schiffsfriedhof. Da ist unser alter Schrotthaufen gut aufgehoben.«

Als wir weiterfuhren, schaute ich, solange es ging, nach dem kleinen Boot mit den beiden Philippinern. Zuerst sahen sie rührend aus, zwei einsame Wesen in einer Nußschale, nur vom Meer umgeben, mit zerbrechlichen Rudern gegen die Wellen kämpfend. Doch dann wurde mir wieder bewußt, daß sie an der Tat beteiligt waren, und die Szene verlor an Pathos. Ihre Gesichter konnte ich nicht erkennen, nur ihre schwarzen Haarschöpfe, denn sie hielten die Köpfe weiterhin gesenkt. Woran dachten sie? Daß sie ihre Seelen dem Teufel verschrieben hatten?

Die anderen machten es sich bequem, indem sie Decken ausbreiteten und Kissen zurechtlegten. Machec schrieb eifrig Notizen auf einen Block, der in einer Lederhülle steckte. Die Besatzung des Bootes bestand aus fünf relativ jungen Männern unbestimmbarer Herkunft; sie trugen Jeans und T-Shirts.

»Ich bin müde«, murmelte ich.

Machec schaute auf und lächelte mich aufmunternd und väterlich an; sein Schüler hatte sich gut gehalten und würde auf dem Zeugnis eine Eins bekommen.

»Dann schlaf jetzt. Wir haben noch eine lange Reise vor uns.«

Träge wie eine pensionierte Schildkröte, der vom Arzt Rheumatismus bescheinigt wurde, versuchte ich, mir ein Ruhelager zu bereiten, doch ich hätte auch auf einem Nagelbrett schlafen können. Ich war Gast bei einer Wirklichkeit, die ich nicht anerkennen wollte. In meinem blöden schwedischen idyllischen Bullenschädel trieben die Traumschleier wie Nebelbänke dahin; sechsundzwanzig Tote, Ermordete, Umgebrachte, Erschossene, Gesprengte, Ertränkte, nein, das konnte keine Realität sein, und ich war auch nicht dabeigewesen; ich war unschuldig, ich war ein netter Kriminalinspektor, der allen nur Gutes tat, und jetzt wollte ich schlafen, in die Ohnmacht versinken, die Luken dicht machen.

Als ich abrupt erwachte und hochschreckte, lag das Boot an einem steinernen Kai, von dem vier Pontonstege abgingen. Viele Fahrzeuge, von der Vergnügungsjacht bis zum Fischkutter, hatten daran festgemacht. Es war Nachmittag – oder Vormittag? Der Himmel war jedenfalls klar, nur vereinzelte Wolken trieben im Blau. Menschen promenierten am Wasser entlang; sie waren gut gekleidet, also schienen wir nicht in Rußland zu sein. Von der Mörderbande war nur noch Machec an Bord; dazu kamen drei von der Besatzung. Machec hatte ein Tablett mit Butter, Brot, gekochtem Schinken und Eiern sowie einer Thermoskanne vor sich. Ein benutzter Teller und eine halbleere Tasse Kaffee zeugten davon, daß Mördern der Appetit nicht vergeht.

»Morning. Wie fühlt man sich, wenn man einen ganzen Tag geschlafen hat?«

Es war also Vormittag. Die Antwort lautete eigentlich »Wie ein Sack verfaulter Kartoffeln«, doch der gierige Odler mußte klingen wie das arme Schneiderlein, das sich soeben mit der hübschen Tochter des Meisters verlobt hat. Ich weiß nicht, wie ich das Grinsen zustande brachte, und obwohl mir zum Kotzen zumute war, schmetterte ich frisch und frei:

»Phantastisch! Wann gibt's die Kohle?«

Er verstand meine Frage. So wie er beschaffen, so wie angeblich auch ich beschaffen war, wären alle anderen Fragen unnatürlich gewesen.

»Genau darüber wollte ich mit dir reden, und deshalb bin ich an Bord geblieben. Wie willst du die Moneten haben?«

»Cash, wenn du nichts dagegen hast.«

»Zuviel Bargeld kann gefährlich werden.«

»Einen Teil investiere ich in eine Wohnung. Bei unserem Steuersystem kontrolliert das keiner.«

Er nickte und kannte sich also, wie vermutet, mit der schwedischen Steuerbürokratie überhaupt nicht aus.

»Was ist der Trick dabei?«

»Man kann die Wohnung über eine Hypothek beleihen und erhält so weißes Geld. Außerdem steigt die Wohnung im Wert. Was übrigbleibt, verteile ich auf Konten in verschiedenen Ländern.«

Falls ihn das Odler'sche Finanztalent beeindruckte, zeigte er es nicht, aber es klang wohl plausibel, denn er hatte keine Einwände.

»Wir werden vorteilhafte Konten für dich einrichten, mach dir keine Sorgen. Du bekommst das Geld in englischen Pfund ausgezahlt. Kannst du sie selbst einwechseln?«

»Klar, in kleinen Mengen auf verschiedenen Banken. Kein Problem. Wo sind wir eigentlich?«

»Der Ort heißt Slyton, liegt in der Lyme Bay. Es ist nicht weit bis Weymouth.«

Mit anderen Worten, wir befanden uns an der englischen Südküste. Ich winkte ab, als wäre mir die Gegend bei näherer Betrachtung wohlbekannt. Die gute alte Lyme Bay, ja ja.

»Was geschieht jetzt?« erkundigte ich mich.

Machec klopfte mir auf die Schulter, stand auf und zeigte seine weißen Zahnreihen. Er war sehr zufrieden mit mir. Hätte er einen Sohn gehabt, wäre es wohl sein Wunsch gewesen, ihn nach meinem Vorbild zu formen, denn ich war ja ein so tüchtiger Killer.

»Ich fahre nach London und treffe ... ein paar Leute. Du wartest hier an Bord, bis ich zurück bin. Du darfst nicht an Land gehen. Die Jungs holen das Essen für dich. Magst du englisches Bier?«

»Guinness.«

»Guter Geschmack. Bestell dir einfach welches.«

Sportlich schwang er sich über die Reling und lief zu den Hafengebäuden hinauf. Wenn er nach London fuhr, mußte ich versuchen, ihn zu beschatten. Während meiner Zeit auf der »Carla« hatte ich fast nichts erreicht. Die Männer, die sich hinter Decknamen versteckten, waren weiterhin Unbekannte für mich. Als echte Profis hatten sie sich nicht ein Mal verraten. Auch an Papiere, die Hiller und seiner Gruppe helfen konnten, war ich nicht herangekommen. Ich war Zeuge eines Massenmordes geworden, konnte jedoch nicht sagen, wer ihn begangen hatte. Nun war meine einzige und sicher allerletzte Chance gekommen.

Die drei von der Besatzung eilten sofort herbei, als ich mich unverhofft auf den Boden warf, stöhnte und mich vor Schmerzen krümmte. Einer trat näher und erkundigte sich in fehlerhaftem Englisch:

»Stimmt etwas nicht mit dir?«

»Die Nieren! Ich brauche Medizin!«

Erst kroch ich auf allen Vieren, dann kniete ich mich hin, schwankte wie ein Betrunkener und preßte die Hände in der Beckengegend auf den Rücken. Dabei versuchte ich auszusehen, als würde ich alle Qualen der Welt erleiden.

»Ich muß zum Arzt … oooooh!«

Ich wankte auf den Landungssteg zu, doch die anderen beiden stellten sich mir in den Weg. Ich sah jedoch, daß sie unsicher waren, wie sie sich verhalten sollten.

»Laßt mich durch«, wimmerte ich zum Gotterbarmen.

Der zuerst mit mir gesprochen hatte, führte auch weiter das Wort; vielleicht beherrschten die anderen beiden die Sprache nicht.

»Du sollst hierbleiben!

»Oooooh! Bist du Arzt?«

»Was? Nein, aber …«

»Wenn ich nicht bald zu einem Arzt komme, werde ich sterben, und dafür trägst du die Verantwortung.«

Er biß sich auf die Lippen und schaute die anderen an, erhielt aber keine Unterstützung. Offenbar war er der Anführer und hatte die Entscheidungen allein zu treffen.

»Ich kann die Medizin holen, wenn du …«

»Das muß der Doktor entscheiden.«

»Ich könnte vielleicht …«

»Zum Teufel, ich muß ihm ja wohl die Nieren zeigen! Oder wolltest du sie mir aus dem Körper schneiden und hinbringen?«

Ohne auf eine Antwort zu warten, jammerte ich mich näher an den Landungssteg heran. Sie wagten nicht, mich aufzuhalten. Zum ersten Mal seit einer Woche fühlte ich wieder festen Boden unter den Füßen. Die Hände weiterhin auf den Rücken gelegt, wankte ich auf die Straße zu, in der Machec verschwunden war. Sobald ich außer Sichtweite des Bootes war, eilte ich in der Deckung der Hauswände weiter und hielt nach dem falschen Kapitän Ausschau.

Er stand an einer Kreuzung auf dem Bürgersteig und sprach

in ein Mobiltelefon. Gleichzeitig wanderte sein Blick zu einer Straße, und ich vermutete, daß von dort ein Auto kommen und ihn abholen würde. Ein Mann mit einem üppigen Walroßschnurrbart öffnete die Tür zum Pub »The lion and the ploughman«, und sein kugelrundes Bäuchlein war eine gute Reklame für das Bier. Ein paar Jugendliche kehrten sogleich in die Kneipe ein, während ein Stück weiter ein älterer Ford Escort in eine freie Parklücke einbog. Ein paar Herren gehobenen Alters, die man instinktiv als Gentlemen bezeichnen konnte, stiegen aus und steuerten den »Lion« an; Pensionäre, die das Gute im Leben zu schätzen wußten. Vor dem Eingang blieben sie stehen und lasen die Tageskarte von einer Tafel ab. Ihrem Gespräch entnahm ich, daß sie zuerst essen und dann beim Dart-Spiel entscheiden wollten, wer die Rechnung bezahlen mußte.

Der Besitzer hatte den Escort nicht abgeschlossen, denn ein Gentleman traut seinen Mitmenschen einen Autodiebstahl nicht zu. Ich öffnete die Tür und setzte mich hinter das Lenkrad, ohne mich dabei verstohlen umzusehen. Den Schlüssel hatte er mitgenommen; vielleicht vertraute er seinen Nächsten doch nicht ganz hundertprozentig. Es war ein einfacher Ford ohne Sicherheitseinrichtungen. Ein schwedischer Halbwüchsiger, der in eine normalschlechte Gesellschaft geraten war, hätte ihn in zehn Sekunden kurzgeschlossen und gestartet. Ich brauchte eine knappe Minute, aber ich war auch nicht in Übung. Auf dem Beifahrersitz lag eine karierte Sportmütze, die ich mir aufsetzte und tief ins Gesicht zog. Was ich sagen würde, wenn die Gentlemen es sich anders überlegten und zum nächsten Pub fahren wollten, wußte ich noch nicht. Manchmal muß man ganz aus der Situation heraus handeln.

Ein rotlackierter Rover hielt an, ließ Machec einsteigen und fuhr sofort weiter. Vorsichtig parkte ich aus und ordnete mich fünf oder sechs Fahrzeuge hinter dem Rover ein. Ich war nervös, weil ich an den Linksverkehr nicht gewöhnt war und ständig umdenken mußte. Wie weit es bis London war, wußte ich nicht, doch der Tank war drei Viertel voll; das mußte reichen.

Im Handschuhfach entdeckte ich eine Sonnenbrille, die ich benutzte, um meine Tarnung zu vervollständigen. Leider hatte mir der Besitzer keine Pfundscheine oder Münzen hinterlassen – ich hätte, ohne zu zögern, alles gestohlen. Mit dem Autodiebstahl hatte ich die Grenze überschritten. Und für einen, der an einem Massenmord an sechsundzwanzig Menschen teilgenommen hatte ... Der Gedanke schnürte mir die Kehle zu. Sunny, Sunny, du hast mir das Leben gerettet ... Nein, das mußte ich verdrängen; ich durfte nur an meinen Auftrag denken.

Nach und nach wurden die Straßen breiter und der Verkehr dichter. Wir fuhren durch Ortschaften, die ich kaum wahrnahm, weil ich mich darauf konzentrieren mußte, auf der richtigen Straßenseite zu bleiben. Wimborne Minster, Lyndhurst, Romsey, Straßen und Kreuzungen und große Kirchen, aber ich registrierte sie nur aus den Augenwinkeln und war froh, daß der Rover eine so auffällige Farbe hatte und dadurch leicht zu verfolgen war. Wenn er wollte, konnte er den Escort in wenigen Augenblicken hinter sich lassen, doch im Reich der Briten fährt man weich und ruhig, und außerdem rechnete wohl niemand damit, beschattet zu werden.

Die Stunden vergingen, und wir näherten uns der Weltstadt. Der Verkehr wurde immer dichter, bis wir schließlich nur noch dahinschlichen. Ich kannte London ein wenig, weil ich einmal dienstlich dort gewesen war; Virena hatte mich auf eigene Kosten begleitet. Doch Auto war ich in diesem Großstadtdschungel noch nie gefahren. Das Risiko, mit dem dunkelgrauen Escort im dichten Verkehr aufzufallen, war verschwindend gering, also hielt ich mich ran, bis nur noch drei Fahrzeuge zwischen uns waren.

Im Zentrum kannte ich mich einigermaßen aus. Der Rover fuhr über Embankment in Richtung Charing Cross, bog dann scharf nach links ab und hielt vor der Einfahrt eines Parkhauses. Eine Hand zog ein Billett, dann glitt der Wagen sanft die Betonauffahrt hinauf. Ich stellte den Escort dort ab, wo garantiert kein Auto stehen durfte, und schaltete den Motor aus, indem ich die Kabel trennte. Im Seitenfach der Tür steckte eine alte Zeitung, und ich nahm sie mit. In alter Fahndermanier postierte ich mich in einem Eingang schräg gegenüber von dem Parkhaus und hielt den »Mirror« vor das Gesicht. Über der Zeitung waren lediglich die karierte Sportmütze und die Sonnenbrille zu sehen.

Da ich das Blatt so dicht vor Augen hatte, konnte ich die Schlagzeilen gar nicht übersehen. Aha, ein deftiger Doppelmord in einem Vorort; außerdem war eine junge Frau in ihrem Reihenhaus geschlachtet worden. Mord und Mord und Mord. Mord zu Lande, Mord zur See, Mord überall, wo sich Menschen an die Kehle springen, wo man auch nur eine lumpige Krone am Tod eines anderen verdienen konnte. Leider gab es dafür allzu viele Möglichkeiten.

Machec kam aus dem Parkhaus und blieb stehen, um sich eine Zigarette anzuzünden. Offenbar wartete er auf den anderen. Dann trat der Mann hinzu, und er war kein Fremder für mich. Leon hatte einen Zigarillo zwischen den Lippen und schien sich sehr wohl zu fühlen. Kein Wunder, Machec hatte ihm sicher bereits berichtet. Leon schaute sich in der Gegend um. An mir blieb sein Blick hängen. Er starrte mich geradezu an. In meinem Inneren fühlte ich, daß er mich erkannt hatte.

12.

Leon beugte sich zu Machec und flüsterte etwas. Ich war auf dem Sprung, wie ein Kaninchen davonzurennen. Wenn sie mich hier verkleidet und hinter einer Zeitung versteckt erwischten, mußten sie daraus schließen, daß ich hinter ihnen her war. Dafür konnte ich keine plausible Erklärung finden, trotz meines überzeugenden Auftritts auf dem Schiff. Wenn sie zu mir herüber kamen, ging es um Leben oder Tod, und ich spürte, wie sich meine Beine instinktiv zur Flucht wandten.

Dann wanderte Leons Blick weiter, er lachte über Machecs Antwort, und sie schlenderten in Richtung des Bahnhofs Charing Cross. Meine natürliche Angst hatte mir eingeredet, er hätte mich entdeckt, dabei war klar, daß auch er nicht durch eine Zeitung schauen konnte. Ich blieb stehen und starrte in den »Mirror«, bis sie fast am Ende der Straße waren. Dann erst faltete ich das Blatt zusammen und schlich ihnen auf der gegenüberliegenden Seite hinterher. Vor Nervosität brach mir der kalte Schweiß aus; gleichzeitig fühlte ich mich, als hätte ich Fieber. Ich war weit davon entfernt, psychisch ausgeglichen zu sein, und das wirkte sich auf mein körperliches Befinden aus.

Die beiden hatten es nicht eilig, und aus ihren Gesten konnte ich erkennen, daß sie sich angeregt unterhielten. Tabakwolken stiegen über ihren Köpfen auf und mischten sich mit den Abgasen der Großstadt. Nicht einmal die patriotischsten Londoner behaupten, daß es gesund sei, in dieser Stadt zu leben, aber sie ist es wohl wert, daß man einige hygienische Nachteile in Kauf nimmt.

Worüber sprachen sie? Über all die Millionen, die sie mit ihren Sprengungen verdient hatten? Waren sie neidisch auf ihre Auftraggeber, die mit der Geschäftsidee ihrer Untergebenen noch viele Millionen mehr einsackten? Sechsundzwanzig Tote ... An die verschwendeten sie keinen Gedanken; sie rauchten und taten, als gehörte ihnen die Stadt. Mein Fieber entwickelte sich zu einem rasenden Haß auf diese beiden Männer, einem Haß, wie ich ihn noch nie gefühlt hatte, einem Haß, der auch durch mein Schuldgefühl genährt wurde – ich hatte nicht verhindert, daß Sunnys Frau Isabella zur Witwe geworden war.

Sie kamen an einer großen Herrenboutique vorbei, blieben vor dem letzten Schaufenster stehen und schienen über die exklusiven Anzüge zu diskutieren. Geld hatten sie genug. Warum nicht den ganzen Laden kaufen und in Ruhe aus dem Lager wählen? Machec warf seine Zigarette nach der einen, Leon seinen Zigarillo nach der anderen Seite, und sofort wurde die Londoner Luft ein bißchen sauberer. Ich stoppte vor dem »Strand Hotel« auf der anderen Straßenseite und studierte die Preistafel. Wie in einem Spiegel konnte ich sie beobachten, und als sie ihre Promenade fortsetzten, mischte ich mich wie ein Flaneur unter die Menge.

Sie liefen fast bis zu der Kirche in der Mitte von Aldwichs Rondell, die Virena und ich damals aus Neugier besichtigt hatten, betraten jedoch kurz davor am Somerset House ein Bürogebäude. Der Eingang war offen, und so bemerkte ich, daß sie den rechten Aufgang nahmen. Leider verlor ich wertvolle Sekunden, weil ich wegen des dichten Verkehrs nicht schnell genug die Straße überqueren konnte. Wütend wartete ich, bis die Ampel umgeschaltet hatte, und rannte dann los.

Der Aufgang hatte Glastüren, dahinter saß an einem Tisch ein uniformierter Wachmann. Er schaute mich so zuvorkommend höflich an, wie es nur ein Engländer gegenüber einer Person, von der er glaubt, daß sie eigentlich in einer Mülltonne wohnt und von Kellerasseln lebt, fertigbringt. Wie sollte ich fragen? Ich wagte nicht, allzu direkt zu sein, denn er konnte auf die Idee kommen, den beiden wohlgekleideten Männern, die sicher zu den geschätzten Gästen des Hauses gehörten, von meinem Auftauchen zu berichten. Ich versuchte es mit einem kumpelhaften »Helloh«, aber damit war ich wohl auf dem falschen Dampfer. England ist eine uralte Demokratie, aber man sollte wissen, wo die unsichtbaren Grenzen verlaufen, damit man die Nuancen versteht. Doch darauf hatte ich mich noch nie verstanden.

»Nun, ich suche ein Unternehmen, das in diesem Haus ansässig sein soll.«

»Ja, Sir?«

»Es heißt Fox Limited.«

»Aha.«

»Verkauft Fahrstühle.«

»Ach ja?«

»Kann ich hinaufgehen und nach der Firma suchen?«

»Das ist leider nicht gestattet.«

Ich lächelte und hoffte, vertrauenerweckend auszusehen, sah aber sofort ein, daß ein Mann, der wie ein Obdachloser gekleidet ist, eine karierte Sportmütze auf dem kahlen Schädel hat, eine schlechtsitzende Sonnenbrille und einen struppigen Bart trägt und außerdem noch mit ausländischem Akzent spricht, einem Briten niemals Vertrauen einflößen kann. Wahrscheinlich bekam er eher Lust, den nächsten Bobby zu alarmieren.

»Kannst du keine Ausnahme machen?«

Er wirkte immer noch verbindlich, doch ein Heben der Augenbrauen um einen Millimeter deutete an, daß ich absolut zuviel verlangte. Es wäre einfacher gewesen, ihn zu bitten, den Mond vom Himmel zu holen.

»Leider nicht. Noch etwas, Sir?«

»Wenn ich nur …«

»In diesem Bürogebäude residiert kein Unternehmen, das Fox Limited heißt.«

»Bist du ganz sicher? Ich meine, hier muß es doch so viele verschiedene Firmen geben, daß …«

»Ganz sicher. Aber Sie können die Namensschilder am Eingang gern selbst studieren.«

»Kannst du mir vielleicht einen Zettel und einen Stift leihen? Ich schreibe mir die Firmen auf. Vielleicht hat mein Chef ein paar Buchstaben verwechselt.«

Schweigend reichte er mir einen Kugelschreiber und ein Informationsblatt, dessen Rückseite unbedruckt war. Weiter wagte ich nicht zu gehen; außerdem mußte ich mich beeilen, weil die beiden jeden Moment zurückkommen konnten. Neben dem Eingang waren die Firmenschilder auf einer großen Tafel befestigt, und während ich sie in Windeseile abschrieb, versuchte ich, mir die Namen einzuprägen, indem ich sie halblaut vor mich hin sprach. Er erhielt seinen Kugelschreiber zurück und sah überrascht aus. Das hatte er wohl am wenigsten erwartet.

Der Escort stand noch da, und ich setzte mich hinein, ohne Aufsehen zu erregen. In der kaleidoskopischen Welt von London muß man schon drei Köpfe haben, am besten in verschiedenen Farben, damit die Leute reagieren, aber nicht einmal das ist sicher.

Während ich den selben Weg, den ich gekommen war, zurückfuhr, fühlte ich, wie hungrig ich war. Wie lange hatte ich nichts gegessen? Doch Hunger ist nur Hunger. Aus Erfahrung wußte ich, daß das Ziehen im Magen nach einer Weile wieder nachläßt, um wellenartig wiederzukehren. Mit jedem Mal steigert es sich, bis die Symptome des Verhungerns auftreten. Ich hatte nicht einmal das Geld, um mir ein Sahnebonbon zu kaufen, nichts, um es gegen Bares einzutauschen. Niemand gab mir Kredit; ich war faktisch bettelarm. Am liebsten wollte ich Hiller in Schweden anrufen, aber … Plötzlich fiel mir ein, daß ich ja ein collect call anmelden konnte, bei dem der Angerufene die Kosten übernahm. Am wichtigsten waren jetzt die Namen der Firmen, die ich aufgeschrieben hatte. Ich nutzte die nächste Parkmöglichkeit, um noch einmal alle Fächer und Winkel im Auto zu durchsuchen. Der Gentleman besaß nicht weniger als drei Kugelschreiber mit verschiedenen Werbeaufdrucken.

Ein mit »Hugh W. Lawson« beschriftetes Kuvert enthielt eine Quittung von einem Verein. Auf den Zettel mit den Firmennamen schrieb ich: »Carl, überprüfe diese Unternehmen. Eines könnte mit der Organisation in Verbindung stehen. ›Carla‹ gesprengt, 26 Mann ermordet. R.H.«. Es gelang mir, das Kuvert wieder zuzukleben. Dann strich ich die alte Adresse durch und setzte Hillers darüber. Im nächsten Ort suchte ich einen Briefkasten, sendete ein Stoßgebet zum Himmel und warf das Kuvert ein.

Am späten Nachmittag kam ich wieder in Slyton an. Die Tankanzeige war längst ins rote Feld gefallen. Ich stellte den Escort in einer Nebenstraße ab, und Mr. Lawson durfte sogar seine karierte Sportmütze behalten. Eine wichtige, für einen Kriminellen geradezu elementare Aufgabe hatte ich noch zu lösen – mir ein Alibi zu verschaffen. Wieder war eine Rolle zu spielen, eine neue Gestalt, ein neuer Charakter mußte erschaffen werden. Nahm das nie ein Ende? Ich fühlte mich hohl wie eine Tonne. Eine Frau kam vorbei. Sie trug eine Tüte mit Lebensmitteln; das bedeutete, daß sie wahrscheinlich im Ort wohnte.

»Entschuldigen Sie«, begann ich. »Wissen Sie vielleicht, wo es hier in Slyton einen Arzt gibt?«

»Wir haben ein paar. Versuchen Sie es mit Doktor Harris. Seine Praxis ist in der gelben Villa in der zweiten Querstraße rechts.«

»Er ist doch hoffentlich nicht so ein junger Spund ... Sie wissen, was ich meine.«

Die Dame wußte sehr wohl, was ich meinte; sie hatte die Fünfzig gut hinter sich und konnte einen jungen Arzt, der vielleicht mit ihrem Sohn gespielt und dem sie einst die Nase geputzt hatte, nicht ernst nehmen. Es ist in allen Ländern dasselbe. Junge Menschen haben es schwer, den Respekt der Älteren zu erringen, und wenn sie ihn haben, sind sie nicht mehr jung.

»Doktor Harris ist eigentlich bereits pensioniert, aber wir lassen ihn nicht gehen. Er ist so verständnisvoll. Wahrscheinlich müssen Sie eine Weile warten, bis sie dran sind, aber so ist es nun einmal, wenn ein Arzt beliebt ist.«

Die gelbe Villa war aus Holz, alt, geräumig und gut erhalten – eine perfekte Kombination von Wohnung und Praxis für einen allgemeinen Arzt in der Provinz. Der Garten war von einem Hobbygärtner liebevoll gepflegt. In diesem Teil des Landes hielten sich während der Touristensaison sicher viele Leute auf; jetzt hatten die Ortsansässigen ihren geschätzten Doktor ganz für sich allein.

Im Warteraum saßen etwa dreißig Personen, zumeist Frauen im gehobenen Alter, aber auch ein paar kränkliche, düster dreinblickende Männer, die wohl hofften, sich mit Mixturen noch ein paar Lebensjahre erschleichen zu können. Ich stellte mich mit gekreuzten Armen direkt vor die Tür und erwiderte die Blicke der Patienten, die mich aufmerksam musterten. Was sie sahen, schien ihnen nicht zu gefallen, und das konnte ich gut verstehen. So wandten sie sich wieder ihren Illustrierten zu oder unterhielten sich flüsternd über Medikamente und Operationen.

Aus dem Allerheiligsten trat eine weiß gekleidete Krankenschwester von der mütterlichen Sorte, wie sie so eine Praxis erforderte. Sie stützte eine ältere Dame am Arm, streichelte ihr tröstend die Hand und führte sie zu einer jüngeren Frau, wahrscheinlich die Tochter. Dabei überreichte sie ein Rezept, und ich schnappte Worte wie »stärkend« und »beruhigend« auf. Die Schwester schaute auf ihre Liste, und alle im Wartezimmer starrten sie an, als erwarteten sie ein Kartenkunststück.

»Ah ja, bitte, Mrs. Fitzroy!«

Eine Frau erhob sich und zog ein Gesicht, als hätte sie den Hauptgewinn gezogen, doch ich stapfte quer durch den Raum und brüllte:

»Stopp, jetzt bin ich erst mal dran, ich warte schon über vier Stunden!«

Mrs. Fitzroy erstarrte mitten in der Bewegung, und es entstand ein komischer Effekt, denn halb sitzend, halb stehend glich sie einem weiblichen Glöckner von Notre Dame. Die Krankenschwester schaute mich verblüfft an und schien an große, laute Typen mit rasiertem Schädel und Banditenschnurrbart nicht gewöhnt zu sein.

»Sie stehen nicht auf der Liste und müssen …«

»Über vier Stunden! Das lasse ich mir nicht gefallen!«

Instinktiv trat sie zur Seite. Ich stürmte vor und riß die Tür zum Behandlungszimmer auf. Die Schwester trippelte hinterher; sie war sicher böse auf mich und machte sich Sorgen um den Doktor. Harris strahlte die freundliche Sicherheit aus, die man von einem Medizinmann erwartet, egal ob man drei oder hundertdrei Jahre alt ist, onkelhafte Freundlichkeit gepaart mit der bewunderten Autorität einer Vaterfigur. Ohne zu zögern ließ ich mich auf dem Besucherstuhl nieder und warf Harris einen stechenden Blick zu.

»Wie können Sie einen Patienten vier Stunden warten lassen! Mit meinen Schmerzen! Wollen Sie, daß ich durchdrehe, oder was?«

Der Arzt wandte sich der Schwester zu, die ihm die Liste zeigte.

»Er hat sich überhaupt nicht angemeldet.«

»Na hören Sie mal«, zischte ich wütend. »Woher soll ich denn wissen, wie das hier geht? Hätten Sie mich nicht fragen können? Bin ich vielleicht unsichtbar?«

Drohend beugte ich mich zu Harris hinüber und redete von Mann zu Mann:

»Wenn ich kein schmerzstillendes Mittel bekomme, reiße ich das Haus ein. Kümmert man sich in diesem Land nicht um Leute, denen es dreckig geht?«

»Natürlich kümmern wir uns, Mr. ...«

»Knudsen, Jens Knudsen.«

»Kommen Sie aus Norwegen?«

»Nein, aus Dänemark. Habe über vier Stunden gewartet. Na?«

Er stützte die Ellenbogen auf den Tisch und legte die Fingerspitzen gegeneinander.

»Erzählen Sie mir von Ihren Beschwerden.«

»Aber Doktor, er steht doch nicht auf der Liste«, mischte sich die Schwester aufgeregt ein. »Mrs. Fitzroy ist an der Reihe!«

»Wir schieben Mr. Knudsen dazwischen, weil es ihm so schlecht geht.«

Schwer gekränkt verließ die treue Seele das Zimmer. Ihre Miene verriet, daß sie wütend war; nicht auf ihren Arbeitgeber, sondern auf den dänischen Flegel. Ich preßte die Handflächen auf den Rücken und brüllte wie ein verwundeter Elch:

»Die Nieren! Sie machen es nicht mehr! Machen mir das Leben zur Hölle; ich glaube, ich werde verrückt!«

Er hatte eine so überzeugende Art, mitfühlend zu nicken, daß ich verstand, warum die Patienten bei ihm blieben. Kein Wunder, daß der Warteraum übervoll war.

»Nierensteine können gefährlich werden.«

»Schlimmer als die schärfsten Klippen!«

»Sie müssen in einem Krankenhaus behandelt werden. Ich stelle Ihnen eine Überweisung aus.«

»Morgen reise ich nach Hause, nach Kopenhagen, und dort gehe ich auch ins Krankenhaus, aber jetzt brauche ich etwas gegen die Schmerzen, damit ich die Nacht überstehe. Verdammt, über vier Stunden habe ich gewartet ... Ooooh, das sticht, als hätte ich einen Schraubenzieher verschluckt!«

Er runzelte die Stirn, um Mitgefühl anzudeuten, und warf der bronzenen Tischuhr – sicher ein Geschenk eines dankbaren Patienten – einen schnellen Blick zu.

»Wenn Sie schon morgen nach Dänemark reisen ...«

»Meine Mutter hat mich in Kopenhagen im Krankenhaus angemeldet. Professor Jacobsen selbst wird mich untersuchen und operieren. Sie kennen Ihn sicher, oder?«

»Nein, Allgemeinmediziner und Chirurgen leben in getrennten Welten, aber er ist sicher kompetent. Ich verschreibe Ihnen ein starkes Mittel, das ihre Schmerzen vorübergehend beseitigt, doch es ist leider zu spät, um es in Slyton zu beschaffen. Können Sie mit dem Wagen oder dem Bus nach Weymouth fahren?«

Ich stieß ein Geheul aus, das direkt aus den gequälten Nieren zu kommen schien.

»Unmöglich! Was sind Sie denn für ein verdammter Arzt, daß Sie mir nicht einmal ein paar Pillen aus Ihrem Vorrat geben können! Muß ich mich erst umbringen, um zu überleben?«

Harris zögerte, und ich stöhnte noch einmal laut auf. Mit einem Seufzen schloß er einen Schrank auf, wählte eine Dose aus und setzte sich dann an die Schreibmaschine, in die ein Blatt mit Etikettaufklebern gespannt war.

»Wie war der Name?«

»Jens Knudsen.«

Er ließ sich den Dänennamen buchstabieren, fügte die Instruktionen hinzu, zog das Blatt aus der Maschine, stempelte, klebte das Etikett auf und reichte mir die Schachtel.

»Jede zweite Stunde eine Tablette. Sie dürfen nicht Auto fahren.«

»Danke, Sie sind ein Freund! Die Bezahlung regele ich mit der Schwester. Nochmals danke und tschüs, Dokter! Ich schicke Ihnen Mrs. Fitzroy herein.«

Ich schüttelte seine Hand, und bevor er protestieren konnte, verließ ich das Behandlungszimmer und ging zu der Britin, die eigentlich an der Reihe gewesen wäre. Sie schreckte zurück, als ich mit dem Daumen auf die Tür wies.

»Doktor Harris wartet. Treten Sie ein, sonst wird er ungeduldig.«

Sie machte einen großen Bogen um mich, und alle im Wartezimmer, die Krankenschwester eingeschlossen, beobachteten uns. Sie wollte Mrs. Fitzroy folgen, doch ich stoppte sie.

»Schreiben Sie!« befahl ich barsch.

»Was?«

»Sie haben ja wohl Papier und Stift? Oder soll ich noch einmal vier Stunden warten?«

Ich nahm einen Kugelschreiber von ihrem Tisch, reichte ihn hinüber und diktierte:

»Jens Knudsen, Amagertorv 19, Kopenhagen. Ist das klar?«

»Ja, aber …«

»Schreiben Sie: 491952-1211. Fertig?«

»Was soll das bedeuten?«

»Die dänische Versicherung braucht alle Angaben, um Ihnen die Rechnung bezahlen zu können. Vergessen Sie nicht, das Porto zu bezahlen.«

»Wird die Versicherung das bezahlen?«

»Wissen Sie nicht, daß wir in der EU sind?«

Sie sah mich lahm aus der Praxis schleichen und schielte hilflos auf ihre Notizen. Draußen atmete ich die kühle Abendluft tief ein und eilte zum Hafen. Unterwegs warf ich ein paar von den Tabletten weg und steckte die Schachtel dann in die Tasche. Ich merkte, daß ich nach all der Angst und Anspannung intensiv nach Schweiß roch. Es gab keine Grenzen mehr zwischen Farce und Schicksalsdrama; alle Rollen lagen mir gleichermaßen schlecht.

Die drei von der Besatzung schielten mich mißtrauisch an, als ich mit auf den Rücken gepreßten Händen mühsam an Bord stieg und mich so vorsichtig niederließ, als wären meine Beine aus Glas. Sie verzogen das Gesicht, als ich etwas zu essen und ein Guiness bestellte, doch schließlich machte sich einer von ihnen auf den Weg und kam nach einer Weile mit Eiern, Schinken und einer Flasche dunklen Biers zurück. Ich tat, als würde ich Pillen einnehmen, und sie glotzten mich die ganze Zeit schweigend an. Ohne physischen Anlaß fühlte ich mich plötzlich erschöpft. Ich stopfte mir das Kissen unter den Kopf, und sofort nahm mich Morpheus in seine weichen Arme.

Andere und härtere Hände weckten mich, und ich mußte mich wieder näherliegenden Problemen widmen. Daß sie kommen würden, war mir klar gewesen. Es galt, auf einem unglaublich schmalen Seil zu tanzen, ja sogar Pirouetten zu drehen. Machec und Leon standen vor mir und blickten streng wie Offiziere angesichts einer Befehlsverweigerung. Gelassen grinste ich meinen alten Kumpel Leon an.

»Hej Leon, lange nicht gesehen!«

»Wo bist du gewesen?« fauchte er.

»Gewesen? Du hast mich in Piräus abgesetzt, und dann ...«

»Heute natürlich! Hattest du nicht klare Anweisungen, das Boot nicht zu verlassen?«

»Sehr klare Anweisungen!« bekräftigte Machec. »Und dennoch hast du es getan. Du hast gegen eindeutige Befehle verstoßen!«

Ich rappelte mich auf, zog ein paar passende Grimassen und massierte mir das Kreuz.

»Worum geht es eigentlich? Meine Nierensteine gehorchen keinen Befehlen. Es war eine der schwersten Koliken bisher.«

»Merkwürdig, ich wußte gar nicht, daß du an so einer Krankheit leidest«, bemerkte Leon.

»Was wollt ihr denn? Wenn man am Verrecken ist, geht man zum Arzt. Was ist daran merkwürdig? Vertraut ihr mir nicht mehr?«

Sie schauten sich an.

»Zur See mußte ich dir vertrauen«, entgegnete Machec kühl. »Doch jetzt sind wir an Land, und da gelten andere Regeln.«

»Die einzigen Regeln, die gelten, sind Befehle«, fuhr Leon fort. »Und gegen die hast du definitiv verstoßen. Du warst den ganzen Tag ohne Genehmigung an Land, und wir betrachten es ...«

Ich gestattete mir, entrüstet zu sein.

»Das darf ja wohl nicht wahr sein! Was hätte ich denn machen sollen? Die drei da sind keine Ärzte. Ich war gezwungen, mich in Behandlung zu begeben.«

»Den ganzen Tag?«

»Ich bin in dem Wartezimmer fast verrückt geworden. Zum Schluß bin ich beinahe mit Gewalt zum Doktor vorgedrungen. Dann nahm ich eine Pille und mußte auf die Wirkung warten, bis ich an Bord zurückkehren konnte.«

»Einer von den Leuten hätte dir die Medizin beschaffen können.«

»Wie denn? Hä? Denk erst mal nach, bevor du redest. Kein Arzt in Europa verschreibt einem unbekannten Patienten, den er noch nicht einmal untersucht hat, starke schmerzstillende Mittel. Sollten sie ihn herschleppen? Damit er das Boot sieht? Mit mir darin? Trotz meiner grausamen Schmerzen habe ich meinen Grips angestrengt.«

Es hat immer Vorteile, wenn man in die Offensive geht, und sie wußten eigentlich nicht, wessen sie mich beschuldigen sollten, außer, daß ich gegen eine Anweisung verstoßen hatte, in der eine Nierenkolik nicht vorgesehen war.

»Wie heißt der Arzt?« erkundigte sich Machec kurz.
»Warum?«
»Nenn seinen Namen.«
»Weshalb denn? Glaubt ihr mir nicht?«
»Wir glauben, was wir glauben wollen. Wenn du seinen Namen nicht nennen kannst, befürchte ich, daß du ...«
Es war an der Zeit, die Empörung zu steigern.
»Verdammt noch mal, habe ich meine Loyalität nicht bewiesen? Der Arzt heißt Harris und hat seine Praxis in einer gelben Villa. Wenn du die Straße vom Hafen hochgehst, kommst du an einen Eisenwarenladen. Von da ist es die dritte Querstraße. Er verschrieb mir diese Tabletten hier, und sie haben bereits Wunder bewirkt.«
Sie nahmen die Schachtel und drehten sie hin und her. Leon studierte das Etikett, schüttete den Inhalt auf seine Handfläche und zählte nach. Dann flüsterte er Machec etwas zu und wandte sich zum Landungssteg.
»Du willst doch nicht etwa hingehen und kontrollieren?« rief ich hitzig.
»Natürlich.«
»Das ist doch nicht normal!«
»Wir meinen, daß es durchaus normal ist. Vertrauen ist gut, Kontrolle ist besser.«
»Das kann doch nicht wahr sein! Aber gut, ich habe mich Harris gegenüber selbstverständlich nicht Odler genannt, sondern bin als Jens Knudsen aus Kopenhagen aufgetreten, um keine Spuren zu hinterlassen.«
Leon ging, und ich setzte mich wieder. Machec stellte sich an die Reling, rauchte und beobachtete das Hafenleben. Leichte Wellen wiegten das Boot, und ich reflektierte darüber, wie satt ich das ganze Seemannsleben hatte. Doch gleichzeitig mahlten die Gedanken in meinem Kopf: Hatte ich alle Möglichkeiten genutzt? Hatte ich wie ein durchtriebener Gauner agiert? Oder hatte ich etwas übersehen? Ein kleines Detail kann den besten Plan

zunichte machen. Als Schachspieler war ich mehr als schlecht, aber nun war ich gezwungen, viele Züge vorauszusehen.

Leon kam wieder an Bord und legte seinen eleganten Mantel ab. Seine Miene verriet nichts. Plötzlich wurde mir alles gleichgültig. Erschießt mich doch. Macht Schluß. Warum soll ich leben, wenn sechsundzwanzig Menschen ermordet wurden? Die beiden flüsterten im Vorschiff miteinander, und es kümmerte mich nicht, zu welchem Ergebnis sie kamen. Leon trat näher und steckte die Hand in den Ausschnitt seines eleganten Jacketts. Eine Pistole, ein Schuß. Sicher mit Schalldämpfer, nach alter Piratenmanier.

»Doktor Harris und ich hatten ein interessantes Gespräch«, sagte er.

»Netter Kerl«, murmelte ich.

Aus der Innentasche zog er einen Zigarillo und zündete ihn an.

»Er läßt dich grüßen und hofft, daß es dir besser geht.«

»Grüß ihn zurück und sage ihm, daß er mir sehr geholfen hat.«

»Okay, Odler. Halt dich tapfer bis morgen früh. Du wirst nach London gefahren und erhältst in Heathrow Tickets für den Flug nach Stockholm.«

»Und das Geld? Was ist mit meinem Geld, auszuzahlen in Englischen Pfund?«

Er verzog die Lippen zu einem dünnen Lächeln. Ich war wieder in die Bruderschaft der Gier aufgenommen. Gewogen und als schwerer Junge anerkannt. Machec kam mit einer schmuddeligen Sporttasche. Er zog den Reißverschluß auf und demonstrierte, daß sich die weichen Innenseiten durch geschickt verborgene Klettverschlüsse abnehmen ließen. Dahinter steckten gebündelte Pfundnoten.

»Du erhältst einen Bonus. Tausend Hundertpfundscheine, das ist bedeutend mehr als vereinbart. Pack schmutzige Sachen in die Tasche. Da du das Geld nicht auf Konten überwiesen haben wolltest, mußt du das Risiko selbst tragen. Aber es wird dich niemand kontrollieren.«

Der gierige Odler war noch nicht zufrieden, sondern setzte ein pfiffiges Gesicht auf.

»Was soll ich in Arlanda machen? Ich habe keine einzige schwedische Krone und muß irgendwie nach Hause kommen.«

»Du bekommst auch ein wenig schwedisches Geld. Schlaf jetzt. Morgen wird ein langer Tag, und du solltest gesund und ausgeruht sein.«

Er ging an Land, doch Machec blieb an Bord. Erleichtert atmete ich auf und spürte gleichzeitig, wie erschöpft ich war. Meine Reserven waren aufgebraucht, doch ein wenig mußte ich noch aushalten. In Schweden gab es Menschen, die sich nach mir sehnten. Zum Beispiel die Leute vom Finanzamt. Vielleicht auch ein paar Damen; man würde sehen. Noch eine Nacht auf einem Boot, wenigstens ohne Kakerlaken. Beim Einschlafen nahm ich mir vor, die Zähne zusammenzubeißen, damit ich im Traum nicht redete.

Am frühen Morgen wurde ich von Leon abgeholt, und wir fuhren in dem roten Rover auf dem bekannten Weg nach London. Unterwegs schwiegen wir beide. Wir hatten uns nichts zu sagen, keine Vertraulichkeiten oder Erinnerungen auszutauschen. Er parkte den Wagen vor der Abflughalle und reichte mir ein kleines Kuvert.

»Zuerst fliegst du nach Paris, von dort weiter nach Helsinki und dann via Oslo nach Stockholm. Jedesmal verläßt du den Flugplatz und checkst neu ein. Ich gehe davon aus, daß du deinen Paß mitgenommen hast, als du von Bord der ›Carla‹ gingst?«

»Natürlich, ich bin ja nicht dumm.«

Auf dem Rücksitz lag eine Plastiktüte mit Wäsche und einem Necessaire, einem billigen Taschenbuch und Turnschuhen, die schon eine ganze Menge erlebt hatten. Auf seine Ermahnung hin stopfte ich alles in die Sporttasche, so daß es echt aussah. Am Morgen hatte ich von ihm einen sauberen Pullover bekommen, so daß ich halbwegs passabel gekleidet war und nicht auf der Tragfläche mitfliegen mußte.

»Kommst du mit?« erkundigte ich mich.

»Nein, ich habe anderes vor. Aber ein paar von unseren Leuten begleiten dich. Du wirst sie nicht bemerken.«

Also Kontrolle bis ins Detail. Wir nickten uns zu. Zum Händeschütteln gab es keine Veranlassung.

»Möglicherweise mache ich ein paar Tage Urlaub auf den Kanaren«, teilte ich ihm mit. »Falls du nichts dagegen hast. Ein bißchen Geld darf man ja wohl ausgeben.«

»Ich werde dich nicht daran hindern.«

»Wann beginnt meine nächste Reise für dich?«

Er setzte sich ans Steuer und kurbelte die Scheibe herunter.

»Es wird keine nächste Reise geben. Überhaupt keine mehr.«

»Aber was, zum Teufel …«

»Ein Befehl ist ein Befehl. Du gehorchst oder wirst exekutiert. Eine dritte Möglichkeit gibt es nicht. Du bist für diesen Job großzügig bezahlt worden, und damit ist unsere Geschäftsbeziehung beendet. Schöne Ferien auf den Kanarischen Inseln wünsche ich!«

Ohne sich umzuschauen, fuhr er davon. In dem Kuvert steckten die Tickets, zwei schwedische Tausendkronenscheine und ein Fünfhunderter sowie dreihundert Pfund in kleinen Scheinen für eventuelle Ausgaben. Als Tourist auf der Heimreise mußte ich schließlich zollfrei einkaufen, sonst würde ich mich gleich verdächtig machen.

Der Ablauf glich dem auf dem Hinflug. Es gab Essen an Bord und das übliche Warten an der Kontrolle und im Transitraum. Auch diesmal wagte ich nicht, auch nur ein einziges Mal aus der Odler-Rolle zu fallen. Leon hatte nicht gelogen. Ich wurde die ganze Zeit bewacht, weil ständige Kontrolle zu ihrem perfekten Sicherheitssystem gehörte. Darauf gründete sich ihr Erfolg; sie überließen nichts dem Zufall.

Am Abend landete das Flugzeug endlich in Arlanda. Es war ein graukaltes Nieselwetter, aber dennoch konnte ich die Lust kaum bezwingen, auf die Knie zu fallen und den heimatlichen Asphalt zu küssen. In der Maschine aus Oslo waren vor allem

Geschäftsleute gewesen, die mit leichtem Gepäck reisten. Im Gänsemarsch näherten wir uns dem EU-grünen Ausgang. Die Norweger mußten die andere Kontrolle passieren, aber das empfanden sie vielleicht als Vorteil. Ein müder Zöllner lümmelte hinter seinem Schalter, als ich in der Mitte der Schlange vorbeitrabte.

»Du!«

»Wie bitte?«

Der Zollbeamte winkte mich heran und schien plötzlich gar nicht mehr müde zu sein. Was absolut nicht geschehen durfte, wurde Wirklichkeit.

»Was hast du in der Tasche? Stell sie bitte auf den Tisch!«

13.

Ich versuchte es zuerst mit dem einfachsten Trick – einfach so zu tun, als hätte man nichts gehört. Doch seine Zöllnerstimme schnitt wie ein warmes Messer durch die Butter:

»Du da! Ich sagte, stell die Tasche auf den Tisch!«

»Was? Ich?«

»Ja, genau du.«

»Aber ich habe doch ...«

»Diskutiere nicht mit mir! Her mit der Tasche!«

Mein unschuldiges Gesicht half nicht, denn ein solches stand mir nicht zur Verfügung. Ein schlampiger Typ mit Hängeschnurrbart und kahlrasiertem Schädel hatte keine Chance gegen einen eifrigen Zollbeamten, der zeigen wollte, daß seine Behörde auch in einem grenzenlosen Europa noch funktionierte. Widerwillig stellte ich die Sporttasche an die von ihm bezeichnete Stelle. Er zog den Reißverschluß auf und begann, in meinen Sachen herumzuwühlen.

Gleich würde er die zusätzlichen Seitenfächer bemerken, die Tasche an sich nehmen, Verstärkung rufen und mich abführen lassen. Dann käme das Verhör; vielleicht würden mich die Kollegen mit Blaulicht abholen. Ausgerechnet zu diesem Zeitpunkt, in dieser Situation vom Zoll erwischt zu werden, war das Schlimmste, was mir passieren konnte. Mein Auftrag war fast erledigt, und ich wollte ihn ohne Aufsehen zu Ende bringen.

Mit spitzen Fingern hob der Zollbeamte ein paar Socken in die Luft, die offensichtlich lange getragen worden waren. Er verzog das Gesicht; so etwas gehörte zu den Schattenseiten seines Berufes. Plötzlich warf ein anderer Mann seine Reisetasche auf den Tisch, öffnete sie, packte den Zöllner am Arm und forderte lauthals, ebenfalls kontrolliert zu werden. Er schien betrunken und äußerst streitsüchtig zu sein. Sein Englisch klang, als hätte er es in einem Kindergarten mit osteuropäischem Personal gelernt.

»Du schauen meine Sachen. Alle Sachen. Schau hier, starker Sprit. Guter Kognak. Drei Flaschen!«

»Passieren!«

Doch der Mann blieb hartnäckig und hängte sich an den Arm des Beamten wie ein Ertrinkender an einen Rettungsring.

»Du schlechter Mann. Ich bezahle. Schau viele Zigaretten. Schau Gin, vier halbe Flaschen.«

Ich seufzte ungeduldig und murmelte:

»Mein Junge wartet mit dem Wagen …«

Der Zöllner kämpfte, um sich aus dem Griff des Betrunkenen zu befreien. Als ein paar der Fluggäste lachten, errötete er wie ein pubertierender Gymnasiast, doch der Mann ließ nicht locker, sondern brüllte noch lauter:

»Du machen deinen Job, schauen, Rum von Westindien, was der kosten, ich bezahlen, schau mehr Gin!«

»Verdammt, geh endlich weiter!«

»Du schau hier, ganze Tasche mit guter Sprit und Zigaretten und ich bezahlen, was das kosten, du sagen, schau russische Wodka!«

Langsam zog ich meine Sporttasche zu mir und fragte demütig: »Bist du fertig mir mir?«

Einen Vorteil hatte ich, meine Nationalität. Als Schwede war ich in den Augen des Zollbeamten auf alle Fälle unter der Flagge der Anständigkeit und Ehrlichkeit geboren.

»Ja, ja, hau ab.«

»Schau, russische Wodka, ganze Flasche!«

Der Beamte widmete sich nun ganz seinem Peiniger, und ich trollte mich. Die Organisation schützte ihre Leute in jeder Situation. Der Mann mit der Reisetasche war einer meiner Bewacher, die Szene einstudiert. Andere begleiteten mich sicher weiterhin, so daß ich meine Rolle konsequent zu Ende spielen mußte. Vor dem Flughafengebäude stellte ich mich am Taxischalter an. Der Fahrer nannte mir einen Festpreis, ich stieg ein und murmelte die Adresse in Norsborg.

Der Chauffeur war ein älterer, freundlicher Mann, der die Fahrt gern durch eine lebhafte Unterhaltung verkürzen wollte, doch ich hatte keine Lust und stellte mich schlafend. Müde war ich ohnehin.

Mein kleines Schlüsselbund trug ich immer noch in der Hosentasche, und niemand hatte danach gefragt. Man trägt ja stets eine ganze Kollektion von Schlüsseln mit sich herum, für die Haus- und Wohnungstür, den Keller, den Dachboden, für Fahrrad und Auto, für das Bankschließfach und die heimliche Wohnung, die man mit der Geliebten teilt.

Ich fand Odlers Wohnung vor, wie ich es mir gedacht hatte. Im Flur häuften sich Zeitungen und Reklamesendungen, überall lag Staub und die Lebensmittel waren verdorben. Das Mobiltelefon konnte ich nicht finden; entweder hatte Leons Gang es beschlagnahmt oder Hillers Leute waren dagewesen. Der Besitz eines solchen Geräts mußte nicht unbedingt Mißtrauen erwecken; er paßte im Gegenteil gut in Odlers Charakterbild. Da die Unternehmen solche Apparate heutzutage fast verschenken, um teure Benutzerverträge abschließen zu können, hätte sich Johnny

Odler sicher ein sogenanntes Handy angeschafft, in der Überzeugung, damit besonders »in« zu sein. Die ganze Sache mit den Mobiltelefonen erinnerte stark an Rockefellers Coup aus den zwanziger Jahren. Der clevere Amerikaner hatte damals zwei Millionen Petroleumlampen an China verschenkt. Dann verkaufte er den Chinesen das dazu notwendige Petroleum, und in vier Monaten waren die Lampen bezahlt. Die Chinesen lernten, was die schwedischen Mobiltelefonkunden erst noch begreifen müssen: Daß man in diesem Leben nichts geschenkt bekommt und sein Geld lieber zusammenhalten sollte.

Das normale Telefon klingelte, und ich meldete mich mit Odlers mürrischer Stimme. Natürlich war es Leon, der sich erkundigen wollte, ob das Schäfchen gut angekommen war und brav im Stall stand.

»Was sind deine Pläne für die nächste Zeit?« fragte er.

Ich glaubte, seinen Erwartungen an Johnny Odler mit einer Mischung aus Gier und Impertinenz am besten zu entsprechen:

»Hast du ein Ding am Laufen? Ich bin dabei! Mit Hunderttausend kommt man nicht weit. Du mußt es nur sagen. Verdammt, das Geld reicht hinten und vorne nicht ...«

»Habe ich gesagt, daß wir interessiert sind?«

»Nein, aber du hast gefragt, was ich in der nächsten Zeit vorhabe.«

»Das will ich immer noch wissen.«

»Leon, ich habe es durchgerechnet; es ist sinnlos, eine Wohnung für Hunderttausend zu kaufen. Ich will nicht leben wie ein armer Schlucker, wo ich doch weiß, daß man das große Geld machen kann.«

»Für unseren Geschmack bist du ein wenig zu krank.«

»Mensch, Leon, manchmal zwackt es mich an den Nieren, aber ich werde mir Medikamente verschaffen, so daß unangenehme Überraschungen ausgeschlossen sind. Kannst du die Geschichte in England nicht vergessen?«

Er räusperte sich und schien zu zögern – ein Mann, der gegen seine Überzeugung sein gutes Herz sprechen läßt:

»Nun ja, vielleicht war ich etwas voreilig. Möglicherweise kannst du eine zweite Chance bekommen, das richtig große Geld zu verdienen. Wir werden sehen.«

Jetzt hatte er mich angefüttert, und Johnny Odler lief rollengemäß das Wasser im Munde zusammen. Seine Habsucht würde verhindern, daß er die Organisation verriet. Leon beherrschte das alte Spiel mit Zuckerbrot und Peitsche perfekt.

»Prima, Leon. Du kannst dich immer auf mich verlassen. Wann bekomme ich den nächsten Job? Du weißt, für meine Zukunftspläne ...«

»Frühestens in einem halben Jahr.«

»Was? Erst in sechs Monaten?«

»Ich kann dir verraten, daß wir dann ein sehr großes Geschäft starten werden. Eine halbe Million kann für dich herausspringen. Also noch einmal: Was wirst du in der nächsten Zeit unternehmen?«

Odler seufzte vor Enttäuschung, ein halbes Jahr lang nicht an schweren Verbrechen teilnehmen zu dürfen:

»Tja, zuerst wollte ich an irgendeinen Strand, baden und das Leben genießen. Hatte an die Kanarischen Inseln gedacht. Eine Charterreise nach San Augustin kostet nur ein paar Tausender.«

Leon lachte leise. Auch was den Urlaub anging, zeugte Odlers Geschmack davon, daß er der ewige Verlierer bleiben würde. Er selbst würde lieber sterben, als sich an einem so profanen Ort zu zeigen. Hätte ich Barbados gesagt, hätten wir vielleicht diskutieren können, wie man am besten Hummer flambiert, aber solche Ambitionen paßten nun einmal nicht zu Odler. Zu Hassel übrigens auch nicht.

»Flieg auf die Kanaren. Wenn die Zeit reif ist, lassen wir wieder von uns hören, aber du solltest nicht vor dem Frühjahr mit einem Anruf rechnen.«

»Okay, aber vergiß es nicht. Ich lese gerade in einem Prospekt vom Reisebüro, daß man in San Augustin in einer Wohnung mit Hotelservice elf Wochen hintereinander wohnen kann. Wenn du ganz sicher bist, daß du mich in den nächsten Monaten nicht brauchst …«

»Absolut sicher. Sei vorsichtig mit der Sonne, Odler. Nicht daß du noch mehr gesundheitliche Probleme bekommst.«

Er legte auf, in der festen Überzeugung, mich in der Tasche zu haben. Auch ich war fertig mit ihm. Wenn er vorhatte, weiterhin ein Auge auf mich zu werfen, würde es elf Wochen dauern, bis er Herrn Odler vermißte. Ich schaute mich in der Wohnung um. Sie wirkte bedrückend, als bewegten sich die Wände aufeinander zu. Ich ekelte mich davor, auf dem Sofa zu sitzen oder irgend etwas zu berühren. Die Toilette zu benutzen kostete mich große Überwindung.

Nachts um eins nahm ich meine Tasche und verließ die Wohnung mit der festen Überzeugung, sie nie wieder zu betreten. Möglicherweise ließ Leon das Telefon immer noch abhören, doch den Aufwand, mich zu überwachen, konnte er sich sparen. Für ihn war ich nur noch ein Charterurlauber, der billigen Wein im Kopf hatte. In einer verödeten Einkaufspassage entdeckte ich einen Münzfernsprecher. Acht Signale gingen hinaus, bis Hiller antwortete. Als er begriff, wer seinen Schönheitsschlaf störte, holte er tief Luft.

»Rolle Hassel! Ich hätte nicht gedacht, daß du noch unter uns weilst.«

»Es hat mich auch sämtliche Haare gekostet. Komme ich mit meinem Schlüssel in die Wohnung?«

»Nein, das Schloß ist ausgewechselt. Wo bist du?«

»In Norsborg.«

»Fahr nach Hause. Ich komme, so schnell ich kann.«

Ein Taxi brachte mich nach Kungsholmen, und zwanzig Minuten später kam auch Hiller an. Wir begrüßten uns, und ich merkte an seinem Händedruck, daß er mir vieles sagen wollte, was er mit Worten nicht ausdrücken konnte. Im Fahrstuhl standen wir uns schweigend gegenüber, doch dieses Schweigen hatte nichts Bedrückendes. Er überreichte mir den Schlüssel, damit ich selbst aufschließen konnte.

Solche symbolischen Gesten sind wichtig im Leben; nicht für das große Ganze, sondern für das Individuum. Zur Hölle mit Johnny Odler und allem, was sich mit diesem Namen verband! Im Flur zog ich die Schuhe aus und inspizierte die Wohnung auf Strümpfen. Die Decke im Wohnzimmer war repariert und frisch gestrichen, die ganze Wohnung gereinigt und die Post fein säuberlich nach Briefen und Zeitungen sortiert.

»Du könntest Tee und Kaffee machen, während ich dusche«, schlug ich vor.

»Geht in Ordnung. Wasch dir den Dreck ordentlich ab«, riet er mit einem Lächeln.

Ich nahm Plastiktüten mit ins Bad und stopfte alles hinein, was an Odler erinnerte. Dann stellte ich mich unter die warme Dusche, seifte mich ordentlich ein und reinigte Haut und Seele. Selbst die kleinen Stoppeln auf meinem kahlen Schädel wurden mit duftendem Shampoo gepflegt. Zum Schluß rasierte ich den Hängeschnurrbart ab und spülte ihn in der Toilette hinunter, damit er das Waschbecken nicht verstopfte. Nach dem Abtrocknen zog ich einen frischen Schlafanzug an. Als ich den Gürtel meines Morgenmantels verknotete, fühlte ich mich unbeschreiblich wohl, wie neugeboren. Ich war Roland Hassel, und ich war zu Hause. Nichts zwang mich mehr, in eine fremde Haut zu schlüpfen und meine Persönlichkeit zu verleugnen.

Die Plastiktüten warf ich in den Müllschlucker, und damit war auch die letzte symbolische Handlung vollbracht. Ich war sauber und frei. Hiller hatte den Küchentisch mit Brot, Butter, Käse und anderen leckeren Sachen gedeckt, die er oder jemand anders in den Kühlschrank getan hatte.

»Im Flur steht die Tasche. Sie enthält Geld in verschiedenen Währungen; die Summe beträgt etwa 100 000 Pfund. Dazu kommt ein Kuvert mit schwedischen Scheinen. Vielleicht lassen sich Fingerabdrücke sicherstellen.«

»Wir werden sehen. Jetzt setz dich erst einmal und iß!«

»Ich konnte die ganze Zeit keinen Kontakt zu dir aufnehmen. Diese Bande spinnt einen in ein Netz ein, das keine Maschen hat.«

»Erzähl, wenn du willst. Ich höre dir zu.«

Erst glaubte ich, gar nicht hungrig zu sein, doch dann schlang ich die belegten Brote in mich hinein. Vermutlich erlebte auch mein Magen eine Wiedergeburt. Dann begann ich zu reden und hörte erst wieder auf, als mir absolut nichts mehr einfiel. Hiller machte sich keine Notizen, doch dies würde sicher nicht mein letzter Bericht gewesen sein. Als ich auf die Uhr schaute, merkte ich, daß ich über zwei Stunden gesprochen hatte.

»Ja, du«, sagte er schließlich und holte tief Luft.

»Sechsundzwanzig Mann kaltblütig ermordet, Carl! Viele von ihnen waren meine Freunde.«

»In London hast du eine ganze Menge riskiert.«

»Was sollte ich denn tun? Manchmal hat man keine Wahl. Hoffentlich erreicht dich meine Liste in ein paar Tagen. Ich konnte in der kurzen Zeit nicht alle Firmen auswendig lernen, ich bin ja nur ein gewöhnlicher Bulle und kein Gedächtniskünstler.«

Sorgfältig bestrich er ein Brötchen mit Butter und sagte, ohne mich anzusehen:

»Als einen gewöhnlichen Bullen würde ich dich nicht bezeichnen. Ein paar Fragen möchte ich dir jetzt noch stellen; wir werden uns bald wieder treffen. Welchen Eindruck hattest du von den Herren Machec, Hodinsky, Ortega, Strahl und Ziegfelt?«

»Sie sind ausgebildete Seeleute und das Kommandieren an Bord gewohnt. Machec spielte den Kapitän, was sicher damit zusammenhängt, daß er der Chef der Mörderbande ist.«

»Nationalitäten?«

»Gemischt. Alle sind Europäer.«

»Russen?«

»Einige vielleicht. Inzwischen kann man ja unter vielen Nationen wählen.«

»Ich frage mich … nein, das hat Zeit. Wir machen erst einmal Schluß und freuen uns, daß du wohlbehalten nach Hause gekommen bist.«

»Danke. Jetzt, wo die Anspannung nachläßt, merke ich, daß ich völlig erschöpft bin. Wie geht es denn nun weiter, Carl? Was ist eigentlich aus der Anklage gegen mich geworden?«

Hiller holte seine Pfeife hervor, nuckelte nachdenklich am Mundstück und schaute mich auf eine Art an, die schwer zu deuten war.

»Wir haben eindeutig Probleme mit dir, Rolle. Du bist Zeuge eines Massenmordes, du hast beobachtet, wie ein Schiff in die Luft gesprengt wurde, um eine Versicherungssumme zu kassieren. Na, wirst du vor Gericht auftreten und aussagen?«

Ich schüttelte den Kopf, und das schien ihn nicht zu verwundern.

»Nein, dann würde ich keine fünf Minuten mehr leben. Virena und Elin würden sie ebenfalls ermorden. Meine Aufgabe war, zu beobachten und Informationen zu sammeln. Das habe ich getan. Mehr kannst du nicht von mir verlangen.«

»Was sagt dein Pflichtgefühl als Polizist?«

»Dem lausche ich nicht. Als Polizist gehöre ich zur Fahndungsabteilung der Kripo Stockholm. Als Johnny Odler war ich Undercover-Agent für deine Gruppe bei Interpol. Das sind zwei Paar Stiefel.«

»Wir akzeptieren diese Auffassung, auf alle Fälle in dieser Situation. Aber da du viele Angehörige dieser Organisation kennengelernt hast, möchte ich, daß du als Polizist weiter an diesem Fall arbeitest – unter der Voraussetzung, daß wir eventuelle Verbindungen nach Schweden entdecken. Du wirst mehrere Tage damit zu tun haben, Fotos von Interpol durchzusehen. In Zukunft wirst du Diener zweier Herren sein. Simon überträgt dir Fälle, die ganz normal wirken, jedoch mit mir zu tun haben.«

»Ich kann also wie gewöhnlich arbeiten?«

Er lächelte und hielt den rechten Daumen hoch, zum Zeichen, daß die Polizei mich wieder in ihre Arme geschlossen hatte.

»Du bist voll und ganz rehabilitiert. Die ganze Räuberbande ist inzwischen verhaftet, und es steht fest, daß du absolut nichts mit der Sache zu tun hast. Kusken hat gestanden, daß er lediglich ›dem Bullen eins auswischen‹ wollte, wie er es ausdrückte. Simon kann dir Genaueres sagen.«

»Weiß Virena davon?«

»Ja, Simon hat mit ihr gesprochen. Ich bitte ihn, morgen früh herzukommen, damit ihr euch in Ruhe unterhalten könnt, bevor ihr gemeinsam zum Dienst geht.«

Er erhob sich und klopfte mir auf die Schulter.

»Leg dich hin, Rolle. Schlaf in sauberer Bettwäsche. Leider wirst du mich so schnell nicht loswerden, aber zwei Tage lasse ich dich in Ruhe.«

Ohne sich um meine Proteste zu kümmern, stellte er das Geschirr zusammen und räumte auf. Meinetwegen, so hatte ich weniger zu tun. An meinen Gliedern hingen plötzlich Bleigewichte. Ich schleppte mich zum Bett und zog mühsam die Tagesdecke ab. Die Laken dufteten frisch, wahrscheinlich hatte sie der Erzengel Gabriel persönlich geliefert. Meine rechte Hand tastete nach dem Kopfkissen neben mir. Bald würde Virenas Kopf dort ruhen; es wurde Zeit, das Familienleben wieder aufzunehmen: Vater, Mutter, Kind. Feministinnen und Radikale mochten tausendmal schreien, die Ehe sei eine nicht mehr zeitgemäße Einrichtung; ich wußte es besser. Für mich war die Kernfamilie der Halt und der Sinn im Leben. Ich kam allerdings nicht dazu, den Gedanken weiter zu entwickeln, denn Gott Morpheus nahm mich in seine sanften Arme.

Meine mentale Uhr weckte mich gegen acht Uhr morgens. Eine halbe Stunde später rief ich das Hotel auf den Kanarischen Inseln an und bat darum, mit Senora Virena Hassel sprechen zu dürfen. Kurz darauf hatte ich ihre Stimme im Hörer, und mein verheiratetes Herz schlug vor Freude einen Purzelbaum. Ich wußte nicht, ob auch ihr Herz akrobatische Kunststücke vollführte; ihre Stimme jedenfalls klang glücklich.

»Roland! Bist du zu Hause in Schweden?«

»Gott sei Dank, ich bin es. Hat Simon dich angerufen?«

»Ja, jeden Tag, als wären wir verheiratet.«

»Ich hoffe, du hast nicht vergessen, daß du mit mir verheiratet bist. Ich möchte meine Frau und meine Tochter so bald wie möglich wiedersehen.«

Sie lachte leise. Daß die Leitungen davon nicht schmolzen, könnte nur an einem neuen Material liegen.

»Zwei Tage mußt du dich noch gedulden. Simon hat alles arrangiert. Roland, ich bin ja so froh, daß der Alptraum vorüber ist.«

War er das? Einer vielleicht; der, den wir gemeinsam geträumt hatten, und der zählte im Augenblick. Wir plauderten eine halbe Stunde, dann war für fünfzehn Minuten Elin dran. Ich fand es bemerkenswert, daß sie die schwedische Sprache noch nicht ganz verlernt hatte. Schließlich hängten Virena und ich noch eine Viertelstunde ran, und ich konnte mich nicht erinnern, jemals wertvollere sechzig Minuten genossen zu haben. Ich war im Pyjama, unrasiert und glücklich. Als es an der Tür klingelte, öffnete ich mit einem breiten Lächeln. Vor mir stand Simon und griente zurück.

»Wie sieht es aus mit Frühstück?« wollte er als erstes wissen.

»Das übernimmst du, ich gehe solange ins Bad.«

Während ich mich rasierte, dachte ich, daß ich mich an dieses Leben gewöhnen könnte. Ein Bediensteter hatte mir das Abendessen bereitet, ein anderer kümmerte sich um das Frühstück. Wenn ich jetzt noch den Polizeichef dazu brächte, mir einmal in der Woche die Wohnung zu putzen, könnte ich mich wesentlicheren Dingen widmen. Als ich die Küche betrat, verdrückte Simon gerade sein zweites Brötchen. Er strich sich über die kuppelförmige Glatze und warf einen kollegialen Blick auf meinen Kahlkopf.

»Du willst dir doch nicht etwa wieder Fusseln wachsen lassen?«

»Ich werde sogar Haarwuchsmittel draufschütten, und nicht zu knapp!«

»Schade, du hast gerade angefangen, menschlich auszusehen. Essen wir, bevor wir ernsthafte Gespräche führen?«

»Meinetwegen. Dauert es wirklich noch zwei Tage, bis ich meine Lieben sehe?«

»Schneller geht es nicht. Die Kanaren liegen nicht auf dem spanischen Festland, und das Angebot an Flügen ist begrenzt. Als Carl heute früh anrief, habe ich mich darum gekümmert. Das meiste war bereits vorbereitet. Die exakten Zeiten nenne ich dir im Laufe des Tages. Die Leberpastete hier kann ich übrigens empfehlen.«

Er beugte sich herüber und hieb mir seine wurstbeschmierten Finger auf die Schulter.

»Verdammt, ist das schön, dich zu sehen, Rolle.«

»Likewise. Danke, daß du Virena beruhigt hast.«

Er winkte ab.

»Frauen zu beruhigen ist eine meiner leichtesten Übungen. Schwieriger wäre es geworden, wenn du den Löffel abgegeben hättest. Hej Virena, leider hat Rolle die Hufe hochgerissen, aber mach dir nichts draus, du hast wenigstens prima Badewetter. Hör mal ...«

Er warf mir einen ernsten Blick zu und wischte sich Krümel vom Kinn.

»Es war hart, nicht wahr?«

»Mhm«, fiel ich ins Odler'sche Vokabular zurück.

»Du brauchst mir nichts zu erzählen, aber ich nehme an, daß du uns mit deinen Abenteuern abendelang die Zeit vertreiben könntest.«

Es war nicht schön, nicht einmal meinem besten Freund von

meinen Erlebnissen berichten zu dürfen, aber ich mußte mir erst einmal darüber klar werden, welche verschiedenen Loyalitäten ich zu berücksichtigen hatte. Er verstand mich und schenkte mir ein besonders herzliches Lächeln.

»Ein bißchen habe ich erfahren, und ganz am Rande bin ich ja auch an den Ermittlungen beteiligt. Du willst sicher wissen, was aus der Anklage gegen dich geworden ist?«

»Ich weiß nur, daß sie fallengelassen wurde, kenne aber keine Details.«

»Es war ein Riesenglück, daß wir erst einen und dann noch einen Burschen erwischten, denen wir die Teilnahme an dem Raub und den Morden in Hökarängen beweisen konnten. Der Staatsanwalt wollte die Ermittlungen gegen dich mit der üblichen Erklärung niederlegen, der Verdacht habe sich nicht bestätigt, doch dein Anwalt ließ nicht locker. Er war erst zufrieden, als der Ankläger schriftlich erklärte, daß du in allen Punkten unschuldig bist und absolut nichts mit dem Fall zu tun hast. Mit diesem Bescheid in der Hand besuchte dein Anwalt die Zeitungen und brachte sie dazu, entsprechende Meldungen auf der ersten Seite zu veröffentlichen. Auch die Nachrichtensendungen in Fernsehen und Radio zogen mit.«

»Und die Vorgesetzten, die mich Abschaum und faules Ei genannt haben?«

Wieder grinste er und naschte von der Marmelade.

»Das hatten die natürlich völlig vergessen. Charakteristisch für höhere Polizeibeamte ist ihr selektives Erinnerungsvermögen.«

»Was glaubst du, können die, die mich mit Briefen und Anrufen terrorisiert haben, lesen? Ich habe die Post noch nicht durchgesehen, aber …«

»Der Mann, der die Gummipuppen an die Decke hängte, ist gefaßt. Er war mit einer Polizistin verlobt, die er über alles liebte. Der Junge ist leicht behindert und hatte es ansonsten schwer mit Frauen, doch sie erwiderte wohl seine Zuneigung. Sie wurde schwanger, und die beiden beschlossen zu heiraten, aber dann geriet sie in eine Messerstecherei. Komplikationen traten auf, und nach ein paar Monaten auf der Intensivstation starb sie. Tja, und dadurch wurde er verrückt, wie man früher sagte. Für ihn gehörtest du zu denen, die seine Frau und sein ungeborenes Kind ermordet haben.«

Simon hatte recht, so einen mußte man eher bedauern als hassen. In unserer heutigen Gesellschaft laufen viele geistig Gestörte herum, um die man sich kümmern müßte, aber es fehlt ja an Geld. Wenn die Mittel knapp werden, bekommen es die Bedürftigsten immer zuerst zu spüren.

»Ich habe selbst mit ihm gesprochen«, fuhr Simon fort. »Seinen Haß kann ich ihm nicht nehmen, doch er sieht ein, daß du das falsche Objekt bist. Er hat sogar angeboten, die Reparaturen zu bezahlen. Er wird dich jedenfalls in Ruhe lassen, und die anderen Schmeißfliegen dürften die Lust verloren haben. Na, kommst du mit arbeiten? Du bist wieder im Dienst und mußt dir deine Pension verdienen. Oder hast du vorher noch etwas zu erledigen?«

»Ja, ein paar Sachen muß ich klären, deshalb möchte ich gern noch einige Stunden suspendiert sein.«

»Wie du willst. Dann treffen wir uns nach dem Lunch in meinem Büro. Die ganze Gruppe trifft sich; wir informieren dich ausführlich über alle anstehenden Fälle.«

Er verputzte den Rest der Pastete, und ich vermutete, daß er selbst den Kühlschrank gefüllt hatte.

»Was ist aus deinen Plänen geworden, den Dienst zu quittieren?« fragte er wie nebenbei.

»Dienst quittieren?«

»Ja, als Polizist. Du warst zum Schluß so sauer, daß du lieber Bananen krummbiegen wolltest, als weiter im Korps zu bleiben.«

»Inzwischen bin ich aus anderem Grunde sauer, Simon. Bis zur Pension mußt du vermutlich mit mir auskommen. Ovengren bekommt natürlich eine Abreibung.«

»Das entspricht nicht der Dienstvorschrift.«

»Dann reiß ich ihm die Ohren ab und nagele sie in meinem Büro an die Wand.«

»Auch Overgrens Ohren sind durch das Gesetz geschützt. Wir sehen uns um eins.«

Wir schüttelten uns herzlich die Hände, und ich hatte das Gefühl, daß Hassels Wiederkehr wirklich wie ein Fest war. Als er gegangen war, schaute ich die Post durch. Drohbriefe waren tatsächlich keine mehr darunter, dafür Glückwünsche von Personen, die ich gar nicht kannte. Es ließ mich kalt. Über die verspäteten Angebote verschiedener Zeitungen, mich in ihren Spalten über die ungerechte Behandlung zu beschweren, konnte ich nur lachen.

Was meine Einstellung zum Beruf anging, hatte ich schon viele Gelegenheiten gehabt, darüber nachzudenken. Mehr als je zuvor war die Welt polarisiert. Auf der einen Seite standen die Schwerkriminellen, die Angreifer, auf der anderen die Verteidiger, die Polizisten, und dazwischen die gewöhnlichen Leute, die einfach in Frieden leben wollten und es nicht schätzten, wenn ihnen jemand etwas wegnahm. Der Massenmord, dessen Zeuge ich geworden war, hatte mich fest an die Verteidiger geschmiedet. Wenn ich das Korps verließ, würde ich Sunny, Marcos und all die anderen, die ihr Leben verloren, damit skrupellose Verbrecher dicke Prämien einstrichen, im Stich lassen. Edel war ich nicht, es handelte sich um eine einfache Frage des Anstands. Die Grundlagen dazu wurden in meiner Kindheit gelegt, von meinen Eltern, Freunden und Verwandten. Man war solidarisch mit denen, die Hilfe brauchten und verdienten.

Nein, edel war ich nicht im geringsten, und wenn Ovengrens abscheuliche Ohren gesetzlich geschützt waren, konnte ich sie wenigstens verbal mit Salzsäure übergießen. Ich nahm den kurzen Weg über die Pontonjärgatan zur Garage und zog die Jacke fester um mich, denn der Wind blies kalt. Doch ich hatte nichts gegen dieses Wetter; es war normal für die Jahreszeit. Lieber hier frieren als im Mittelmeer schwitzen, auf einem Schiff, das mit Mann und Maus zum Tode verurteilt war.

Zu meiner Verwunderung sprang der Wagen sofort an, als hätte sich jemand in meiner Abwesenheit um die Batterie gekümmert. Ich fuhr zum Polizeigebäude von Huddinge, wies mich aus, wurde eingelassen und steuerte auf Ovengrens Tür zu. Als ich sie aufriß, sah ich den Kommissar im Gespräch mit einem jungen Kollegen, der sich weit weg zu wünschen schien.

»Raus!«, fauchte ich ihn an.

»Was?«

»Raus! Ich und Ovengren haben etwas zu besprechen, was nicht in der Dienstvorschrift steht.«

Möglicherweise verlieh mir mein geschorenes Haupt Autorität, denn er beeilte sich hinauszukommen. Sein jungenhaftes Gesicht zeigte Erleichterung. Warum wurden die Kollegen immer jünger? Rekrutierten wir sie inzwischen direkt aus dem Sandkasten?

»Was zum Teufel ...« brüllte Ovengren, der über mein Eindringen so verdutzt war, daß er erst jetzt reagierte.

Ich lächelte mild und nahm ihm gegenüber Platz. Seine Miene zeigte, daß er sich über unser Zusammentreffen keinesfalls freute. Ich auch nicht, aber wir müssen alle Opfer bringen.

»Erkennst du mich wieder?« fragte ich gespielt freundlich.

»Wie kannst du es wagen, einfach in mein Büro einzudringen?«

»Ich habe mehrere Stunden all meinen Mut zusammengenommen.«

»Ich werde dich hinauswerfen!«

Mein mildes Lächeln verklärte sich geradezu.

»Lieber geschätzter Kommissar, tu das! Du erwiesest mir einen großen Dienst, wenn du handgreiflich werden würdest! Ich wäre unendlich dankbar.«

Endlich schien er zu merken, daß mein Lächeln nicht normal war, und er hielt einen Augenblick die Luft an. Was für ein jämmerlicher Kerl er war! Eine Schande für seine Mutter, ein Grund für seinen Vater, den Gashahn aufzudrehen, ein Anlaß für seinen

Bruder, den Namen zu wechseln, eine Erklärung dafür, daß alle Verwandten ausgewandert waren. Wer Ovengren eingestellt hatte, mußte sich lebenslang Vorwürfe machen.

»Verdammt, was willst du?« grunzte er.

»Ich möchte von dir eine nette kleine Entschuldigung hören wegen der Unannehmlichkeiten, die du mir bereitet hast.«

»Wovon, zum Teufel, redest du?«

»Du hast mir durch deine unglaubliche Dummheit eine ganze Menge Ärger bereitet. Ist in dem Strohballen, den du zwischen deinen Ohren spazieren trägst, nicht ein einziges Mal der Gedanke aufgekommen, du könntest mich um Verzeihung bitten?«

»Fahr zur Hölle!«

Irgendwie war er unerreichbar. Dumm und bald pensioniert, eine fast unschlagbare Kombination. Dennoch machte ich den Mund auf und ließ ihn wissen, was ich von ihm hielt. Ich kündigte ihm an, daß ich ihn wegen Dienstmißbrauchs anzeigen und nach seinem Tod das ganze Korps auf seinem verwahrlosten Grab tanzen würde. Die ausführliche Beschimpfung dauerte eine ganze Weile, doch seine Stupidität war wie ein Panzer, so daß meine Pfeile ihr Ziel nicht erreichten. Wahrscheinlich traf ich nicht einmal die Scheibe.

Fahr zur Hölle, war sein einziger Kommentar, als mir die Zunge trocken wurde.

Auf der Rückfahrt wurde mir klar, daß mein Besuch für Ovengren, der nicht begreifen konnte und wollte, sinnlos gewesen war. Mir dagegen hatte der Ausbruch die Seele erleichtert, den Druck abgebaut, der mich von innen zu sprengen schien. Sprengen ... Ich seufzte und sah mit schrecklicher Deutlichkeit vor mir, wie sich die »Carla« aufrichtete und dann Tausende Meter hinab in eine unfaßbare Tiefe glitt, um in Schlick und Sand und Sedimenten begraben zu werden.

Ich parkte den Wagen wieder in der Garage und ging in die Wohnung hinauf. Im Gefrierfach fand ich verschiedene Fertiggerichte. Ich taute eine Broccolipastete auf. Während des Essens blätterte ich in der Morgenzeitung. Über mich stand nichts drin; daraus schloß ich, daß mein Fall nicht mehr aktuell war. Später, wahrscheinlich um meinen hundertsten Geburtstag herum, würde ich die Exemplare, die von meinem Schicksal handelten, aufmerksam studieren. Ansonsten drehten sich die Artikel um Bürgerkriege, Gewalt und nochmals Gewalt, weinende Kinder mit vor Hunger aufgequollenen Bäuchen und Katastrophen – also um unsere unvollkommene Welt. Um des lieben Seelenfriedens Willen sollte man Zeitungen nicht lesen, sondern zum Einwickeln von Heringen verwenden.

Als ich Simons Büro betrat, war es, als hätte die Zeit stillgestanden. Da saß er hinter seinem Schreibtisch, die Hände lose vor dem gewaltigen Bauch gefaltet. Die kleine Gruppe war vollzählig; er hatte sie erst vorübergehend geleitet und dann als Kommissar ganz übernehmen können. Myrna Clavebo, die einzige Frau, die sowohl ihren Vor- als auch ihren Nachnamen haßte, umarmte mich zur Begrüßung, und ihr Gesicht, das italienisch geschnitten war und so gar nicht in den kalten Norden paßte, strahlte vor Freude. Ich strahlte zurück. Sie und ich, wir arbeiteten gut zusammen.

Pelle Pettersson hieß mich beherrschter, aber dennoch herzlich willkommen. Sein einst glühend rotes Haar war zu einer Kupferfarbe verblaßt, doch er war energiegeladen wie immer, was man an seinem ständigen Zappeln erkennen konnte. Jetzt klopften seine Finger einen Trommelwirbel auf dem muskulösen Oberarm. Er neigte zu radikalen Meinungen, im Gegensatz zu dem erzkonservativen Sune Bengtsson. Sune und ich waren nie Freunde gewesen, aber die Zusammenarbeit hatte lange Zeit geklappt. Nun war das nicht mehr möglich. Er erledigte seinen Teil, aber allein, obwohl Simon ihn oft zur vorgeschriebenen Teamarbeit ermahnte. Sune hatte Geheimnisse, die ich lieber nicht wissen wollte. Ohne es beweisen zu können, ahnten wir, daß er Mitglied in Organisationen war, die wir bekämpften. Obwohl das Rauchen verboten war, saugte er an seiner ewigen Zigarette, die in einem langen, zerkauten Mundstück steckte. Durch seine dicken Brillengläser starrte er mich ausdruckslos an.

Rolf Öhman war der letzte in der Gruppe. Er war unser Genie vom Innendienst und wurde manchmal sogar zu Konferenzen geladen, um seine persönlich entwickelten Methoden weiterzuvermitteln. Was er jedoch nicht lehren konnte, waren Intuition und Kombinationsvermögen. Ab und zu hatte ich mich ihm gegenüber sarkastisch gegeben, weil er mir einst eine gewaltige Dummheit großzügig verziehen hatte. Ich spürte, daß damit jetzt Schluß war. Rolf war ein Freund, und in einem Dasein, in dem Gegner und Feinde oft die Regeln bestimmen, braucht man alle seine Freunde.

Ich hatte meine Hefter mit Fotos und Namen von gesuchten Personen, und wir werteten verschiedene Hinweise aus. Nach einer Stunde hatte ich das Gefühl, das Polizeigebäude niemals zu anderen Anlässen als zum Essen, Schlafen und zu Fahndungsaufträgen verlassen zu haben. Auch die Scherze kannte ich; obwohl sie abgedroschen waren, gehörten sie dazu und schufen eine vertrauliche Atmosphäre. Ich starrte auf die üblichen Personen, die nicht abgeholt werden wollten, die wir aber abholen mußten, um sie in ein Heim, eine Jugendhaftanstalt, ein Gefängnis oder an einen anderen unangenehmen Ort zu bringen. Dort erwartete sie meistens ein Verhör oder eine Befragung, an der man nicht gern teilnahm.

Nach Rolfs Informationen war Viktor Olssons Sohn Arthur an einer Hehlerei beteiligt gewesen. Arthur war an einen unbekannten Ort gereist, und wir mußten hören, was der Papa dazu zu sagen hatte. Simon meinte, Myrna und ich könnten uns darum kümmern.

Viktor Olsson war ein kleiner, boshafter Mann. In den Kreisen, in denen er verkehrte, also unter Leuten, die gerade aus dem Gefängnis entlassen oder wieder einmal auf dem Weg dahin waren, wurde er Vicke Vire genannt. Wir fuhren zu seiner Wohnung in Arsta. Unterwegs erzählte mir Myrna von ihren Problemen mit Hasse, ihrem Freund, und der gemeinsamen Tochter Lillan. Ich kannte diese ewiggleichen Geschichten, aber es war entspannend, ihr zuzuhören. Sie war im Herzen von Söder geboren, und das merkte man an ihrem Jargon. Wenn es notwendig war, konnte sie sofort in die Hochsprache umschalten, aber sie fühlte sich am wohlsten, wenn sie reden konnte, wie ihr der Schnabel gewachsen war. Sie war geradezu und praktisch und hatte keinen Sinn für Subtilitäten. Dagegen wußte sie genau, wie Frauen denken und fühlen, und das war für mich fremdes Terrain.

Vicke Vire war zu Hause. Bei ihm hielten sich einige dunkle Existenzen auf, die sich rasch verabschiedeten, als sie uns sahen. Der Tisch war gemütlich gedeckt. Auf einer ausgebreiteten Abendzeitung standen mehrere Flaschen ohne Etikett; sogar Doktor Watson hätte erkannt, daß es sich um Selbstgebrannten handelte. Vicke spuckte und schrie, fluchte und geiferte – mit anderen Worten, er trat so auf, wie wir es von ihm erwartet hatten. Dabei verwickelte er sich in Widersprüche, so daß wir ihn zum Verhör mitnahmen. Nach einer Stunde gestand er, daß er selbst an den Hehlereien beteiligt war und sein Sohn Arthur die Ware nach Finnland verschoben hatte. Also auch hier nichts Neues. Sowohl Vicke als auch sein Sohn würden Haftstrafen ohne Bewährung bekommen, aber es schien ihm nicht viel auszumachen. Im Gefängnis brachte man ihnen Respekt entgegen; dort hatten sie verschiedene Kumpane, mit denen sie vom ganz großen Ding träumen konnten, das sie drehen würden, wenn sie wieder draußen wären.

Routine, Routine. Bevor ich nach Hause ging, teilte mir Simon mit, daß Virena und Elin am Donnerstagabend heimkommen würden. Da es erst Dienstag war, hatte ich genügend Zeit, das Wiedersehen vorzubereiten. Ich lehnte Simons Einladung zum Abendessen ab und widmete mich dem Haushalt. Den ganze Abend fegte, wischte und putzte ich; auch an Stellen, die längst sauber waren. Was tut ein Strohwitwer nicht alles, wenn die Herzensdame nach Hause kommt!

Den Mittwoch und den halben Donnerstag verbrachte ich in einem dunklen Zimmer, wo ich mir eine scheinbar unendliche Anzahl von Fotografien ansah. All diese Männer waren in internationalen Registern erfaßt, doch ich erkannte keinen von ihnen. Dann fuhr ich nach Arlanda, und mein Herz klopfte wild vor Freude, und dann kamen sie und lagen weich und warm in meinen Armen, und der kleine Mann Hassel-Pinneberg war unvernünftig glücklich.

Als wir nach Hause fuhren, saß Virena neben mir. Elin auf dem Rücksitz plapperte ununterbrochen und berichtete von all den bemerkenswerten Dingen, die eine exotische spanische Kolonie zu bieten hatte. Beide waren sonnenverbrannt; Elin fast braunschwarz.

Zu Hause war der Tisch mit dem besten Porzellan gedeckt, die Kerzen leuchteten und der Moselwein paßte zu den Meeresfrüchten und leichten Fischgerichten, die ich zubereitet hatte. Oder stammten sie aus der Kühltruhe von NK's Lebensmittelabteilung? Ich erinnere mich nicht so genau. Anschließend gab es starken Kaffee, Tee und belgische Schokolade. Die Reise war lang gewesen, und mitten in einer spannenden Geschichte über eine häßliche Qualle schlief Elin ein und mußte ins Bett getragen werden. So saßen wir allein eng beieinander auf dem Sofa, und der Kerzenschein spiegelte sich in Virenas Augen. Sie streichelte über meine Stoppeln.

»Gefällt dir diese Frisur?«

»Nein, sie wachsen bald wieder nach.«

»Ich frage nur, damit ich weiß, ob ich mich daran gewöhnen muß.«

»Freust du dich, wieder zu Hause zu sein?«

Ihre Augen glänzten noch stärker, und das hatte nichts mit den Kerzen zu tun.

»Mhm. Und du, freust du dich, mich zu sehen?«

»Du bist schön braun gebrannt«, flüsterte ich.

»Kommt von der starken Sonne, wird aber leider schnell verblassen.«

»Bist du am ganzen Körper so braun?«

Sie lachte leise und zärtlich, und mein Blut geriet in eine angenehme Wallung.

»Warum schaust du nicht nach?«

Am frühen Montagmorgen rief Hiller an und bat mich, zu einer Adresse in der Sysslomansgatan auf Kungsholmen zu kommen, ganz in der Nähe. Es handelte sich um eine Wohnung, die als Büro diente und mit allen technischen Apparaten ausgerüstet war, die heutzutage für die Polizeiarbeit notwendig sind. Es gibt eine Reihe solcher inoffizieller Büros, die zu Gast weilenden Kollegen, die nicht öffentlich gesehen werden wollen, zur Verfügung stehen.

»Die Firmennamen, die du notiert hattest, kamen am vergangenen Donnerstag. Seitdem rotieren wir.«

»Habt ihr Resultate erzielen können?«

Hiller nickte langsam und stopfte sich seine obligatorische Pfeife.

»Mehr, als wir zu hoffen wagten. Das kann das reinste Dynamit sein!«

14.

Auf dem Schreibtisch lagen Papiere aller Art, doch sie waren fein säuberlich aufgestapelt. Hiller verfügte über zwei Faxgeräte, die auf gewöhnlichen Bögen ausdruckten, jedoch eine besonders hohe Auflösung garantierten. Ich bemerkte eine Anzahl Fotos von Schiffen, wie ich sie eine Woche lang studiert hatte. Hier setzte Hiller an.

»Die japanische Werft Takamatsu in Kohto ist bekannt dafür, Serien exakt gleicher Schiffe zu bauen. Das ist hochrationell und senkt die Preise. Von 1970 bis 1974 liefen viele solcher Schwesterschiffe vom Stapel, vorwiegend 7000-Tonner mit Kühlraum. Die meisten von ihnen sind inzwischen stillgelegt oder bereits verschrottet, aber einige fahren noch auf den Weltmeeren umher, nachdem sie durch viele Reederhände gegangen sind. Wir konzentrieren uns auf zwei von ihnen, ›Carla‹ und ›Farlon‹.«

Er ließ den Pfeifenschaft durch die Luft kreisen und brummte:

»Carl und ›Carla‹ – sieht nach einer Verbindung aus, aber ich hatte bei der Schiffstaufe wirklich keine Hand im Spiel.«

»Für mich klingt es wie ein Schlagerduo.«

Er schaute nachdenklich auf einige Fotos und Faxausdrucke. Sie stammten offenbar aus einer Zeit, als die Schiffe noch neu und der Stolz ihrer Reederei gewesen waren.

»Beide, ›Carla‹ und ›Farlon‹, liegen in Piräus. ›Carla‹ ist in einem guten Zustand, während ›Farlon‹, obwohl klassifiziert, nur als Wrack bezeichnet werden kann. ›Carla‹ hat nachweislich Flugzeugmotoren für Militärtransporter geladen, die von einem renommierten amerikanischen Hersteller stammen, jedoch von einer Firma in Liechtenstein zum Weiterverkauf an einen Agenten mit Büro auf Gibraltar bestellt wurden.«

»Also eine Briefkastenfirma«, lautete mein Kommentar.

Die Pfeife signalisierte ein Ja.

»Die ›Carla‹ gehört, wie du weißt, der Reederei Black Circle in San Lorenzo. Die ›Farlon‹ dagegen ist im Besitz von Agat Shipping und auf Malta registriert. Dabei handelt es sich um eine weitere Briefkastenfirma, hinter der ein Anwalt steckt. Die ›Farlon‹ soll zur Reparatur auf eine indische Werft. Aber was geschieht?«

Ich wußte es, denn ich war dabei gewesen.

»Bei Nacht und Nebel tauschen die Schiffe ihre Identität. Da die Aktion gut vorbereitet ist, reichen wenige Stunden und ein paar Eimer Farbe. Die ›Carla‹, ehemals ›Farlon‹, schippert in die eine Richtung, die ›Farlon‹, ehemals ›Carla‹, in die andere.«

»Stimmt! Die Auslaufzeiten der Schiffe werden von den Hafenbehörden notiert, und damit kommt kein Verdacht auf. Man schickt die Angaben an Lloyds lists, wo diese wöchentlich erfaßt werden. Die neue ›Carla‹ nimmt, wie vorgesehen, Kurs auf London. Wie wir wissen, versinkt sie vor der Küste Frankreichs in der gefürchteten Biskaya.«

Er nahm ein anderes Schriftstück und las vor:

»Die beiden befahrenen philippinischen Matrosen Huan Lee und Ricardo Dizon wurden halb erfroren und völlig erschöpft im Rettungsboot treibend aufgefunden. Vor dem Seegericht in Frankreich berichteten sie, daß sie zusammen mit dem Zweiten Steuermann nachts als Ausguck auf der Brücke waren, als die Kessel explodierten. Sie gaben zu Protokoll, daß sich Chief Ziegfelt über defekte Leitungen beklagt hatte, die in London repariert werden sollten. Alles ging furchtbar schnell. Ortega schrie, sie mögen sich retten, während er versuchte, die anderen zu wecken, doch es gelang ihm nicht. Die Matrosen machten das Rettungsboot los und beobachteten, wie die ›Carla‹ in wenigen Minuten sank. Der Notsender wurde gefunden. Wegen der Tiefe gibt es keine Möglichkeit, die Ladung zu bergen. Der Fall ist als erwiesenermaßen normales Schiffsunglück abgeschlossen worden.«

Er seufzte, und es fiel mir nicht schwer, es ihm gleichzutun. Mit diesem Fazit in den Händen war alles leicht zu erklären. Ohne auch, aber das Ergebnis war ein anderes.

»Was kommt nun? Ein britischer Anwalt hat im Auftrag Ersatzansprüche in Höhe von sieben Millionen Pfund in schwedischer Währung an ein deutsches Versicherungsunternehmen geltend gemacht. Ein französischer Anwalt hat im Auftrag Ersatzansprüche für die Fracht in Höhe von 45 Millionen Pfund an ein holländisches Versicherungsunternehmen geltend gemacht.«

»Weit über eine halbe Milliarde schwedischer Kronen«, murmelte ich. »Für ein einziges versunkenes Schiff!«

»Das reicht noch nicht. Dazu kommt das Wrack ›Farlon‹, das bei der nächsten Klassifizierung nachweisen kann, daß es repariert und im besten Zustand ist. Der Wertunterschied zwischen den beiden Schiffen kann mit zirka vier Millionen Pfund beziffert werden. Außerdem ist die gesamte Fracht erhalten geblieben. Über Strohmänner und diverse dubiose Firmen können die Flugzeugmotoren nach und nach zu günstigen Preisen verkauft werden, sagen wir für zwanzig Millionen Pfund. Falls überhaupt Motoren geladen wurden. Es könnten auch Waffen gewesen sein, und in unserer kaputten Welt finden moderne Waffen stets willige Käufer. In diesem Fall können wir vom doppelten Wert ausgehen.«

Ich spürte etwas von der Ohnmacht, von der so viele Kollegen berichten. Man sieht nur Schmutz und Elend, erlebt nur Blut und Gewalt, registriert nur Gier und menschliche Kälte, beobachtet nur Roheit und Rücksichtslosigkeit. Da fängt man an zu glauben, daß die ganze Welt so beschaffen ist, und vergißt, daß es gleichzeitig auch Wärme, Liebe und Freundlichkeit gibt. Wer keine Familie oder keinen Freundeskreis hat, sondern ausschließlich »für den Job« lebt, läuft Gefahr, Schaden an der Seele zu nehmen.

»Was wissen wir noch?« fragte ich müde.

»Eine ganze Menge. Wie du weißt, wird Interpol oft als bürokratisch und rigide verhöhnt. Vielleicht zu recht. Interpol ist ja zunächst nur eine internationale Informationszentrale gewesen. Inzwischen hat die Organisation eine bedeutend aktivere Rolle bekommen; wir arbeiten zum Beispiel sehr eng mit Europol zusammen. Unsere Datenbanken und das Nachrichtennetz sind gigantisch.«

»Zuviel kann alles verderben«, wandte ich ein. »Was man über die CIA erfahren hat, ist nicht gerade erhebend. Dort werden so viele Informationen gesammelt, daß sie nicht mehr bearbeitet werden können. Wenn zum Beispiel eine Nachricht über einen Kriegsausbruch am Freitag eingeht, kann es sein, daß sie erst am Montag ausgewertet wird. In der Zwischenzeit kann die ganze Nation vernichtet sein.«

Hiller nickte zustimmend.

»Die CIA zeigt als abschreckendes Beispiel, wie ein Geheimdienst, der politisch zu stark geworden ist, die Handlungsfähigkeit eines Staates einschränkt. Wenn es einer wagt, an eine Kürzung des Budgets zu denken, wird er plattgewalzt. Die CIA weiß alles über alle und kann alles voraussehen, doch scheitert daran, daß niemand Information und Überinformation unterscheiden kann. Wir dagegen haben viele Kontrollstationen, die das eintreffende Material effektiv sortieren.«

»Wenn Interpol weiter wächst, wird sie wie die CIA enden«, bemerkte ich resigniert. »Das Parkinson'sche Gesetz gilt überall. Jeder Beamte will seine Bedeutung herausstellen, indem er sich mit einem eigenen Stab umgibt.«

»Ja, das Risiko besteht. Aber derzeit besteht noch keine Gefahr, glaub mir. Rolle, laß uns zu unserem Fall zurückkehren und über deine alten Bekannten reden.«

Durch das Fenster konnte ich das Postamt sehen, in dem ich so oft mit meiner Mutter gewesen war. Damals hieß es Stockholm 12 und war unsere Postadresse. Als Halbwüchsiger hatte ich sonntags, wenn sich der richtige Briefträger ausruhte, als Zusteller gearbeitet. Vielleicht waren meine panthergleichen Fähigkeiten beim Treppensteigen und meine kräftigen Oberarme auf diese Tätigkeit zurückzuführen. Wer in einem Haus ohne Fahrstuhl wohnt und weiß, wie schwer die alten Ledertaschen der Post waren, kann mitreden.

»Jurij Machec ist 58 Jahre alt und wurde in Armenien geboren. Sein Vater war ein hochspezialisierter Kraftwerksmonteur und hatte deshalb das Privileg, in der ganzen Sowjetunion reisen zu dürfen. Der Knabe Jurij kam also überall herum. Nach drei Jahren Armeedienst ging er zur Handelsflotte und schaffte es bis zum Kapitän für kleinere Frachtschiffe. Nach dem Ende der Sowjetunion befuhr er als Erster Steuermann, aber auch als

Kapitän südamerikanische Routen. Da es viele Kapitäne gibt, aber nur wenige gebraucht werden, war er immer wieder arbeitslos. Offiziell wohnt er in Moskau und ist nicht verheiratet. Wie man so schön sagt, ein unbeschriebenes Blatt und durchaus in der Lage, ein 7000-Tonnen-Schiff zu führen.«

Über jeden Mann gab es eine Akte, doch ich vermutete, daß mir Hiller nur eine Zusammenfassung geben wollte.

»Übrigens, wie wäre es mit einem kleinen Frühstück?«

»Nein, danke, mach nur weiter.«

»Wie du willst. Josef Hodinsky ist 51 Jahre alt und wurde in Teheran geboren. Sein Vater gehörte zu der gefürchteten Geheimpolizei Savak, die dem Schah diente. Also ging es ihnen verhältnismäßig gut, und Josef konnte eine privilegierte Schule besuchen. Doch dann ging etwas schief. Josefs Vater wurde selbst vor Gericht gestellt und zu lebenslanger Haft verurteilt. Dort starb er nach kurzer Zeit. Josef floh in die Türkei, während seine Mutter und ein paar Schwestern in Teheran blieben. Ihr Schicksal ist unbekannt.«

Unbekannt, aber vermutlich eher tragisch als glücklich. Die Ungnade eines Fürsten bedeutet, daß man wie ein Aussätziger behandelt wird.

»Josef wurde bei einem Einbruch geschnappt und hatte die Wahl, entweder ins Gefängnis zu gehen oder zur See zu fahren. Er wählte die See. Damals war er siebzehn.«

So war es auch in Schweden gewesen, vor gar nicht so langer Zeit. Schiffe wurden als Besserungsanstalten angesehen, wo man aufsässigen jungen Burschen Zucht und Ordnung einbleute.

»Sein Wissen konnte ihm keiner nehmen, und nach einigen Hundejahren begann er eine theoretische Ausbildung an der türkischen Seefahrtsschule, die einen guten Namen hatte. Hier kamen ihm seine praktischen Erfahrungen zugute. Josef legte die Prüfungen ab, doch er war eine ruhelose Seele, die Abwechslung brauchte. Einige Jahre diente er auf einem japanischen Walfänger, heiratete eine Japanerin und hatte einige Kinder mit ihr. Das Haus, in dem sie wohnten, fing eines Nachts Feuer, und die ganze Familie kam darin um. Er hat keine neue gegründet. In den letzten Jahren arbeitete er als Erster Steuermann auf Schiffen, die flüssiges Ammoniak und ähnliche Frachten beförderten.«

»Weiter nichts?«

»Nein. Dann haben wir Daniel Ortega.«

Ihre Vornamen hörte ich zum ersten Mal, doch dadurch kamen sie mir nicht näher.

»Ortega ist Portugiese. Als er sieben war, wanderte die Familie nach Brasilien aus. Sein Vater war ein gescheiterter Geschäftsmann; einer von der Sorte, die sich schnell kaputtsäuft. Die Mutter, eine energische Frau, führte einen kleinen Laden, so daß sie nicht hungern mußten. Später heiratete sie einen Brasilianer, mit dem sie zwei Kinder hatte. Daniel fühlte sich vernachlässigt und riß mit elf von zu Hause aus. Niemand fragte nach ihm, doch nach ein paar Jahren auf der Straße kümmerte sich eine katholische Organisation um ihn und schickte ihn auf eine ihrer Schulen. Er lernte gut und sollte Priester werden, doch seine Interessen lagen eher auf weltlichem Gebiet. Nach einem Skandal mit einer verheirateten Frau warf man ihn hinaus, doch er war inzwischen groß genug, um zur See zu fahren. Daniel Ortega ist heute 54 Jahre alt. Einige Jahre arbeitete er in Westindien als Gast auf Charterbooten für Touristen. Das klingt paradiesisch, aber in diesen Gewässern schläft man mit der Pistole unterm Kopfkissen.«

Davon konnte ich ein Lied singen; es war tatsächlich kein schönes Leben.

»Er hatte Ambitionen; sein Charakter wird als kompliziert beschrieben. Ortega hielt es nirgendwo richtig aus; möglicherweise hat die Zeit bei den Katholiken ihre Spuren hinterlassen. Er eignete sich im Selbststudium das nötige Wissen an und machte in Griechenland sein Examen als Steuermann. Dann fuhr er auf verschiedenen griechischen Schiffen als Dritter Steuermann. Bemerkenswert ist, daß er in Haifa drei Jahre als Priester für Seeleute wirkte, bis die Kirche merkte, daß seine Papiere gefälscht waren. Man vermied einen Skandal und ließ ihn gehen. Es gab sogar Stimmen, die forderten, er solle bleiben. Er muß ein guter Seelsorger gewesen sein. Danach arbeitete er wieder als Steuermann auf verschiedenen ausgeflaggten Schiffen, die undefinierbaren Reedereien gehörten. Er war nie verheiratet, hatte jedoch viele Affären mit Frauen.«

Wer hat das nicht, wollte ich beinahe herausplatzen, aber warum an Zeiten erinnern, die vorbei waren und nicht ungeschehen gemacht werden konnten, wie sehr ich es auch wünschte. Unglückliche Zeiten, in denen ich mich treiben ließ und versuchte, die Unruhe in der Seele durch Alkohol zu betäuben.

»Paul Strahl hatte eine ganz andere Kindheit. Er wurde vor 48 Jahren in Kapstadt geboren. Die Eltern waren deutsche Artisten, die in aller Welt zu Hause waren. Der Vater hatte eine Pferdedressur aufgebaut; die Mutter war Reiterin. Sie waren Teilhaber eines kleinen Zirkus, der während einer Tournee in Südafrika in Konkurs ging. Die Rechtslage war unklar, und die Gläubiger ließen sie nicht gehen. Die Mutter nahm sich das Leben, und der Vater erzog den Sohn allein, mit Ohrfeigen und Peitschenhieben. Eines Tages schlug Paul zurück, und zwar so hart, daß der Vater zum Invaliden wurde. Er zeigte den Sohn an, und Paul wurde zu einigen Jahren Zwangsarbeit verurteilt. Als er freikam, musterte er auf einem Frachter an. In Sydney verließ er das Schiff und stromerte sieben Jahre in Australien herum. Was genau er in dieser Zeit getrieben hat, wissen wir nicht. Registriert wurde er als Teilhaber eines Fischereiunternehmens, das Pleite machte. Er verlor seinen ganzen Besitz und zog nach Peru. Seitdem arbeitet er für dubiose Reedereien. Soweit wir wissen, war er nie verheiratet.«

Er hätte den starken Mann im Zirkus spielen können, dachte ich. Aber das Schicksal hatte anderes mit ihm vor.

»Schließlich haben wir Enrico Ziegfelt, 64 Jahre alt, geboren im deutschsprachigen Teil der Schweiz. Sein Vater war Bauer.

Enrico war sehr fleißig in der Schule und bekam ein Stipendium, um Medizin zu studieren. Er war mit einem Mädchen verlobt, das er auf der Universität kennengelernt hatte. Einige Monate vor dem Examen fand man sie unter merkwürdigen Umständen tot auf; es schien, als wäre sie in einem geheimen heidnischen Ritual geopfert worden. Ein Zeuge erzählte seinen Eltern, Enrico habe allen etwas zu trinken angeboten, das sie in einen Rauschzustand versetzte. Später zog er seine Aussage zurück und behauptete, es sei nur ein Scherz gewesen. Die Polizei glaubte ihm nicht, konnte andererseits jedoch nichts beweisen. Enrico beteuerte sein Unschuld und meinte, falls das Mädchen ermordet worden sei, sollte die Polizei lieber den Täter suchen als ihn zu belästigen. Nach einem langen Gespräch mit dem Chef der medizinischen Fakultät brach Enrico sein Studium ab und verließ das Land, um ganz andere Wege zu gehen. Er begann als einfacher Schiffsmaschinist und arbeitete sich zum Chief hoch. Meistens fuhr er auf ausgeflaggten Schiffen.«

Hiller breitete fünf vergrößerte Paßfotos vor mir aus. Die abgebildeten Männer waren relativ jung und mir völlig unbekannt.

»Erkennst du jemanden wieder?«

»Nein.«

»Vermutlich sind sie tot, ermordet von den Männern, die ihre Identität angenommen haben. Oder sie haben einen Haufen Geld und falsche Papiere erhalten, so daß sie zufrieden bis ans Ende ihrer Tage leben können. Wir haben keine Ahnung, wer die fünf, die die ›Carla‹ versenkt haben, wirklich waren. Eine Tatsache ist, daß diese Leute wie ein Chamäleon die Farbe wechseln und an jedem beliebigen Ort wieder auftauchen können. Sie kennen alle Meere und Häfen dieser Welt, sind gutbezahlte Spezialisten und arbeiten fehlerfrei. Wenn wir weiterkommen wollen, müssen wir wenigstens einen von ihnen schnappen.«

»Du weißt nicht, ob zehn oder zwanzig zu dieser Bande gehören. Vielleicht sind es hundert oder sogar tausend. Gesehen haben wir, besser gesagt ich, nur diese fünf.«

Hiller zuckte die Schultern, ohne damit meinen Einwand zu bagatellisieren.

»Da hast du vollkommen recht, doch man kann davon ausgehen, daß eine Mörderbande eher an einer überschaubaren Anzahl von Mitgliedern gelegen ist. Je mehr Personen, desto größer das Risiko, entdeckt zu werden. Eine kleine, verschworene Gang kann jede Situation unter Kontrolle halten. Vermute ich jedenfalls.«

Noch einmal schaute ich mir die Fotografien an. Die Bilder waren nichtssagend; fünf glattrasierte Männer schauten am Betrachter vorbei.

»Eines ist lustig, falls man das Wort in diesem Zusammenhang benutzen darf«, bemerkte ich. »Die Leute, die als Kapitän oder Steuermann oder Chief auftraten, entsprachen den Figuren, die du gerade für mich entworfen hast. Ziegfelt hätte gut Arzt gewesen sein können, zu Strahl paßte ein Job beim Zirkus, bei den anderen war es ähnlich.«

»Oh, das kann wichtig sein. Offenbar besetzen sie die Rollen charaktergerecht. Morgen kommt der beste Mann, den wir zum Erstellen von Phantombildern haben. Er möchte dich früh treffen und ein ganz neues Computerprogramm anwenden.«

»Haben wir nicht eine wichtige Person vergessen?«

»Du meinst den Mann, der sich Leon nennt?«

»Ja. Er muß eine enge Beziehung zu Schweden haben, denn er spricht unsere Sprache besser als so mancher Polizist; ich könnte Namen nennen.«

»Sein Gesicht werden wir zuerst entwerfen. Er lebt sicher in einem anderen Land, doch er ist zweifellos eine Schlüsselfigur.«

»Was ergab die Autonummer?«

»Der Mercedes gehört einem kleinen Einmann-Unternehmen auf der Insel Jersey. Der Inhaber ist über 80 und lebt allein. Er ist so verwirrt, daß er glaubt, der Zweite Weltkrieg wäre noch im Gange. Eine Sekretärin kümmert sich um die Geschäfte, die von selbst laufen, doch über den Wagen weiß sie nichts. Er dagegen behauptet, das Auto verliehen zu haben, aber keinen Mercedes, denn von Hitler produzierte Marken fährt er nicht.«

Ich hatte in meiner wechselvollen Karriere schon viele senile Personen getroffen, die durchaus wichtige Informationen geben konnten. Es kostet allerdings Nerven, einem Kopf, der kaum noch zum Denken benutzt wird, Fakten zu entlocken.

»Wer ist dieser Mitio, der die Besatzung anheuerte?«

»Ein kleiner Makler in Bangladesch. Er behauptet, es sei reine Routine gewesen. Er ist oft in Manila und arbeitet dort mit Untervertretern zusammen. Weiter sind wir mit ihm nicht gekommen.«

Er schob den Stuhl zurück und verkündete:

»Also, wenn du nicht frühstücken willst – ich halte es nicht länger aus. Mein Motor braucht Kraftstoff, laß uns in die Küche gehen!«

Auf dem Weg dahin kamen wir an einem Raum vorbei, in dem ein paar mächtige Computer standen und mich mit leeren Monitoraugen anglotzten. Wie würden sie schauen, wenn sie all die Milliarden Informationen von den Festplatten mit ihrem eigenen Willen verbinden könnten? Das Thema mußte die Verfasser von Science-fiction-Romanen reizen. Wie ich aus dem Jules-Verne-Magazin wußte, das ich in meiner Kindheit verschlungen hatte, liebten sie Roboter, die sich selbständig machten, und Maschinen, die den Gehorsam verweigerten und statt dessen Massen von anderen Maschinen produzierten, die als feindliche Soldaten auftraten. Glücklicherweise gab es immer einen Wissenschaftler, der als verrückt galt, doch nun freie Hand bekam und die Sache deichselte. Zum Schluß gewann er wahrscheinlich noch die Liebe einer schönen Frau, aber daran erinnerte ich mich nicht mehr so genau. In diesem Genre spielt die Liebe keine so große Rolle. Solchen Schriftstellern muß es heutzutage dreckig gehen, schoß es mir durch den Kopf. Der Durchschnittsbürger wird mit dem Unfaßbaren zunehmend im alltäglichen Leben konfrontiert, wozu dann noch phantastische Geschichten?

Das Büro befand sich in einer ehemaligen Wohnung, und die

Küche war so eingerichtet, daß eine kleine Familie ihre täglichen Mahlzeiten dort einnehmen konnte. Sie war frisch renoviert, und während Hiller mit Steakpfanne und Mikrowelle hantierte, schaute ich aus dem Fenster. Ich blickte genau auf die runde Rückseite des Kinos »Draken«. Zu meiner Zeit war der »Draken« einer von vielen Filmtempeln auf Kungsholmen, doch jetzt gab es nur noch diesen einen auf der ganzen Insel. Er trauriges Kapitel, über das ich bei Gelegenheit Tränen vergießen würde.

»Setz dich. Trink etwas! Der Orangensaft ist frisch gepreßt.«

Mit gutem Appetit verputzte er sein kontinentales Frühstück, und ich trank in kleinen Schlucken Juice aus der elektrischen Presse. Hiller war verwöhnt; es würde ihm nicht einfallen, Muskelkraft zu vergeuden und Saft von Hand zu pressen.

»Darf ich dir eine persönliche Frage stellen, Rolle?«

»Daran kann ich dich erfahrungsgemäß nicht hindern.«

Er wischte sich Fett vom Kinn und goß starken Kaffee in eine winzige Tasse.

»Bist du noch derselbe wie zuvor? Verstehst du, was ich meine?«

»Mhm. Daß man sich verändert, wenn man so viele Menschen sterben sieht? Menschen, die man kennen- und schätzengelernt hat?«

»Ungefähr das meine ich.«

Natürlich hatte ich darüber nachgedacht, war jedoch vor der Konsequenz zurückgeschreckt. Ich wollte mich nicht mehr verändern, ich hielt mich für fertig, reif und ausgebacken. Gewiß, dem alten finsteren Gemälde war ein schwarzer Strich hinzugefügt worden, doch es hing unbeachtet an einem imaginären Nagel.

»Ich habe ... das Böse auch vorher schon gesehen«, murmelte ich. »Aus nächster Nähe. Wenn ich mich nennenswert verändern könnte, wäre es damals geschehen.«

»Ich weiß; ich kenne deine Geschichte. Man hat dir ganz schön zugesetzt. Aber dennoch, Rolle, so viele Tote auf einmal, und auf diese furchtbare Art und Weise!«

»Müssen wir darüber reden? Wenn du denkst, daß du mein persönlicher Psychotherapeut werden und mich auf der schwarzen Couch zum Heulen bringen kannst, hast du dich geschnitten! Wenn ich wahnsinnig werden will, brauche ich keine Hilfe dazu!«

Wie eine gute Hausfrau wusch er Besteck und Geschirr ab und ordnete es in ein Trockengestell ein. Daß die Wohnung über keine Spülmaschine verfügte, machte sie menschlicher.

»Nach meiner Auffassung gehört es zum Job zu beobachten, wie Menschen in bestimmten Situationen reagieren. Auf wen kann man sich verlassen, wer bricht zusammen? Na, wie ist es mit dir, brichst du zusammen?«

»Warum sollte ich? Ich stecke vieles weg, die Frage kann wohl nur von akademischem Interesse sein.«

Er stieß einen unbestimmten Kehllaut aus und stellte Butter und Käse in den Kühlschrank zurück. Margarine kam für den Feinschmecker Hiller natürlich nicht in Frage; goldene Butter und cholesterinreicher Käse mußten es sein. Zugegebenermaßen, anders schmeckt es auch nicht.

»Du machst oft kleine Scherze«, setzte er das Verhör fort. »Ist das ein Abwehrmechanismus?«

»Frag nicht so dumm!« rief ich wütend.

Natürlich war mein Jargon eine Verteidigung gegen die Angriffe des Daseins auf meinen Seelenfrieden; so halten es alle Polizisten, die an der Verbrechensfront stehen. Man muß seine Persönlichkeit ein- und ausschalten können wie den Kippschalter einer Lampe – außerhalb des Jobs Gefühle und Mitleid, im Job Korrektheit und das Vermögen, emotionslos zuzuhören. Natürlich gehörte auch das Talent dazu, nach Feierabend alles zu vergessen.

So ist es bei allen Betroffenen. Wenn die Leute wüßten, welche Witze im Leichenschauhaus oder in der Gerichtsmedizin gerissen werden, würden sie in den Ärzten und Angestellten Monster vermuten. Doch der Jargon ist notwendig, um den seelischen Druck abzubauen und normal arbeiten zu können. Zu Hause sind solche Menschen genauso sensibel wie andere und werden wütend, wenn jemand einen Scherz macht, der ihren ethischen Auffassungen widerspricht. Wenn man von den Gesprächen des Personals eines Krankenhauses ausginge, dürfte sich niemand freiwillig in die Betten legen. Doch die flotten Sprüche kursieren nur zwischen Ärzten und Schwestern, und die wissen, wie sie gemeint sind.

Einmal hatte ich in einer Werkstatt zu tun, in der Särge gefertigt wurden. Da ich beruflich kam, hielten sie mich für einen Gleichgesinnten, und so hörte ich die haarsträubendsten Geschichten. Warum auch nicht; sollten die Leute bei dem Gedanken, selbst einmal in so einer Kiste zu enden, trübsinnig werden?

Außerdem war die ganze Reise mit der »Carla« irgendwie unwirklich. Hatte sie tatsächlich stattgefunden oder nur in meiner Phantasie? War ich überhaupt dabeigewesen? Oder hatte ich alles nur geträumt? Die ganze Zeit über war ich damit beschäftigt gewesen, in jeder Sekunde Johnny Odler zu sein. Jetzt hatte ich mich wieder in Hassel verwandelt und stand vor demselben Problem wie einer, der im Intensivverfahren eine Sprache erlernt hat. Unmittelbar nach dem Kurs kann er sich mit den Einheimischen unterhalten, doch wenn er es nach einem Monat wieder versucht, wird er scheitern.

»Okay, ich stelle keine dummen Fragen mehr. Machen wir es uns doch im Wohnzimmer bequem.«

Die Wohnung war größer, als ich zuerst geglaubt hatte. Wir betraten einen Raum, der ausschließlich angenehmen und entspannten Gesprächen vorbehalten und mit einer bequemen Sitzgruppe ausgestattet war. Es war ein Eckhaus; man konnte bis auf die große Rasenfläche von Ralambshov hinuntersehen, die nun in der Herbstkühle verwaist war. Im Sommer war sie ein Paradies für Sonnenanbeter, Muskelprotze, Verehrer süßer Mädchen und hübscher Jungen sowie stinknormale Familien.

»Da kommt gerade ein Fax«, bemerkte ich.

»Achte nicht darauf. Die Telefone sind abgestellt. Du willst mehr wissen, nehme ich an?«

»Wenn ich mich richtig erinnere, sprachst du im Zusammenhang mit den von mir notierten Firmennamen von Dynamit. Also, laß es krachen!«

»Dreißig Unternehmen konnten wir ausschließen. Natürlich können wir uns irren, aber es gibt absolut keinen Hinweis, daß sie etwas mit der Sache zu tun haben könnten. Zwei unterhalten Kontakte nach Schweden. Lecta Broker Ltd. hat eine Tochterfirma in Schweden, die Lecta Finans AB. Es könnte auch andersherum sein, daß das Mutterunternehmen in Schweden sitzt.«

»Eine Finanzgesellschaft!« brummte ich geringschätzig. »Wieder so ein Projekt, mit dem man Millionen verdient, indem man anderen Millionen aus der Tasche zieht?«

»Diesmal liegt die Sache ein wenig anders. Man arbeitet aktiv daran, Verbindungen zwischen Verkäufern und Käufern und Finanzierungsmodelle anzubieten. Dafür kassiert man Provisionen. Nehmen wir ein Beispiel: In Dänemark hat jemand einen Steinbrecher zu verkaufen. In Thailand benötigt jemand so eine Maschine. Lecta bringt die beiden Parteien zusammen und vermittelt einen Vertrag. Die Finanzierung erfolgt, sagen wir, in Melbourne. Solche Dienstleistungen sind gefragt und zahlen sich aus. Besondere Hinweise auf Lecta haben wir nicht. Obwohl ...«

»Obwohl was?«

Umständlich zündete er die Pfeife an, zog daran und ließ den Rauch genüßlich aus den Nasenlöchern quellen.

»Obwohl man natürlich über ein solches Unternehmen auch Schiffe kaufen und verkaufen kann«, sagte er leise.

Damit eröffnete er neue Perspektiven, um die sich Interpol kümmern mochte. In den Büchern internationaler Firmen herumzuschnüffeln, war nicht meine Aufgabe.

»Das also war deine Dynamitladung? Vermutlich ist das Pulver naß geworden, denn den großen Knall habe ich vermißt.«

Mit einem nikotingelben Daumen stopfte er Tabak nach. Pfeifenraucher neigen dazu, ein Zeremoniell aus ihrem Laster zu machen.

»Hast du schon einmal von den Odeoniten gehört?« fragte er. »Oder von der Odeon-Gruppe?«

Ich kramte in meinen Erinnerungen. Mir fiel jedoch nur das alte Odeon-Theater am Brunkebergstorg ein, wo die alten Komödien gespielt wurden. Sollte es sich um den Fanclub der legendären Schauspieler handeln?

»Nein. Gehört das zur Allgemeinbildung?«

»Keinesfalls, man legt Wert auf Diskretion. Der Name stammt von einem Hotel im mittleren Westen der USA, in dem man sich vor über vierzig Jahren zum ersten Mal traf. Am Anfang gehörten nur wenige Personen dazu, daher Odeon-Gruppe. Heute ist die Bezeichnung Odeoniten gebräuchlicher, obgleich es sich nach wie vor um einen äußerst kleinen Kreis handelt.«

»Eine Geheimgesellschaft also, ein Orden? Mit verschiedenen Graden und Ritualen?«

Männer haben zu allen Zeiten Gefallen an solchen bedeutungsvollen Spielen gehabt. Auch wenn man nur Dachrinnen saubermachte, konnte man den vierten Grad erreichen; Hauptsache, man lernte die Regeln auswendig. Dann bekam man ein rotes Band anstelle des grünen und wurde zum Garderobenverantwortlichen ernannt. Das war ein Beweis der Würde, man war jemand, man stand über den Nichteingeweihten und paßte auf, daß kein besoffenes Mitglied in die falsche Tracht schlüpfte. Was also trieben die Odeoniten? Mauerten sie frei, tanzten sie nachts ums Feuer, tranken sie Blut?

»Kein Orden. Diese Männer haben keinen Sinn für alberne Riten; dennoch ist die Auswahl sehr streng und der Eintritt, dem alle Mitglieder zustimmen müssen, unerhört teuer. ›Die Gesellschaft‹, so nennen sie sich selbst.«

»Also werden wir beide, du und ich, wohl nie Odeoniten werden?«

»Jeder Schritt in diese Richtung wäre Zeitverschwendung. Der

Name Odeon fand sofort Anklang. Man kann mit ihm spielen und ihm durch die Bildung von Anagrammen einen mystischen Hauch verleihen. Meinst du nicht auch, daß ältere, sehr reiche Menschen eine Vorliebe für religiöse Ausdrucksformen haben?«

»Nicht jeden Tag. Ist das so?«

Hiller lehnte sich in den weichen Sessel zurück und legte die Füße auf den Glastisch, der zwischen uns stand. Es sah bequem aus, also tat ich dasselbe.

»Jemand, der ein Riesenvermögen geerbt oder zu leicht verdient hat, bekommt früher oder später ein schlechtes Gewissen. Das ist ein Beweis dafür, wie bemerkenswert unser Gewissen konstruiert ist. Manche beruhigen es, indem sie Geld für Stiftungen bereitstellen, die Gutes für die Welt tun. Eastman, der Erfinder des Rollfilms, spendete beispielsweise Geld für zahnärztliche Einrichtungen. Ich glaube, es gibt sogar ein Eastman-Institut in Stockholm.«

»Stimmt, als Kind war ich einmal da. Ich erinnere mich an ein gigantisches Aquarium im Wartezimmer.«

»Andere sehen sich religiösen Anfechtungen ausgesetzt. Sie bilden sich ein, so reich geworden zu sein, weil der gute Gott sie auserkoren hat. Da läßt sich der Reichtum leichter ertragen. Wenn man nicht selbst dafür verantwortlich ist, kann man bescheiden, aber dennoch stolz auftreten, weil man ja auserwählt wurde.«

»So einfach ist das?«

»Neun Zehntel aller menschlichen Beweggründe sind einfach und äußerst leicht nachzuvollziehen. Das letzte Zehntel dagegen ist so kompliziert, daß man es überhaupt nicht erklären kann.«

»Also bestehen die Odeoniten aus reichen Knöpfen, die den Schöpfer preisen, weil er ihnen ein Vermögen verliehen hat? Oder ist es nicht so einfach?«

Gewiß war es angenehm, in einem weichen Sessel zu sitzen und philosophische Fragen zu diskutieren, aber dafür wurde ich nicht bezahlt, und mein Pflichtgefühl protestierte gegen die Zeitvergeudung. Nicht gerade sehr laut, aber doch vernehmlich.

»Laß uns eine dritte Gruppe betrachten; Menschen, die einmal über fast uneingeschränkte Macht verfügten und sie dann verloren haben. Macht ist ein Gift, ein Narkotikum, und die Abstinenzbeschwerden können lebensbedrohend sein. Was glaubst du, wie sich Chrustschow gefühlt hat, als er mit seiner Alten in die ihm zugewiesene Moskauer Vierraumwohnung zog? Von seinem Einfluß war nichts geblieben, dabei hatte kurz zuvor noch die Welt vor ihm gezittert. Wie fühlt sich ein abgesetzter König in einem despotischen Königreich? Was geht in einem Präsidenten vor, der die Wiederwahl verloren hat? Wenn man die Schlüssel auf den Tisch legen muß, wenn einen keiner mehr nach der Meinung fragt, wenn man plötzlich merkt, daß das Volk der Funktion zugejubelt hat und nicht der eigenen Person? Wenn einem klar wird, daß man wertlos, austauschbar ist?«

»Sicher kein schönes Gefühl«, gab ich zu.

»Macht, Rolle, Macht und Einfluß haben eine unvergleichliche Süße. Wer einmal davon genascht hat, will zurück ins Rampenlicht oder auf alle Fälle die Bewunderung von Personen spüren, die Macht anbeten. Nixon, der wie kein anderer Präsident erniedrigt wurde, kämpfte den Rest seines Lebens darum, als Staatsmann anerkannt zu werden. Er reiste rund um die Welt, traf mit Staatschefs zusammen und achtete darauf, daß auch ja Fotografien an die amerikanische Presse geschickt wurden, die ihn beim Händeschütteln mit gekrönten Häuptern oder Machthabern zeigten. Es gelang ihm beinahe. Carter stellt sich als Vermittler für Friedensgespräche zur Verfügung. Ohne größere Sachkenntnis erreicht er Erfolge, jedoch nur, wenn es die Streitparteien wünschten.«

»Und der alte Kissinger? Er treibt sich doch auch in der Weltgeschichte herum.«

Hiller warf mir einen lobenden Blick zu und zeigte mit der Pfeife auf mich, als wollte er einer Schulklasse einen besonders begabten Mitschüler präsentieren – oder demonstrieren, daß auch ein blindes Huhn ein Korn finden kann.

»Nun nähern wir uns dem Grund für die Aktivitäten der Odeoniten. Kissinger kassiert immer noch horrende Summen für seine Vorträge, weil er nach wie vor über einen Teil des Kontaktnetzes aus seiner Machtzeit verfügt. Er erhält oder kauft sich Informationen, die seine Reden interessant machen. Aber er verbreitet auch Ansichten, die gewisse Herrscher öffentlich machen wollen, jedoch nicht selbst verbreiten können. Für solche Fälle ist Kissinger der perfekte Mann. Gleichzeitig verliert er aber an Einfluß, weil seine Kontaktpersonen sterben, gestürzt werden, Wahlen verlieren oder, vor allem die jüngeren Kräfte, eigene Kanäle suchen. Wie auch immer, er ist noch lange nicht verbraucht. Verstehst du?«

»Ich verstehe, was du sagst, doch ich begreife nicht, was du meinst.«

Das blinde Huhn hatte offenbar wirklich nur das eine Korn gefunden, doch warum soll man mehr aufpicken, wenn man schon satt ist? Worauf wollte Hiller hinaus?

»Im Hotel Odeon traf sich also eine Gruppe von Personen mit sich überschneidenden Interessen, eine Anzahl sehr reicher und erfolgreicher Geschäftsleute und einige Expolitiker aus der obersten Schicht.«

Ich rief mir die Enthüllungen über Pehr Gyllenhammar in Erinnerung, die im Zusammenhang mit seinen Nekrologen in den Zeitungen veröffentlicht wurden. Er war tot; nun konnte man einer staunenden Öffentlichkeit mitteilen, daß der Kaiser nackt gewesen war. Die Öffentlichkeit wunderte sich allerdings mehr darüber, daß es niemand gewagt hatte, zu seinen Lebzeiten über die fehlenden Kleider zu sprechen.

»Gehörte Gyllenhammar nicht zu einer Gruppe, die Bilderberger oder so ähnlich heißt?«

»Ja, benannt nach dem Hotel, in dem die erste Konferenz stattfand. Volvo hat sicher eine Million im Jahr an Mitgliedsbeiträgen gezahlt. Trotz ihrer Verdienste bei dem Automobilproduzenten und Gyllenhammar zählen sie in den richtig großen Zusammenhängen zu den Leichtgewichten.«

»Okay, wir spielen hier nicht in der Regionalliga, aber ich will dir verraten, daß man mich pünktlich an meinem Arbeitsplatz erwartet, frisch rasiert und fröhlich.«

»Simon ist vorgewarnt. Was ist das Wichtigste für einen Geschäftsmann, der sich in der Welt umschaut, um zu expandieren?«

»Daß er die richtigen Objekte zum richtigen Preis hat«, vermutete ich. Ich hatte nie eine Handelsschule besucht.

»Bevor es soweit ist? Wenn er über Investitionen in Fabriken und Märkte nachdenkt?«

Er zwinkerte mir auffordernd zu, damit ich mich anstrengte und eine intelligente Antwort zustande brachte. Ich versuchte, so zu denken wie Wallenberg oder der Chef von General Motors. Was war das Wichtigste für solche Leute? Wenn sie zum Beispiel in Italien investieren wollten ... Ich kam darauf und schmetterte stolz:

»Daß das Land politisch stabil ist!«

Hiller strahlte mich an, und ich war stolz auf mich und Wallenberg.

»Exakt, Rolle! Hier kommen die ehemaligen Machthaber den Brüdern aus dem Geschäftsleben zu Hilfe. Sie können unauffällig mit ihnen bekannten Leuten auf hohen Posten oder in Vertrauensstellungen reden. Offizielle Pflichten belasten sie ebensowenig wie der Zwang, Punkte für eine Wiederwahl zu sammeln. Das weiß der Gesprächspartner; also können beide aufrichtig sein. Wenn Unternehmen zehn Millionen in dein Land investieren, welche Garantien gibst du, daß du nicht den Sozialismus einführst? Was will die Opposition? Und du kannst dir denken, daß ich auch mit ihr sprechen werde, mag es offiziell zehnmal verboten sein. Wird es Krieg mit einem Nachbarland geben? Wer könnte dein Nachfolger werden? Was ist seine Linie? Welche Reformen wirst du durchführen? Wie ist es um die Wirtschaft des Landes bestellt? Besteht die Gefahr einer galoppierenden Inflation? Die Antworten werden an die Odeoniten weitergegeben, wobei der Informant eine Beurteilung mitliefert, inwieweit es sich um Fakten oder Wunschdenken handelt.«

»Erzählt ein Diktator einem Außenstehenden wirklich, daß er einen Krieg plant?«

»Der Witz ist, daß der Diktator den Odeoniten nicht als Außenstehenden, sondern als Verbündeten ansieht. Aus der Sicht eines Diktators kann ein schneller Krieg größere Sicherheit an den Grenzen bringen und eine gefährliche Opposition unterdrücken. Aber vielleicht verrät ihm der Odeonit auch, daß seinen Quellen zufolge das andere Land viel besser gerüstet ist als angenommen und ein Krieg gefährlich werden könnte. Wenn es Krieg gibt, kann der Geschäftsmann Lunte riechen. Der Diktator weiß, daß der Rat ehrlich ist und auf zuverlässigen Informationen beruht. Er wählt Frieden und Investitionen.«

Ich konnte den ergebenen Seufzer eines desillusionierten Idealisten nicht zurückhalten:

»Du meinst, alles wird hinter den Kulissen ausgehandelt, alles hinter verschlossenen Türen entschieden? Wir sehen nur die Oberfläche?«

»Aber, lieber Rolle, was hast du denn gedacht?«

Ich erinnerte mich, wie es in einem kleineren Schützenverein zugegangen war, als ein neuer Vorstand gewählt werden sollte. Welche Intrigen! Was für Ränke wurden da geschmiedet, welche Verleumdungen in Umlauf gebracht, bloß um Vorsitzender respektive Sekretär eines Schützenvereins zu werden!

»Aber Stabilität in einem Land reicht den Investoren nicht; sie brauchen Stabilität in großen Regionen. Saddam Hussein weiß, worum es heutzutage geht. Zum Schein wird er noch eine Weile in Quarantäne sitzen müssen, aber bald werden die Grenzen des Irak für das internationale Kapital geöffnet. Saddam Hussein wirkt in seinem wichtigen Teil der Welt als ausgleichender Faktor.«

»Ist er klug?«

»Er muß nicht nach unserem Maßstab klug sein. Er weiß aber, was für ihn selbst klug und richtig ist. Nimm Algerien als Gegenbeispiel. In Nordafrika wird es bald zu Katastrophen und Blutbädern kommen, mit Folgen, die keiner voraussehen kann. Die Regierung ist nicht in der Lage, Stabilität zu garantieren, und so wagt es niemand, auch nur einen Cent in diesem Land zu investieren. Dagegen ...«

»Wir müssen nicht den ganzen Erdball analysieren, Carl. Eigentlich dürfte man nirgendwo wohnen. Schrecklich, wie du dich in den Geschäften der Welt auskennst. Ist Interpol eingeschaltet?«

»Die Kriminalität folgt dem Geld auf den Fersen. Wir halten uns à jour mit den Voraussetzungen. Jetzt willst du sicher wissen, was die Odeoniten mit Schweden zu tun haben, nicht wahr?«

»Will ich? Na wenn du meinst.«

Trotz des weichen Polsters und der guten Federung empfand ich den Sessel plötzlich als unbequem. Es half auch nichts, die Stellung zu wechseln.

»Die Gesellschaft unterhält weltweit mehrere Zentren. Ein großes befindet sich in London, ein ziemlich großes in Stockholm. Die Stadt ist ruhig; hier passieren keine Revolutionen. Wenn ein Schwede wütend ist, erkennt man das an dem Aufkleber an der Heckscheibe seines Autos. Die Mitglieder können herreisen, ohne daß es auf den Titelseiten der Zeitungen vermerkt wird. Die bekanntesten Expolitiker können eine Konferenz oder ähnliches vortäuschen.«

»Willst du behaupten, daß diese Odeonbande hinter der Sprengung der ›Carla‹ und anderer Schiffe steckt? Das klingt absolut nicht glaubhaft. Übrigens kann der Kapitän auch jedes der anderen dreißig Unternehmen besucht haben.«

Hiller stand auf und streckte den Körper. Das war nicht gerade ein Kompliment für den Innenarchitekten, aber wen kümmert das Gefühlsleben eines solchen Mannes? Auch ich erhob mich und tänzelte auf der Stelle, um den Blutkreislauf wieder in Gang zu bringen und die verkrampften Muskeln zu lockern.

»Es gibt diskrete Hinweise, daß es eine Verbindung zwischen Black Circle und Schweden gibt.«

»Ach ja? Wenn das so ist, solltest du auf Lecta setzen.«

»Falls nicht beide dazugehören. Es ist doch verdächtig, daß sich die Londoner Büros im selben Gebäude befinden.«

»Finde heraus, wer dort arbeitet und den Kapitän empfangen haben könnte.«

»Dir ist doch wohl klar, daß es Räume gibt, wo jedes Mitglied wen auch immer treffen kann, ungestört und total diskret.«

»Dazu kann man den Herren nur gratulieren. Apropos, gehören auch Frauen zu den Odeoniten?«

»Bist du verrückt? Frauen haben wohl wichtigere Sachen zu tun.«

Da konnte er recht haben, aber für mich war die Morgenbesprechung zu Ende. Dem Computerkünstler, der für die Phantombilder zuständig war, wollte ich mein Bestes geben, aber nicht an diesem Tag.

»Wann soll ich mich morgen früh einfinden?«

»Willst du gehen?«

»Ja. Der Phantombildner ist ja nicht gekommen.«

»Nein, aber ...«

Ich klopfte ihm tröstend auf die Schulter. Hiller war mir ein guter Freund geworden; jetzt brauchte er Zuspruch.

»Carl, wenn du deine Ideen mit jemandem diskutieren willst, stehe ich dir gern zu Verfügung, doch laß uns den Rest ein andermal besprechen. Wenn ich du wäre, würde ich zuerst auf Lecta setzen. An dem Tag, an dem sich die Herren Finanzjongleure zu normalen moralischen Grundsätzen bekennen, fresse ich einen mittelgroßen speckigen Strohhut mit Schweißband und allem drum und dran.«

Hiller gab mir einen ebenso tröstenden Klaps und erwiderte in gespielt harmlosem Tonfall:

»Wenn du es so siehst, dann wirst du natürlich mit Lecta beginnen. Es ist wichtig, daß du deiner Intuition folgst.«

15.

Es war nicht das erste Mal, daß ich ihn kleingläubig anstarrte, aber so mißtrauisch war ich noch nie gewesen. Was er gesagt hatte, klang lächerlich und geradezu aberwitzig, doch ich war nicht zu Scherzen aufgelegt.

»Ich werde mit Lecta und den Odeoniten weder beginnen noch aufhören, damit das klar ist!«

»Doch, leider, du wirst. So ist es bestimmt.«

»Wer zum Teufel hat das bestimmt?«

»Leute, die bestimmen können. Wenn du einmal überlegst, ist es doch logisch. Du bist der einzige, der ...«

»Carl, die Zeile ›Du bist der einzige‹ mag ich nur, wenn sie von Lill Lindfors gesungen wird. Erinnerst du dich an den schönen alten Schlager? Aber ich bin nicht der einzige. Hier ist ein anderes Kaliber gefragt. Die Odeoniten lenken die Schicksale der Welt, und ich kann mich kaum selbst lenken. Als Fahnder leiste ich handfeste Polizeiarbeit; ich schaue in Listen, befrage Nachbarn, klingle an Türen und schnappe mir die Leute, manchmal die falschen, meistens die richtigen. Ich kann nichts anderes. Lege die Last nicht auf allzu schwache Schultern.«

Während ich redete, nickte er unablässig, und auch wenn die Wahrheit nicht angenehm war, lag sie doch so klar vor uns, daß es sinnlos war, sie in bunte Federn zu kleiden.

»Du hast ja so recht«, sagte er, und ich fuhr fort, meinen Mangel an Kompetenz herauszustellen:

»Was du brauchst, ist eine Mischung aus genialem Revisor und Wunderkind in internationaler Ökonomie; einer, der Verträge liest wie der Teufel die Bibel, denn so sind sie geschrieben. Du brauchst eine Person mit enormer Autorität, vor der sich Muscheln von selbst öffnen. Die Autorität, über die ich in diesem und den meisten anderen Zusammenhängen verfüge, reicht gerade aus, um an den Kücheneingang und die Hilfsköchin verwiesen zu werden. Ein Hybride aus Einstein und Superman würde den Anforderungen eventuell genügen können, aber nur, wenn er sich ein enzyklopädisches Wissen angelesen hätte. Aber ich bin kein Superman!«

»Wo du recht hast, hast du recht.«

»Sorry und so weiter, Carl, aber der Chef von Interpol sollte den Auftrag selbst übernehmen – falls er die Voraussetzungen mitbringt.«

»Wo du nicht recht hast, hast du unrecht. Laß uns logisch denken. Wie wäre es, wenn wir zusammen essen gehen?«

Ich schüttelte so nachdrücklich den Kopf, daß die Halsmuskeln wehtaten.

»Glaub nicht, daß du mich wie beim letzten Mal überreden kannst. Und wenn du mich besoffen machst, ich unterschreibe nichts. So was funktioniert heutzutage auch bei der Fremdenlegion nicht mehr.«

»Darum geht es doch gar nicht. Was hältst du von einem längeren Spaziergang? Vielleicht stellt sich der Appetit unterwegs ein. Auf das Essen, meine ich. In meinem jetzigen Job muß ich viel zu viel sitzen.«

Liebevoll klopfte er sich auf sein ansehnliches Bäuchlein, doch mit Simons gemütlicher Leibesfülle konnte er keinesfalls mithalten. Nun gut, ein wenig Bewegung konnte nicht schaden und verpflichtete zu nichts.

Der Morgen war ziemlich kalt, doch es war windstill, und eine bleiche Sonne brachte sich zwischen leichten Wolken in Erinnerung. Wie immer steckte ich die Hände in die Jackentaschen.

Hiller bevorzugte einen feschen Mantel mit elegantem Hut, der ihm das Aussehen eines erfolgreichen Filmproduzenten verlieh. Wie die geborenen Flaneure schlenderten wir den Drottningholmsvägen in Richtung Bromma hinauf. Wenn es ihm um Bewegung ging, konnten die Kalorien zufrieden sein, denn auf dieser Strecke wurden nicht viele von ihnen verbraucht.

Um zehn Uhr war die Rush-hour vorbei, doch der Verkehr zwischen der City und den westlichen Vororten ist immer dicht, so daß man die Abgase trotz frischer Luft wahrnimmt. Mir machte es nichts aus; die Mischung aus Benzin, Öl, chemischen Nebenprodukten und verbranntem Gummi ist kein Problem für ein Großstadtkind.

Hiller erzählte von anderen Metropolen, in denen er gearbeitet hatte. Ich hörte mit halbem Ohr zu und warf ab und zu ein Wort ein, um den Monolog in Gang zu halten. Diesen Weg hatte ich lange nicht mehr zu Fuß zurückgelegt. Normalerweise fährt man ihn im Auto oder mit der U-Bahn. Gemächlich passierten wir das alte Holzhaus, früher Krillans Krog und heute Gastronomieschule. Das Gebäude soll einst Jagdschloß der Königin Kristina gewesen sein, aber dieser Ruf eilt ja jedem älteren Kiosk voraus.

»... und du weißt, New York ist ein Hexenkessel, der ...«

Ein Teil des Verkehrs bog nach links zum Essingeleden ab, wo große Schilder verkündeten, daß einige Fahrspuren wegen Bauarbeiten gesperrt waren. Wir Stockholmer wunderten uns schon eine ganze Weile, warum man Brücken baute, die ständig repariert werden mußten.

»... in den sechs Monaten, die ich in Lissabon verbrachte ...«

Jetzt ging es hinauf zur Kuppe der Tranebergsbron, und mich beschlich ein ungutes Gefühl, denn hier hatte ich vor gar nicht so langer Zeit furchtbare Sachen erlebt. Doch die Aussicht ist unvergleichlich. Hiller lehnte sich über das Geländer und schmatzte genüßlich mit den Lippen, als hätte er eine Delikatesse vor sich.

»Ich hoffe, daß ich bald wieder nach Stockholm ziehen kann. Nichts geht über diese Stadt!«

»Gefällt es dir nicht in Wien?«

»Äh! Wien lebt von dem Ruf, den es sich während des Kongresses von 1814 erworben hat, die Stadt des Lächelns und des Leichtsinns zu sein. Ich glaube, das war schon damals ein Gerücht. Wenn ich nach Stockholm zurückkehren kann, kommt möglicherweise auch meine Ehe wieder in Ordnung. Man soll nicht arm und allein leben.«

»Von Armut kann bei deinem dicken Gehalt wohl nicht die Rede sein.«

»Das sagst du!«

Bald erreichten wir den Brommaplan. Hiller schaute auf die Uhr.

»Früher habe ich manchmal im Bromma-Hotel gegessen. Was meinst du? Es wird Zeit, mal wieder etwas zwischen die Zähne zu bekommen.«

Das war ein Argument, und außerdem konnte auch ich mich gut an das Hotelrestaurant erinnern. Das Lokal entsprach unseren Erwartungen, und das frikassierte Hähnchen schmeckte tadellos.

»Um auf die Logik zurückzukommen ...«

»Verdirb mir bitte nicht den Appetit. Während des Essens möchte ich nichts hören.«

Nach einer Weile hatte er den letzten Bissen genossen und bestellte Kaffee und Tee.

»Jetzt sind wir satt und logisch. Die Sache mit den Odeoniten ist äußerst kompliziert. Interpol hat keine Handhabe gegen sie; nicht einmal das kleinste Vergehen liegt vor. Da schließt sich der Kreis. Wir bekommen keinerlei Unterstützung. Man wird das Ganze als eine politische Frage betrachten und alle Türen verschließen, wie bei einem Panzerschrank.«

Er zeigte mit der Gabel auf mich.

»Wenn wir das Ganze jedoch zu einer reinen Polizeiangelegenheit auf niedrigerem Niveau machen, besteht die Möglichkeit, zu Ergebnissen zu kommen. Integrität ist den Odeoniten wichtig, und wenn einer von ihnen gegen die Regeln verstößt, glaube ich nicht, daß sie ihn schonen werden.«

»Was soll das für eine Polizeiangelegenheit auf meinem niedrigen Niveau sein?«

»Wir erfinden eine. Nehmen wir an, eine dieser reichen Personen ist nicht ganz astrein; unter dem glänzenden Lack steckt nur schimmelige Pappe. Da könnte er der Versuchung erlegen sein, gemeinsam mit einer Bande skrupelloser Typen über ein Unternehmen wie Black Circle das große Geld zu verdienen. Wenn die Odeoniten davon Wind bekommen, versehen sie die gewöhnliche Polizei mit Beweismaterial. Interpol würden sie nicht unterstützen. Lieber ein ganz normaler Schurke, der ins Gefängnis kommt, als Skandale um ein Mitglied, das vielleicht auch in anderen Beziehungen versagt und die Glaubwürdigkeit der Gruppe insgesamt beschädigt hat. Verstehst du?«

»Ja, was du sagst, aber immer noch nicht, was du meinst. Warum gerade ich, der am wenigsten geeignete?«

»Rolle, du warst Zeuge eines unglaublichen Verbrechens. Du kannst Spuren entdecken, wo die anderen blind sind. Du hast die fünf Täter sowie die beiden Philippiner, die überlebt haben, aus nächster Nähe gesehen. Du könntest auf Fotos stoßen, die dir Fakten enthüllen, während wir sie ignorieren würden. Du kannst Gespräche belauschen, die dir als Schlüssel zu neuen Informationen dienen, während andere nicht einmal das Schlüsselloch erkennen. Gerade weil du ein stinknormaler Bulle bist, wird man dir glauben.«

»Ja ja, aber wenn ich diesen Machec oder einen seiner Kumpane sehe, dann ist sehr wahrscheinlich, daß auch er mich sieht. Aha, sagt dann sein Mörderverstand, dieser Hassel und Odler sind ein und dieselbe Person, und die müssen wir beseitigen.«

»Das Risiko ist minimal.«

Vor Wut zu schnauben war nie meine Art gewesen, aber nun konnte ich es mit jedem Stier aufnehmen.

»Das sagst du, weil du es nicht tragen mußt! Die werden mich im nächsten Gebüsch erledigen, falls sie überhaupt so lange warten.«

Wenn er gefragt hätte, ob ich mich fürchtete, ich hätte ihm ein lautes Ja entgegengeschmettert, doch er war klug genug, mich nicht zu provozieren.

»Sie werden dich bestimmt nicht wiedererkennen.«

»Nein, denn ich habe mich ja von einem plastischen Chirurgen operieren lassen und nenne mich nun Mademoiselle Fifi.«

»Rolle, deine Visage ist total verändert. Du bist glattrasiert, das macht viel aus. Bald sind deine Haare nachgewachsen, und auch deine Körpersprache ist ganz anders.«

»Meine was?«

»Warum, glaubst du, können große Schauspieler so viele unterschiedliche Charaktere überzeugend darstellen?«

»Glauben, glauben, das scheint dein Lieblingswort zu sein.«

»Weil sie für jede neue Rolle eine eigene Körpersprache entwickeln. Ein Totengräber zum Beispiel ...«

»Vielen Dank für den Vergleich, kein Beruf hätte besser passen können.«

»Ein Totengräber bewegt sich natürlich ganz anders als, sagen wir, ein Jagdpilot.«

Ich wischte mir den Mund mit der Serviette ab und verbeugte mich ironisch.

»Malmsjö und Kulle und Strandberg und Järegard und Hassel, diese begabten Schauspieler, sind ob dieser Analyse erfreut, jedoch nicht verwundert. Verdammt, Carl, rede doch keinen Unsinn! Ich kann nicht einmal eine einfache Replik so einstudieren, daß sie natürlich klingt. Einen schlechteren Mimen als mich gibt es auf der ganzen Welt nicht!«

»Nein, Stücke auswendig zu lernen, ist wirklich nicht deine Sache. Aber ich bin überzeugt, daß du ein Naturtalent bist, wenn es darum geht, den Charakter eines anderen Menschen anzunehmen. Als du Johnny Odler warst, wußtest du intuitiv, wie du aufzutreten hattest. Deine Art, dich zu bewegen, war anders als deine gewöhnliche, du sprachst und benahmst dich anders, du schautest wie Odler und nicht wie Hassel. Deine ganze Ausstrahlung verwandelte sich.«

Da ich seinen Plan nicht akzeptieren wollte, weigerte ich mich auch, seine Theorie anzuerkennen. Doch ich wußte, daß er recht hatte. Wenn ich ein Talent besaß, dann jenes, mich in typische Verhaltensweisen einer Person einzufühlen.

»Okay, sie werden mich nicht im nächsten, sondern erst im übernächsten Gebüsch erledigen, weil sie spätestens dann merken, daß es sich bei dem bartlosen, stoppelhaarigen und körpersprachgewandten Polizisten um eine Reinkarnation Odlers handelt. Ich kann sie nicht täuschen. Versuchst du, mich auszutricksen, oder worum geht es?«

»Rolle, hast du denn kein Interesse daran, die Kerle hochgehen zu lassen? Willst du nicht wissen, wer hinter der Mörderbande steht?«

Ich schmetterte die Faust auf den Tisch, daß die Kaffeetassen tanzten. Der vornehme Oberkellner schaute indigniert herüber.

»Ich hasse diese Mörder so sehr, daß ich mir eine richtige Hölle für sich wünsche, wo sie in Öl und Schwefelsäure kochen und von gehörnten Teufeln mit Gabeln gepiesackt werden sollen. Was du willst, ist aber etwas ganz anderes! Versuchst du, mich zu erpressen?«

»Selbstverständlich! Ich werde alles versuchen, bis du begreifst, daß du als einziger Zeuge des Verbrechens auch der einzige bist, der es aufklären kann. Mein Chef hat mit verschiedenen Leuten gesprochen. Alle wünschen, daß du noch einmal in den Ring steigst.«

»Wünschen?«

»Ein gutes, rundes Wort.«

»Sonst werde ich wohl rausgeschmissen? Unehrenhaft entlassen? Zum Spießrutenlauf geschickt? Wollt ihr mir die Dienstmarke abnehmen, während die versammelte Mannschaft den Polizeiwalzer rückwärts singt?«

Hiller blickte gespielt harmlos.

»So weit muß es doch nicht kommen.«

Ein unangenehmes Gefühl beschlich mich. Was würde passieren, wenn ich mich weigerte, mein Leben noch einmal zu riskieren? Im Dienst mußte ich aus gesundheitlichen Gründen allmählich kürzer treten, doch ich traute mir zu, ohne Bestechung durch die medizinische Kontrolle zu kommen. Oder war das nur Wunschdenken? Ich mußte weiterhin Medikamente nehmen. Vor meinem geistigen Auge sah ich, wie die Chefs gemeinsam die Köpfe schüttelten. Gab es nicht schon einen Beschluß, diesen Hassel vorzeitig in Pension zu schicken? War die Zeit nicht reif, wo sich der Mann bei einem wichtigen Auftrag doch so sperrte?

»Du sagtest, man hätte entschieden, daß ich die Sache übernehmen soll?«

»Sagte ich das?«

»Wer ist ›man‹?«

»Mein Gedächtnis läßt manchmal sehr zu wünschen übrig.«

»Verdammt noch mal, du hast eindeutig gesagt …«

»Du mußt dich verhört haben. Vielleicht hast du mich einfach falsch verstanden – oder ganz richtig. Wie man die Dinge sieht, hängt von der Brille ab, die der Optiker gerade zur Hand hatte.«

»Was für ein dummes Gerede!«

»Möchtest du ein Stück Kuchen? Etwas Süßes hebt die Laune.«

War Hiller je mein Freund gewesen? Oder hatte er mich nur ausgenutzt? Hatte er auf meinen Saiten gespielt wie ein guter Gitarrist, der auch einem ungestimmten Instrument eine Melodie entlocken kann? Das Essen hatte plötzlich einen bitteren Nachgeschmack, den mir auch ein Stück Kuchen nicht versüßen konnte. Hiller lächelte ergeben, als hätte er meine Gedanken gelesen, die tatsächlich schwer zu verbergen waren. Weich sagte er:

»Rolle, tu einfach, was dir deine innere Stimme rät. Okay? Was rät sie dir? Ich möchte wiederholen, daß ich und andere meinen, du bist der einzige, der in bestimmte Bereiche vordringen könnte. Ohne dich werden wir weiter im Dunkeln tappen.«

Ich schwieg und starrte auf die Tischdecke. Er legte die Hand auf meine Schulter und massierte sie zärtlich, als wage er endlich, mir seine große Liebe zu gestehen.

»Rolle, deine Lage ist nicht beneidenswert, aber du kannst sie dir nicht aussuchen. Meine Chefs würden es am liebsten sehen, wenn du öffentlich über den Massenmord aussagst, denn damit könnte man die Ratten aus ihren Löchern jagen. Wie du weißt, habe ich mich dagegen ausgesprochen. Andererseits, wenn sie so gar keine Unterstützung von dir …«

Die Falle war zugeschnappt, und ich konnte nur ohnmächtig am Gitter rütteln. Verweigerte ich aus begründeter Angst um mein Leben das eine, mußte ich das andere tun. Wenn ich jetzt eine Lebensversicherung abschließen wollte, hatte ich schlechte Karten.

»Carl, du zwingst mich, auf deine Bedingungen einzugehen. Aber ich möchte dir auch sagen, daß ich in Zukunft nichts mehr mit dir zu tun haben will.«

»So solltest du es nicht sehen. In diesem Kampf stehen wir absolut auf derselben Seite, und wir werden gemeinsam gewinnen.«

Ich schüttelte seine Hand ab und erwiderte, ohne ihn anzusehen:

»Wenn ich von der Mörderbande oder deren Kollegen getötet werde, kann ich nichts gegen dich unternehmen. Aber wenn meine Frau oder meine Tochter durch die Zwangssituation zu Schaden kommen, wirst du dafür bezahlen. Die Konsequenzen wären mir völlig egal!«

Für nachmittags um vier hatte Simon eine außerordentliche Besprechung angesetzt. Das war ungewöhnlich, genauso ungewöhnlich wie die Tatsache, daß sämtliche Kollegen anwesend waren. Ich kannte Simon besser als die anderen und merkte sofort, daß sich hinter seiner polterigen Gemütlichkeit Unsicherheit verbarg. Vielleicht auch Verdruß, aber das wäre wirklich sehr ungewöhnlich.

»Wird es lange dauern?« wollte Myrna wissen. Demonstrativ schaute sie auf ihre goldene Uhr, die sie selten ablegte, denn sie war ein Geschenk ihres Freundes Hasse zu einem runden Geburtstag. »Ich habe noch mächtig zu tun, bis die Freiheitsglocke schlägt, und außerdem weiß ich noch nicht, was ich heute abend kochen soll.«

»Mach eine Konserve auf«, schlug Simon vor. »Saure Heringe zum Beispiel.«

»Da kennst du Hasse schlecht. Wenn ich ihm saure Heringe vorsetze, bekomme ich was auf meinen süßen Hintern.«

»Es wird nicht allzu lange dauern; ein paar Sachen nur. Eine Bande internationaler Taschendiebe ist auf dem Weg in die Stadt, um hier ihr Glück zu versuchen. Rolf hat Fotos und nähere Informationen über die Gesellschaft.«

Öhman verteilte Mappen an uns. Zwei Engländer, ein Franzose, eine Amerikanerin. Sie sahen nett und fröhlich aus, Menschen in den besten Jahren. Geschickte Taschendiebe sind schwer zu fassen, denn sie arbeiten im Team. Eine gestohlene Brieftasche wird sofort weitergegeben; damit fehlt es an Beweismaterial. Der Dieb zieht ein beleidigtes Gesicht und streitet alles ab. Sie kommen gern nach Stockholm, aber selten zu so später Jahreszeit, wenn die Leute ihre Jacken und Mäntel bis oben hin zuknöpfen. Andererseits sind die Schweden immer noch viel zu vertrauensselig und wollen nicht begreifen, daß es unehrliche Typen gibt, die keinen Respekt vor persönlichem Eigentum haben.

»Sune, die Festnahme von Acke Hansson in dem Gartenhäuschen war ein Meisterstück! Wie hast du ihn dazu gebracht, sich zu ergeben? Sonst neigt er doch dazu, sich den Weg freizuschießen …«

Sune Bengtsson zuckte nicht einmal die Schultern, sondern schraubte eine Zigarette in sein langes Mundstück und zündete sie an. Pelle riß das Fenster auf und wedelte demonstrativ mit den Händen. Es war ein altes, abgenutztes Ritual. Simon räusperte sich.

»Eine andere Sache. Gestern wollten die Jungs vom Gewaltdezernat Arne Ekberg verhaften, bekannt unter seinem Spitznamen Rambo. Ein ekelhafter Typ, wenn ihr meine Meinung hören wollt. Unsere Abteilung hat die Vorarbeit geleistet, doch als die Kollegen kamen, war der Vogel in aller Eile ausgeflogen. Rambo hat nicht einmal seinen Schlagring mitnehmen können. Er wird sich richtig nackt fühlen.«

Myrna verzog das Gesicht, als hätte sie auf eine Zitrone gebissen, und Pelle schlug mit der Faust auf seine Handfläche. Was Rambo anging, stimmten wir voll und ganz mit Simon überein.

»Er wird verdächtigt, einen Einwanderer niedergeschlagen zu haben, bloß weil der nicht schwedisch aussah. Er hat ein farbiges Mädchen in einer U-Bahnstation mißhandelt; sie bleibt ihr Leben lang gezeichnet. Außerdem ist er zusammen mit ein paar gleichgesinnten Kretins verantwortlich für einen Brandanschlag auf einen Tabakladen, der von einem Einwanderer geführt wird. Geführt wurde, muß man sagen, denn er mußte aufgeben. Rambo wird uns vieles erklären müssen, wenn wir ihn schnappen.«

Sune rauchte ungerührt, und man konnte schwer feststellen, ob er überhaupt zuhörte. Inzwischen war er fast nur noch körperlich anwesend; niemand wußte, wo sich seine Gedanken herumtrieben.

»Rambo ist Mitglied von ViSve; ihr wißt, Vitt Sverige, Weißes Schweden. Allgemein herrscht die Auffassung, daß Rambo von einem anderen ViSve-Mitglied gewarnt wurde, so daß er fliehen konnte. Aber von wem?«

Wir schauten uns an und fühlten uns unbehaglich, als Simon fortfuhr:

»Nur wenige wußten, daß wir ihm auf den Fersen waren. Ich bin verpflichtet zu fragen, ob jemand von euch vielleicht aus Versehen etwas geäußert hat, was in falsche Ohren gedrungen sein könnte?«

Auch wenn ich nicht gemeint sein konnte, denn ich hatte ja längere Zeit nicht an den Fahndungen teilgenommen, empfand ich die Situation als bedrückend. Ein Kollege stand unter Verdacht. Simon richtete einen träumerischen Blick auf Sune und fragte leise:

»Sune, du bekamst die Informationen von …«

»Wie bitte? Wovon redest du?«

Mit seiner gellenden Stimme stieß er die Silben so scharf hervor, daß sie wie Ballons platzten.

»Von Rambo.«

»Von wem, bitte?«

»Arne Ekström. Ich rede schon seit einigen Minuten von ihm.«

»Ach ja? Was ist mit ihm?«

»Wie ich schon sagte, vermuten wir, daß er gewarnt wurde und sein Versteck deshalb rechtzeitig verlassen konnte, und …«

»Entschuldige, aber was habe ich damit zu tun?«

»Wir fragen uns nur, ob …«

»Willst du mich beschuldigen? Soll ich es so verstehen?«

»Natürlich nicht, Sune, aber wir müssen …«

»Aha. Noch etwas?«

»Was? Nein, schon gut. Wenn niemand etwas weiß, kommen wir nicht weiter. Leider.«

Die Fragen hingen weiter in der Luft wie schlecht gewaschene Laken auf der Wäscheleine, schmutzig, fleckig, für alle sichtbar. Sune erhob sich und hielt die Zigarettenspitze wie einen Triumphstab in der Hand. Grußlos verließ er den Raum.

»Mit dem kann man nicht länger zusammenarbeiten!« explodierte der heißblütige Pelle.

»Ganz meine Meinung«, murmelte Myrna. »Wenn der im Zimmer ist, möchte man am liebsten ein Bestattungsinstitut anrufen und ein Grab bestellen.«

»Leider hat Sune keinen Versetzungsantrag gestellt«, seufzte Simon. »Er wäre sofort genehmigt worden.«

»Den will doch keiner haben!« fauchte Pelle böse. »Und wir haben den Teufel am Hals.«

»Was die Spurensicherung am Tatort angeht, ist Sune einer unserer besten Männer«, wandte Simon ein. »Vielleicht können wir ihn überreden, in seine alte Abteilung zurückzugehen. Yngve Ruda hat ihn damals zur Fahndung geholt. Rolle, wenn du Zeit hast, würde ich gern noch etwas mit dir besprechen.«

Die anderen drängelten hinaus; Öhman zu seinen Computern, Myrna zum nächsten Lebensmittelladen und Pelle heim zu Gullan, die bestimmt bereits im Nachthemd war. Simon schien zu warten, daß ich etwas sagte, und ich wartete auf ein Signal von ihm. Schließlich brummte er:

»Rolle, verdammt, was ist hier los?«

»Weiß nicht, aber es wird ja behauptet, daß Sune in diesen Kreisen verkehrt. Er könnte gut ...«

»Ich rede nicht von Sune, sondern von dir. Von uns, von unserem Job. Ich fühle mich übergangen. Wo steht, daß ein schwedischer Kommissar nicht wissen soll, womit sich seine Leute beschäftigen? So geht es nun wirklich nicht. Niemand kann uns vorschreiben, daß wir jemanden nur mit Samthandschuhen anfassen; niemand kann uns zwingen, Dinge zu tun, die wir persönlich nicht vertreten können. Wenn sich das jetzt ändern soll, werde ich meine Konsequenzen ziehen.«

Ich fühlte mich elend. Er merkte es und fuhr in versöhnlicherem Ton fort:

»Es hat mit Carl und den Versicherungsbetrügereien zu tun, nicht wahr?«

»In dieser Geschichte bin ich nur der Beiwagen. Das Motorrad wird von einem anderen gefahren. Keine angenehme Situation, glaub mir.«

Eine Weile saßen wir schweigend beisammen; zwei Männer, die der Beruf zusammengeschmiedet hatte; ein Job ohne Glamour, von dessen gesellschaftlicher Notwendigkeit wir jedoch überzeugt waren.

»Du wirst sicher nicht übergangen«, sagte ich schließlich.

»Ich lasse mir auch nichts vorschreiben! Und wie ist es mit dir? Läßt du dich zu etwas zwingen? Das sähe dir gar nicht ähnlich.«

»Meine sensible Künstlernatur ...«

»Verdammter Dummschwätzer!«

Wir tauschten ein bleiches, hohles Lächeln, und die Stimmung entspannte sich etwas. Hatte ich Hiller eigentlich Stillschweigen versprochen? Hatte ich bei meinem Leben geschworen, die Klappe zu halten? Hatte ich meine Seele verpfändet, daß selbst unter der Folter kein Wort über meine Lippen dringen würde? Ich rekapitulierte die Gespräche in Büro und Restaurant, konnte mich aber an kein Verbot erinnern. Wahrscheinlich setzte Hiller die Schweigepflicht als selbstverständlich voraus, aber auf Typen wie mich ist eben kein Verlaß.

»Ich soll sicher den Mund halten, aber ich verrate es dir trotzdem, Simon«, begann ich.

Er hörte die ganze Geschichte, und seine Ohren wurden lang und länger. Ich berichtete in sachlichem Ton und vermied es, persönliche Kommentare abzugeben. Dennoch bebte meine Stimme, als ich von der Sprengung der »Carla« erzählte. Eigentlich war es Zeit, nach Hause zu Virena zu gehen und als lieber Papa mit Elin zu plaudern. Doch plötzlich hatte ich keine Lust mehr. Das hier war wichtiger. Meine Freundschaft mit Simon vertrug keine interpolizeilichen Geheimnisse. Als ich mit der Schilderung der in dem Restaurant in Bromma getroffenen Übereinkunft endete, holte er tief Atem und sagte leise:

»Unglaublich, was du alles erlebt hast.«

»Ich – erlebt? Habe ich irgend etwas gesagt?«

»Gütiger Gott! Rolle, ich bin … froh, daß du mich ins Vertrauen gezogen hast. Auch dankbar. Sonst wäre einiges danebengegangen. Jetzt verstehe ich die Geheimniskrämerei, denn du mußt um jeden Preis geschützt werden. Wenn ich daran denke, was alles aus diesen Mauern nach außen dringt …«

Er stand auf, ging zum Fenster und starrte hinaus. Ich staunte immer wieder, wie leicht er seinen Flußpferdkörper bewegte. Auch seine Kondition war die eines Spitzensportlers. Ich habe ihn nie nennenswert schnaufen gehört, wenn wir einer gesuchten Person kilometerweit buchstäblich auf den Fersen geblieben waren. Selbst hatte ich stets mindestens eine Woche gebraucht, um wieder zu Atem zu kommen. Vielleicht lag es an all den amourösen Abenteuern seiner Jugend, daß er so gut in Form war.

»Du sollst ganz normal an den Fahndungen teilnehmen, doch werden dir über mich spezielle Aufgaben erteilt.«

»Oh, das bedeutet, Carl hat von Anfang an damit gerechnet, daß ich dir gegenüber nicht dichthalten würde. Das Gespräch mit mir war also die reine Show.«

Er wedelte abwehrend mit seiner Riesenpranke und schaute dann wieder aus dem Fenster, als hätte die wohlbekannte Aussicht neue Sensationen zu bieten.

»Hiller tut, was er tun muß, genau wie wir. Wir können alle nicht über unseren Schatten springen. Aber dein Schatten …«

Er räusperte sich, hob die Schultern und ließ sie wieder fallen.

»Gehen wir irgendwo einen zur Brust nehmen?«

»Heute nicht. Aber ich komme auf deine Einladung zurück – spätestens, wenn ich in Pension gehe.«

Am folgenden Morgen fand ich mich wieder in Hillers vorübergehendem Büro in der Sysslomansgatan ein. Der Experte für die Erstellung von Phantombildern war gekommen, ein effektiver Franzose mit einem effektiven Computerprogramm und einer effektiven Art, Fragen zu stellen. Wir konnten uns nur über Hiller verständigen. Ihm gegenüber war ich sehr einsilbig. Ich fühlte mich von ihm betrogen. Vielleicht zählte ein Leben nicht viel, wenn es darum ging, die Organisation hinter Black Circle und hundert anderen betrügerischen Reedereien zu entlarven, aber dem, der seine einzige Haut zu Markte tragen sollte, lag eine sanguinische Betrachtungsweise fern.

Auf dem Schirm entstanden Gesichter. Ich war ein professioneller Beobachter und hatte eine Woche Zeit gehabt, die Physiognomien zu studieren. Ein höherer Haaransatz hier, buschigere Augenbrauen dort, schmalere Lippen, breitere Nasenlöcher, einen dickeren Hals. Mit dem Computer ging es bedeutend schneller als nach der alten Methode, ein Gesicht aus einzelnen Teilen zusammenzusetzen. Lange stammte das Material dazu aus Asien, so daß jeder polizeilich gesuchte Schwede ein bißchen wie ein Schurke aus Bangkok aussah.

»Weißt du, daß die schwedische Polizei von Mac auf PC umstellt?« fragte Hiller, wohl um zu zeigen, daß er zu höflicher Konversation fähig war.

»Mhm«, murmelte ich in bekannter Manier.

»Für den PC gibt es nämlich ein ganz neues Programm zum Erstellen von Phantombildern. Es heißt E-fit und nutzt wirkliche Fotografien und keine Punkte.«

»Mhm.«

»Bald kommen die neuen IBM Think Pad 755 CE mit TFT-Monitor, 486-DX4/100 MHz-Prozessor und Zusatzgeräten.«

Ich tat so, als hörte ich ihm nicht zu, was sogar stimmte, denn das Kauderwelsch der Computerfreaks interessierte mich ungefähr so wie die Diättips einer Frauenzeitschrift.

»Mein Gedächtnis ist fotografisch.«

Auch das hörte ich nicht, doch er ließ sich nicht beirren:

»Man hat das System unter anderem deshalb gewählt, weil es so leicht zu bedienen ist. Man kann zu den Zeugen in die Wohnung gehen, wo sie entspannter reagieren. Wir haben ein noch flexibleres Programm erarbeitet …«

»Kannst du bitte mit deinem Gequatsche aufhören?«

Er sah aus, als hätte ich ihn mit einem nassen Handtuch geschlagen. Der Franzose merkte sicher, daß unser Verhältnis gespannt war, doch er ließ sich nichts anmerken. Vielleicht interessiert sich ein Gallier auch nicht für das, was außerhalb der Grenzen Frankreichs geschieht.

»Ich versuche nämlich, mich zu konzentrieren«, fuhr ich fort. »Übersetze bitte nur das Notwendige.«

»Okay«, brummte er. »Ich übersetze und halte ansonsten meine Klappe.«

Es dauerte drei Stunden, bis ich mit dem Ergebnis zufrieden war. Gewöhnliche Zeugen, die ein Gesicht aus dem Gedächtnis rekonstruieren sollen, brauchen am Computer genauso lange für ein einziges Bild. Es geht nicht nur um die Züge, sondern auch um Psychologie. Doch ein Profi wie ich schaffte es in bedeutend kürzerer Zeit. Die fünf Gesichter kamen den Originalen sehr nahe. Etwas aber fehlte; etwas, das man nicht programmieren kann – die Kälte im Blick, das Persönliche, das selbst Mördern eigen ist. Ich sah fünf platte Bilder von fünf dreidimensionalen Menschen.

»Gut«, lobte Hiller in einem neuen Versuch, das hasselsche Minenfeld zu entschärfen. »Das wird uns sehr helfen.«

»Adieu«, erwiderte ich und ging zur Tür.

Er eilte mir nach und packte mich am Oberarm, doch ich schüttelte seine Hand ab. Er machte ein paar schnelle Schritte und stellte sich mir in den Weg. Es schien ihm ehrlich leid zu tun, aber ich hatte es satt, nach seiner Pfeife zu tanzen. Offenbar wollte er nicht einsehen, daß uns persönlich nichts mehr verband.

»Rolle, wir sollten nicht …«

»Meine Freunde nennen mich Rolle. Du kannst mich mit Hassel ansprechen, wenn du etwas von mir willst.«

Er schluckte ein paarmal. Mir fiel auf, daß er einen markanten Adamsapfel hatte, doch das konnte mich nicht milder stimmen.

»Rolle … Hassel … wir müssen zusammenarbeiten, doch so geht es nicht.«

»Es muß eben gehen, und jetzt mußt du mich entschuldigen.«

»Wollen wir uns nicht aussprechen? Klarheit schaffen? Vielleicht gibt es Gesichtspunkte, die du nicht berücksichtigt hast ...«

»Wenn du dich aussprechen willst, geh zu einem Psychologen oder zur Regenbogenpresse. Du stehst mir im Wege, und du hast zu viele gute Mahlzeiten hinter dir, um dich mit mir schlagen zu können.«

Langsam trat er zur Seite und murmelte dumpf:

»Ich will mich nicht mit dir schlagen. Du wärst der letzte.«

Im Spiegel sah ich, daß er den Kopf hängenließ wie ein trauriger Schnauzer, aber wahrscheinlich wußte er, daß ich ihn beobachten konnte und spielte deshalb das betrübte Hündchen. Ich traute ihm nicht mehr über den Weg.

Es war Mittagszeit, aber wohin sollte ich mich wenden? Nach Hause gehen und allein etwas essen? Oder war es besser, mit netten Kollegen im Polizeigebäude zu speisen? Plötzlich fiel mir ein, daß es ja noch einen Zeugen gab, der Leon von Angesicht zu Angesicht gegenübergestanden hatte. Leon war in England bei dem Arzt gewesen, um sich meine Geschichte bestätigen zu lassen. Ärzte sind, wie Polizisten, gute Beobachter. Egal, wie ich zu Hiller stand, es war meine Pflicht und Schuldigkeit, Interpol so viele Informationen wie möglich zu beschaffen. Ich versuchte, mich an den Namen des Arztes und die genaue Adresse zu erinnern.

Den Namen hatte ich vergessen, aber er stand auf der Tablettenschachtel, und die lag in der Reisetasche in Odlers Wohnung. Den Schlüssel dazu hatte ich immer noch an meinem Bund, aber konnte ich ohne Risiko dorthin fahren? Warum nicht; ich hatte mich bereits davon überzeugt, daß ich nicht mehr überwacht wurde, und außerdem gab es keinen Grund mehr, denn Odler sonnte sich ja gerade auf den Kanarischen Inseln.

Als ich in der U-Bahn nach Norsborg saß, fühlte ich mich wieder unbehaglich. An Odlers Wohnung knüpften sich so unangenehme Erinnerungen, daß sich mir der Magen zusammenzog.

Ich würde es kurz machen; schnell hinein, die Tasche aufreißen, die Schachtel herausnehmen und dann nichts wie weg. Fünfzig Sekunden konnte ich es wohl aushalten, ohne einen Ausschlag zu bekommen.

Von der Haltestelle an spielte ich wieder Johnny Odler. Ich bedauerte, keine Mütze dabeizuhaben, denn es war offensichtlich, daß meine Tage als Glatzkopf gezählt waren. Das Haus stand am alten Platz. Es kostete mich einige Überwindung, es zu betreten.

Schnell schloß ich die Wohnung auf und blieb wie angewurzelt stehen. Die Zimmertüren standen offen, und ich konnte sehen, daß der Inhalt der Schränke und Schubladen auf den Fußböden verteilt war. Es herrschte ein allgemeines Chaos, und dafür gab es nur eine Erklärung: Leon hatte herausgefunden, daß Odler nicht Odler war, sondern ein Betrüger, und suchte nach Spuren. Wenn ich …

Ein leises Scharren unterbrach meine Gedanken. Ich lauschte so intensiv, daß sich mein Mund von selbst öffnete und mir der Atem stockte. Wieder ein Geräusch. Es kam aus dem Schlafzimmer, dessen Tür als einzige geschlossen war.

Es war noch jemand in der Wohnung!

16.

War es Leon, oder wie auch immer er heißen mochte? Das Streßhormon Adrenalin machte sich sofort bemerkbar, mein Herz raste, und die Muskeln verkrampften sich. Die Signale wurden ans Gehirn weitergegeben, und ich reagierte unmittelbar – ich wollte Blut sehen! Falls er bewaffnet war, würde ich mein eigenes Blut sehen, aber das spielte in diesem Moment keine Rolle. In bestimmten Situationen gibt es keine Bedenken – im

Krieg, wenn man seinen Partner in flagranti ertappt oder wenn man nur wenige Meter von einem Massenmörder getrennt ist.

Ich rammte die Tür mit der Schulter auf und stürmte hinein, die Fäuste geballt. Die Gardinen flatterten im Luftzug, und ich sah, daß sich jemand dahinter versteckte. Mit zwei Schritten war ich heran. In meinem Schlag lag die ganze Wut, die sich seit dem vergangenen Donnerstag in mir aufgestaut hatte. Meine Faust erwischte die Magengegend, drang in den Körper ein, passierte die Wirbelsäule und krachte gegen die Wand. Wenigstens schien es mir so. Mit einem Stöhnen, das nicht mehr menschlich klang, sank der Mann zu Boden, wobei er die Gardine herunterriß.

Im nächsten Moment hatte ich eine Wildkatze am Hals. Nägel gruben sich in meinen Nacken und kratzten an meinen Ohren, während ihre Beine unablässig nach mir traten. Sie war stark und wie rasend, aber ich war stärker und noch wütender. Ich ertastete eine schmale Hüfte und schleuderte die Frau gegen die Wand. Es gab einen dumpfen Laut, der mich aber nicht befriedigte, denn noch hatte ich kein Blut gesehen. Keuchend schnappte ich nach Luft.

Die Wildkatze war keine Frau, sondern ein etwa fünfzehnjähriges dürres, blasses Mädchen. Auch mein erster Gegner war kein ausgewachsener Mann, sondern ein Junge im selben Alter. Beide trugen schmutzige T-Shirts, verwaschene Jacken, Turnschuhe und verschlissene Jeans, doch die konnten absichtlich so hergerichtet sein.

Es waren erbärmliche Gestalten, aufgrund ihrer Jugend noch keine Wracks, doch vom Abgrund nicht mehr weit entfernt. Junge Körper sind stark, aber nur bis zu einer gewissen Grenze. Der Bursche wand sich wie ein Wurm und preßte die Hände auf den Magen. Er jammerte so herzzerreißend, daß sich das Mädchen neben ihm niederließ und ihn wie ein Kind wiegte.

Das Adrenalin begriff, daß es umsonst durch die Adern gekreist war, und zog sich wieder zurück. Auch Herz und Lunge beruhigten sich. Diese beiden waren nicht meine Feinde, nicht einmal richtige Gegner. Sie waren einfach da. Mit Fingern, deren Nägel bis auf die Haut abgekaut waren, strich sie ihm eine Haarsträhne aus der Stirn und streichelte seine hohlen Wangen.

»War doch, verdammt, nicht notwendig, ihn zu schlagen«, sagte sie mit klangloser, müder Stimme. »Er hat dir doch nichts getan.«

Sie beugte sich über ihn und küßte seine welken Lippen, die aussahen wie die eines alten Mannes.

»Hadde, wie geht es dir? Hat er dich verletzt?«

Sie öffnete seinen Mund und schaute hinein. Der Junge hatte schlechte Zähne.

»Du blutest nicht; es ist wohl noch mal gutgegangen, nicht so schlimm wie letztes Mal. Hadde, verdammt, hör auf zu heulen.«

Ich hockte mich neben die beiden und untersuchte ihn flüchtig. Er weinte; ob vor Schmerz oder aus Verzweiflung, war nicht festzustellen.

»Er hat nicht viel abbekommen«, konstatierte ich.

»Ein Glück auch! Du hättest ihn totschlagen können.«

Mit der Handfläche wischte sie ihm den Schweiß von der Stirn, und er schien sich allmählich von meinem Schlag zu erholen. Der hatte ihn sicher hart getroffen, aber es war doch nur ein einziger Fausthieb gewesen, und ich wußte aus eigener Erfahrung, daß man alles einmal aushalten kann. Es sind die Wiederholungen, die einen verletzen, kaputtmachen, töten.

»Wer bist du?« erkundigte ich mich.

Ihr Blick bekam etwas Lauerndes, und die Zunge glitt nervös von einem narbigen Mundwinkel zum anderen.

»Eva. Eva-Britt heiße ich. Meistens nur Eva.«

»Bist du Haddes Freundin?«

Ihre schmalen Schultern unter der Jeansjacke zuckten.

»Wir sind zusammen, Hadde und ich. Zusammen, ja. Hadde ist ein feiner Kerl.«

»Steht er auch auf dich?«

»Was soll die Frage?« brauste sie auf. »Das geht dich wohl gar nichts an.«

»Entschuldige. Ich wollte dich nicht verletzen.«

Kein Grund für mich, hochnäsig zu sein, bloß weil ich das Glück hatte, ein Stück weiter weg vom Abgrund zu stehen. Das verdankte ich Leuten, die mich am Kragen gepackt und kräftig durchgeschüttelt hatten, so daß ich wieder zur Vernunft gekommen war.

»Kannst du Wasser für Hadde holen?«

In der Küche, die ich eigentlich nie wieder betreten wollte, ließ ich ein angeschlagenes Glas voll lauwarmes Wasser laufen. Eva führte es an Haddes Mund, und er trank mit kleinen, gierigen Schlucken. Das Wasser bildete Perlen auf seiner Oberlippe und rann auf das Kinn hinab.

»Heroin?« fragte ich.

Sie antwortete mit dem Stolz, der ihr geblieben war:

»Nur Rauchheroin. Keine verdammten Spritzen in unsere Arme.«

Hadde rappelte sich auf, so daß er mit dem Rücken gegen die Wand gelehnt sitzen konnte. Beruhigend strich er mit der Hand über seinen Bauch. Er war immer noch ein ganz ansehnlicher Bursche. Leuten, die sich nicht auskannten, konnte er im Rausch sicher immer noch etwas vormachen. Doch nach einem weiteren Jahr auf Rauchheroin würde keiner mehr auf ihn hereinfallen.

»Heißt du Hadde?« fragte ich und versuchte, den Verhörton zu vermeiden, der sich oft einschleicht, wenn ein Polizist etwas wissen will.

»Hardy. Aber wer heißt schon Hardy? Kann ich mehr zu trinken bekommen?«

Als ich mit einem neuen Glas echten Norsborger Leitungswassers hereinkam, saßen Eva und Hadde zusammen auf dem Sofa. Drogensüchtige erkennt man oft an der trockenen Haut. Die beiden sahen aus, als hätten sie zu lange in allzu starker Sonne gelegen.

»Ihr habt diese Wohnung also eine Weile beobachtet und gemerkt, daß sie vorübergehend nicht genutzt wird«, vermutete ich. »Ihr brauchtet ein Quartier, wo ihr euch den Stoff reinziehen und schlafen konntet. Deshalb habt ihr das Schloß aufgefummelt.«

Sie schauten sich an, und Hardy strich sich über das Kinn, an dem vereinzelte Barthaare sprossen. Ich war überzeugt, ins Schwarze getroffen zu haben, doch sie schienen anderer Auffassung zu sein. Eva gab ihm ein Zeichen, auf der Hut zu sein, was immer er zu verbergen haben mochte. Nicht Betroffene glauben oft, daß ein Drogensüchtiger total weggetreten und gleichgültig ist, daß er nichts kapiert und man ihm, wenn er Stoff braucht, alles weismachen kann. Doch auch Sherlock Holmes war Morphinist, und Sigmund Freud soll Kokain genommen haben. Hardy war kein Idiot und daher mißtrauisch.

»Woher nimmst du dir das Recht, uns eines Verbrechens zu beschuldigen?« fragte er stolz, und Eva nickte ihm bewundernd zu.

»Weil ihr eines begangen habt. Ihr seid eingebrochen.«

»Weil wir in dem Schloß herumgestochert haben, bis plötzlich die Tür aufging?«

»Genau. Es ist Einbruch, wenn man ohne Erlaubnis irgendwo eindringt. Ich könnte euch anzeigen, wenn ich wollte.«

Intuitiv merkte ich, daß die Konversation aus der Bahn lief. Ich stand allein gegen zwei und war in genau die offizielle Sprache verfallen, die ich vermeiden wollte. Doch sie zeigten sich von der Drohung nicht im mindesten beeindruckt, und das hatte nichts mit mangelndem Respekt vor der Ordnungsmacht zu tun. Hardy war auf den Hund gekommen und ein Sklave der Drogen, aber er verfügte gleichzeitig über eine ruhige Autorität, die ihn im positiven Sinne reif und männlich erscheinen ließ.

»Dann tu es doch«, provozierte er.

»Was denn?«

»Uns wegen Einbruchs anzeigen. Da steht das Telefon. Wir hauen nicht ab, Eva und ich, wir sitzen bequem.«

Er bekräftigte seine Worte, indem er seinen spindeldürren Körper zurücklehnte und die Arme vor der Brust kreuzte. Ich war verwirrt und wußte nicht, wie ich mit der ungewöhnlichen Situation fertig werden sollte.

»Ich sagte, wenn ich wollte.«

»Warum willst du denn nicht? Weil du Polizist bist?«

Eva reagierte auf das Wort Polizist wie ein Pawlowscher Hund und verzog vor Ekel das Gesicht, als hätte man einem Schüler der Mittelstufe gekochten Fisch zum Mittag vorgesetzt. Meine Jacke war offen, und da ich noch keine neue Dienstwaffe in Empfang genommen hatte, sah ich aus wie ein ganz normaler Bürger. Um zu zeigen, wie zivil ich war, kratzte ich mich mit dem Mittelfinger am Bauch.

»Erzähl keinen Unsinn! Ich bin doch kein Bulle.«

»Nicht? Und wer bist du dann?«

»Verdammt, ich wohne hier! Mieter mit allzu hoher Miete.«

Hardy schüttelte den Kopf, und Eva schmiegte sich enger an ihn; wohl, um ihn mit ihrer Körperwärme zu unterstützen.

»Bist du nicht!«

»Hör mal, was zum Teufel …«

»Wie heißt du?«

Jetzt leitete er das Verhör, und ich war der Verdächtige.

»Odler. Und ich wohne hier.«

Eva flüsterte ihm etwas ins Ohr, und er lauschte mit ernstem Gesicht. Sie schien erregt zu sein, doch er ließ sich nicht aus der Ruhe bringen.

»Du lügst, du bist nicht Odler«, sagte er und sah mich anklagend an. Die dunklen Augenringe betonten die gespannte Haut seines Schädels.

»Da kannst du aber Gift drauf nehmen!« fauchte ich.

»Nein. Wir kennen Odler. Er hat uns eine Kopie seines Türschlüssels gegeben und uns erlaubt, in seiner Abwesenheit hier zu wohnen. Odler hat keine Ähnlichkeit mit dir.«

»Wie heißt dein Odler mit Vornamen?«

»Mark natürlich.«

»Aha. Und ich bin Johnny Odler, Marks Bruder. Seemann wie er. Wir teilen uns die Bude hier. Wußtet ihr nicht, daß Mark einen Bruder hat?«

Wieder flüsterte Eva ihm etwas ins Ohr, als verfügte sie über keine eigene Stimme und müßte durch seinen Mund sprechen. Ich merkte, daß er ein wenig unsicher wurde, und das verbesserte meine Lage. Die meisten Gespräche basieren auf einer Balance der Kräfte. Wie bei einer Wippe kann die Situation schnell umschlagen.

»Doch, er hat ihn einmal erwähnt, aber ...«

»Schluß jetzt, verdammt noch mal! Falls ihr es noch nicht gehört habt, werde ich euch die Neuigkeit verkünden: Mein Bruder ist tot.«

Die Nachricht traf sie hart, und sie schnappten nach Luft wie Goldfische in einem zu kleinen Aquarium. Während sie noch um Fassung rangen, öffnete ich die Tasche und steckte die Schachtel mit den Tabletten ein.

»Wann ... wann ist Mark gestorben?« stammelte Eva, die plötzlich wieder reden konnte.

»Vor einer Weile. Es war ein Unglücksfall. Er hat euch in seinem Testament nicht erwähnt. Er hat mir auch nie etwas davon gesagt, daß hier ein paar Heroinsüchtige pennen dürfen.«

»Pennen?«

Wie doch die Zeit verging! Die Jugend von heute kannte nicht einmal mehr den Begriff »pennen« für »vorübergehend wohnen«. Dennoch begriff sie, was ich meinte.

»Mark hat uns gemocht. Wollte uns eine Chance geben, wie er es nannte. Hadde und ich, wir wußten nicht wohin. Willst du uns rausschmeißen? Wir haben gerade ein paar Probleme ...«

Es war ihren Körpern anzusehen. Was sie brauchten, war ein

Platz zum Schlafen und etwas zu essen, damit sie ihre geringen Kräfte sammeln konnten, um sich erneut in den Drogendschungel zu stürzen. Offenbar hatten sie die Verbindung zu ihren Familien abgebrochen oder umgekehrt, aber reif für die Klinik waren sie auch noch nicht. Im Zuge des allgemeinen Sozialabbaus, der unter der harmlosen Bezeichnung Reform vonstatten geht, ist die Anzahl der Behandlungsplätze auf ein Minimum reduziert worden. Pflegepersonal und Spezialisten, die sich um die Wiedereingliederung von Drogenabhängigen ins normale Leben kümmerten, beschäftigen sich jetzt mit anderen Dingen, zum Beispiel Arbeit suchen.

»Warum hat er euch gemocht? Warum wollte er euch eine Chance geben?«

Jetzt war ich es wieder, der das Verhör leitete, und diese Konstellation schmeckte mir eindeutig besser. Sie waren in die schwächere Position geraten und mußten sich, wie im alltäglichen Leben, bescheiden.

»So schrecklich sind wir wohl nicht«, murmelte Eva tonlos.

»Es ist ein Unterschied, ob man jemanden ›nicht schrecklich‹ findet oder ausgesprochen ›mag‹. Mark hatte nichts mit Drogen am Hut, also kann es nicht daran liegen.«

Eva kuschelte sich noch enger an Hardy, der sie so vorsichtig im Arm hielt, als wäre sie aus Glas. Für ein sentimentales Gemüt mußte sich der Anblick der beiden pathetisch ausnehmen.

»In Norsborg und anderen Vororten Stockholms gab es eine freiwillige Organisation, um solchen wie uns zu helfen«, erklärte Hardy. »Keine staatliche oder kommunale, sondern aus Leuten gebildet, die etwas tun wollten, ohne Bezahlung zu fordern. Das Ganze funktionierte nicht lange, aber dort trafen wir Mark. Er sagte, er würde an uns glauben.«

»Da hat er sich getäuscht, oder?«

»Mag sein«, erwiderte er. »Aber er wollte, und wir wollten. Obwohl es nicht geklappt hat.«

Die Freiwilligen hatten schnell lernen müssen, daß Rauschgiftsüchtige wie Alkoholiker stets lügen und absolut unzuverlässig sind. Sie glauben selbst daran, wenn sie versichern, daß sie für immer aufhören wollen, doch die Sucht steckt in einem anderen Teil des Gehirns als die Vernunft und ist um ein Vielfaches stärker. Diese treuherzigen Helfer hatten sich unendlich viele Besserungsschwüre angehört und sich als barmherzige Samariter gefühlt, doch in der Welt der Drogen sind Samariter nur Trottel, die man melken kann.

Dennoch gab es keinen Grund, an ihrer Geschichte über Mark zu zweifeln. Ihr Auftreten deutete darauf hin, daß sie sich tatsächlich mit Genehmigung in der Wohnung aufhielten. Meinetwegen konnten sie gern dort bleiben; Hauptsache, ich kam davon.

»Wenn mein Bruder euch einen Gefallen tun wollte, dann soll es mir recht sein«, brummte ich onkelhaft. »Ich reise sowieso für ein paar Monate auf die Kanaren. Wenn ihr versprecht, daß ihr die Bude in Ordnung haltet, könnt ihr bleiben.«

Sie versprachen es und hatten dabei möglicherweise Tränen in den Augen. Wenn sie Geld brauchten, würden sie trotzdem nicht zögern, alles zu verkaufen, was nicht niet- und nagelfest war. Was ging es mich an? Meinetwegen konnten sie die Tapeten von der Wand reißen. Wenn die kommunale Wohnungsbaugesellschaft die Räume in Kürze wieder übernahm, würde sie ohnehin alles renovieren müssen.

Während die U-Bahnstationen an mir vorüberzogen, grübelte ich über Marks eigentümlichen Idealismus, Drogensüchtigen eine Unterkunft zu verschaffen. Man hätte an sein gutes Herz glauben können, aber so einfach war es sicher nicht. Er gehörte zu den Gierigsten der Gierigen; er war das Vorbild seines Bruders, in dessen Rolle ich geschlüpft war. Ein gieriger Mensch hat kein Herz; ihm fehlen alle Voraussetzungen für Idealismus. Also mußte es einen anderen, handfesteren Grund geben.

Eine Beteiligung am Drogengeschäft hätte viel besser zu seinem Charakter gepaßt. Die freiwillige Hilfsorganisation wäre eine gute Möglichkeit gewesen, in direkten Kontakt mit den Konsumenten zu kommen. Hatte er sich mit Hilfe der barmherzigen Samariter einen profitablen Rauschgifthandel aufbauen können? Hardy und Eva waren vielleicht Untervertreter, die ihren eigenen Bedarf aus dem Weiterverkauf finanzierten.

Die Frage war, ob es sich dabei um eine eigene Geschäftsidee handelte oder ob Leon und seine Leute als Initiatoren oder sogar Teilhaber dahinterstanden. Mark könnte ein kleines Rädchen im großen kriminellen Getriebe gewesen sein. An einem Tag versenkt man ein Schiff, am anderen importiert man Heroin – schnelles Geld, große Gewinne. Für den Gierigen spielt es keine Rolle, woher die Scheine stammen; Hauptsache, die kommen. Das führte mich zu einem neuen Gedanken. Man könnte die Signalements von verdächtigen Personen innerhalb der Drogenimperien, also von Leuten, die noch nicht angeklagt oder verurteilt waren, mit unseren Phantombildern vergleichen. Leon hatte die Tablettenschachtel in der Hand gehalten, als er den Namen des Arztes kontrollierte. Vielleicht ließen sich Fingerabdrücke nehmen? Das konnte etwas bringen. Ich mußte herzhaft gähnen, und eine Dame schaute mich vorwurfsvoll an. Aber ich war müde, und sie konnte froh sein, daß ich nicht schnarchte.

Am Sonntagnachmittag rief Simon an und fragte, ob wir uns für eine Stunde treffen könnten. Es war Zeit, die Operationen in Gang zu setzen, und wir mußten uns über die Formen verständigen. Er schlug die Bar des Sheraton vor. Dort lief man nicht Gefahr, daß einem die Leute vom Nachbartisch auf der Pelle saßen und mithörten, wie es in Kneipen oft der Fall war.

»Warum nicht in deinem Büro?« erkundigte ich mich.

»Bist du verrückt? Wenn ich schon am Sonntag arbeite, möchte ich wenigstens einen Wodka auf Rechnung meines Arbeitgebers trinken.«

Ich verließ Frau und Kind, und sie schienen darüber hinwegzukommen. Während der kurzen Promenade am Norr Mälarstrand stellte ich fest, daß trotz des trüben Wetters viele Spaziergänger unterwegs waren, um sich den richtigen Appetit für ihre Kalbsschnitzel zu holen. Wohlgenährte, gutgekleidete, fröhliche Kinder rannten herum und ließen sich von Eltern erhaschen, die keine sozialen Probleme kannten. Für Leute, die gesund sind und eine gute Stelle haben, ist Schweden immer noch ein Paradies, auch wenn die Wolken dunkler geworden sind.

In der Bar des Sheraton, die um eine künstliche Feuerstelle gebaut ist, saßen zumeist Hotelgäste und dösten vor sich hin oder sehnten sich heim nach Preisen, bei denen man eine Runde spendieren konnte, ohne die Lebensversicherung beleihen zu müssen. Ich hätte es mir natürlich denken können – Simon war nicht allein gekommen. Neben ihm saß Carl Hiller auf dem bequemen Sofa. Jeder hatte einen Longdrink vor sich. Auf dem kleinen Tischchen standen außerdem drei Schalen mit Nüssen, die allerdings nur noch Reste enthielten. Simon hatte garantiert nicht mehr als fünf Minuten gebraucht, um den Inhalt in sich hineinzustopfen. Eine Sekunde lang dachte ich daran, auf dem Absatz kehrt zu machen, aber solche kindischen Reaktionen waren nicht mein Stil, jedenfalls nicht mehr. Statt dessen nickte ich kurz und setzte mich in den schönen Sessel mit leichter Rundung für Rücken und Nacken. Bei einem jungen Mädchen bestellte ich ein Helles, während Simon und Hiller neue Longdrinks orderten.

Aus Hillers vorsichtigem Lächeln und Simons übertriebener Herzlichkeit schloß ich, daß das Ganze als Versöhnungstreffen gedacht war. Hiller und ich sollten uns wohl zu feierlichen nationalromantischen Posaunenklängen die Hände reichen und uns anschließend unter Tränen umarmen. Da kannten sie den nachtragenden Hassel nicht, doch ich beschloß, ihnen die Waffen aus den Händen zu nehmen. Simon räusperte sich theatralisch.

»Ich dachte mir, daß Carl dabeisein sollte.«

»Ja, sehe ich.«

»Zwischen euch ist es wohl etwas rauh zugegangen, aber …«

»Rauh? Ich verstehe nicht, was du meinst.«

»Was? Ich meine, wenn wir etwas erreichen wollen, müssen wir zusammenhalten, und …«

»Genau das meine ich auch.«

Simon kratzte sich die Glatze und gab Hiller einen fragenden Blick. Hatte Carl etwas falsch aufgefaßt? Mein Bier kam, und ich prostete den beiden mit dem schmalen Glas zu. Zögernd griffen sie nach ihren Drinks.

»Zum Wohl, meine Herren«, sagte ich in leichtem Ton.

Sie nahmen einen Schluck, und dann war Hiller dran, sich zu räuspern:

»Du meinst, daß alles ... okay ist?«

»Was sonst?«

»Als wir uns zuletzt trafen ... ich meine ... ich hatte den Eindruck, daß du ...«

»Ja?«

»Tja, daß du nicht mehr mit mir zusammenarbeiten wolltest.«

»Warum denn?«

Meine schwarze Seele genoß die Situation. In diesem kurzen Leben muß man die wenigen erbaulichen Momente genießen. Hiller war offenbar verlegen, und ich lächelte mild wie Jesus auf den Bildern, die in der Sonntagsschule verteilt wurden.

»Ist denn nun alles wieder wie früher?« fragte er unsicher, aber voller Hoffnung.

»Die nächste Grünanlage befindet sich vor dem Handelsministerium. Wenn du darauf bestehst, können wir uns dort in die Daumen schneiden und das Blut in ein Loch im Rasen tropfen lassen. Dann sind wir Blutsbrüder. Wenn ein Feind deine Tante ermordet, töten wir zusammen seinen Onkel. Auge um Auge, Zahn um Zahn, alles gemeinsam. Ich habe einen angegriffenen Backenzahn, den opfere ich gern für dich.«

Machte ich mich über ihn lustig? Unschlüssig blinzelte er mich an. Mein mildes Jesuslächeln verstärkte sich, bis ich einem huldvollen Papa Josef glich, der das Haupt ergeben zur Seite legte. Simon beschloß, nach dem äußeren Schein zu gehen und sich um eventuelle Ironie nicht zu kümmern. Genau diese Eigenschaft war es, die ihn zu einem glücklichen Menschen machte. Er lachte donnernd, was in der vornehmen Umgebung beinahe unanständig klang.

»Gut, Jungs, wir sind die drei Musketiere. Einer für alle und alle für einen! Darauf trinken wir! Was, ich habe schon bestellt? Macht nichts, dann haben wir noch einen gut. Rolle, ich habe Carl erzählt, daß du mich über alles informiert hast.«

»Na klar, unter Musketieren«, bekräftigte ich.

»Fräulein, können wir noch ein paar Nüsse bekommen? Bringen Sie die große Schale!«

Mit den Fingerspitzen holte ich die Tablettenschachtel aus der Jackentasche und stellte sie mitten auf den Tisch. Kurz schilderte ich die Hintergründe, und so erfuhren sie von Hardy und Eva in Odlers Wohnung. Simon lauschte wie gebannt und vergaß zu trinken. Aus der farblosen Flüssigkeit in seinem Glas schloß ich, daß der Drink aus viel Wodka und einem Tropfen Soda bestand.

»Ausgezeichnet!« lobte Hiller und holte so tief Luft, daß ihm fast die Knöpfe von der Weste sprangen. »Gute Arbeit, verdammt clever!«

Zur heiligen Familie gehörte auch Maria, und so bekam mein schüchternes Lächeln einen jungfräulichen Anstrich.

»Du kannst auch einen Schneidezahn nehmen, wenn es zwickt. Hier springen keine lahmen Läuse.«

Hiller begann ernsthaft zu glauben, daß ich mein wahres Ich zeigte. Wahrscheinlich war er der schlechteste Psychologe von Interpol, aber die ewige Wahrheit ist ja, daß man glaubt, was man glauben will.

»Simon, du wolltest über bevorstehende Operationen reden. Welche Operationen, wann und wie und wo?«

Nüsse wurden gebracht und verschwanden, während Hiller und ich uns damit begnügen mußten, Simons mahlende Kiefer zu betrachten. Er verschluckte die letzte gesalzene Erdnuß und spülte mit Wodka nach. Dann änderte sich sein Gesichtsausdruck, und ich begriff, daß er nun zum ernsten Teil überging. Ob ich mitmachte, wollte ich nach Gefühl entscheiden. Ich war auf der Hut. Über meine Aggressionen wollte ich selbst bestimmen.

»Morgen vormittag geht es los. Der Deckmantel heißt Industriespionage. Die anderen glauben, daß es sich um eine gewöhnliche Fahndung handelt.«

Die nächsten Drinks kamen, doch ich hatte genug. Ein Fest ist ein Fest, aber es darf nicht ausarten. Mein Blick wanderte durch die Bar, wie man eben Blicke wandern läßt. Er heftete sich auf zwei Männer, die Bier tranken und sich leise unterhielten. Einer von beiden war ziemlich jung. Japaner? Chinesen? Oder … Ein kalter Schauer lief mir über den Rücken. Philippiner? War der jüngere einer von denen, die im Rettungsboot der »Carla« mit dem Leben davongekommen waren?

17.

Simon und Hiller schauten erstaunt, als ich mich erhob und wie zufällig durch das Lokal schlenderte. Die Männer am Tisch bemerkten mich nicht, und ich konnte den jüngeren Mann aus der Nähe betrachten. Der Philippiner auf der »Carla« hatte ein ölbeschmiertes T-Shirt und ausgefranste Hosen angehabt, dieser Mann hier war wie ein Dressman gekleidet. Wenn er derselbe war, hatte er sicher das Geld, sich teure Sachen zu kaufen. Das schwarze, glattgekämmte Haar … die markanten Brauen … die tiefliegenden Augen … die gerade Nase mit den breiten Löchern … der Mund … das Kinn … Ja, das mußte er sein! Oder?

Ich stellte mich so, daß ich ihn im Profil sehen konnte, schaute auf die Uhr und tat so, als würde ich jemanden erwarten. Möglicherweise war dieser Mann ein paar Jahre älter, aber das konnte an der Kleidung liegen. Er stützte den Kopf mit der rechten Hand, in der er zwischen Zeige- und Mittelfinger eine Zigarette hielt.

Er hatte weiße, wohlgeformte Hände mit manikürten Nägeln und glatter Haut; er war ein Mann, der jahrelang nichts anderes als Papiere angefaßt hatte. Niemand an Bord der »Carla« hatte solche Hände gehabt.

So beginnt Paranoia. Man sieht Ähnlichkeiten und kann bald nicht mehr zwischen Wahrheit und Einbildung unterscheiden. Es war ein äußerst unbehagliches Gefühl. Vielleicht sahen sich die beiden überhaupt nicht ähnlich; möglicherweise hatte ich mich von einigen wenigen Zügen täuschen lassen. Wenn ich nicht aufpaßte und meine Phantasie zügelte, konnte ich jeden Tag Phantome sehen. Ich ging zum Tisch zurück. Ohne mein seltsames Verhalten zu kommentieren, sagte ich nur:

»Morgen also? Industriespionage?«

»Ja«, antwortete Simon und schaute in die Richtung, wo ich gestanden hatte, um zu entdecken, was ihm entgangen war. »Wir haben in einigen Geschäften von Lecta Finans herumgeschnüffelt. Myrna und du, ihr werdet die Firma besuchen und Bilder zeigen. Sie weiß natürlich von nichts.«

»Eine bessere Story ist euch nicht eingefallen?«

»Für den Anfang reicht es, sagte der Verführer und küßte dem Fräulein die Hand. Hast du einen besseren Vorschlag?«

»Na klar. Aber wenn ihr eure Idee für genial haltet, bleiben wir dabei. Ihr seid schließlich die Chefs.«

Um der letzten Bemerkung die Spitze zu nehmen, zwang ich mich zu einem kleinen Lächeln, so daß sie einen Scherz dahinter vermuten mußten. Mir war aber gar nicht zum Scherzen zumute, wenn ich an die Notlösung dachte, die sie sich am Schreibtisch ausgedacht hatten. Andererseits kann auch der dümmste Plan funktionieren, wenn man Glück hat. Dem steht entgegen, daß kein Plan gut ist, der auf Glück basiert. Hiller hatte lange geschwiegen; er wartete wohl auf eine Gelegenheit, mich für Worte oder Taten über den grünen Klee loben zu können. Simon konsultierte sein kleines, abgegriffenes Notizbuch. Hätte es die Nummern seiner ehemaligen Freundinnen enthalten, wäre es so dick wie ein Telefonbuch gewesen.

»Der Geschäftsführer heißt Christer Vontenius. Ihm gehören neunundvierzig Prozent der Lecta Finans AB, die anderen einundfünfzig hat die Lecta Brooker Ltd. mit Hauptsitz auf Gibraltar inne.«

»Hat die kleine Halbinsel denn Platz für all die vielen Hauptsitze?«

»Ein Firmenschild braucht nicht viel Platz. Übrigens wirst du morgen früh zusammenzucken, wenn du den Namen Vontenius hörst. Du hast einmal einen Burschen dieses Namens festgenommen, und dessen Bruder will sich rächen. Da werde ich vorschlagen, daß du in dieser Angelegenheit unter falschem Namen operierst, damit du es nicht mit dem blutrünstigen Bruder zu tun bekommst.«

Ich schüttelte den Kopf und stöhnte:

»Simon, das geht doch nicht gut!«

»Der Zweck heiligt die Mittel.«

»Zum Teufel, seit wann bist du Jesuit?«

»Nun mach mal einen Punkt. Ich sorge mich doch nur um meine Untergebenen. Myrna küßt mich sicher auf die Wange, und das darf sie auch. Solltest du jedoch auf dieselbe Idee kommen, knutsche ich gnadenlos zurück. Fräulein, Nüsse! Und bitte keine Kinderportionen!«

Meine Situation begann, auf der privaten Ebene schwierig zu werden. Ich hatte Hiller für einen Freund gehalten, doch er war keiner. Mein bester Freund Simon war eng mit Hiller befreundet. Sie hielten zusammen – gegen mich, so empfand ich es. Änderte das etwas an meinem Verhältnis zu Simon? Ich mußte die Sache klären, um weiter auf meine Weise arbeiten – und leben – zu können.

»Wenn ihr wollt«, sagte ich kurz. »Aber mit den Dienstvorschriften der schwedischen Polizei hat das meines Erachtens wenig zu tun.«

Simon klopfte mir auf die Schulter und meinte großspurig: »Macht nichts, wir sind jetzt in den Händen einer höheren Macht namens Interpol. Wir bezahlen die Kollekte via Steuerbescheid. Rolle, du solltest doch wie kein anderer daran interessiert sein, daß wir den Auftraggebern der Massenmörder auf die Schliche kommen! Oder meinst du, wir sollten nur danebenstehen und zusehen?«

Rhetorische Fragen müssen nicht beantwortet werden. Auch Hiller wollte mir auf die Schulter klopfen, doch er saß zu weit von mir entfernt, und ich kam ihm keinen Zentimeter entgegen.

»Rolle ... wenn ich dich so nennen darf ...«

»Wir haben beschlossen, daß wir Musketiere sind.«

»Vergiß nicht, daß du in dieser Angelegenheit unersetzlich bist, und ich ...«

»Hiller, ich bin so verdammt unersetzlich, daß ich bald entsetzlich das Kotzen kriegen werde!«

Am nächsten Morgen war in der Seele Montag, doch ich umarmte Elin, bis ich mich wie am Sonntag fühlte, und küßte Virena mit Samstagsglut. Draußen war es so ungemütlich wie ein Sauermilchsuppenessen in einem kaputten Zelt mit einem Mann, der einem neue Staubsauger aus alter DDR-Produktion verkaufen will. Was mir den Tag vermieste, war jedoch vor allem die Aufgabe, die mich erwartete. Schlimmer konnte es nicht werden. Dachte ich jedenfalls; doch es kam schlimmer. Ein leiser Pfiff lenkte meine Aufmerksamkeit auf einen wohlbekannten, im Ausland registrierten Citroen, der am Straßenrand geparkt war. Ein ebenso wohlbekanntes Gesicht grinste auf wohlbekannte Art, und ein wohlbekannter Finger lockte mich heran. Widerstrebend schlenderte ich zu dem Wagen, und er ließ die Scheibe herunter.

»Steig ein, ich fahr dich hin.«

Einladend öffnete er die Beifahrertür.

»Ich brauche aber frische Luft.«

»Wir können das Fenster aufmachen.«

»Bewegung am frühen Morgen ist wichtig.«

»Du kannst auf der Stelle treten. Ich bin nicht ohne Grund hier.«

Ich verzog das Gesicht und stieg in das Auto. Langsam rollten wir die Pontonjärgatan bis zur St. Eriksgatan, fuhren dann zur Hantverkargatan hinauf und bogen nach rechts ab. Hiller versuchte, ein lockeres Gespräch in Gang zu bringen, doch ich verweigerte selbst das leiseste Grunzen, das er als Antwort hätte werten können. Lieber widmete ich mich lokalen Erinnerungen. Wenn mir auch Simons umfassende amouröse Erfahrungen fehlten – sogar ich hatte erotische Erlebnisse, an die ich mich gern erinnerte. In der Hausnummer zwölf wohnte ein Mädchen, in das ich schrecklich verknallt war, und wir hatten hinter einem Fliederbusch im Hof brennende Küsse getauscht. Ich war sechs Jahre alt gewesen, wirkte jedoch maskulin wie ein Siebenjähriger.

»... oder was sagst du?«

»Was?«

»Zu dieser Theorie.«

»Welcher Theorie?«

»Hast du nicht zugehört?«

»Nein. Aber sie ist sicher gut. Oder auch absolut unbrauchbar. Um des lieben Friedens Willen sage ich zu allem ja.«

Er seufzte tief und schwer, wie es sich für einen Montag gehörte.

»Kann ich dich eigentlich erreichen, Rolle?«

»Roland bitte. Oder Hassel.«

Er schrumpfte ein wenig hinter dem Lenkrad und sagte in hoffnungslosem Ton:

»Sind wir wieder bei der Hassel-Masche? Gestern klang es noch anders.«

»Neue Woche – alte Masche.«

»Aha. Du willst offenbar, daß ich mich krümme wie ein Wurm und dir die Füße küsse. Aber nicht mit mir. Wenn du mit mir nur auf absolut dienstlicher Ebene verkehren willst, muß ich damit leben. Ich meine zwar nicht, daß ich das verdient habe, aber du mußt es ja am besten wissen.«

Er hielt an der Polhemsgatan. Ganz mit mir zufrieden war ich nicht, aber das war nicht das erste Mal. Hiller war jetzt sichtlich um Distanz bemüht; er sprach betont kühl und beschränkte sich auf das Notwendigste. Auch damit war ich nicht zufrieden. Er reichte mir etwas, das aussah wie eine kleine Streichholzschachtel aus dunklem Holz.

»Was ist das?« fragte ich.

»Ein Aufnahmegerät, das durch die menschliche Stimme gesteuert wird. Das Format ist klein, doch die Leistung enorm. Es läuft völlig lautlos.«

»Was soll ich damit?«

»Wenn du bei Vontenius bist, versteckst du das Gerät irgendwo, zum Beispiel unterm Stuhl. Du ziehst einfach die Gummischicht an der Unterseite ab, und schon saugt sich der Apparat fest.«

»Saugt sich fest?«

Er nickte und demonstrierte mir die Handhabung. Ich wandte den Blick ab.

»Unter einem Vorwand sprecht ihr morgen oder an einem anderen Tag noch einmal bei ihm vor. Du setzt dich auf denselben Stuhl, und während deine Begleitung das Gespräch führt, nimmst du das Gerät wieder ab. Du mußt nur leicht daran drehen, dann lösen sich die Saugnäpfe.«

Auf der anderen Straßenseite erhob sich das kolossale Polizeigebäude, ein ganzes Viertel, eine Stadt in der Stadt, ein Staat im Staate. Dort drinnen wurden die ethischen Regeln festgelegt, nach denen sich Polizisten zu verhalten hatten. Von Abhörgeräten, die bei Leuten, die nicht einmal eines Verbrechens verdächtigt waren, unterm Stuhl angebracht werden sollten, war nie die Rede gewesen.

»Was passiert, wenn ich entdeckt werde?«

»Paß auf, daß du nicht entdeckt wirst.«

»Für dich spielt es ja auch keine Rolle, aber ich würde in Unehren entlassen und müßte meinen Lebensunterhalt mit Ziehharmonikaspielen auf den Höfen verdienen, falls er mich anzeigt. Und er wäre verrückt, wenn er es nicht täte.«

»Dann paß eben auf. Mehr kann ich dazu nicht sagen.«

»Du weißt, daß wir keine Straftaten provozieren und auch niemanden ohne Genehmigung abhören dürfen ...«

»Was bist du doch für ein edler Mensch! Massenmörder durften dein Telefon abhören, als du Odler gespielt hast, aber herauszufinden, mit wem wir es eigentlich zu tun haben, bist du dir zu fein. Dabei weißt du genau, daß die schwedische Polizei in Kürze sowohl Verbrechen provozieren als auch andere unkonventionelle Ermittlungsmethoden anwenden wird. Wir haben es heutzutage mit anderen Dimensionen des Verbrechens zu tun als zu der Zeit, als Männer mit Glacéhandschuhen und steifen Kragen die Dienstvorschriften verfaßten. Die Realität hat nichts mehr mit der reinherzigen Idealwelt der Gentlemen zu tun. Das können wir beklagen, aber wir können die Fakten nicht ignorieren.«

Er nahm das Aufnahmegerät in die linke Hand. Mit der rechten faßte er vorsichtig nach der Oberkante meiner Jackentasche und zog daran, so daß sich die Öffnung vergrößerte.

»Jetzt stecke ich den Apparat in deine Jacke, ohne deinen Körper mit meinen besudelten Händen zu berühren. Zwar habe ich das Gerät angefaßt, aber du kannst es ja desinfizieren. Du hast die Wahl. Wenn du mit meiner Gruppe zusammenarbeiten willst, installierst du es wie besprochen. Wenn du zu den Glacéhandschuhträgern gehörst, kannst du es wegwerfen oder deiner Tochter zum Spielen geben.«

Er stieg aus, lief um den Wagen herum und öffnete mir die Tür.

»Ich hoffe, du hast einen schönen Tag. Gegen Mittag soll es aufklaren.«

Als ich ausgestiegen war, fuhr er wortlos ab. Unschlüssig folgte ich dem Wagen mit Blicken, bis er in die Parkgatan abbog. Ein mit Scham verwandtes Gefühl stieg in mir auf.

Was die Debatte über unkonventionelle Fahndungsmethoden

anging, hatte er recht. Die Zahl der Verteidiger eines strikten Befolgens der Vorschriften nahm kontinuierlich ab. Allzu oft hatten wir das Ziel erst als zweite erreicht und wie die Trottel herumgestanden. Es ging darum, die Integrität der Bürger zu wahren und dennoch neuen Erfahrungen gerecht zu werden, wie es andere Demokratien vorgemacht hatten. Kein Polizist – nun ja, jedenfalls sehr wenige – verspürte das geringste Bedürfnis, Schweden in einen Polizeistaat verwandelt zu sehen, doch andererseits wollte auch keiner, daß das Verbrechen regierte. Gut organisierte und straff geführte Banden drangen über die Grenzen ein und freuten sich über das, was Hiller Glacéhandschuhe genannt hatte. Das Bild der »Carla« im Todeskampf mischte sich in meine Gedanken. So viele Menschen, kaltblütig ermordet! Wenn Schweden an der Sache beteiligt waren …

Eine Stunde später war die Gruppe zum ersten Morgengebet bei Simon versammelt. Das war eine Sitte, die er von Ruda übernommen hatte. Alte Fälle wurden durchgesprochen, neue Aufgaben verteilt. Simon hielt engen Kontakt zu den Vorgesetzten und den anderen Kommissaren und nahm regelmäßig an den großen Informationsrunden teil. Als ich an Sunes Zimmer vorbeikam, saß er mit verschränkten Armen am Schreibtisch und starrte zur Decke.

»Hallo Sune, wie steht es mit der Ernte?« fragte ich und setzte mein freundlichstes Lächeln auf.

Er senkte den Blick, verzog das Gesicht, als sei ich ein verfaulter Apfel, und fuhr mit der Inspektion der oberen Regionen des Raumes fort. Nach einem Leben in verrauchten Bridge- und Schachstuben hatte er einen abgelegenen Garten gekauft. Es gab eine Zeit, da pflegte er seinen Kollegen Pflaumen und Äpfel anzubieten, aber nun waren wir ihm keinen madigen Griebs mehr wert.

»Zeit für das Morgengebet«, erinnerte ich ihn. »Wollen wir Arm in Arm hinschlendern?«

Er steckte das Mundstück zwischen seine schmalen Lippen und brummte:

»Hassel, du kannst mich nicht ärgern.«

»Tu ich das? Kannst du keinen Spaß verstehen? Du mit deinem Sinn für Humor ...«

»Ich warne dich.«

»... wie die Marx-Brothers. Wer weiß, vielleicht spielst du in aller Heimlichkeit Harfe.«

Umständlich drückte er die Zigarette aus und warf mir einen so stechenden Blick zu, daß ich spürte, wie Blut aus der frischen Wunde rann. Dann zischte er:

»Ich merke mir alles, was du sagst, Hassel! Du bist gewarnt. Wenn ich in deiner Haut steckte, ich würde diese Warnung ernst nehmen.«

»Okay, ich verstehe. Wenn mir demnächst jemand eine Reißzwecke auf den Stuhl legt, weiß ich, wer der Übeltäter war. Los jetzt, Simon wartet.«

Er machte keine Anstalten, sich zu rühren, und ich mußte ohne ihn gehen. Meiner Meinung nach hatte er seinen Beruf verraten, auch wenn es dafür keine hundertprozentigen Beweise gab. Ich weigerte mich zu glauben, daß ein paar unbedachte Worte von mir Schuld sein sollten. Die Veränderung mußte Ergebnis eines langen Prozesses gewesen sein. An mir konnte es nicht liegen. Glaubte ich jedenfalls.

Eine Viertelstunde später saßen wir dann doch alle in Simons Büro auf unseren gewohnten Plätzen. Pelles rechte Hand pumpte und pumpte. Oft hatte er einen kleinen Gummiring bei sich, den er drückte, um seine Armmuskeln zu stärken und etwas zu tun zu haben. Simon war wie immer die Freundlichkeit selbst. Jovial erkundigte er sich, wie wir das Wochenende verbracht hatten. Alle außer Sune hatten etwas zu erzählen, über das Essen, ein Fest, die Kinder oder ein paar erholsame Stunden. Ich berichtete, daß ich in der Bar des Sheraton mit Bekannten gezecht hatte, und Simon grunzte, daß er dorthin niemals einen Fuß setzen würde.

Wir gingen allgemeine Fahndungen durch. Ich war noch lange nicht auf dem neuesten Stand, gab mir aber Mühe mitzuhalten. Simon vergab einige neue Aufträge und griff dann nach einem Schriftstück, das er überflog, wobei er sich nachdenklich am Kinn kratzte. Aha, nun kam der große Auftritt der Brüder Fiasco, ohne Netz und doppelten Boden.

»In Stockholm soll sich eine Anzahl internationaler Industriespione aufhalten. Wir haben Fotos. Es gibt ein Unternehmen, wo man eventuell einen oder mehrere von ihnen identifizieren könnte. Rolle, kannst du das übernehmen?«

»Sicher.«

»Nimm jemanden mit. Die Firma heißt Lecta Finans AB.«

»Wenn es um Geld geht, soll mich Sune begleiten. Er ist ein ökonomisches Genie.«

Sune zuckte zusammen, verkniff sich aber einen Kommentar.

»Sune hat anderes vor. Myrna, wie wäre es mit dir?«

»Ich kann es einrichten.«

»Der Geschäftsführer heißt Christer Vontenius, und er ...«

»Vontenius?« unterbrach ich ihn. »Hat er einen Bruder namens Sten-Ake Vontenius, Knochenbrecher genannt?«

Ein Funke in seinem Auge verriet, daß ich es mit Knochenbrecher ein wenig übertrieben hatte, doch wir sensible Schauspieler sind schwer zu zügeln, wenn uns die göttliche Inspiration übermannt.

»Der Name ist ungewöhnlich. Worauf willst du hinaus?«

»Erinnerst du dich nicht an ihn? Ich schnappte ihn in einer Villa auf Södertörn. Totschlag in drei Fällen, ein Psychopath. Er schickte mir Briefe aus dem Gefängnis, daß er mich massakrieren würde, wenn er herauskäme.«

»Oh verdammt, den Knochenbrecher meinst du? Tja, da sollten wir keinen schlafenden Bären wecken. Nenn dich doch einfach ... Holmberg oder so. Laß Myrna reden. Ihr bekommt eure

Instruktionen später von mir. So, und dann hätten wir noch die kleine Tora Hjärtsson, die wieder einmal ausgerissen ist ...«

Nach dem Lunch und weiteren Informationen von Simon begaben wir uns in die Klara södra kyrkogata 18, wo sich das Büro der Lecta Finans AB befand. Da die Adresse vom Polizeigebäude aus zu Fuß zu erreichen war, spazierten Myrna und ich Seite an Seite, wie ein Paar. Und in gewisser Weise waren wir ja eines. In unserem Beruf muß man sich auf den Kollegen verlassen können, man darf keine Geheimnisse voreinander haben und sollte sich so gut kennen, daß man die Reaktionen des anderen in jeder Situation voraussehen kann. Davon hängt der Erfolg und manchmal sogar das Überleben ab.

»Laß uns ein bißchen schwätzen«, schlug ich vor. »Darin bist du doch gut.«

»Sagt Hasse auch immer, vor allem, wenn Fußball in der Glotze läuft.«

»Hat er einen festen Job bekommen?«

Demonstrativ faltete sie die Hände und schaute gen Himmel.

»Halleluja! Er hat regelmäßige Kiesfuhren und ist totmüde, wenn er nach Hause kommt, aber er mag es so, und ich mag es, wenn er es mag.«

Die Zeit, in der Hasse arbeitslos gewesen war, hatte beiden, aber auch mir, zu schaffen gemacht. Hasse war wie ein eingesperrter Tiger herumgeschlichen, hatte sich minderwertig gefühlt und seine Laune an allen ausgelassen. Glück im Unglück war, daß Myrna zu ihm gehalten und seine Selbstzerstörung verhindert hatte. Jetzt betrachtete sie die unpersönlichen Fassaden des neuen Gebäudekomplexes am Klara kyrkogard.

»War hier nicht das Haus von Aftonbladet?«

»Stimmt. Ich war ein paarmal drin. Die Leute, die da arbeiteten, fanden es gemütlich.«

»Mein Papa kannte einen in der Redaktion, und ich habe ihn oft begleitet. Jede Menge Gänge, tolle Räume und imposante Figuren. Überall roch es nach Druckerschwärze, wie es sich für ein richtiges Käseblatt gehört. Wer hat denn diesen häßlichen Klotz hergesetzt?«

»Keine Ahnung. Die Apothekengesellschaft hat das meiste gemietet.«

Wir betraten die Eingangshalle. Schon nach zwei Sekunden wollte ich wieder hinaus an die frische Luft. Es war die schrecklichste Umgebung, die ich je erlebt hatte. Es mangelte an Sauerstoff, so daß das Atmen schwerfiel. Außerdem wirkte der gigantische, kahle Platz wie eine geistige und physische Wüste. Die wenigen Grünpflanzen verschlimmerten das Bild nur, denn sie ließen den Kontrast zwischen dem Leben und diesem toten Mausoleum noch deutlicher werden. Die Halle war eine eiskalte Demonstration von Macht und letztlich Unterdrückung. Hier sollte sich das Individuum so klein fühlen, daß es die Mütze abnahm und den Rücken beugte. Das war kein Raum für Menschen, das war ein Alptraum aus hartem Material, eine Katastrophe, ein Tschernobyl. Hatte die Apothekengesellschaft das wirklich nötig?

»Du kriegst die Tür nicht zu«, murmelte Myrna.

»Typisches Werk eines Technokraten, der auf der Architekturhochschule den letzten Schliff bekommen hat. Ein Schaden fürs Leben.«

Ganz links saß ein junger Wachmann einsam an einem Tisch. Glücklich sah er nicht aus. Wir gingen hin und erkundigten uns teilnahmsvoll:

»Wann wirst du denn hier täglich verrückt?«

»Werde ich das?« fragte er mit echter oder gespielter Verwunderung.

»Hier stundenlang zu sitzen und bei Verstand zu bleiben, schafft wohl keiner.«

Er zuckte leicht die Schultern.

»Man muß dankbar sein, wenn man einen Job hat.«

Ich schnipste mit den Fingern.

»Jetzt verstehe ich, warum sich die Apothekengesellschaft hier eingemietet hat. Sie wollen den Verbrauch an Kopfschmerztabletten beim Personal erhöhen.«

»Zu welcher Abteilung wollt ihr?«

»Zu gar keiner, sondern zur Lecta Finans AB.«

»Da müßt ihr einige Etagen hinauffahren. Die Fahrstühle sind dort hinten.«

Es war sehr unwahrscheinlich, daß wir Vontenius nicht antreffen würden. Auf Hiller konnte man sich verlassen. Wenn er gesagt hätte, daß Vontenius einen braunen Anzug und den Scheitel links trüge, ich hätte ihm sofort geglaubt. Vom Fahrstuhl gelangten wir in ein Wartezimmer, das man gesehen haben mußte, um es zu glauben, und selbst dann fiel es schwer. Wahrscheinlich hatten sie einen Innenarchitekten aus Las Vegas engagiert und ihm freie Hand gelassen. Herausgekommen war eine Orgie der Geschmacklosigkeit, eine Mischung aus Ägypten, Babylon, dem Römischen Reich, Frankreich und Nevada. Myrna machte große Augen und flüsterte, daß Dallas dagegen ein Pförtnerhäuschen sei. Aber lieber das hier als die Eingangshalle!

Ein wunderschönes Wesen an der Rezeption bat uns, Platz zu nehmen; Vontenius würde jeden Moment erwartet. Sie war die Inkarnation aller Werbebilder; ihr weich gewelltes Haar ließ auf die fleißige Anwendung von Heaven Shampoo und Balsam in einem schließen, ihre Alabasterhaut war das Resultat von Eden Skin Lotion, einem Extrakt aus der Zirbeldrüse des Igels, der klare Glanz der Augen kam von Paradise Butterfly Eye Drops aus den Hormonzellen der Larven der Vogelspinne, die kurvenreiche Figur und die langen Beine verdankte sie Devine Vitamine Extra, einem Präparat, an dem siebenunddreißig Forscher sechsundneunzig Jahre gearbeitet hatten, und sie lächelte selig, weil sie täglich Sweet Life Abführmittel nahm. Das alles zu wissen, gehört in unserer Zeit zur Allgemeinbildung; jedes Fernsehkind hätte Bescheid gewußt.

Platz nehmen war gar kein Ausdruck, wir sanken in Ozeane weicher Polster aus Daunen und Federn. Die Reklamepuppe saß an ihrem schnörkelbeinigen Schreibtisch, der so groß war, daß die chinesischen Pingpongmeisterschaften darauf stattfinden könnten – alle Spiele gleichzeitig. Sie vertiefte sich in höchst wichtige Dokumente. Nach fünf Minuten erkundigte sie sich mit leiser, etwas heiserer Stimme, die eine Anzeige bei der Sittenpolizei wert gewesen wäre:

»Apfelmann mit Stadtnamen, was kann das sein?«

»Klingt spannend«, meinte Myrna.

»Die haben hier immer solche Doppelbedeutungen. Kennt ihr einen Kerl, der wie eine Stadt heißt?«

Wir grübelten über dieses wichtige Thema.

»Göteborg«, schlug Myrna vor. »Göte Borg.«

Das Werbewesen kratzte sich mit dem Kugelschreiber am Kopf.

»Gibt es einen Göte Borg? Der mit Äpfeln zu tun hat? Ich kenne keinen.«

»Irving Berlin«, versuchte ich es. »Er ist über hundert Jahre alt geworden. Kerngesund, die ganze Zeit. Könnte das der Hinweis auf Apfel sein?«

»Verdammt guter Vorschlag«, lobte sie und tippte mit dem Stift in die Kästchen, während ihr roter Schmollmund leise mitzählte. »Schade, nur fünf Buchstaben. Trosa? Kalle Trosa? Teufel noch mal, ist das diese Woche schwierig.«

»Paris«, versuchte ich es noch einmal. »Er verteilte den Apfel beim Schönheitswettbewerb auf dem Berg Ida.«

Sie rechnete nach und rief erfreut:

»Spitze! Dann bekomme ich ein ›S‹, und der norwegische Puppenheimer heißt – Ibsen! Phänomenal, mein Herr, ein Genie wie Sie kommt selten hierher.«

Myrna warf mir wegen meiner klassischen Bildung einen bewundernden Blick zu, und ich fand es unnötig zu verraten, daß ich die Lösung aus einem Fernsehquiz kannte. Ein Mann kam herein. Daß er der Geschäftsführer war, sah man sofort. Er war nicht gerade geschmackvoll, aber dafür teuer gekleidet. Ich schätzte ihn auf etwa fünfundvierzig Jahre; seine ranke und schlanke Gestalt verdankte er sicher unzähligen Golf-, Tennis- und Squashstunden sowie diversen Skiabfahrten. Aus seinem gewellten dunklen Haar hatte er alle grauen Strähnen durch Färben oder Ausreißen eliminiert; seine Gesichtshaut war sorgfältig gebräunt. Mit seinem Aussehen hätte er sich durchaus beim Film bewerben können – in Italien, in den fünfziger Jahren. Wir ließen uns durch das freundliche, verbindliche Lächeln nicht täuschen, seine kalten braunen Augen sprachen dagegen. Myrna zeigte ihre Legitimation.

»Kriminalinspektor Myrna Clavebo, das hier ist Kriminalinspektor John Holmberg. Dürfen wir ein paar Fragen stellen?«

»Natürlich. Gehen wir doch in mein Büro. Maggie, nimm die Gespräche entgegen und sage, daß ich zurückrufen werde.«

Als wir in seine Gemächer kamen, merkten wir, daß die Rezeption bestenfalls als Vorstudie des Architekten zu betrachten war, als kleines, belangloses Spiel. Hier hatte er so richtig zugeschlagen, mit einer Verwegenheit, die die schlimmsten Stilbrüche alter Filmmogule in den Schatten stellte. In gewisser Weise war der Mut zu bewundern, mit dem unverblümt herausgeschrien wurde, daß Geld die Welt regiert. Wer auf der Goldkiste sitzt, bestimmt die Ästhetik – diese Auffassung setzt sich langsam selbst in Schweden durch.

»Bitte nehmen Sie Platz, Frau Clavebo, Herr Holmberg.«

Er wies auf die Besucherstühle an der anderen Seite des Schreibtischs. Die Sitzgelegenheiten hätte Carl Gustaf ohne zu zögern als Thron akzeptiert und aufgekauft. Wenn Napoleon in seiner großen Zeit Vontenius' Stuhl als Kaiserthron gehabt hätte, wäre die Weltgeschichte anders verlaufen, denn er hätte es nicht übers Herz gebracht, diesen Platz zu verlassen, um über Rußland herzufallen. Auf der schimmernden, leeren Schreibtischplatte protzten ein paar vergoldete Telefone.

Als wir so thronten, waren wir feierlich gestimmt. Der Fußboden bestand aus Steinplatten in verschiedenen Farben, darauf lagen wie Inseln Teppiche, mit denen man einen Teil der Staatsschulden hätte begleichen können. Wo uns die Gnade zuteil geworden war, sitzen zu dürfen, war der Boden kahl, so daß die Schuhe bei jeder Bewegung ein scharfes, hallendes Geräusch erzeugten.

»Was kann ich für die Polizei tun?«

Er lehnte sich zurück und klopfte mit den Handflächen leicht auf die protzigen Armlehnen. Einen Schlips, wie er ihn trug, würde ich mir kaufen, wenn ich einmal eine Million zuviel hätte.

»Es geht um Industriespionage«, erklärte Myrna. »Sie haben Geschäfte mit der AZW GmbH in Hannover gemacht, nicht wahr?«

»Ja.«

Trotz des kleinen Lächelns war er auf der Hut; von jetzt ab würde kein überflüssiges Wort über seine wohlgeformten Lippen dringen.

»Dazu gehörte der Austausch von technischem Material in Form von Dokumentationen und Datendisketten, nicht wahr?«

»Das stimmt.«

Myrna handelte nach ihren Instruktionen, von denen sie glaubte, daß sie sich auf wahre Sachverhalte gründeten.

»Einige geheime Informationen sind offenbar auf dem schwarzen Markt zum Verkauf angeboten worden. Wir möchten, daß Sie sich diese Fotografien ansehen und uns mitteilen, ob sie eine der Personen kennen.«

»Wer behauptet, daß Informationen gestohlen wurden?«

»Die Endkäufer des Materials. Mehr wissen wir nicht. Wir möchten nur, daß sie die Fotos betrachten.«

Er überlegte kurz, streckte dann die Hand aus und sagte:

»Es ist meine Pflicht, der Polizei zu helfen.«

Myrna reichte ihm ein Dutzend Schwarzweißfotos im Großformat. Darunter war ein Bild von Leon. Die Spezialisten hatten am Computer gute Arbeit geleistet; das angebliche Foto sah wirklich echt aus. Mit unbewegter Miene studierte er eine Fotografie nach der anderen und legte sie dann kommentarlos auf den Tisch.

Ich steckte die Hand in die Tasche und zog die Gummihaut von dem Aufnahmegerät. Myrna schaute zu Vontenius, und der konzentrierte sich auf die Bilder. Vorsichtig holte ich den Apparat heraus und versuchte, so gelangweilt wie möglich auszusehen. Plötzlich blieb ich am Saum der Tasche hängen. Das kleine Schächtelchen glitt mir aus der Hand.

In der nächsten Sekunde würde es mit einem Knall auf dem Steinfußboden landen.

18.

Die Muskeln und der Körper reagierten instinktiv. Es stand so viel auf dem Spiel, daß das Unbewußte die Regie übernahm. Ich tat, als krümmte ich mich in einem Hustenanfall und stieß mich gleichzeitig mit beiden Beinen ab, so daß die Stuhlbeine mit einem häßlichen Laut einige Zentimeter über den Boden kratzten. Diese Geräuschkulisse verschluckte das Aufschlagen des Abhörapparates. Vontenius schaute von den Fotos auf und warf mir einen erstaunten Blick zu:

»Was war denn?«

Ich entschuldigte mich:

»Ich bin es nicht gewohnt, so bequem zu sitzen.«

Diese Erklärung konnte er akzeptieren, denn sie war ein Kompliment an seinen Geschmack in punkto Sitzmöbel. So fuhr er fort, die Bilder zu studieren. Ich streckte die Hand aus, tastete mit den Fingerspitzen nach dem Schächtelchen, nahm es behutsam auf und klebte es an die edelhölzerne Unterseite des Stuhles. Absurd, verrückt, wahnsinnig – ich hatte völlig gesetzwidrig eine Abhöranlage installiert! Es war nicht die Raumtemperatur, die mir den Schweiß auf die Stirn trieb.

»Nein, leider kann ich Ihnen nicht helfen. Diese Personen sind mir ganz und gar unbekannt«, sagte Vontenius und gab den Stapel an Myrna zurück.

Myrna steckte die Bilder wieder in den Umschlag, und damit war unsere Mission beendet. Vontenius reichte uns zum Abschied die Hand, und wir verließen das Büro. Maggie sah aus, als könnte sie für acht senkrecht Hilfe gebrauchen, aber nun mußte sie allein klarkommen.

Weil Myrna die Gelegenheit nutzen und in der Hötorgshalle einkaufen wollte und weil wir schon einmal da waren und die Zeit bezahlt bekamen, gingen wir hinunter in das Himmelreich aus Fisch, Fleisch, Brot und Gemüse. Sie entschied sich für Beefsteak. Als sie das Hackfleisch gekauft hatte, setzten wir uns zu Kaffee und Tee an einen der kleinen Tische und beobachteten nebenbei Kunden beim Einkauf. Das bemerkenswerte an sowohl der Hötorgshalle als auch an der von Östermalm ist, daß selbst bei dickstem Publikumsverkehr keine gehetzte oder gereizte Stimmung aufkommt. Die gute Qualität der Waren sichert einen hochklassigen Kundenkreis, der Kenntnisse, Verständnis und Geduld mitbringt.

»Wieder ein Fehlschlag«, resümierte Myrna den Besuch bei Vontenius.

»Nein«, erwiderte ich. »Ein Volltreffer.«

»Wie kommst du darauf? Er hat doch keinen der Kerle auf den Fotos wiedererkannt.«

»Doch, einen.«

Daß ich im selben Moment entschieden hatte, das Abhörgerät zu installieren, konnte ich ihr natürlich nicht erzählen.

»Das habe ich nicht gemerkt. Was hat er gesagt? Du hörst auf einem Ohr schlecht und hast trotzdem mehr mitbekommen als ich.«

»Hast du schon einmal darüber nachgedacht, warum manche Menschen bessere Pokerspieler sind als andere? Warum sie immer gewinnen, während andere verlieren? Welche Mechanismen über Erfolg und Verlust am Spieltisch entscheiden?«

Sie trank einen Schluck von dem dampfenden Kaffee und leckte sich zufrieden die Lippen. Endlich ein richtiger Kaffee, wollte sie damit ausdrücken, und nicht diese Brühe aus dem Automaten, die den Namen nicht verdient.

»Okay, großer weißer Vater, ich lausche den Worten der Weisheit, die klarmachen, daß ich nur ein bescheidener kleiner Kriminalinspektor bin, während du dich zu einem großen Kriminalinspektor aufgeschwungen hast.«

»Ich setze voraus, daß du pokern kannst.«

Myrna grinste und bekam einen verträumten Blick.

»Oh ja, Hasse und ich spielten gern Strippoker, als wir noch jung und frisch verliebt waren.«

»Wer hat gewonnen?«

»Schwer zu sagen; wir wollten ja beide möglichst schnell verlieren.«

Dazu sparte ich mir jeden Kommentar. Wir waren ja alle einmal jung und haben das Spiel gespielt.

»Nehmen wir an, ein guter Pokerspieler gerät in eine unbekannte Runde. In der ersten Stunde gewinnt er nichts, sondern verfolgt nur das Spiel und studiert seine Gegner. Er kann sogar gewisse Summen verlieren, das macht ihm nichts aus. Dann beginnt er zu gewinnen, und wenn der Abend vorüber ist, hat er die anderen ausgenommen. Wie kommt das?«

»Tja, Hasse sagt, wer am besten blufft gewinnt.«

»Aber woher weiß er, wann er bluffen muß? Wenn er blufft und die anderen haben wirklich Spitzenblätter auf der Hand, macht er sich nur lächerlich.«

»Lillan und ich spielen lieber Mensch-ärgere-dich-nicht; ich habe keine Ahnung.«

»Alle haben perfekte Pokerfaces. Aber es gibt einen Verräter, mit dem keiner rechnet, und das sind die Pupillen. Deren Größe kann man nicht kontrollieren. Der erfahrene Pokerspieler schaut seinen Gegnern nicht ins Gesicht, sondern in die Augen. Bekommt ein Spieler sehr gute Karten, kann er nicht verhindern, daß sich die Pupillen weiten, bis sie viermal so groß sind wie zuvor.«

»Gut zu wissen.«

Die Erinnerung an eine peinliche Situation aus meiner Jugend stieg in mir auf; ich hatte mit vier Damen gegen vier Könige verloren und mußte ohne eine einzige Krone in der Tasche nach Hause gehen und den anderen sogar noch Schuldscheine über beträchtliche Summen ausstellen. Erst später begriff ich, daß das ganze Spiel manipuliert gewesen war. Das Gute an der Geschichte war, daß ich ein für allemal von der Spielsucht geheilt wurde.

»Die Pupillen verraten sowohl positive als auch negative Reaktionen. Wenn ein Mensch etwas wahrnimmt, was ihm mißfällt, dann ziehen sich seine Pupillen auf die halbe Größe zusammen. Genauso reagiert das Auge auf Unerwartetes. Wenn ein Mann einen Stapel Fotos durchsieht und plötzlich auf ein bekanntes Gesicht stößt, weiten sich seine Pupillen unmittelbar.«

Jetzt riß Myrna selbst die Augen auf.

»Du meinst, er hat einen der Männer wiedererkannt?«

»Ja, absolut.«

»Welchen?«

»Das weiß ich leider nicht«, log ich. »Aber wir sollten es melden. Wie kommt es, daß der Geschäftsführer eines Finanzunternehmens nicht die Wahrheit sagt, wenn er einen Mann erkennt, der der Industriespionage verdächtig ist?«

Sie gähnte kurz; die Frage interessierte sie nur mäßig, weil sie nicht wußte, worum es wirklich ging. Für sie war es nur ein Routinefall.

»Übernimm du das. Gehen wir jetzt? Ich muß die Einkäufe loswerden, bevor ich eine Sache in Fredhäll erledige.«

Mit wem sollte ich reden? Simon? Hier handelte es sich auf alle Falle um einen Lauschangriff, den er offiziell nicht sanktionieren durfte. Er hatte irgendwo im Hause zu tun, deshalb legte ich ihm einen Kurzbericht über die Fotos und Vontenius' Reaktion auf eines davon auf den Tisch. Über die Existenz des

Abhörgeräts wollte ich lieber nichts Schriftliches hinterlassen. So blieb mir nur, Hiller anzurufen. Mit gemischten Gefühlen wählte ich die Nummer. Er meldete sich mit einem neutralen Hallo.

»Hej, ich bin es.«

»Wer?«

»Hassel.«

»Oh, Roland.«

Er betonte meinen Namen auf eine Art, die beinahe hohnvoll klang. Vielleicht war ich auch überempfindlich, weil mir nicht klar war, was ich heraushören wollte.

»Vontenius hat Leons Bild erkannt.«

»Sagte er das?«

»Nein, aber ich bin sicher. Ich habe den Apparat unter einem Besucherstuhl befestigt.«

»Gut.«

Ich wartete, doch mehr sagte er nicht.

»Wie geht es weiter?«

»Das Gerät muß selbstverständlich wieder abgeholt werden. Morgen zum Beispiel.«

»Von wem?«

»Seltsame Frage. Von dem natürlich, der es angebracht hat. Du gehst einfach noch einmal zu ihm, in einer ähnlichen Angelegenheit, mit einem Stapel neuer Fotos, setzt dich auf denselben Stuhl und steckst mit denselben Fingern das Kästchen wieder ein.«

»Kinderleicht, meinst du?«

»Kinderleicht, genau.«

Es war so still in der Leitung, daß ich ihn nicht einmal atmen hörte.

»Mhm, ja«, murmelte ich. »Ich werde mit Simon darüber reden. Damit es überzeugend wirkt, sollte Myrna wieder dabei sein.«

»Tu das, sprich mit Simon, damit alles klargeht.«

Wieder Schweigen. Als ich es nicht mehr aushielt, sagte ich:

»Gibt es noch etwas?«

»Was denn?«

»Diese verdammten Odeoniten, was machen wir mit denen?«

»Sprich mit Simon.«

»Ich dachte, du hättest hier das Sagen?«

»Dachtest du? Wie kommst du darauf? Eine Marionette von Interpol, ein ausgemachter Hampelmann, kann doch keinen Einfluß haben. Am besten, du redest mit Simon.«

Aber Simon kam nicht. Ich erfuhr, daß er unmittelbar nach unserer Besprechung nach Hause geeilt war. Als ich in Spanga anrief, war Nadja am Apparat und teilte mir mit, daß ihr Mann mit einem der mittleren Söhne zum Basketballfinale gefahren war. Es würde spät werden, denn anschließend sollte es noch eine Grillparty geben. Da es sinnlos war, noch im Büro zu bleiben, rief ich Virena an und holte Elin ab. Wieder staunte ich, wie reifer sie von Tag zu Tag wurde, und es erschreckte mich fast. Sieben Jahre und bereit, jedes Thema zu diskutieren, so daß sich der Papa über die angenehme Konversation freute und nicht auf den Gedanken kam, außerhalb der Familie zu stehen. War altklug das richtige Wort? Trotzdem wünschte ich mir die Zeit zurück, da ich ihr Ein-und-alles, das große Idol meiner kleinen Tochter gewesen war. Inzwischen hatte ich Konkurrenz bekommen, und wie alle Menschen mochte ich den Wettbewerb nur, wenn ich selbst nicht daran teilnehmen mußte.

Und in meinem Beruf hatte ich auch noch nicht wieder Fuß gefaßt. Organisatorisch war so viel Neues eingeführt worden, daß vielen die Umstellung schwerfiel. Manche konnten einfach nicht begreifen, daß nun Bürgernähe Priorität hatte. Polizisten sollten zeigen, daß sie der Allgemeinheit dienten und nicht nur im Funkwagen durch die Gegend sausten oder als Statisten im Fernsehen auftraten. Unsere kleine Fahndungsgruppe war davon weniger berührt, aber auch auf uns kam Neues zu. Die anderen hatten sich bereits damit beschäftigt, während ich hinterherhinkte.

Genau wie im Falle meiner Tochter wünschte ich, daß am besten alles beim alten bleiben sollte, in Ewigkeit Amen.

Das Gefühl, im Job daneben zu stehen, ja fremd zu sein, hatte selbstverständlich auch mit der Beteiligung an der aktiven Verbrechensbekämpfung zu tun, wie sie von der Gruppe von Interpol betrieben wurde. Auf biblische Weise diente ich zwei Herren, ohne daß der eine Herr die Methoden des anderen offiziell sanktioniert hatte. Inwieweit inoffiziell Informationen ausgetauscht wurden, wußte ich nicht. Auch hier galt die alte Regel: Lieber nicht fragen!

Sehr früh am nächsten Morgen rief Simon an und schlug einen gemeinsamen Spaziergang zum Polizeigebäude vor. Er holte mich ab und schnorrte nebenbei ein Käsebrot und ein paar Küsse von den Damen, wofür er sich mit einem Scherz revanchierte, der Elin kichern und Virena lächeln ließ. Dann wanderten wir den gewohnten Weg über die Hantverkargatan zur Pilgatan. Simon legte die Hände auf den Rücken, so daß sein Bauch noch besser zur Geltung kam. Unter dem zeltgleichen Mantel schien sich ein militärisches Vorratslager zu verbergen.

»Vermutlich weißt du von dem Aufzeichnungsgerät bei Lecta Finans?« begann ich.

»Wie funktioniert eigentlich ein Aufzeichnungsgerät? Ich frage mich immer, warum sich die Töne einfangen lassen.«

»Myrna und ich müssen heute noch einmal hin. Erzähl ihr wieder eine Geschichte, sie ist ja so gutgläubig.«

Einige Meter schwieg er, und ich sah seiner Miene an, daß er meinen Kommentar mißbilligte.

»Rolle, wir tun, was wir tun müssen. Myrna ist bei uns das Salz in der Suppe, ich meine Gruppe, und wir wollen sie aus solchen Projekten möglichst raushalten. Die Umstände haben dazu geführt, daß wir an der Sache beteiligt sind, und für Interpol hat sich durch dich die einmalige Chance eröffnet …«

»Oh bitte, sag es noch einmal, sag, daß ich einmalig bin!«

»Verdammt, hör jetzt auf! Auf See geht es jährlich um hunderte, ja Tausende Menschenleben, da verbitte ich mir die Ironie! Sind dir arme Seeleute nur ein kaltes Grinsen wert?«

»Hör doch selber auf! Ich habe eine Menge armer Seeleute aus nächster Nähe sterben sehen und brauche keine Moralpredigten, weder von dir noch von Carl!«

Noch zehn Meter auf dem Bürgersteig der Pilgatan, und wir erreichten das ehemalige Garnisonskrankenhaus, in dem jetzt die Bezirksverwaltung saß. An den Speerspitzen des Zaunes konnte man die einstige militärische Nutzung erkennen. Nach all den Entlassungen war es erstaunlich, daß noch genügend Personal zum Verwalten übrig war. Simon blieb stehen und streckte mir die Hand entgegen.

»Schütteln!«

Ich griff zu, und dann pumpten wir eine Weile auf und nieder und grinsten uns dabei an.

»Keine ironischen Bemerkungen mehr«, gelobte ich. »Sie waren allerdings meine schützende Rüstung. Ich fühle mich so verdammt unsicher.«

»Keiner kommt allein klar. Man braucht die Hilfe von Freunden, sonst geht man kaputt.«

Daß er »von Freunden« und nicht nur »Hilfe« sagte, zeigte, wie gut er mich verstand. Hilfe konnte ich mir auch von gutbezahlten Psychologen und punktesammelnden Therapeuten holen, die mir mit berufsmäßigem Mitgefühl und bekümmerter Sympathie in genau bemessener Zeit, nach Lehrbuch in der Seele herumstochern würden, bis der nächste Patient an der Reihe war. Kein professioneller Heiler der Welt kann es mit einem Freund aufnehmen, der einem zuhört und dabei nicht auf die Uhr schielt oder an ein Honorar denkt.

»Wir müssen das Aufnahmegerät holen, falls die Putzfrau es nicht schon gefunden und bei ihrem Arbeitgeber abgeliefert hat. Erinnerst du dich jetzt an den Apparat?«

»Nein, keinesfalls, aber du mußt heute mit Myrna unbedingt

zu Vontenius und ihm weitere Fotos vorlegen. Was hältst du sonst von ihm?«

»Ich weiß aufrichtig gesagt nicht so recht, was ich denken soll. Sein Büro ist wie ein superamerikanischer Traum. Fast eine Parodie. Er selbst paßt ins Bild, aber das kann auch Kalkül sein; vielleicht glaubt er, daß die Kunden es so haben wollen. Was machen wir mit den Odeoniten? Wo haben die ihren Sitz?«

Simon grunzte etwas, das ich nicht verstand, und wir bogen in die Bergsgatan ein, in der das Polizeigebäude, unser zweites Zuhause lag. Superamerikanischer Traum ... Wessen Traum entsprach dieser funktionalistisch gedachte und gebaute Riesenkomplex?

»An verschiedenen Stellen. Die Sekretariatsadresse lautet Munkbron 9. Carl erarbeitet gerade eine vollständige Liste der Mitglieder, aber wir warten noch, bis wir das Aufnahmegerät, von dem ich nichts weiß, abgehört haben.«

Myrna und ich wurden von Maggie wie alte Bekannte begrüßt. Während wir auf die Ankunft des Herrn Geschäftsführers warteten, setzte sich Maggie zu uns und erzählte Myrna, ohne sich um meine lauschenden maskulinen Ohren zu kümmern, daß die Kerle ein schlimmes Pack seien und man sie an den Daumen an der nächsten Kiefer aufhängen sollte.

»Ganz meine Meinung«, bestätigte Myrna, und auch ihr machte es nichts aus, mich in die kollektive Verurteilung einzubeziehen.

»Wie zum Teufel konnte so etwas erschaffen werden? Verdammt, Gift in Lebensmitteln und DDT in der Natur sind doch auch verboten. Aber Kerle gibt es überall, und nichts wird dagegen unternommen.«

»Die Welt ist ungerecht. Denkst du an ein bestimmtes Exemplar?«

»Gibt es ein Exemplar, an das ich nicht denken sollte?«

Vontenius kam in seinem teuren Anzug, mit seinem Lächeln und seiner einladenden Geste in Richtung Büro, doch die Augen waren genauso kalt wie am Tag zuvor. Maggie war nicht zu bedauern. Wunderschöne Frauen trauern Männern, von denen sie verlassen wurden, nicht nach. Sie geraten nur vorübergehend in Wut, betrogen worden zu sein, und trösten sich schnell mit einem anderen aus der Schar der Bewunderer. Frauen dagegen, die sich unattraktiv fühlen, können sich das Leben nehmen, wenn der Mann auf eine andere Spielwiese wechselt. Und der verratene Mann? Der kauft sich eine Flasche Schnaps und schließt sich mit seinem Selbstmitleid ein.

Es bedurfte keiner besonderen Erklärung außer der, daß ein paar Verdächtige hinzugekommen seien. Wie am Tag zuvor studierte Vontenius ein Gesicht nach dem anderen, während Myrna und ich auf unseren Stammplätzen saßen. Diesmal war ich nicht einmal nervös. Die Hand unter die Stuhlkante, eine leichte Drehung, und die Saugnäpfe lösten sich. In weniger als dreißig Sekunden war der Apparat in meiner Jackentasche verschwunden.

»Tut mir leid, daß ich Ihnen auch heute nicht helfen kann.«

»War ja nur ein Versuch«, meinte Myrna. »Ich hoffe, daß wir Sie in Zukunft nicht mehr belästigen müssen.«

Eine Stunde später war ich in der Sysslomansgatan, traf aber Hiller nicht an. Ohne zu zögern warf ich das Abhörgerät in den Briefschlitz. Er würde schon wissen, von wem es kam und was er damit zu tun hatte; außerdem waren meine Fingerabdrücke auf dem Futteral aus Edelholz.

Mehr konnte ich nicht tun, bevor der Dienstherr rief. Natürlich hatte ich gewöhnliche Fahndungsaufträge zu erledigen, nach Erfahrung und Instruktion und Zeit und Lust und Gewissen. Bei einem einsamen Lunch ging ich mein Material durch. Es war ein unendlicher Strom von Männern, Frauen und Kindern, deren Wege sich in einem Abschnitt der ihnen zugemessenen Lebenszeit mit meinen oder denen der Kollegen kreuzten. Kleinkram. Die meisten unglückliche Personen, die nichts anderes taten als alle Fehltritte von Anfang bis Ende zu bereuen. Einzelne Rohlinge, die man dennoch nur in der Gruppe greifen konnte. Lange Fahndungen, die vielleicht in einigen Monaten ein Ergebnis brachten – oder nie.

Unlust beschlich mich, und ich wußte warum. Ich war direkt und peripher in so große und aufregende Zusammenhänge geraten, daß mir der übliche Trott wie ein Treten auf der Stelle erschien. Es war, wie wenn man von der Schulspeisung in ein Feinschmeckerrestaurant mit weißen Tischdecken gerät und sich plötzlich wieder in der lärmenden Schlange von Mitschülern wiederfindet, um sich seinen Teller Erbsensuppe abzuholen. Ich wollte beides, wieder ganz normal arbeiten, aber auch an den wichtigeren Ermittlungen teilnehmen.

Die Odeoniten? Sollte man nicht zur Munkbron fahren und ein wenig herumschnüffeln? Das hatte mir niemand verboten, allerdings auch keiner gutgeheißen. Aber man wußte wohl, daß ein Verbot bei dem widerspenstigen Hassel genau das Gegenteil bewirkt hätte. Ich nahm die U-Bahn bis Gamla stan und schlenderte dann, die Hände in den Taschen, auf die Munkbron Nummer 9 zu.

Das Haus liegt an einem dreieckigen Platz am Riddarholmskanalen. Auf der anderen Seite fesselt die Riddarholmskirche den Blick; das wunderschöne Petersen-Haus mit dem Restaurant »Aurora« schließt das Ensemble ab.

Auch das Haus Nummer 9 paßte zu der feinen Gesellschaft; ein kleiner Palast im gotischen Stil, an dem man Details entdecken und bewundern konnte. Schwarze, dekorative Schmiedearbeiten zieren das mächtige Tor aus heller Eiche, und darüber konnte ich eine eingemeißelte dünne Schrift erkennen: Industrieaktiengesellschaft. War wohl dasselbe wie die Industriebank. Mit solchem Kapital im Rücken mußte man sich nicht wundern, daß die Immobilie bezahlt werden konnte, auch wenn sie von anderen Eigentümern gebaut und verwaltet worden war. Über der Inschrift befindet sich ein großes freies Feld mit zwei bildlichen Darstellungen. Die eine zeigt einen König in voller Pracht, die andere die drei Goldkronen des Reichswappens auf blauem Grund. Über den Fenstern sind zwei Medaillons angebracht, eines mit einem Ritter zu Pferde, der sein Schwert gezogen hat, das andere mit einer Frau, die wie Justizia eine Waage in der Hand hält, jedoch keine Augenbinde trägt.

In einem schmalen Mittelfeld erhebt sich eine Kirche mit spitzem Turm, zur Linken eine Säule mit einem jungen Mann in römischer Toga und einem Werkzeug über der Schulter, zur Rechten eine ähnliche Säule mit einem gebieterischen Mann in mittleren Jahren, der die Hände in der Art eines Landesvaters locker gefaltet hat. Über dem Skulpturenteil mit Symbolen, deren Hintergrund ich nicht kannte und die ich also nicht richtig verstehen konnte, weil sie sich wahrscheinlich auf Trends der Jahrhundertwende bezogen, erstreckt sich eine Reihe von acht Bogenfenstern, jedes unterteilt von zwei Marmorpfeilern, wechselnd schwarz und rot. Auch rechts vom Portal, wo sich einst die Schalterhalle befand, gab es diese großen, oben abgerundeten und durch Marmorpfeiler unterteilten Fenster. Vieles mehr wäre zu bewundern gewesen, doch ich mußte mich auf die Namensschilder links vom Eingang konzentrieren. Die Odeoniten deuteten ihre Präsenz lediglich durch ein O und ein paar Schrägstriche durch den Ring an, und dieses Symbol war mir ebenfalls fremd.

Ein Mann trat aus dem Haus, und ich nutzte die Gelegenheit, um hineinzuschlüpfen. Aha, genau wie ich es mir vorgestellt hatte, das Treppenhaus bot eine sehenswerte Mischung aus Gotik und Jugendstil. Weiße Marmorstufen führten zum Entree hinauf, und als ich meinen Blick zur Decke richtete, ergötzte er sich an einem rankenverzierten Kreuzgewölbe mit herrlichen alten Kronleuchtern.

Hier drinnen gab es keine Fläche, die nicht ausgeschmückt gewesen wäre. Dabei dominierten die gerundeten, schwellenden, weichen, eleganten Formen des Jugendstil bis hin zu den dekorativen schmiedeeisernen Treppengeländern. Lampen und Ruhebänke vervollständigten den Eindruck, daß bei aller Verschwendung das richtige Maß gewahrt war und der Geschmack über die dicken Brieftaschen gesiegt hatte.

Ich mußte einige Treppen hinaufsteigen, bevor ich das Messingschild mit dem O und den Querstrichen entdeckte. Es war klein und unauffällig, als sollte es nur von Eingeweihten gefunden werden. Unschlüssig stand ich vor der Tür. Nun war ich hier – und wie weiter? Ich konnte nicht einfach hineinstürmen und Fragen stellen, die noch nicht formuliert, ja noch nicht einmal gedacht waren.

Plötzlich hörte ich von drinnen laute, aufgeregte Stimmen, darunter eine weibliche. Um Geräuschlosigkeit bemüht, hastete ich die Treppe hinab und auf den Platz hinaus. Schräg rechts, in etwa zehn Metern Entfernung, befand sich eine Bushaltestelle. Ich rannte hin, stellte mich hinter die Plexiglasscheibe und tat so, als studierte ich die Abfahrtszeiten des 48ers. Etwa fünf Minuten später trat eine Frau aus dem Haus, blieb vor dem Tor stehen und schaute sich vorsichtig um. Ihr Gesicht war ungeschminkt, bleich und ein wenig abgelebt; sie trug einen einfachen dunklen Mantel mit hochgeschlagenem Kragen. Aus der Tasche holte sie eine weiche Strickmütze mit Schirm, die sie sich weit ins Gesicht zog.

Für gewöhnlich sah sie nicht so aus, Valerie Hoch-Sundin, eine der reichsten Frauen Schwedens. Ihre Eltern hatten ihr ein Imperium in der Bekleidungs- und Papierbranche, ihr Mann ausgedehnten Grundbesitz hinterlassen. Sie galt als pressescheu, aber wenn sie etwas sagte, dann frei heraus, so daß ihre Äußerungen oft zu Kontroversen führten. Sie predigte Fleiß, Verantwortung und ein bewußtes Leben und war deshalb für viele ein ideales Vorbild. Über ihr Privatleben wußte ich nicht mehr als die Klatschzeitungen: Sie liebte Oper und Ballett. Mit ihren Firmen und Beteiligungen herrschte sie in Schweden und im Ausland über viele tausend Angestellte und hatte ihr Personal offenbar fest in der Hand. Aber sie wurde respektiert, weil sie ehrlich war und als Arbeitgeberin ein soziales Gewissen zeigte.

Wie alt konnte sie sein? Um die sechzig? Weil sie eine Frau und reich war, hatte viel über sie in den Zeitungen gestanden, und ich hatte zwangsläufig mehrere Versionen ihres Lebenslaufes gelesen. Geboren mit dem goldenen Löffel, aufgewachsen am goldenen Teller, beste Schulen in diversen Ländern, Tragödien in der Jugend mit Todesfall und Krankheiten, aber das Geld half ihr über den Kummer hinweg, wie sollte es anders sein. Eine kinderlose, aber möglicherweise glückliche Vernunftehe mit einem bedeutend älteren Goldochsen bis zu dessen Infarkt. Sie lebte zurückgezogen auf einem Gut in Sörmland, aber die Empfänge, die sie veranstaltete, hatten einen guten Ruf. So etwas lag leider außerhalb meiner persönlichen Kontrolle.

Diese Situation war allerdings ungewöhnlich für sie. Keine Luxuslimousine mit Chauffeur und getönten Scheiben wartete. Das deutete darauf hin, daß sie in wichtiger Mission unterwegs war und jede Öffentlichkeit scheute. Sie vergrub die Hände in den Manteltaschen und trabte mit gebeugtem Rücken in Richtung Slussen. Sogar ihren Gang hatte sie verändert, um eventuelle Beobachter zu täuschen.

Ohne Hast folgte ich ihr auf der anderen Straßenseite. Ab und zu schaute sie sich um, aber der Gehweg hinter ihr war leer. Wer keine Erfahrung auf diesem Gebiet hat, denkt niemals daran, daß ein routinierter Verfolger stets die gegenüberliegende Seite wählt. Sie tauchte in die Gänge von Slussen ein, ging zum Södermalmstorg hinauf und dann die Hornsgatan entlang.

Ich hatte nichts dagegen. Unterwegs warf ich schnelle Blicke in die Schaufenster der vielen Galerien, die diesen Teil der Straße zu einem schwedischen Montmartre machen. Spannend, kurios, überraschend, aber ich mußte ein genaueres Studium der Angebote auf später verschieben. Jetzt hatte ich mich auf Madame Valerie und ihre schlurfende Wanderung mit gesenktem Kopf zu konzentrieren.

Sie überquerte die Straße und ich glaubte einen Moment, daß sie zu Gamla Bysis wollte, aber sie bog in die Ludvigsbergsgatan ein, und ich folgte in einigem Abstand. An der höchsten Stelle macht die Straße einen scharfen Linksknick, und man hat einen beinahe komischen Kontrast von Alt und Neu vor sich. Auf der einen Seite erhebt sich ein Riesenkomplex aus siebengeschossigen grauen Wohnhäusern im Stil der 60er Jahre. Der Rohbeton des Parkplatzes verstärkt noch den Eindruck, vor einem besonders ungemütlichen Gefängnis zu stehen.

Auf der anderen Seite, zum Wasser hin, sieht man zuerst ein niedliches kleines gelb verputztes Steinhaus und dann ein- und zweistöckige rote Holzhäuser, die durch einen Zaun miteinander verbunden sind. Die städtischen Kulturhäuser werden mit aller nostalgischer Liebe gepflegt. Man ahnt Anderssonskans Kalle, der neue Streiche plant, hört die Alten lügen, daß sich die Balken biegen und die Flunkereien mit Pilsner hinunterspülen. Man erwartet, daß jeden Moment würdevolle Frauen mit Kaffeetabletts und selbstgebackenem Kuchen auftauchen. Hier trifft ein Stockholm, das es gegeben hat und von dem es mehr geben sollte, auf die grauen Mastodonten eines Stockholm, von dem es eindeutig zuviel gibt.

Daß Valerie diese Stimmung ebenfalls empfand, war eher unwahrscheinlich, denn sie starrte meistens zu Boden. Wir kamen an der seltsamen Villa Ludvigsberg vorbei, einem kleinen Märchenschloß mit Zinnen, einem spitzen und einem achtkantigen Turm, der nach oben offen war wie ein kleines Lusthaus. Da das Gebäude nun als Kurs- und Konferenzzentrum diente und dort auch Feste gefeiert wurden, vermutete ich, daß man sich im Turm zum Aperitif versammelt und die Aussicht genießt.

Die Straße führt direkt auf das Gelände der alten Münchenbrauerei. Eine Gruppe rüstiger Senioren überholte mich, wahrscheinlich, um im Mälarsaal tanzen zu gehen, und ich mischte mich darunter, damit ich nicht auffiel, falls Valerie sich umdrehte. Die Brauerei besteht aus mehreren enorm großen, kompakten Ziegelbauten. Zur Linken steht ein Fabrikschornstein, und an einer Fassade ist eine Uhr angebracht, die fünf Minuten vor halb elf stehengeblieben ist. Hatte man um diese Zeit das letzte Bier vor der Stillegung abgefüllt?

In die leerstehenden Gebäude waren verschiedene Schulen, Institutionen und Unternehmen eingezogen. Die Frau sah sich noch einmal verstohlen um und eilte dann auf eines der Tore zu. Wenige Sekunden später schlich ich ihr nach. Drinnen streifte ich mir die Schuhe ab und tappte lautlos die Treppe hinauf. Ich kam ihr so nahe, daß ich durch das Geländer ihren Mantelsaum hätte berühren können. Sie klopfte an eine rote Holztür, und es klang wie ein Signal. Die Tür wurde geöffnet und geschlossen. Es ging so schnell, daß der Zipfel ihres Mantels eingeklemmt wurde.

Als ich den Treppenabsatz erreicht hatte, öffnete jemand die Tür, um den Mantel zu befreien. Unsere Augen trafen sich, und wir erstarrten. Er kannte mich, und ich kannte ihn, denn er wurde seit über einem Jahr gesucht – Bernt Ahlbäck, geflohen aus Norrköping. Ich war dabeigewesen, als er nach einem Feuergefecht in einer Villa auf Munsön verhaftete wurde, und er war der Typ, der so etwas nicht vergaß. Verurteilt wegen zweier Morde und einiger weiterer verdächtig.

»Hassel!« knurrte er. »Nach dir habe ich mich gesehnt!«

Dann griff er nach seiner Waffe.

19.

Mit der rechten Faust schlug ich mit aller Kraft auf die wirksamste Stelle, die man treffen kann, direkt auf die Nase. Er stöhnte auf und wankte. Ich versetzte ihm einen Stoß vor die Brust, so daß er nach hinten wegtaumelte. Er fuchtelte mit den Armen, um das Gleichgewicht wiederzuerlangen, stolperte aber über eine Teppichkante und setzte sich unsanft auf den Hosenboden. In der nächsten Sekunde war ich über ihm. Wie die meisten Fahnder auch, trug er seine Pistole am Gürtel, und ich schnappte sie mir, drehte mich weg und landete auf federnden Beinen, die entsicherte Waffe im Anschlag, ganz nach Dienstvorschrift.

Mit der Linken tastete ich nach dem Mobiltelefon und rief leise nach Verstärkung zum Abtransport Ahlbäcks. Valerie Hoch-Sundin stand wie an die Wand genagelt, hatte die Arme pathetisch vor der Brust gekreuzt und starrte mich verständnislos an. Diese handgreifliche Gewalt paßte nicht in ihre gewohnte, behaglich abgeschirmte Welt. Ahlbäck saß da und betastete vorsichtig sein verletztes Gesicht. Blut tropfte aus beiden Nasenlöchern auf den schwarzen Pullover, den er unter dem Jackett trug.

»Ich habe dich gleich erkannt«, sagte ich.

»Verdammt, keiner weiß, daß ich hier bin!« röchelte er.

»Ich hatte eben Glück. War eigentlich hinter einem anderen Typen her.«

Ich wandte mich der Frau zu, und nun galt es, richtig ungemütlich zu werden. Ich mußte so tun, als würde ich sie nicht erkennen, und sie behandeln, wie ein Bulle meines Kalibers ihrer Meinung nach mit Gesindel umsprang. Man muß einem Menschen nur seine Vorurteile bestätigen, dann glaubt er auch alles andere.

»Und wer, zum Teufel, bist du?«

Sie öffnete den Mund, aber es drang nur ein Keuchen heraus. Ihre Phantasie reichte nicht für Ausflüchte, doch Ahlbäck kam ihr zu Hilfe.

»Nur eine Bekannte?«

»Eine Bekannte? Was meinst du damit?«

Sein Zeigefinger fuhr über den Nasenrücken und er seufzte: »Du hast sie mir gebrochen.«

»Im Knast hast du viel Zeit, dich auszukurieren. Was ist mit der Braut? Gehört sie zu dir?«

Ahlbäck warf ihr einen Blick zu, der durch Tränen des Schmerzes getrübt war. Ein Schlag auf die Nase bringt jeden zum Heulen, viel sicherer als Zwiebelnschälen.

»Äh, das ist nur so eine Braut. Für vierhundert Piepen.«

»Du bist wohl knapp bei Kasse?«

»Soll ja vorkommen. Verdammt, tut das weh!«

»Wie bist du an sie geraten?«

»Bekam die Telefonnummer von einem Kumpel. Hätte ihr aber keine müde Krone gezahlt, die Hexe ist ja viel zu alt. Ich brauche eine Bluttransfusion.«

Er machte Anstalten, sich zu erheben, aber ich schrie, er solle sitzen bleiben. Resigniert ließ er sich wieder fallen. Die Frau schluckte und schluckte und schien sich wie in einem schrecklichen Alptraum zu fühlen. Ich kannte das; ich hatte es oft genug selbst erlebt. Locker boxte ich ihr gegen den Oberarm.

»Los, hau ab hier, wir haben keine Zeit für dich! Wenn ich dich auf der Malmskillnadsgatan erwische, schicke ich dir die Sozialtruppe auf den Hals. Wann hast du den letzten HIV-Test gehabt?«

»Wwwas?« stammelte sie.

»Weiber wie du sind Bomben mit Zeitzünder. Schade, daß ich nicht eine Viertelstunde später gekommen bin. Deinem Kunden Ahlbäck hätte ich HIV und Aids gleichzeitig gewünscht.«

»Mmmmm ...«

»Hau ab, Miststück!« brüllte ich. »Oder willst du zur Zwangsuntersuchung?«

Sie zuckte zusammen und setzte die Mütze fester auf. Dann warf sie Ahlbäck noch einen letzten Blick zu, der eine mir verborgene Botschaft enthalten mochte, und eilte hinaus. Ich blieb mit dem Mörder allein, und wir hatten uns nichts zu sagen. Er beschäftigte sich mit seiner Nase und ich mich mit seiner Bewachung. Die Pistole war eine Walther, wie sie früher von der Polizei benutzt wurde, und hatte möglicherweise, um nicht zu sagen höchstwahrscheinlich, einst einem Kollegen gehört. Die ausrangierten alten Walther-Pistolen waren zum Verkauf an

Bastmans gegangen. Andererseits gehörte Ahlbäck nicht zu denen, die Waffen legal erwarben.

Der Wagen kam und holte den Verbrecher ab. Er kannte seinen Ruf als Gewalttäter und legte trotz blutender Nase artig die Arme auf den Rücken, um sich Handschellen anlegen zu lassen. Ich versprach, die Kriminaltechnik zu rufen, um die Räume nach Spuren von Verbrechen und Verbrechern untersuchen zu lassen, und die Kollegen fuhren mit dem lange Gesuchten davon.

Als ich allein war, schaute ich mich schnell überall um. Offenbar hatte Ahlbäck hier nur vorübergehend gehaust. Entweder gingen die Geschäfte der Wohnungsinhaber schlecht oder sie hatten einfach das hinterlassen, was sie loswerden wollten. So betrachtete ich ausgediente Möbel, einige Schränke voller alter Broschüren, Telefonbücher, jedoch keinen Apparat, eine kleine Küche mit einer einsamen elektrischen Herdplatte, einen leeren Kühlschrank, dessen Tür offenstand, ein Abwaschbecken mit Tasse und Kaffeelöffel, abgenutzte Tapeten, Staub und Müll. Bei der Kontrolle der Außentür entdeckte ich ein helleres Viereck; hier war zuvor ein Schild befestigt gewesen. Ich rief Simon an, und in seiner Stimme schwang Achtung mit.

»Das Gerücht vom Übermenschen Hassel ist bereits bis zu mir gedrungen. Ohne Waffe, mit bloßen Händen hat er den Doppelmörder Bernt Ahlbäck überwältigt. Du wirst zur Legende.«

»Spaß beiseite, ich habe die Räumlichkeiten hier nach Hinweisen auf die Odeoniten untersucht, aber es ist nichts zu finden.«

»Sollte es eine Verbindung geben?«

»Ja, ich werde dir später berichten.«

»Wenn du immer noch nicht begriffen hast, daß man einen wie Ahlbäck niemals allein verhaften darf, ist dir nicht zu helfen. Hast du den Big-boy-Komplex? Hat dein Vater dich unterdrückt?«

»Glaubst du, ich bin bekloppt? Wenn ich gewußt hätte, daß ich auf Ahlbäck stoße, hätte ich mich in einer Bleikammer verkrochen. Ich verfolgte eine ganz andere Person. Plötzlich stand er vor mir und griff nach der Waffe. Ich kriege jetzt noch das große Zittern, wenn ich daran denke.«

»Vergessen wir das, so etwas schadet der Legendenbildung. Nein, du warst mutig wie Rambo. Laß mich dein Agent sein und Provisionen kassieren, wenn du Autogrammkarten verkaufst. Wo bist du?«

»Alte ... Brauerei ...«

»Warte, bis die Techniker da sind. Um drei sollen wir beide zu Carl in die Sysslomansgatan kommen. Paßt dir das? Oder hast du vor, noch einen Desperado eigenhändig zu schnappen?«

»Ich komme.«

Nach einer halben Stunde kamen die menschlichen Staubsauger, aber ich bezweifelte, daß sie in den leeren Zimmern mehr finden würden als ich. Ich drehte drei Runden, entdeckte jedoch außer einem Papierkorb mit Juicy-Fruit-Kaugummipapier und einer ausgerissenen Seite mit Dagens Nyheters Kleinanzeigen nichts Neues. Das Blatt war drei Monate alt und enthielt Kauf- und Verkaufsanzeigen für Kleinunternehmer.

An die Verhaftung Ahlbäcks erinnerte mich nur der Schmerz in der rechten Hand. Als Greifer muß man stets auf einen Nahkampf gefaßt sein. Wenn man damit nicht klarkommt, sollte man sich innerhalb der Polizei einen anderen Job suchen. Manche wollen reden, andere prügeln oder spucken, manche bevorzugen Messer oder Schußwaffen, einige haben sogar eine Vorliebe für Handgranaten. Man muß sich bereithalten und eventuelle Angriffe voraussehen. Die meisten reden nur oder drohen verbal, doch man weiß nie, an wen man gerät.

Fünf vor drei stand ich vor der Wohnungstür in der Sysslomansgatan. Hiller öffnete, und sein Gesicht war bei der Begrüßung wie eine Uhr ohne Zeiger. Nein, Simon war noch nicht da. Ja, selbstverständlich hatte er das Abhörgerät gefunden. Ich sollte entschuldigen, er sei gerade am Telefon, ob ich draußen warten könnte?

Melancholisch ließ ich mich im Flur nieder, und es gab nicht einmal eine Zeitung, um die unangenehmen Gedanken zu zerstreuen. Zwanzig Minuten später kam er und hob die Augenbrauen.

»Hat es an der Tür geklingelt?«

»Ich habe nichts gehört.«

»Du kannst öffnen, wenn er kommt. Ich habe noch zu tun.«

Er wandte sich ab, blieb aber stehen, als ich sagte:

»Carl ...«

»Ja?«

»Du hast mich ausgenutzt, aber ich habe das überbewertet. Können wir noch mal von vorn anfangen?«

Er steckte die Hände in die Taschen und schaute mich eine Weile ausdruckslos an. Ich begriff, was er dachte: Ist das wieder einer von Hassels berüchtigten Scherzen?

»Wer sagt das?«

»Rolle. Und es wird morgen kein Roland daraus.«

Langsam hob er die rechte Hand und streckte sie aus. Der Handschlag ist das wichtigste und symbolträchtigste Ritual der westlichen Welt, und wir besiegelten damit einen vieltausendjährigen Pakt. Verträge kann man diskutieren und interpretieren und brechen, doch wer ein durch Handschlag gegebenes Wort bricht, begeht einen unsühnbaren Frevel. Hiller verwandelte sich vor meinen Augen und wurde wieder der Mann, den ich achten und gut leiden konnte. Gleichzeitig erschien Simon und forderte lauthals einen starken Nachmittagskaffee mit Zubehör. Da Carl Simon kannte, wartete in der Küche bereits ein gedeckter Tisch auf uns.

Für fünf Minuten waren wir drei Männer in mittleren Jahren, die sich gebildet über Apollinaires Einfluß auf Brillat-Savarins Dichtung unterhielten, oder jedenfalls etwas in der Richtung, bis ich von Ahlbäck und den Hintergründen meines Einsatzes in der Brauerei berichten durfte. Simon pfiff überrascht:

»Wenn sie sich aufdonnert, sieht sie lecker aus wie ein Sahnetörtchen.«

»Ich glaube nicht, daß sie es darauf anlegt«, meinte ich.

»Aber sicher! Rolle, du kennst die Frauen nicht, aber das ist nichts Neues. Carl, gehört sie zu den Odeoniten?«

»Ja, gewiß. Valerie Hoch-Sundin verfügt über mehr Macht, als öffentlich bekannt und über mehr Verbindungen zum internationalen Kapital, als an der Oberfläche sichtbar sind. Rolle, wie interpretierst du ihr seltsames Verhalten?«

Wie immer fühlte sich Simon wie zu Hause und begann, im Kühlschrank nach echter Butter zu suchen, wobei er etwas von fader Margarine murmelte. Ich hatte genug Zeit gehabt, über die Antwort auf diese Frage nachzudenken und meine Gedanken zu sortieren. Wenn Hiller etwas Wissen wollte, galt es, intelligent zu erscheinen und die richtigen Worte zu finden. Jetzt legte ich wieder wert auf seine Anerkennung; ein schönes Gefühl.

»Im Büro Munkbron 9 der Gesellschaft oder Organisation hatte sie eine Auseinandersetzung mit jemandem. Mit wem und warum weiß ich nicht. Daß sie ohne Wagen und verkleidet war, weißt darauf hin, daß es sich um keinen gewöhnlichen Besuch handelte; eher ein heimliches Treffen, von dem keiner erfahren sollte.«

»Verkleidet?«

»Wenn eine solche Frau Sachen aus dem Winterschlußverkauf trägt und sich nicht sorgfältig schminkt, betrachte ich sie als verkleidet. Auch wenn sie sich keinen Schnurrbart angeklebt hatte – sie wollte eindeutig nicht erkannt werden.«

Simon fand ein Bier und ließ die Büchse zischen. Die heutige Jugend weiß vielleicht nicht, wie Mozart klingt, aber dieses Geräusch ist jedem bestens bekannt. Obwohl mein bester Freund und direkter Vorgesetzter mit anderen Dingen beschäftigt schien, entging ihm doch keine einzige Silbe.

»Als ich sie beschattete, schaute sie sich immer wieder um. Sie rechnete also damit, verfolgt zu werden. Das verstärkt den Eindruck, daß sie in geheimer Mission unterwegs war. Sie wußte, wo sie hinwollte, also hatte sie das Treffen geplant.«

»Und dort erwartete sie ein berüchtigter Verbrecher«, schaltete sich Hiller ein. »Was meinst du dazu?«

»Ganz offensichtlich erwartete er sie, doch es ist nicht sicher, ob sie wußte, mit was für einem Typen sie es zu tun hatte. Vielleicht hat er sie gezwungen zu kommen.«

»Wie meinst du das?«

»Ganz einfach – Erpressung. Er kann etwas erfahren haben, und sie war bereit, sich sein Schweigen zu erkaufen oder zumindest ihn aufzusuchen, um zu verhandeln. Erinnere dich an ihre Reaktion, als ich ihn niedergeschlagen hatte. Sie verhielt sich völlig passiv, rührte keinen Finger. Als ich vortäuschte, sie nicht zu kennen, ging er sofort darauf ein und präsentierte sie als eine gewöhnliche Nutte. Sie hat mit keiner Silbe protestiert.«

»Was schließt du daraus?«

»Daß er etwas gegen sie in der Hand hat, was so wertvoll ist, daß er sie nicht verrät. Hätte er ihre Identität preisgegeben, würden tausend Fragen gestellt werden, was die beiden miteinander zu tun haben. Jetzt ist sie scheinbar aus der Sache heraus, und er kann weiter Druck auf sie ausüben, wenn er das nächste Mal rauskommt oder abhaut. Vielleicht sogar aus dem Gefängnis heraus.«

Simon nickte zustimmend und rülpste. In Gesellschaft von Damen war er der perfekte Gentleman, doch unter Kumpels benahm er sich oft sehr volkstümlich.

»Hast du noch eine andere Theorie?«

Hatte ich eine? Gab es noch eine andere mögliche Verbindung zu Ahlbäck? In Gedanken ging ich die Geschehnisse schnell noch einmal durch.

»Tja, sie könnte sich ernsthaft bedroht gefühlt haben und kam mit der ihr ungewohnten Situation nicht klar. Sie brauchte Hilfe, aber die Sache war so delikat, daß sie nicht zur Polizei gehen konnte. Vielleicht erhielt sie die Adresse im Büro und erfuhr, daß der Mann, den sie treffen würde, nicht gerade zu den Stützen der Gesellschaft gehört, aber dafür auch keine Skrupel kennt.«

»Also kann Ahlbäck sowohl Erpresser als auch Verbündeter sein?«

»Wir sollten sie fragen.«

Hiller erhob sich und lief um den Küchentisch herum. Gedankenverloren knetete er die Hände, als erinnerte er sich an leckere Menüs, die er einst genossen.

»Genau das können wir nicht. So lange Ahlbäck dichthält, kommen wir nicht an sie heran. Trotzdem ist die Situation interessant und eröffnet neue Wege.«

»Meinst du, wir sollten Ahlbäck unter Druck setzen, damit er den Kontakt zu Madame Hoch-Sundin zugibt?«

»Nein, wir werden versuchen, auf andere Weise an die Informationen zu kommen. Wenn du fertig bist mit essen, Simon, hören wir uns das Band von Vontenius an.«

»Oh, das eine muß doch nicht unter dem anderen leiden. Ich nehme mir den Teller mit. Außerdem war da noch ein Bier im Kühlschrank, das unbedingt von mir getrunken werden wollte.«

Wir machten es uns im Wohnzimmer bequem, und das war nicht schwer. Hiller holte das Band hervor und zeigte uns die Mitschriften, die er danach angefertigt hatte.

»Ihr bekommt später Kopien, doch ich möchte, daß ihr zuvor unvoreingenommen zuhört. Obwohl man von den Telefonaten nur die Hälfte mitbekommt, kann man doch eine ganze Menge entnehmen.«

Er schaltete ein spezielles Wiedergabegerät ein und regulierte die Lautstärke. Da das Abhörgerät durch die Stimme gesteuert wurde, waren die Pausen zwischen den Gesprächen nur sekundenlang. Am Anfang war nur Vontenius' Stimme zu hören. Er telefonierte und wirkte ein wenig aufgeregt:

»Hallo, hier ist Chris. Was? Nein, jetzt nicht, später. Zwei Bullen sind hiergewesen, angeblich von der Fahndung. Und ... die Frau hieß ... Clavebo ... ja, klingt bescheuert, aber sie heißt so. Myrna mit Vornamen; ich habe den Ausweis gesehen. Kann man ja prüfen ... der andere hieß Holmberg ... Mhm ... Redeten von

Industriespionage … nein, ich weiß nicht … zeigten Fotos … das war nicht … nein … eines ähnelte … Sag das nicht … Bovi … Ich dachte, das könnte wichtig sein.«

Hiller stoppte das Band.

»Was sagt uns das?«

Wir nahmen uns Zeit. Besonders gefährlich wirkte der Anruf nicht. Daß er einem Bekannten von dem Besuch der Polizei erzählte, war wohl natürlich.

»Ist Bovi der Name von Leon?« wollte Simon wissen.

»Schwer zu sagen«, antwortete Hiller. »Es ist ja nicht einmal sicher, ob es sich tatsächlich um einen Namen handelt. Bovi kann auch eine Art interne Abkürzung sein. Fällt euch etwas auf?«

Ich mußte passen, aber Simon hatte etwas bemerkt. Mit einem gewaltigen Schluck leerte er das Bierglas zur Hälfte. Dann grunzte er:

»Der feine Geschäftsführer und Chef der Lecta Finans ist, jedenfalls in seinem Selbstverständnis, ein großer Mann in der Gesellschaft. Sagt so einer ›Bullen‹? Verwendet er so ein Vokabular?«

»Genau das habe ich mich auch gefragt«, bestätigte Hiller. »Machen wir weiter.«

Nun folgte ein scherzhaft-frivoler Dialog mit der Sekretärin Maggie. Von ihrem Haß gegen die Kerle war er wohl ausgeschlossen. Auch das sprach nicht gegen ihn, sondern ließ ihn in Simons Achtung steigen.

»Als nächstes hat er Damenbesuch, aber auch darin kann ich nichts Verdächtiges entdecken«, kündigte Carl an.

Mit der Frau verbanden ihn offenbar ausschließlich geschäftliche Beziehungen. Er nannte sie Krischa. Ihre Stimme war so schrill, daß sie ihn den letzten Nerv kosten mußte, doch er blieb höflich und klang manchmal sogar unterwürfig.

»… und du hast eine Ausschüttung von dreiundzwanzig Prozent versprochen. Gilt das noch?«

»Ich sehe keine Hindernisse.«

»Und ich gebe mich nicht mit zweiundzwanzig Komma fünfundsiebzig Prozent zufrieden. Dreiundzwanzig sind dreiundzwanzig.«

»Gewiß doch, dreiundzwanzig, wie abgemacht.«

»Du bist also ganz sicher, daß es dreiundzwanzig werden und kein Zehntel weniger?«

»Ganz sicher.«

»Und du glaubst nicht, daß sich das noch ändern kann und es weniger werden als dreiundzwanzig?«

»Nein, Krischa.«

»Also kann ich dreiundzwanzig garantieren?«

»Ja, du kannst.«

Und so weiter und so weiter. Sie hackte auf ihren dreiundzwanzig Prozent herum, und wir wurden vom Zuhören langsam müde.

»Er begleitet sie zur Tür«, teilte Hiller mit. »Euer Kommentar?«

»Ich habe keinen, aber was ist mit ihm?« fragte ich. »Ruft er wieder jemanden an, um mitzuteilen, daß sie dagewesen ist?«

»Nein. Sie kam und ging. Dreiundzwanzig Prozent sind bei dieser Art Geschäfte nicht üppig. Können wir weitermachen? Jetzt kommt nämlich ein Besucher, der von Interesse sein kann.«

Schritte näherten sich, Stuhlbeine scharrten über den Boden; Vontenius hatte seinen Gast an der Tür empfangen und zu seinem Platz geleitet. Die Stimme des Besuchers klang schleppend und ziemlich arrogant. Vontenius scharwenzelte um ihn herum.

»Gut, daß du kommst, ich hätte dich sonst angerufen. War vielleicht Telepathie.«

»Kann ich mir kaum vorstellen. Hast du keine Hausbar?«

»Klar, weißt du doch, und ich ...«

»Na dann schenk mal ein. Du weißt ja, was ich trinke.«

»Ja, ja, Chivas mit Eis.«

»Genau.«

Wieder Stühlescharren, dann das Klirren von Flaschen.

»Gut so?«

»Seit wann bist du so geizig?«

Vontenius lachte wie über einen guten Witz, und es klirrte noch einmal. Simon prostete dem Gerät mit seinem Bierglas zu.

»Wir müssen wieder Kontakt zu Tolly aufnehmen.«

»Er ist aber schwer zu erreichen, weil ...«

»Habe ich danach gefragt? Wir brauchen den Kontakt, und du wirst dich darum kümmern.«

»Gewiß doch, klar, wie eilig ist es denn?«

»Noch vor Sonntag will ich ihn persönlich sprechen.«

»Ich werde mein Bestes tun.«

»Das reicht nicht. Klingt ja, als wolltest du dich schon im voraus entschuldigen. Vor Sonntag!«

»Werde überall suchen.«

Ein trockenes, freudloses Lachen.

»Du willst es doch nicht etwa mit unserem kleinen Saxo zu tun bekommen, oder?«

Simon streckte die Hand in die Luft wie ein Eishockeyschiedsrichter beim Abseits, und das Gespräch ging im selben Tonfall weiter:

»Nein, nein, ich werde Tolly finden, keine Sorge.«

Das rasselnde Lachen des anderen war Ausdruck seiner Überlegenheit.

»Ich mach mir keine Sorgen. Wenn hier einer Grund hat, sich Sorgen zu machen, dann du!«

»Genau, warum sollten wir uns beunruhigen? Tja, da sind ein paar Papiere, die du dir ansehen solltest.«

»Dann leg sie mir doch endlich vor! Glaubst du, ich habe nichts anderes zu tun?«

»Ich habe sie hier. Was hältst du davon?«

»Nun laß mich doch erst einmal lesen! Glaubst du, ich bin Hellseher? Hältst du mich für ein Medium?«

»Dann lies in Ruhe, ich schenk dir noch einen Whisky ein.«

Während der Besucher die Schriftstücke studierte, hatte sich das Gerät abgeschaltet. Durch die nächste Replik wurde es wieder aktiviert:

»Scheint in Ordnung zu sein. Tolly schleust es weiter.«

»Das mußt du entscheiden.«

»Wer denn sonst, du vielleicht?«

»Du weißt, daß das nicht geht.«

»Das hieße ja auch, den Bock zum Gärtner zu machen.«

»Wenn ich weiß, wo du Tolly erreichen kannst, rufe ich dich sofort an.«

»Schicke lieber ein Fax.«

»Okay.«

»Willst du dein Büro nicht anders einrichten? Sieht ja aus wie ein Bordell in Texas.«

»Ich finde es nicht schlecht.«

»Na gut, wenn du unbedingt für einen Zuhälter gehalten werden willst. Und mach ein bißchen Tempo, ja?«

»Ja klar, mach's gut. Schön, daß du gekommen bist.«

Vontenius erhielt keine Antwort mehr; man hörte nur die Tür krachen. Er rief Maggie herein und flötete:

»Mein Schatz, ich arbeite heute zu Hause. Habe dort ein paar Aufgaben zu erledigen.«

»Möchtest du, daß ich eine davon bin?«

»Wenn es um das Wollen ginge, würde ich nur noch zu Hause mit dir arbeiten.«

Gekicher, eine Tür wurde geöffnet und geschlossen. Dann folgten einige belanglose Telefonate, ein Schwätzchen mit Maggie und schlürfendes Kaffeetrinken. Anschließend hatte das Gerät Myrnas und meine Stimme aufgezeichnet, bis es mir gelungen war, den Apparat zu entfernen.

»Wie gesagt, ihr erhaltet Kopien, aber etwas direkt Kriminelles kann ich in den Gesprächen nicht erkennen«, meinte Hiller. »Oder was meint ihr, Jungs? Du brauchst dich nicht zu melden, Simon, wir sind hier nicht in der Schule.«

»Da war ein Name: Saxo. Wenn es der Saxo ist, den ich kenne, dann haben wir vielleicht etwas gefunden.«

Wenn Simon mit dem Namen etwas anfangen konnte, mußte auch ich ihn kennen, doch mir fiel nichts ein.

»Er heißt Göte Zackrisson«, fuhr Simon fort. »Er wurde immer Zackson genannt, bis vor einigen Jahren ein Kumpan auf Saxo kam. Vielleicht hatte er den Namen falsch verstanden; Saxos Bekannte gehören sicher nicht zu den Geistesriesen. Zackson fand jedenfalls Saxo nicht schlecht und soll nur noch auf diesen Spitznamen hören.«

Jetzt klingelte es auch bei mir, daß die Ohren dröhnten. Zackson war ein Typ, dem alle lieber aus dem Weg gingen. Hätte sein Vater gewußt, welche Klapperschlange er zeugte, hätte er sich an dem bestimmten Abend vor über fünfzig Jahren nicht betrunken, sondern wäre lieber Briefmarken sammeln gegangen.

»Ein Verbrecher?« vermutete Hiller.

»Ein Gangster von der schlimmsten Sorte. Soviel ich weiß, wird er derzeit nicht gesucht, sondern ist zwischen zwei Strafen für eine Weile draußen.«

»Kann es zwischen ihm und Ahlbäck eine Verbindung geben?« überlegte ich laut. »Zwei vom selben Schlag …«

»Müßte man untersuchen. Es lohnt sich immer, ein Auge auf Saxo zu haben. Gute Idee!«

Hiller gab uns die Tonbandmitschriften, und wir lasen alles noch einmal gründlich durch, doch es war nicht mehr herauszuholen.

»Vontenius nannte seinen Besucher nicht einmal beim Namen«, stellte Hiller fest. »Er schien nicht direkt Angst zu haben, zeigte aber großen Respekt. Manchmal kroch er ihm ja fast in den Hintern.«

»Ich glaube, er hatte wirklich Angst«, wandte Simon ein. »Vor allem vor Saxo. Das würde bedeuten, daß er Saxo früher schon einmal unter unangenehmen Umständen begegnet sein könnte, sonst wäre die Drohung wirkungslos. Und dann haben wir noch

Tolly, von dem niemand weiß, wo er sich aufhält. Schade, daß Vontenius bei der Suche nach ihm nicht vom Büro aus telefoniert hat. Hätte er doch als Betriebskosten absetzen können.«

Hiller faßte zusammen:

»Wir haben einige interessante Namen, Saxo, Ahlbäck und natürlich Valerie Hoch-Sundin. Sie ist wahrlich nicht irgendwer. Mit dem Namen Tolly, egal wie er sich schreibt, arbeitet Interpol bereits. Vielleicht spucken die Computer etwas aus. Außerdem haben wir die nach Rolles Beschreibung angefertigten Phantombilder. Auch damit beschäftigen sich Experten. Meiner Meinung nach ist das gar nicht so wenig. Wir sind auf dem richtigen Weg.«

»Wirklich? Und was ist mit den Odeoniten?«

»Das ist komplizierter, als ein Soufflé zuzubereiten. Schon die simpelsten Fragen an ein Mitglied dieser Gesellschaft könnten, wenn es herauskommt, als Mißtrauensbeweis gegen das Ganze gewertet werden. Ich habe die ausdrückliche Anweisung, mit äußerster Zurückhaltung zu agieren und ohne schriftliche Genehmigung nichts zu unternehmen.«

»Aber wenn ...«

»Wenn es absolut notwendig wird, bekomme ich die Zustimmung. Wenn wir den begründeten Verdacht haben, daß ein Odeonit in die Sprengungen von Schiffen verwickelt ist, helfen die besten Beziehungen nichts mehr.«

Als Simon und ich über Fridhemsplan und Kronobergspark zum Polizeigebäude spazierten, waren wir entgegen Hillers Auffassung keinesfalls der Meinung, auf dem richtigen Weg zu sein. Vielleicht hatten wir bereits Stab und Wanderschuhe erhalten, doch die Marschrichtung stand noch lange nicht fest.

»Wir können Valerie Hoch-Sundin nicht beschatten«, sagte Simon. »Sie ist in keiner Weise verdächtig. Vielleicht würde sich einer von uns einen Tausender verdienen, indem er der Boulevardpresse einen Tip gibt. Wäre doch eine tolle Schlagzeile: Warum verfolgt die Polizei die Milliardärin?«

Der Gedanke war nicht abwegig. Da den Informanten der Zeitungen Anonymität garantiert wird, findet sich oft jemand, der für ein paar Scheine seine polizeilichen Pflichten verletzt. Dagegen ist nichts zu machen. Wenn es um Geld geht, bleibt die Moral auf allen Ebenen auf der Strecke.

»Eigentlich können wir uns nur auf Saxo und Ahlbäck stürzen. Ahlbäck ist eine Muschel. Er wird nicht einmal antworten, wenn wir ihn nach seiner Meinung über das Wetter fragen.«

»Aber wir können herausfinden, was er vorhatte. Auch ein Raubvogel muß irgendwo brüten. Wenn wir das Nest finden, entdecken wir vielleicht auch etwas, das uns weiterbringt.«

»Vielleicht, vielleicht, vielleicht. Es sind mir, verdammt noch mal, zu viele ›vielleicht‹ in diesem Fall.«

»Das ist doch ganz normal; das weißt du.«

Möglicherweise war es so, aber ich konnte mich mit dem Gedanken nicht anfreunden. Es war wie Waten in zähem Beton. Abrupt blieb ich stehen, mitten auf dem Plateau im Park, wo es zur Polhemsgatan hinuntergeht. Es dämmerte, die Luft war feucht und die Bäume wirkten in ihrer Kahlheit wie nackt. Wir waren allein, da alle anderen Leute, die den Park sonst als Abkürzung oder Auslauf für ihre Hunde benutzten, bei diesem Dreckwetter zu Hause geblieben waren.

»Simon, ich will Resultate sehen, und zwar bald!«

»Wer, zum Teufel, will das nicht?«

Plötzlich fühlte ich mich leicht fiebrig, von etwas Unerklärlichem erfüllt. Ich ging zum nächsten Baumstamm und trat mit der Fußspitze dagegen. Simon hob die Augenbrauen.

»Sollen wir die Kastanie verhaften?«

»Ich möchte mit dir über den Job reden.«

»Reden wir nicht ständig darüber?«

»Ich meine, über das Ganze, über den Beruf, über meine Arbeit.«

Er nickte, und mein Fieber nahm zu. Die Kleider schienen enger geworden zu sein. Mein Blut hatte sich mit anderen Flüssigkeiten gemischt und schoß glühend durch Adern und Venen.

»Simon, ich ...«

»Warte ein wenig, Rolle.«

Er legte seine gewaltige Hand auf meine Schulter und sagte leise und ruhig:

»Laß uns morgen reden. Überschlaf die Sache. Du hast keine Eile. Meine Ohren werden ja hoffentlich morgen noch dran sein.«

Wie er wollte. Seite an Seite liefen wir den Hügel hinunter. In meinen Füßen zuckte es, doch ich konnte mich beherrschen, so daß die Bäume keine weiteren Tritte mehr erdulden mußten. Mein Blut siedete weiter; gleichzeitig wurde mir schlecht. Am liebsten hätte ich all das Faule, Falsche und Unreine in mir herausgekotzt.

Wortlos klapste er mir noch einmal auf die Schulter und ging in sein Büro. Auch ich trottete an meinen freudlosen Schreibtisch. Zwei Mitteilungen erwarteten mich: Virena hatte angerufen, und ich konnte meine neue Pistole abholen. Nach einer Minute hatte ich mich so weit gesammelt, daß meine Stimme normal klang. Ich fühlte mich, als wäre ich mit einem Rucksack voller Steine kilometerweit gerannt.

Elin war zu einer Kindergeburtstagsfeier eingeladen. Während die Kleinen feierten, wollten sich die Mütter in der Küche zusammensetzen, essen und plaudern, ob ich etwas dagegen hätte? Natürlich nicht, viel Spaß beim Topfschlagen, bring mir ein paar Bonbons mit.

Dann quittierte ich für meine Sig Sauer und steckte sie wie gewohnt in den Hosenbund und nicht in das vorgeschriebene Schulterholster. Nun war ich wieder komplett. Im Büro wartete Öhman, und er lächelte so freundlich kameradschaftlich, kumpelhaft und kollegial wie immer. Trotzdem konnte er froh sein, daß ich ihn nicht biß. In mir war eine mentale chemische Reaktion im Gange, und ich stand kurz vor der Explosion.

»Simon sagte, du wärst an der aktuellen Adresse Zackrissons interessiert. Ich habe sie in meinem internen Register gefunden.«

»Hätte ich mir ja denken können!«

»Er wohnt in Langbro, care of Hansson. Ich habe Straße und Hausnummer hier notiert.«

Er gab mir einen Zettel. Seine Schrift war so schön; er war einst sicher Lehrers Liebling gewesen.

»Simon läßt dir ausrichten, daß er morgen früh mit dir hinfährt.«

»Hurra, ich schlage vor Freude gleich einen Purzelbaum.«

Öhman ließ sich niemals provozieren und wunderte sich nie. Sicher schlief er nachts wie ein Murmeltier. Sein Blut geriet nie in Wallung. Er war mit seinem Los zufrieden. Was aber sollte einer tun, der vielleicht eine Niete gezogen hatte? Sich eine andere Lotterie suchen? Öhman verabschiedete sich freundlich und trollte sich zu seinen Listen, Tabellen und Karteien. Ich blieb sitzen und starrte auf die Adresse in Langbro.

Morgen würden wir ihn vielleicht antreffen. Wenn wir vielleicht Glück hatten. Wenn er vielleicht zu Hause war und wartete. Vielleicht, vielleicht, vielleicht. Vielleicht starb er in der Nacht und konnte uns nichts mehr sagen. Vielleicht traf er Jesus um Mitternacht und wollte uns im Morgengrauen erlösen. Vielleicht wurde er gleichzeitig von Stummheit und Schreibkrampf befallen, so daß er nicht mitteilen konnte, was er uns sowieso nicht verraten wollte.

Ich ging auf den Flur hinaus. Myrnas Büro war leer, Pelles ebenso. Simon hatte das Haus ebenfalls verlassen; möglicherweise wegen eines Kindergeburtstags, für den Nadja nach russischer Sitte aufgetischt hatte. Aber ich sah Sune in seinem Raum sitzen und rauchen. Vor ihm auf dem Tisch lag ein Stapel Akten. Er sah mich haßerfüllt an, als ich hineingestiefelt kam.

»In fünfzehn Minuten wartest du vor dem Haupteingang. Ich hole meinen Wagen.«

»Nein, ich habe keine …«

»Halt's Maul! Wir fahren nach Langbro und nehmen Zackrisson fest.«

»Werden wir nicht!«

Ich knallte beide Fäuste auf den Tisch, so daß die Akten in die Höhe sprangen.

»Doch, wir werden, darauf kannst du Gift nehmen. Wenn du nicht dastehst, komme ich dich persönlich holen, knüll dich zusammen und schlepp dich hinaus!«

20.

Als ich vorfuhr, wartete Sune bereits, so daß ich leider keinen Grund hatte, ihn mir vorzuknöpfen. Er hatte sich eine neue Zigarette angezündet und dachte gar nicht daran, sie auszudrücken, als er neben mir Platz nahm. Ich war absolut nicht in der Stimmung, mir das bieten zu lassen.

»Schmeiß die Zigarette aus dem Fenster und wage es ja nicht noch einmal, in meinem Auto zu rauchen, sonst frißt du dein eigenes Mundstück!«

Das waren harte Worte, aber zärtliche Gesänge hätten bei Sune auch nichts genutzt. Er kurbelte die Scheibe herunter, ließ die Zigarette hinausfallen, steckte das Mundstück ins Etui, kreuzte die Arme vor der Brust und starrte geradeaus durch die Frontscheibe. Die Mundwinkel schienen durch unsichtbare Schnüre nach unten gezogen zu werden. Als wir uns Norr Mälarstrand näherten, merkte ich, daß ich genauso schlecht fuhr wie Simon. Es ruckte, das Getriebe knirschte, und der Motor heulte auf und winselte um Gnade, doch an diesem Abend hatte ich kein Erbarmen.

»Wir holen Saxo zum Verhör«, teilte ich mit.

Sune rührte sich nicht, sondern fuhr erfolgreich fort, eine mürrische Wachspuppe zu imitieren.

»Wenn du mit dem Spitznamen nichts anfangen kannst, dann

verrate ich dir, daß er eigentlich Göte Zackrisson heißt. Er wird auch Zackson genannt.«

Er reagierte nicht. Am Lindhagensplan setzte ich meine Informationsarbeit fort.

»Er wird keine Lust haben, doch wir werden ihn trotzdem vernehmen.«

Die Mundwinkel wurden noch ein paar Millimeter weiter zu dem dürren Hals hinabgezogen. Von der Seite konnte ich einen Blick durch seine Brillengläser erhaschen; ich sah unscharf vergrößerte Straßenlaternen. Wir ordneten uns in den dichten Verkehr von Essingeleden ein. Auf dem höchsten Punkt der Brücke, dort, wo die Aussicht trotz der Dämmerung am schönsten war, explodierte ich:

»Sag endlich etwas! Sitz nicht nur da wie ein Grabstein.«

Möglicherweise holte er Atem, möglicherweise täuschte ich mich. Als wir uns Västberga näherten, setzte ich den Monolog fort.

»Sune, hast du dich jemals wie eine Brauseflasche gefühlt?«

Gewiß war die Frage seltsam, aber sie war zu verstehen, wenn man wollte. Er wollte nicht.

»So lange eine solche Flasche still steht, merkt man die Kohlensäure nicht, doch wenn man sie schüttelt, entwickelt die Kohlensäure eine Sprengkraft, die den Verschluß mit einem Knall in die Luft schleudern kann. Der ganze Inhalt kann herausspritzen. Hast du das noch nie erlebt?«

Er kreuzte die Arme anders herum. Das konnte eine Antwort bedeuten, wenn man der Armkreuzsprache mächtig war.

»Ich bin gerade in so einer Situation. Dinge sind geschehen … Ohne es richtig zu merken, wird man geschüttelt, erschüttert sozusagen, und die Kohlensäure sammelt sich.«

An der Kreuzung von Västertorp bog ich nach Langbro ab. Ich wußte ungefähr, wo die Straße lag und mußte nicht auf die Karte schauen. Von Sune wäre wohl keine Antwort zu erwarten gewesen, wenn ich ihn gefragt hätte. Er konzentrierte sich auf seine gekreuzten Arme. Langbro mit ihren niedrigen Häusern wurde einst als Idylle fernab der Großstadt angelegt; inzwischen reichen die Ausläufer Stockholms bis an die Siedlung heran. In Langbro spürt man noch den Atem der dreißiger Jahre; wer da wohnt, möchte nicht wegziehen und ist auch an Veränderungen nicht interessiert. Kurz und gut, kein feiner, doch ein gemütlicher Vorort.

»Falls du mich hören kannst, teile ich dir jetzt mit, daß wir unser Ziel gleich erreicht haben«, sagte ich.

Das Haus hatte zwei Etagen, oben waren Wohnungen, unten Geschäfte. Sicher hatte es hier früher mehrere Milchläden, einen Fisch- und Gemüsehändler und einen Fahrradverkäufer gegeben, der in seiner kleinen Werkstatt auch Sattel wechselte und Schläuche flickte. Vielleicht sogar eine kleine Konditorei, in der man vorn Kuchen kaufen und hinten Kaffee trinken und Zeitung lesen konnte. Aber die kleinen Geschäfte in den Vororten lohnen sich nicht mehr. Die Leute halten das Geld zusammen, die Jungen zieht es in die Supermärkte, und so verwandeln sich die Läden in Lagerräume oder es ziehen dubiose Firmen mit stets geschlossenen Jalousien ein.

»Wir werden nicht mit den Waffen herumfuchteln, sondern ihn höflich und freundlich bitten mitzukommen. Leistet er Widerstand, ist es eine andere Sache.«

Sune über so elementare Dinge zu belehren, war eindeutig eine Beleidigung, doch das kümmerte mich nicht. Er nahm meine Bemerkung sicher als einen weiteren Beweis, daß es sich nicht lohnte, mit mir auch nur ein Wort zu wechseln. Saxo war ein freier Mann, gegen den kein konkreter Verdacht vorlag, und so sollte er auch behandelt werden, doch wenn er anderer Meinung war, konnte die Diskussion hitzig werden.

Saxo war ein Torpedo vom alten Schlag, eine Gewaltmaschine, darauf getrimmt, Menschen gegen Bezahlung zu mißhandeln. Schon als Teenager tauchte er in verschiedenen Karteien auf und hatte sein Sündenregister seither Jahr für Jahr vervollständigt.

Der Gedanke, sein Leben zu ändern, war ihm nie gekommen. Er prügelte, weil er das am besten konnte, ein Gorilla mit Spatzenhirn, ein Mann ohne Gefühle. Er war nicht stolz auf seinen Beruf, aber er übte ihn aus; er hatte keinen Spaß daran, jemanden zu quälen, aber das gehörte zum Job; er wurde nicht von inneren Kräften zu seinen Handlungen getrieben, sondern befolgte Anweisungen anderer. Er war ein Werkzeug, ein brutales Instrument für jeden, der es nutzen wollte.

Wir wußten, wer er war, und seine Handschrift als Verbrecher war leicht wiederzuerkennen. Die Gewalttypen der neuen Zeit stehen in keinem Register, und wenn sie entdeckt werden, sind ihre Namen unbekannt – junge Burschen oder Männer in mittleren Jahren, die schwere Verbrechen als Geschäftsidee betrachten. Überfälle auf Banken, Geldtransporte und Einzelpersonen, auf alles, was schnell das große Geld bringen könnte. Gut ausgebildete Leute, die das Leben der Reichen leben wollen und keine Hemmungen haben, ihren Wunsch zu verwirklichen. Sie genießen den Wohlstand in Form von Luxusautos, Luxusrestaurants, Luxusreisen, Luxuswohnungen, Luxusdamen und verschwenden keinen Gedanken an die Menschen, denen sie auf ihrem Weg schaden. Sie sind stark, entschlossen und tatkräftig und verfügen über hocheffektive Waffen, die sie skrupellos benutzen, wenn es ihnen notwendig erscheint. Sie arbeiten in straff organisierten Gangs, in denen jeder einzelne für seinen Anteil an der Aktion militärisch gedrillt wird. Diese Terrorbanden vermehren sich rasant, denn ihre Lebensweise lockt Proselyten.

Wenn eine Gang gesprengt wird, schweigen die Mitglieder wie ein Grab. Alles muß bewiesen werden, denn sie leugnen alle Fakten oder verweigern jegliche Aussage. Erwähnt man vor ihnen das Wort Moral, erntet man möglicherweise ein schwaches Lächeln. Rücksichtslos zu schießen gehört zu einer normalen Aktion; wenn dabei jemand ums Leben kommt, zuckt man die Schultern. Sie sind vollendete Egoisten und folgen ausschließlich ihren eigenen Gesetzen. Solche Banden gibt es bei uns; weitere werden folgen. Die Behörden begreifen nicht warum, aber sie werden sicher bald eine Untersuchungskommission bilden.

»Hier ist es. Gleich darfst du deine Lungen wieder quälen.«

Als er aus dem Wagen stieg, griffen seine Hände instinktiv nach Mundstück, Sargnagel und Feuerzeug. Während ich die Tür abschloß, sog er Nikotin und Teer bereits in tiefen Zügen ein. Sune hatte keinerlei Hemmungen, in fremden Wohnungen zu rauchen; er sah in jedem Verdächtigen ein kriminelles Element, das keinen sozialen Respekt verdient hatte.

Die Haustür schien wie jede gute Haustür verschlossen, doch als ich mich an ihr zu schaffen machte, schwang sie von selbst auf. Offenbar war das Schloß defekt. Einer kleinen Tafel zufolge gab es nur zwei Mieter, Kumminen und Hansson.

»Care of Hansson«, teilte ich meinem schweigenden Kollegen mit.

Damit er nicht glaubte, daß es sich dabei um einen Decknamen für Kumminen handelte, fügte ich hinzu:

»›Care of‹ ist englisch und bedeutet ›wohnhaft bei‹.«

Er biß das Mundstück glatt durch. Wenn kein Baumstamm in der Nähe war, gegen den ich treten konnte, auf Sune war immer Verlaß. Irgendwie mußte ich meine wie Kohlensäure sprudelnden Agressionen abreagieren. Das Treppenhaus vermittelte Nostalgie. Offenbar war das Haus in den vierziger Jahren renoviert und mit Fernheizung sowie Bädern versehen worden. Der zweite Umbau erfolgte sicher irgendwann in den 60ern, man senkte die Zimmerdecken und baute neue Küchen ein. Doch die gewundenen Kalksteintreppen mit den Orthozeren, diesen faszinierenden Erinnerungen an die Urzeit, waren stets erhalten geblieben. Sollte ich Sune fragen, ob er lockere Orthozeren in der Birne hatte? Nein, ich hatte keine Lust mehr, ihn zu ärgern, jetzt ging es um Saxo, und alle Sinne und Muskeln konzentrierten sich auf ihn. Bei Saxo konnte man nie wissen. Ich knöpfte die Jacke auf, damit ich besser an meine Waffe kam, und Sune verfuhr genauso.

Die tabakbraune Tür hatte Jahrzehnte überstanden und zeigte nur leichte Risse. Es gab keinen Briefeinwurf, dafür hing ein grüner Metallkasten neben dem Rahmen. Ich konnte erkennen, daß nur ein paar Reklamesendungen darin lagen. Ich schaute zu Sune, und er nickte mir zu. Ich drückte auf den Klingelknopf. Jetzt arbeiteten wir im Team; persönliche Kontoversen spielten keine Rolle mehr.

Ein rostiges Rasseln ertönte, das aus einer Blechbüchse zu kommen schien. Keine Reaktion. Ich versuchte es noch einmal und legte dann das Ohr an die Tür, um zu lauschen. Was waren das für seltsame Geräusche? Stammten sie von einem Menschen oder einem gefangenen Tier? Laute Schreie mischten sich mit Lauten, die wie »gugguggugg« klangen. Auch Sune hörte sich das an und zuckte die Schultern. Vorsichtig drehte ich am Knauf. Auch diese Tür war offen. Wir wußten, was wir tun würden.

Langsam öffnete ich. Wir huschten hinein und postierten uns zu beiden Seiten der Tür. Der kleine Flur lag im Dunkeln und enthielt nur einen Spiegel und einen kleinen Tisch, auf dem eine Kleiderbürste lag. Zur Rechten passierten wir die halboffene Tür einer winzigen Küche, die wohl lange Zeit nicht gereinigt worden war, denn es stank erbärmlich. Der Flur weitete sich und wurde etwas heller; durch das Fenster eines kleinen Schlafraums drang Licht. Darin stand ein bezogenes, zerwühltes Doppelbett, vor dem Kleidungsstücke in heilloser Unordnung herumlagen. Übrig blieb eine einzige Tür, hinter der sich offenbar das Wohnzimmer befand. Wieder lauschten wir den seltsamen Geräuschen. Es handelte sich offenbar um eine Frauenstimme, und die Schreie erhielten eine gewisse Substanz:

» ... wieder ... guggugguggugg ... dein blondes Haar ... gugguggugg ... eine Träne ... guggugug ... Sommer ... gugguggugg ...«

Vorsichtig öffneten wir die Tür, schlichen uns hinein und teilten uns nach rechts und links. Wir hätten auf brüllenden Elefanten anrücken können, die Frau hörte uns sowieso nicht. Sie saß auf dem Sofa und hatte uns den Rücken zugewandt. Ein Kabel führte von der Stereoanlage zu ihren großen Kopfhörern. Wahrscheinlich versuchte sie, den Refrain eines Liedes mitzusingen und ersetzte den ihr unbekannten Text mit »guggugguggg«. Mit den Händen begleitete sie den Rhythmus der für uns nicht vernehmbaren Musik. Der Raum war muffig und schmutzig, auf dem Tisch stand eine Anzahl angetrunkener Wein- und Schnapsflaschen. Eines der schmierigen Gläser war umgekippt und ruhte in einer Lache, mit einem weiteren fuchtelte die Frau herum, wobei sie im Takt Rotwein auf ihr Haar und das Sofa spritzte.

»... wir zwei ... guggugguggg ... wärme mich ... guggugguggg ...«

Da sie offensichtlich allein war, entspannten wir uns. Von beiden Seiten umkreisten wir das Sofa. Ihr ganzer Körper zitterte mit der Musik, und sie hatte die Augen geschlossen, um sich besser konzentrieren zu können. Ihr Mund stand halb offen; mit Speichel vermischter Wein rann über das Kinn. Sie trug ein schmuddeliges Hemd und merkwürdigerweise Stiefel. Ich schätzte ihr Alter auf etwa ein halbes Jahrhundert, und die Jahre waren nicht gnädig mit ihr gewesen.

»... im Sand ... gugguggugguggugg ... in der Hand ... gugguggugg ...«

Sune machte sich wieder unsichtbar. Der Zwang zur Teamarbeit bestand nicht mehr, jetzt hatte er nichts mehr mit mir zu schaffen. Ich beugte mich herunter und stellte den Lautstärkeregler auf Null. Sie ließ sich nicht beirren und sang brüllend weiter. Aus den wenigen Worten schloß ich, daß es sich um das lyrische Meisterwerk eines Schlagertexters handeln mußte. Endlich fiel ihr auf, daß die musikalische Begleitung fehlte, und nach einem gegurgelten »guggugguggg« schlug sie die Augen auf und ließ den Blick schweifen.

»Wawawas?« stammelte sie. Sie war voll wie eine Strandhaubitze.

»Hallo«, grüßte ich.

»Hahalllo«, lallte sie als Erwiderung.

Ich setzte mein gutmütigstes Lächeln auf, wie ich es für besoffene Frauen in mittleren Jahren mit verschmiertem Lippenstift und angegrautem Haar immer in Reserve habe.

»Wo steckt denn Göte?« erkundigte ich mich.

»Gggöte?«

»Ja, Göte, mein alter Kumpel Göte Saxo.«

Ein Zeigefinger irrte durch die Luft und landete irgendwo in meiner Nähe. Sie strengte sich an, mich im Blick zu behalten. Damit sie mich nicht doppelt sah, mußte sie ein Auge zukneifen.

»Is da … Hen … ke?«

»Ja klar, Schätzchen, hier ist Henke. Ich muß meinen Kumpel Saxo sprechen. Weißt du, wo er ist?«

»Gggöte?«

»Ja, Göte, mein Kumpel Göte. Weißt du, wo ich ihn finden kann?«

Sie legte ihre Stirn in Falten, und es schien, als würde in ihrem alkoholisierten Gehirn noch ein Gedanke herumschwimmen.

»Mhmmm.«

»Heißt das ja?«

»Mhmmm.«

Sunes Miene zeigte Verachtung. Ihm wäre es wohl lieber gewesen, wenn wir nach dem Büttel gerufen und die Wahrheit auf dem Stortorget aus ihr herausgepeitscht hätten.

»Fein! Wo ist er?«

Der einsame Schwimmer in ihrem Hirn traf einen Kollegen und begrüßte ihn.

»In Träkwschta natürlich.«

»Ach da. Kannst du noch mal wiederholen?«

»Träkschwista.«

Sie versuchte wirklich, die Zunge zu steuern, aber die war fünf Zentimeter zu dick.

»Bei Srre.«

Meine Geduld wurde auf eine harte Probe gestellt. Es konnte lange dauern, bis ich ihre Sprache verstand, die komplizierter war als das Sumerische. Ein dritter Gedanke tauchte wie eine Boje auf und machte ihr klar, daß zwischen ihren Intentionen und dem von einer weinschweren Zunge übermittelten Resultat ein tiefer Abgrund klaffte. Sie ließ noch einmal ihren Finger durch die Luft tanzen und stieß mühsam hervor:

»Zzttll am Tetelfon.«

Manchmal, so selten wie in Schonen in einer Mittsommernacht Schnee fällt, geschieht es, daß eine Fahndung unverhofft beschleunigt wird. Am Telefon lag ein Zettel, und darauf standen Adresse und Nummer eines Sverre Aberg, der in Träkvista wohnte. Die Schrift war kindlich und ungelenk und stammte offenbar von dem großen bösen Kind Saxo. Wahrscheinlich hatte er die Notizen bei einem Telefonat mit Sverre gemacht. Der konnte ein Hehler oder Auftraggeber sein. Ich stöpselte den Kopfhörer wieder ein, und sofort verfiel ihr Körper wieder in die spasmischen Zuckungen.

»... der Frühling ... gugguggugg ... unser Wiedersehen ... gugguggugg ...«

Öhman machte wohl Überstunden, denn er war noch in seinem Büro. Er rief den Namen in all seinen Registern und Dateien auf, doch Sverre Aberg war eine unbekannte Größe. Die Frau, deren Namen ich nicht kannte, schlief mitten in einem »gugguggugg« ein und begann sofort zu schnarchen, daß die Wände wackelten. Ich steckte den Zettel mit der Adresse in die Jackentasche und verließ die Wohnung. Sune warf die Kippe auf den Fußboden und trat sie aus. Für immer hinterließ er sein Brandzeichen auf dem Linoleum.

»Die Adresse ist in Träkvista, auf Ekerö. Wir fahren gleich hin.«

Schweigend stieg er mit mir die Treppe hinab. Draußen auf der Straße zündete er sich eine neue Zigarette an und schaute zum Himmel, um festzustellen, ob es regnen würde. Ich setzte mich ins Auto, doch statt mir zu folgen, lief er in entgegengesetzter Richtung die Straße hinunter. Ich war gezwungen, den

Rückwärtsgang einzulegen. Als ich ihn erreicht hatte, kurbelte ich die Scheibe herunter.

»Was zum Teufel ist mit dir los?«

Er reagierte nicht, sondern schaute nur weiter geradeaus. Ich sprang aus dem Wagen und verstellte ihm den Weg.

»Was soll das?«

Er kreuzte die Arme, musterte mich haßerfüllt und zischte mit saurer Miene:

»Du hast mir gar nichts zu befehlen.«

»Wir haben einen Job zu erledigen.«

»Du vielleicht, ich nicht.«

Er blies mir den Rauch mitten ins Gesicht, trat dann einen Schritt zur Seite und lief schnell weiter. Sogar die Falten seiner Jacke drückten aus, wie sehr er mich verabscheute. Ich hatte Schmerzen im Leib und einen sauer-bitteren Geschmack im Mund; vielleicht bekam ich ein Magengeschwür.

Dieser Auftrag erforderte zwei Polizisten, doch wenn der verdammte Sune die Mitarbeit verweigerte, mußte ich allein klarkommen. Einem miesen Typen hatte ich an diesem Tag bereits die Fresse poliert; ich war bereit, es mit einer ganzen Armee aufzunehmen. Und außerdem wartete zu Hause niemand auf mich. Virena saß mit mütterlichen Müttern in einer fremden Küche, während Elin mit anderen Kindern nebenan Topfschlagen spielte, ein Hütchen auf dem Kopf und eine Pappnase im Gesicht.

Die Fahrt nach Ekerö dauerte mindestens eine halbe Stunde, und ich ließ meine Wut an dem Wagen aus. Sonst war ich ein guter Fahrer, aber diesmal wunderte ich mich über den Amateur, der hinter dem Lenkrad saß. Mein Blut kühlte nicht ab, sondern siedete immer heftiger. Alles ging zur Hölle, alles!

Ich fuhr über die Drottningholmsbron und am Schloß vorbei und hoffte, daß sich Carl Gustaf, Silvia und die Kinder gut amüsierten. Vielleicht spielten sie ja Monopoly, und Victoria, unsere süße Kronprinzessin, gewann ein Hotel am Norrmalmstorg. An der nächsten Parkmöglichkeit hielt ich an und studierte den Stadtplan. Träkvista liegt im Süden von Ekerö; der Weg dahin führt über Land. Schwach erinnerte ich mich, daß ich dort einmal mit Mama und Papa zu Besuch gewesen war. Eine schöne Schaukelei, an Asphalt war damals noch nicht zu denken.

Inzwischen war die Gegend großzügig parzelliert und mit schmucken Villen bebaut worden. Wer hier wohnte, mußte sich wie im Himmel fühlen. Die Adresse, zu der ich wollte, befand sich laut Karte ganz am Rande, wo die Häuser seltener wurden. Tatsächlich lag die von einer dichten, gepflegten Hecke umgebene Villa zwischen zwei unbebauten Flächen. Beide Flügel des schmiedeeisernen Tores standen offen. Ich bemerkte zwei Autos auf dem Grundstück; eines stand genau vor dem Eingang. Ohne die Geschwindigkeit zu verringern fuhr ich vorbei und hielt in einiger Entfernung am Straßenrand.

Das Nachbargrundstück war mit Bäumen bewachsen und bot mir gute Deckung. Zwischen den Stämmen hindurch huschte ich zur Hecke hinüber. Es war inzwischen so dunkel, daß ich von der Villa aus kaum entdeckt werden konnte. Formal war Saxo frei wie ein Vogel, aber ich betrachtete ihn eher als vogelfrei. Außerdem hatte ich keinen Sinn für Formalitäten. Hier war eine Teufelei im Gange, und ich wollte wissen, was für eine.

Ein Ast ragte über die Hecke. Mit Mühe erklomm ich ihn und hangelte mich zur anderen Seite hinüber. Die Villa war aus weißen Ziegeln und hatte schwarze Fensterrahmen. Die Jalousien waren heruntergelassen, doch durch die Ritzen drang ein schwacher Lichtschein.

Nahe an der Hauswand schlich ich weiter; der feuchtweiche Boden der Rabatten dämpfte meine Schritte. Ich kam an einen Treppenschacht, der zum Keller hinunterführte. Ich tastete mich hinab und prüfte die Tür. Sie war verriegelt und verrammelt. Ich stieg wieder hinaus und tappte weiter. Hinter der Ecke stieß ich auf eine weitere Kellertreppe. Auch hier war die Tür verschlossen.

Blieb nur der Haupteingang. Vier steinerne Stufen führten zu einem Podest, dessen Boden aus braun gestrichenen breiten Holzdielen bestand. Vier weiße Pfeiler stützten nach Herrenhausart den darüberliegenden Balkon. Die Tür war schwarz und oben abgerundet. Im Schloß steckte ein großer schwarzer schmiedeeiserner Schlüssel. Ich wollte ihn drehen, doch das war gar nicht nötig.

Ein leichter Ruck, und die gut geölte Tür schwang auf. Ich schaute in eine geräumige Diele, die in rustikalem Stil möbliert war. Die Wände waren weiß gekalkt; in der Mitte des Raumes lag ein kostbarer großer roter Teppich. Das Licht kam aus einer Reihe Wandleuchten aus Messing. Sollte ich mir die Schuhe ausziehen? Dieser Teppich würde meine Tritte ertragen müssen.

Ungesehen und ungehört schlich ich hinein, stellte mich auf den Teppich und lauschte angestrengt. Ich vernahm ein Knistern, wie wenn man trockene Zweige zerbricht. Als ungebetener Gast war ich gekommen, und nun hinterließ ich auch noch lehmige Fußabdrücke auf der teuren Matte. Ich setzte meine heimliche Wanderung im Haus fort. Eine breite Treppe, die aus Marmor zu sein schien und ein Geländer aus Messing hatte, führte ins Obergeschoß.

Außer jenem Knacken herrschte Totenstille; ein Schweigen, das schwer und unnatürlich war und gegen die Trommelfelle drückte. Eine solche Stille gibt es in Mietshäusern nicht, denn dort ist immer Leben. An der Wand hing eine moderne Uhr mit goldenem Gehäuse. Der Sekundenzeiger bewegte sich, doch nicht einmal das leiseste Ticken war zu hören. Ich leckte mir die trockenen Lippen. Das war kein Zeichen von Nervosität; ich war einfach gespannt und mit allen Sinnen dabei.

Irgendwo mußten sie sein, der bekannte Saxo und der unbekannte Sverre Aberg. Zur Rechten mündete die Halle in einen Bogengang, der zu einem großen Wohnraum führte. In einem Kamin brannte ein offenes Feuer; daher kam das Knistern und Knacken. Für gewöhnlich wirken solche Arrangements gemütlich, doch nicht in diesem Falle. Warum saßen die Herren nicht mit einem Drink am Kamin und stießen auf ihre Gewalttaten an?

Auch hier gab es Teppiche, die meine Schritte dämpften; kostbare Teppiche auf glänzendem Parkett. Darauf stand eine Sitzgruppe in blutrotem Leder, bestehend aus einem Drei- und einem Zweisitzer sowie zwei hochlehnigen Sesseln. Eine Mischung aus moderner Malerei in dünnen Rahmen und dunklen, in Gold eingefaßten Landschaftsmotiven zierte die Wände.

Als ich das große Sofa umrundete, stieß ich auf einen weiteren Teppich. Er war mit einer durchsichtigen Plastikfolie bedeckt. Darauf lagen, mit dem Gesicht nach unten, zwei menschliche Körper mit auf den Rücken gefesselten Händen. Sie waren furchtbar zugerichtet, mit allen greifbaren Gegenständen geprügelt, mit scharfen Messern zerschnitten, mit Beilen zerhackt. Der Tod war als barmherziger Erlöser gekommen.

Man hatte sie auf die Folie gelegt, damit ihr Blut nicht den schönen Teppich verdarb. Später würden sie, in Plastik eingerollt, im Wald vergraben oder in einen See versenkt werden. Jetzt hatte ich einen Grund, die Pistole zu ziehen und zu entsichern. Ich kniete neben den Körpern nieder, um sie auf den Rücken zu wälzen und mir die Gesichter anzusehen.

Blutige, zerschlagene, zerquetschte, zerschnittene Gesichter. Und dennoch erkannte ich sie wieder.

21.

Eva und Hardy! Ich begriff nicht, warum mir plötzlich Tränen in die Augen traten. Diese beiden toten Menschen bedeuteten mir nichts, und doch ... Sie waren noch verdammt jung gewesen, und sie hatte ihren Hadde so gemocht. Jemand hatte sie für

Geld fertiggemacht, ohne Erbarmen zu Tode gefoltert. Dieser Jemand mußte Saxo gewesen sein.

Von weit her drangen Stimmen an mein Ohr. Ich kroch über den Boden und versteckte mich hinter einem der Sessel. Meine Hand umkrampfte die Pistole. Ich würde keine Sekunde zögern, sie zu benutzen. Bei der ersten verdächtigen Bewegung bekam er eine Kugel verpaßt; bei Typen wie ihm durfte man kein Risiko eingehen. Die Stimmen näherten sich. Ich erkannte Saxo an seiner Sprechweise, an den simplen, kurzen Sätzen. Ein Mann, der nie ein Buch gelesen, nie einen längeren gesprochenen Beitrag im Radio gehört hatte, konnte sich nicht anders ausdrücken; seine Sprache ähnelte dem Grunzen eines Neandertalers. Die andere Stimme war sicherer, verfügte über einen größeren Wortschatz und war es gewohnt, Befehle zu geben.

»Die Leichen dürfen natürlich nicht gefunden werden.«

»Klar.«

»Das kam mir ungelegen. Ich war nicht darauf vorbereitet, aber ich bin anpassungsfähig. Na, du hast dein Geld verdient. Willst du es jetzt gleich haben?«

»Ja.«

»Wir können damit auch warten, bis ...«

»Jetzt gleich.«

»Wie du willst. Was ich von dem Mädchen wissen wollte, habe ich ja erfahren. Er war zäher, aber das war dumm von ihm. Zwanzigtausend hatten wir vereinbart, nicht wahr?«

»Ja.«

»Halt die Hand auf und zähle mit. Eins, zwei, drei ...«

Ich spähte um die Ecke. Das war keinesfalls riskant, denn wenn zwei von dieser Sorte mit Geld hantieren, pflegen sie sich voll auf die Scheine zu konzentrieren. Sverre Aberg war ein kurzgewachsener, fetter, tadellos gekleideter Mann – dunkler Anzug, weißes Hemd, Seidenschlips. Das ölig glänzende schwarze Haar trug er in der Mitte gescheitelt, und unter der stumpfen Nase hatte er einen zahnbürstenähnlichen Schnurrbart gezüchtet. Die

Augen waren verschleiert, Strähnen hingen ihm wie ein Vorhang ins Gesicht. Seine mädchenhaft zarte weiße Hand überreichte die Scheine betont langsam, damit Saxo ihm keinen Betrug vorwerfen konnte. Ich holte tief Luft und umklammerte den Pistolenkolben noch fester. Dann erhob ich mich und richtete die Waffe auf die beiden. Sie bemerkten mich nicht einmal, so hatten die Tausender sie verhext.

»Hände hoch und keine Bewegung!«

Meine Stimme überschlug sich, aber das spielte keine Rolle. Die Männer erstarrten auf eine fast komische Art und starrten mich an, als wäre ich ein Phantom aus einer anderen Dimension.

»Los, hoch mit den Flossen, aber ein bißchen plötzlich!«

Saxo begriff zuerst, daß ich aus Fleisch und Blut war. Er drehte die Hand, so daß die Scheine zu Boden segelten, und machte eine schnelle und routinierte Geste in Richtung Jackett. Ich drückte ab, und die Kugel erwischte ihn am linken Arm. Er fluchte und preßte die rechte Hand auf die Wunde, die der Streifschuß hinterlassen hatte. Aberg stand mit aufgerissenem Mund reglos da. In wenigen Sekunden hatte sich sein ganzes Dasein verändert, und er konnte es nicht begreifen.

»Nächstes Mal ziele ich genauer«, drohte ich. »Hoch mit den Händen!«

Saxo blieb nichts anderes übrig als zu gehorchen. Er kannte die Regeln. Momentan war er unterlegen, aber das konnte sich ändern. K.o. war er noch lange nicht. Abergs Arme hoben sich langsam, als schwebten sie an Luftballons. Er bewegte den Mund, doch wie bei einem Fisch auf dem Trockenen drang kein Ton heraus.

»An die Wand!« kommandierte ich. »Hände überm Kopf aufstützen und Beine auseinander!«

Saxo kam meiner Aufforderung sofort nach, während Aberg einen Knuff brauchte, den ich ihm gern verabreichte. Wie im Traum taumelte er unschlüssig zur Wand und lehnte sich dagegen. Als ich Saxo nach Waffen abtastete, versuchte er trotz der schlechten Balance nach mir zu treten. Zum Dank zog ich ihm den Pistolenkolben mit aller Kraft über den Schädel, so daß er zu Boden sank. Er schien bewußtlos zu sein, doch sicherheitshalber drückte ich ihm die Mündung der Waffe ins Genick, als ich ihm einen amerikanischen Revolver und ein Stilett abnahm.

Ich rief im Polizeigebäude an und bekam Simon an den Apparat. Als er meinen kurzen Bericht gehört hatte, versprach er, die Wagen sofort loszuschicken; ich sollte nur warten. Leider schlief Saxo weiterhin den Schlaf des Schuldigen und lieferte mir keinen Vorwand, ihn nochmals körperlich zu züchtigen. Aberg fing plötzlich zu heulen an. Das war nicht rührend, sondern ekelhaft – der Mann weinte nicht, weil er sein Leben verpfuscht, sondern weil ich ihn erwischt hatte. Ich ahnte, was nun folgen sollte: der Versuch, sich freizukaufen.

»Kannst … kannst du mich nicht laufen lassen? Verdammt … ich war es nicht, der … er war es … ich habe sie nicht angefaßt …«

»Halt's Maul!«

»Du kannst eine Menge Geld verdienen … hunderttausend cash …«

»Habe ich dir nicht gesagt, du sollst die Fresse halten? Kein Wort mehr!«

»Zweihunderttausend … dreihundert … nur, damit ich aus der Sache rauskomme … Saxo ist verrückt … konnte ihn nicht stoppen … du kannst vierhunderttausend bekommen, in Scheinen, die sich nicht verfolgen lassen …«

Ich ging zu ihm und verpaßte ihm eine Ohrfeige, die seinen Kopf wackeln ließ. Bestechung konnte ich mit gutem oder schlechtem Willen als Widerstand gegen die Staatsgewalt betrachten. Beim Anblick der massakrierten Körper mußte ich mich beherrschen, ihn nicht wie Saxo zu behandeln.

Polizeiautos fuhren vor, Kollegen kümmerten sich um den schluchzenden Aberg und den immer noch bewußtlosen Saxo. Kurz darauf trafen weitere Wagen mit Kriminaltechnikern und

Ärzten ein. Auch Simon fand sich ein. Wir setzten uns in die Halle und ließen die anderen ihre Arbeit machen. Mein Chef und bester Freund erwartete einen vollständigen Bericht, und er bekam ihn von mir. Da er über ein phänomenales Gedächtnis verfügte, konnte er sich schriftliche Aufzeichnungen sparen. Ich erzählte ihm auch von meiner ersten Begegnung mit Eva und Hardy in Odlers Wohnung in Norsborg.

»Beide waren drogensüchtig, aber sie wollten aussteigen. Vielleicht haben sie als Zwischenhändler gearbeitet und das Geld nicht herausgerückt? Oder für eine konkurrierende Bande?«

»Was glaubst du, welche Rolle Aberg gespielt hat?«

»Er stinkt nach Rauschgifthändler. Wahrscheinlich hat er die jungen Leute hergelockt, wo sie Saxo erwartete. Er erwähnte, daß Saxo das Mädchen gefoltert hat, vermutlich mit dem Skalpell, um eine Information zu bekommen. Frage ihn danach, aber erspare mir die Antwort. Ich will absolut nichts mehr über Sverre Aberg hören.«

»Du wirst vor Gericht als Zeuge auftreten müssen.«

»Wenn er noch so lange lebt. Vielleicht ist er bis dahin in Tränen und Selbstmitleid ersoffen.«

»Wie geht es dir?«

»Warum fragst du?«

Er zuckte die massigen Schultern.

»Ich frage einfach, wie du dich fühlst. Ich zum Beispiel bin leicht erkältet, habe aber keinen Schnupfen. Ansonsten geht's mir wie immer.«

Wie fühlte ich mich? Wie ging es mir? Nicht anders als sonst. Die Kohlensäure sprudelte, und in meinem Kopf herrschte akute Explosionsgefahr. Nicht einmal die Tatsache, daß ich Saxo bewußtlos schlagen durfte, hatte mir Erleichterung verschafft. Doch mir war nicht danach, mich vor Simon zu offenbaren.

»Ist hier alles klar? Können wir in die Stadt zurück?«

»Du mußt einen ausführlichen Bericht schreiben. Ich fahre in deinem Wagen mit, dann können wir uns unterwegs unterhalten.«

Das Getriebe mußte auf dem Weg nach Stockholm neue Bewährungsproben überstehen. Simon allerdings erschien das Knirschen und Krachen als normal; man mußte schließlich hören, daß die Maschine funktionierte. Wir waren beide in Gedanken versunken, so daß zunächst kein Gespräch in Gang kam. Ich hatte Pflichten zu Hause, mußte bewundern, was Elin beim Topfschlagen gewonnen, und hören, welches neue Lied sie gelernt hatte. Wesentliche Dinge. Gewiß hatte ich die Leichen eines Doppelmordes entdeckt, hatte auf den Mörder geschossen und ihn niedergeschlagen, doch das war ein anderer Sektor. Mein Privatleben gehörte mir ganz allein, Mörder oder Drogenhändler hatten keinen Zutritt.

»Formell war Sune im Recht«, seufzte Simon. »Wir können ihm kein Dienstvergehen nachweisen.«

»Sune geht mich nichts mehr an.«

»Du hättest so einen gefährlichen Job nicht allein machen dürfen. Im Prinzip hast du gegen die Vorschriften verstoßen.«

»Auch das interessiert mich nicht mehr.«

Er warf mir einen Seitenblick zu und machte eine unbestimmte Geste.

»Rolle, du kannst auch gleich rauslassen, was du morgen früh sagen wolltest. Ich vermute, daß es keine guten Nachrichten sind.«

Simon war der letzte, den ich kränken wollte. Wir pflegten Klartext zu reden, aber er mußte meine Beweggründe verstehen.

»Ich muß umziehen«, erklärte ich nach einer Minute des Schweigens.

»Aha. Willst du ein neues Büro? Oder was meinst du mit umziehen?«

»Die Gruppe und die Zentrale Fahndung verlassen.«

Er nickte und sah unberührt aus, aber ich merkte, wie betroffen er war.

»Das Korps überhaupt? Hast du es dir wieder anders überlegt?«

Energisch schüttelte ich den Kopf, um zu unterstreichen, daß meine Gedanken keinesfalls in diese Richtung gingen.

»Nein, unser Beruf ist in der heutigen Gesellschaft so wichtig wie nie zuvor. Gerade deshalb will ich die Fahndung verlassen.«

Erneut Schweigen. Es war schwieriger, als ich geglaubt hatte.

»Du meinst also, daß der Job, den wir bei der Fahndung machen, nicht mehr so wichtig ist?«

»Rede kein dummes Zeug! Natürlich ist er genauso wichtig wie immer, aber nicht mehr für mich. Allein der Gedanke, in einem Eingang zu stehen oder in einem Wagen zu sitzen und stundenlang zu warten und zu beobachten, ist mir unerträglich. Das reicht mir einfach nicht mehr! Die ganze Welt ist in Aufruhr, und ich soll nach ein paar Jugendlichen suchen, die aus einem Heim abgehauen sind, um mal ein bißchen Freiheit zu atmen.«

»Du meinst, daß du für uns eine Nummer zu groß geworden bist?«

»Simon, werde nicht unsachlich. Natürlich nicht, aber die Perspektive hat sich verändert. Ich will das Verbrechen auf einer anderen Ebene bekämpfen. Die Russen sind dabei, ganze Branchen zu übernehmen. Die chinesischen Triaden werden bald folgen, denn Hongkong verändert sich, und hier können sie sich auf etablierte chinesische Kreise stützen. Mit den Triaden bekommen wir die mit ihnen liierte japanische Mafia Yakuza, welche wiederum mit den Russen zusammenarbeitet.«

»Was weißt du über die japanische Mafia?«

»Sie engagiert sich, wie jede Mafia, überall, wo Geld zu holen ist. Ihr Umsatz beträgt, in schwedische Kronen umgerechnet, zirka 500 Milliarden pro Jahr. Sie beherrscht den Handel mit Amphetamin in Südostasien. Allein in Japan gibt es fast eine Million Süchtige. Interpol weiß, was auf unserem armen Planeten passiert, und wir werden es bald zu spüren bekommen.«

»Du willst also zu Interpol?«

»Zuerst habe ich daran gedacht, aber da müßten wir ins Ausland gehen, und das will Virena nicht. Eine Scheidung, so wie Hiller, möchte ich nicht riskieren.«

Simon strich sich mit der Hand über die Glatze, wie er es unbewußt immer tat, wenn er über Wesentliches nachdachte.

»Was dann?«

»Ich möchte in das neue Nachrichtendezernat, das gerade gebildet wird. Dort kann man die Probleme im Großen angreifen. Ich glaube, ich wäre der richtige Mann. Sie wollen die schwere schwedische und internationale Kriminalität bekämpfen, indem sie die operativen Gruppen mit Analysen und Informationen versorgen.«

»Ein Schreibtischjob. Wirst du das aushalten?«

»Das kann sehr abwechslungsreich sein, keine Sekunde wird vergeudet. Es reicht, mißhandelte und ermordete Menschen auf Bildern zu betrachten; man muß sie nicht in der Wirklichkeit sehen. Simon, ich sitze in einem Ameisenhaufen. Ich würde am liebsten laut schreien oder gegen alles treten, was sich treten läßt. Ich muß das Gefühl haben, etwas Nützliches gegen das Gesindel zu tun, gegen die Mörder und ihre Geldgeber. Ich muß die Ohnmacht überwinden!«

Er spitzte die Lippen und pfiff leise und falsch vor sich hin. Als wir uns dem Polizeigebäude näherten, seufzte er vernehmlich.

»Verdammt, ohne dich wird die Gruppe eine andere werden. Der ganze Job wird nicht mehr derselbe sein.«

»Simon, du und ich, wir werden jeden Tag im selben Haus arbeiten. Wir können miteinander umgehen, wie wir es immer getan haben. Ich gehe davon aus, daß du mir die besten Empfehlungen mitgeben wirst.«

»Muß ich ja wohl, sonst reißt du mich in Stücke.«

»Genau.«

Im Büro schrieb ich einen ausführlichen Bericht und lieferte ihn bei Simon ab. Er würde sofort kopiert und an alle weitergeleitet werden, die die Information brauchten. Die Kriminaltechniker nahmen Abergs Villa genauestens unter die Lupe. Jeder Fetzen Papier wurde in eine Klarsichthülle geschoben und den Ermittlern vorgelegt. Das Verhör mit Aberg hatte bereits begonnen. Saxo war immer noch benommen und durfte bis zum nächsten Morgen ruhen. Die Leichen von Eva und Hardy lagen auf dem Obduktionstisch. Auch die vielen anderen Prozesse, die zu einem Doppelmord gehören, waren eingeleitet worden. Und auch die Ergreifung eines Drogenbosses gehörte trotz der Inflation der Kriminalität zu den Ereignissen, die weitreichende Konsequenzen nach sich zogen. Doch mich interessierte, was Elin beim Topfschlagen gewonnen hatte.

Simon hatte nur wenige Stunden geschlafen, denn es war für ihn eine arbeitsreiche Nacht gewesen. Trotzdem wirkte er verhältnismäßig frisch; Nadja hatte ihm ein kräftiges Frühstück und eine große Thermosflasche mit Kaffee eingepackt. Das Gespräch vom vergangenen Tag erwähnten wir mit keiner Silbe. Alles würde seinen Gang gehen, und es blieben noch viele Tage, bis ich meinen Schreibtisch räumte. Aber ich hatte ein gutes Gefühl; der Entschluß war gefaßt, und ich würde ihn umsetzen, so schnell es ging.

Aberg war erschöpft gewesen und hatte ein paar Stunden ruhen dürfen. Jetzt wurde er wieder in die Mangel genommen. Solange man vermutete, daß er noch Informationen zurückhielt, würde man ihn immer wieder ausquetschen. Er konnte über sein unbarmherziges Schicksal flennen wie ein Wasserfall, die Schuld lag allein bei ihm. Saxo war erwacht, hatte ein Frühstück bekommen und würde bald ebenfalls im Vernehmungszimmer landen.

»Ich habe die erste Runde übernommen«, erklärte Simon. »Ich möchte dich gern als Zeugen dabeihaben.«

»Danke, aber ich habe anderes vor.«

Simon holte ein kleines Tonbandgerät hervor und winkte vielsagend damit.

»Ich wollte zuerst aus ihm herauspressen, wer Vontenius mit dem schrecklichen Saxo bedroht. Na, bist du interessiert?«

»Oh ja, so gesehen bin ich dein Mann. Glaubst du, daß du ihn zum Reden bringst?«

»Fakt ist, daß ich es vor ein paar Jahren schon einmal geschafft habe. Auch er hat Schwachpunkte.«

Saxo saß bereits, die Hände auf der Tischplatte, im Vernehmungsraum. Zwei Polizisten bewachten ihn. Als sie das Zimmer verließen, nickten sie uns zu: »Seid vorsichtig!« Saxo strahlte primitive Brutalität aus; wenn es für ihn ein passendes Parfüm gab, dann mußte es nach Blut riechen. Sein Blick verkündete, daß er mir am liebsten ein paar Rippen brechen wollte, doch ich ließ mich nicht einschüchtern. Simon lächelte mild:

»Ja ja, so sehen wir uns also wieder. Ist ja schon eine Weile her. Wie möchtest du genannt werden, Göte oder Zackson oder Saxo? Wir richten uns ganz nach dir.«

Er antwortete mit einer mürrischen Grimasse.

»Dann sagen wir Saxo. Falls du mich nicht mehr kennst, ich bin Kommissar Simon Palm. An Kriminalinspektor Roland Hassel erinnerst du dich wohl mit Sicherheit. Er ist Zeuge des Verhörs. Sollen wir anfangen? Aber zunächst eine Kleinigkeit.«

Unverändert lächelnd stellte er den Tisch zur Seite und setzte sich Saxo genau gegenüber. Der wußte nicht, was er jetzt mit den Händen anfangen sollte und steckte sie schließlich in die Hosentaschen. Simon schaltete das Bandgerät ein und nannte Datum, Uhrzeit und die anwesenden Personen.

»Saxo, du bist nun zweiundfünfzig Jahre alt. Hast du es nicht satt, Leute umzubringen?«

Keine Antwort. Simon hatte auch keine erwartet.

»Du hast nur noch dreizehn Jahre bis zur Rente. Über deine neuen Eskapaden werden wir auch reden, aber etwas später. Vorher möchte ich etwas anderes von dir wissen.«

Er rückte mit seinem Stuhl noch näher an Saxo heran, der keine Möglichkeit hatte auszuweichen. Dann hielt er ihm das kleine Abhörgerät vor die Nase:

»Hier ist eine Stimme, die du identifizieren kannst. Ich möchte, daß du mir sagst, wem sie gehört.«

Er legte den Apparat auf den Tisch und schaltete ihn ein. Das Band war zusammengeschnitten, so daß nur die Repliken des arroganten, überlegenen Mannes zu hören waren, wieder und wieder.

»Na Saxo, wer spricht da?«

»Weiß nicht«, murmelte Saxo.

Daß er sich überhaupt äußerte, war ein Fortschritt. Simon rückte noch näher heran und war mit seinem großen Gesicht unmittelbar vor Saxos. Ich begriff, welche Methode er anwendete.

Jeder hat sein Revier, das kein anderer betreten darf. Das Revierdenken ist die Ursache der meisten Probleme und Konflikte. Die Auswärtigen, die zum Tanz kommen, verletzen das Revier der Einheimischen, und nach der ersten Runde mit den ortsansässigen Mädchen liegt eine Prügelei in der Luft. Flüchtlinge, die nach Schweden kommen, besetzen das Revier der sozial Schwachen, nehmen die Jobs, nehmen unsere Frauen, unsere Wohnungen, das ganze Land. Am besten, man brennt ihre Baracken nieder und kreuzigt sie!

Das Körperrevier liegt in unseren Kulturen bei etwa sechzig Zentimetern. Tritt jemand in diesen Kreis, empfindet man das als unbehaglich. Das Gesicht darf nicht so nahe kommen, daß wir den Atem des anderen spüren.

»Natürlich weißt du den Namen. Nenne ihn mir jetzt! Wie heißt der Mann?«

»Kenne ihn nicht.«

Simon schob den Stuhl noch einige Zentimeter näher heran, so daß sich ihre Knie berührten. Als er sich vorbeugte, stieß er mit der Nase fast gegen Saxos.

»Den Namen! Je schneller du ihn nennst, desto eher können wir über anderes reden. Wie heißt er?«

»Weiß nicht.«

»Den Namen! Streng dich an!«

»Weiß gar nichts.«

Die Minuten dehnten sich zu Viertelstunden, halben Stunden, Stunden. Die Stimme aus dem Apparat wiederholte stets dieselben Worte, und Simon schob sich immer näher an Saxo heran. Der konnte sich nur noch mit den Augen wehren, doch Simon starrte ihn so durchdringend an, daß ihm schließlich gar keine persönliche Sphäre mehr blieb. Er war im Nachteil und haßte es, machtlos zu sein. Simon ließ sich nicht abwehren; er bedrängte Saxo, er rückte ihm so nahe, daß er ihn hätte ins Ohr beißen können. Immer wieder dieselbe Frage: Wer ist der Mann, der vom Band spricht? Saxo brach zusammen, weil er sein persönliches Revier und damit jegliche Bewegungsfreiheit verloren hatte. Normale Verhöre überstand er ohne Probleme, denn der Tisch zwischen ihm und dem Vernehmungsleiter bot ihm ein Kampffeld. Nun aber war er hilflos und trachtete danach, die Situation zu beenden. Nach drei Stunden und vierzig Minuten unbeirrten Fragens antwortete er plötzlich im selben mürrischen Ton:

»Intell.«

»Tüchtig, Saxo, und welchen Vornamen hat Intell?«

»Bill.«

»Hält er sich in Stockholm auf?«

»Ja.«

Simon zog seinen Stuhl zurück und meinte herzlich:

»Jetzt haben wir uns beide eine kräftige Mahlzeit verdient. Rolle, würdest du den Wächtern sagen, daß unser Gast ein Entrecote provencale bekommt? Oder was es gerade gibt.«

Ein Weilchen später saßen wir in seinem Büro, und ich gratulierte ihm ehrlichen Herzens.

»Feine Arbeit, Simon.«

»Ich glaube, er wird langsam alt«, antwortete er nachdenklich.

»Letztes Mal mußte ich ihn fast fünf Stunden bearbeiten, bis er das Handtuch warf. Kümmerst du dich um Intell? Sprich mit Rolf. Wenn er nicht registriert ist, kannst du dich ja locker mit ihm unterhalten. Fühl ihm auf den Zahn. Aber erst essen wir. Ich bin leer wie eine Trommel und habe bestimmt zehn Kilo abgenommen. Das kann lebensgefährlich sein.«

Wir aßen in der Kantine, und ich gönnte Simon die Riesenportion, die er auf seinen Teller gehäuft hatte. Er war die elf Kartoffeln und drei Koteletts wert. Ich schlug vor, Hiller über die neue Entwicklung zu informieren, und Simon pflichtete mir bei. Das war etwas für Interpol.

Da er das Essen noch in aller Ruhe mit Kaffee und Kuchen beschließen wollte, verließ ich ihn, um Hiller anzurufen. Er hatte gerade zu tun, wollte mich aber später treffen. Öhman kam herein und teilte mit, daß er keinen Bill Intell kannte. Nur ein einziger Intell tauchte auf, ein W. Intell in der Wittstocksgatan.

»W könnte für William stehen; daraus wird für gewöhnlich Bill.«

Der Wagen stand in der Garage, und ich beschloß, mit der U-Bahn bis zum Karlaplan zu fahren. Es ist eine großbürgerliche Gegend; hierher zogen nach der Jahrhundertwende Leute, die wert darauf legten, zu den Kreisen gezählt zu werden, die sich ein Dienstmädchen leisten konnten, das sonntags das Silber putzte. Die Wohnungen pflegten eine Fensterfront nach der Straße, einen Serviergang sowie Küche und Mädchenkammer zum Hof hin zu haben. Die hinteren Räume waren meistens so dunkel, daß der Eindruck entstand, man gönne dem Personal nicht, über das gleiche Licht wie die Herrschaft zu verfügen.

Aber auch romantische Reminiszenzen an die schwedische Großmachtszeit kann man beobachten. Die Schlachten von Lützen, Breitenfeld und Wittstock wurden mit eigenen Straßen geehrt, und auch Heerführer wie Banér und Dahlberg hatte man nicht vergessen. Die Viertel heißen bezeichnenderweise Trommler, Fähnrich, Reiter, Musketier und Furier. Hierher zogen sicher gern Offiziere mit steifen Rücken, Monokeln und der unerschütterlichen Überzeugung, daß der beste Freund des Menschen das Pferd ist und Zivilisten einer minderwertigen Rasse angehören.

Die Wittstocksgatan ändert in der Mitte die Richtung. An diesem Knick ist ein kleiner dreieckiger Platz entstanden, von dem auch die Lützengatan abgeht. Die Nummer sechs war ein rosa verputztes siebenstöckiges Eckhaus mit französischen Fenstern. Ganz oben war es einem glücklichen Mieter gelungen, mit seiner Dachwohnung einen großen Altan zu ergattern. Jemand belud gerade einen Pickup mit Gerümpel und hatte die Eingangstür festgeklemmt. So gelangte ich problemlos in das fein dekorierte Treppenhaus. Der Entrümpler hatte den Fahrstuhl in Beschlag genommen. Ich stampfte die Treppen hinauf, bis ich die Etage erreicht hatte, in der Intell hausen sollte.

An der Tür war ein ovales Messingschild befestigt: »W. Intell«. Darunter hing ein ähnliches Schild, auf dem »Intell Group AB« stand. An der Tür waren zwei Klingeln, eine für die Privatperson, eine für die Aktiengesellschaft. Ich läutete bei der Firma. Ein etwa fünfundzwanzig Jahre alter Mann öffnete und starrte mich an, als würde ich von der Heilsarmee kommen.

»Worum geht es?«

Die Natur hatte ihm in ihrer Zerstreutheit den scharfen Blick eines Adlers verliehen, aber es war eine Fehllieferung gewesen, die beim Konsumentenschutz nicht durchgekommen wäre, denn die Stimme und der Rest paßten eher zu einem Truthahn. Bei seiner Körperfülle war ein Sich-in-die-Lüfte-schwingen einfach unmöglich.

»Bist du Bill?« erkundigte ich mich.

»Nein. Er ist ausgegangen. Du mußt wiederkommen.«

»Wann wird er zurückerwartet?«

»In einer Stunde, aber …«

»Ich warte.«

Mein entschlossener Schritt vorwärts ließ ihn zur Seite treten.

Er mochte mich offenbar nicht, aber damit konnte ich leben. Die Wohnung war eine Erinnerung an die Zeit, da Größe hoch im Kurs stand.

»Wer bist du?« fragte der junge Mann.

»Und wer bist du?« konterte ich.

»Ridenmann, Erland Ridenmann. Ich bin Bills Geschäftspartner. Was willst du von ihm?«

»Ridenmann?« wiederholte ich verwundert. »Bist du mit Paul Ridenmann verwandt?«

»Er ist mein Vater.«

Noch eine stinkreiche Person. Paul Ridenmann war in den Abendzeitungen stets dabei, wenn die Reichsten des Landes aufgelistet wurden. Er gehörte zu den Vermögendsten, bezahlte jedoch die geringsten Steuern. Wenn ich mich richtig erinnerte, machte er Geschäfte mit Immobilien; Fabriken, Bürohäuser, Werkhallen und ähnlichem.

»Ist es geschäftlich?« erkundigte er sich mit Truthahnstimme.

»Natürlich.«

Er raufte sich einen Haarschopf, der schon dünner zu werden begann. Bald würde er nur noch über eine Glatze und schöne Erinnerungen verfügen.

»Kannst du nicht mit mir reden? Ich bin mit den meisten Vorgängen vertraut.«

»Sorry, Junge, wenn ich Bill sage, dann meine ich Bill. Laß dich nicht von deinen Geschäften abhalten. Zeig mir einen Sessel, gib mir eine Zeitung, und schon bin ich zufrieden.«

Ich trat betont sicher auf. Er mußte glauben, daß ich Grund für dieses Auftreten hatte, und das machte ihn unsicher. Frechheit siegt, diese Weisheit schien sich wieder einmal zu bestätigen. Schwach wies er auf eine Sitzgruppe mit Bücherregal und Zeitungsständer, die in einiger Entfernung im Gang stand.

»Bitte sehr.«

In einem Zimmer klingelte ein Telefon. Er entschuldigte sich, und ich entließ ihn gnädig. Während Ridenmann zum Apparat galoppierte, schlenderte ich zu dem Sofa. Die Wohnung war nach und nach in ein Büro verwandelt worden, hatte aber trotz aller diesbezüglicher Anstrengungen ihren Charakter noch nicht ganz verloren. Ich kam an einem Raum vorbei, in dem sich offenbar Intells Arbeitsplatz befand. Es gab einen großen Schreibtisch aus Mahagoni, einen Seitentisch mit Kopiergerät und Fax, einen Arbeitstisch mit Computer und …

Fax? Ich erinnerte mich an die Bandaufnahme. Im Hintergrund hörte ich Ridenmann herumquasseln. Ich huschte in das Arbeitszimmer und blätterte in dem Stapel der empfangenen Dokumente in der Ablage neben dem Faxgerät. Ganz oben standen wie üblich die Absender. Schon beim dritten Blatt wurde ich fündig. Dort stand in deutlichen Buchstaben: Lecta Finans AB. Der Text lautete: »Treffen mit T. Raum 427 im Hilton, Singapur, bis Montag.«

22.

Schnell faltete ich das Fax und steckte es in die Innentasche. Ridenmann schnatterte immer noch am Telefon, so daß ich auch die anderen Dokumente in aller Eile durchsehen konnte. Da ich aber nicht entscheiden konnte, welche wirklich von Interesse waren, schlich ich mich lieber wieder hinaus und setzte mich, in einem Wirtschaftsmagazin blätternd, auf das Sofa. Aha, ABB hatte fünf Punkte zugelegt. Warum hatte ich dort keine Million Aktien? Das wäre in einer Woche ein schöner Gewinn gewesen.

Die Wohnungstür öffnete sich, und ein Mann in Ridenmanns Alter trat ein. Er hängte seinen dunklen Mantel mit Pelzkragen auf einen Kleiderbügel und ging zu dem telefonierenden Truthahn. Der Hörer wurde aufgelegt, und dann hörte ich ihre murmelnden

Stimmen. AGA war um sieben Punkte gefallen. Bloß gut, daß ich dort keine zwei Millionen Aktien besaß, was hätte mich das gekostet!

Der junge Mann und Ridenmann kamen auf mich zu. Auf den ersten Blick wirkte Intell wie ein smarter Jüngling; bei genauerer Betrachtung erkannte ich an dem gelichteten blonden Haar und der schlaffen, grauen Haut, daß er sich wohl bereits den mittleren Jahren näherte. Die kleinen Augen waren hellblau und starrten mich abschätzend an. Eine schmale Nase, die aussah wie ein Geierschnabel, ein schmallippiger Mund, der in arrogantem Grinsen erstarrt war, und ein kleines Kinn mit einem Grübchen, das eine närrische Mutter vielleicht als süß bezeichnet hätte, vervollständigten das Bild. Der diskret dunkelblaue Anzug zeigte in Material und Schnitt, daß er aus einem bedeutenden italienischen Modehaus stammte. Intell wollte wie ein großer Geschäftsmann wirken; möglicherweise war er einer. Einer von denen, die eine Million ABB-Aktien besaßen.

»Wer sind Sie?« erkundigte er sich.

Aha, einer von den Yuppies, die das »Sie« benutzten, um Distanz zu markieren. Keine Silbe klingt spitzer, erinnert mehr an ein Freibad auf Grönland als dieses »Sie«. Mir gefiel es gar nicht.

»Und wer bist du?« fragte ich zurück.

Er glaubte wohl, daß ich aufspringen und mich verbeugen würde, aber da konnte er lange warten. Ich hatte mich bequem zurückgelehnt und die Beine übereinandergeschlagen.

»Bill Intell. Kennen wir uns? Ich kann mich nicht erinnern, und ich achte sehr darauf, mit wem ich verkehre.«

Diese Stimme kannte ich zur Genüge vom Band, und ich hatte sie in jeder Beziehung satt. Ridenmann nickte eifrig zu den weisen Worten seines Chefs oder meinetwegen auch Geschäftspartners. Langsam erhob ich mich.

»Okay, Bill, dann werden wir uns jetzt kennenlernen. Wo können wir miteinander plaudern?«

Laut Dienstvorschrift hätte ich mich zuerst vorstellen und ausweisen müssen, bevor ich höflich Fragen stellte, deren Beantwortung den weiteren Verlauf des Gesprächs bestimmten. Aber irgendwie fühlte ich mich wie ein Interpol-Mann und hatte Lust, in diesem Stil zu agieren. Ich nutzte mein Talent, intuitiv eine Rolle zu spielen, einen anderen Charakter zu verkörpern.

»Wer sind Sie? Worum handelt es sich?«

»Das solltest du wissen.«

»Ich habe absolut keine Lust, hier Rätsel zu raten und mir von einem ... Flegel wie Ihnen Vorschriften machen ...«

»Brauchst du Referenzen?«

»Wen kann einer wie Sie schon als Referenz angeben?«

Mein Lächeln war schräg und eine Spur überlegen; was er konnte, konnte ich schon lange.

»Tolly zum Beispiel. Ansonsten bin ich ja dagegen, Namen zu nennen.«

Das war wie ein Schlag auf den Solarplexus. Jetzt war ich nicht mehr irgendein Gauner, sondern einer, der sich auf Tolly berufen konnte. Er wußte nicht, was er davon halten sollte, aber ignorieren konnte er mich auf keinen Fall. Er nickte in Richtung einer Tür an der anderen Seite des Korridors:

»Gehen wir doch da hinein. Aber meine Zeit für Spontanbesuche ist begrenzt.«

Wir betraten einen kleineren Konferenzraum. Die Möbel, schwer, dunkel und mächtig, waren garantiert nicht bei IKEA gekauft. Offenbar versuchte er auf jede Weise, sich durch Statussymbole aufzuwerten. Hinter mir versuchte auch Ridenmann, in das Zimmer zu schlüpfen, doch ich drehte mich um und wies ihn zurück:

»Du nicht, Bürschchen.«

»Hör mal, ich bin faktisch ...«

»Wenn ich über Geschäfte rede, gibt es keine Zeugen.«

Ich knallte ihm die Tür vor der Nase zu, setzte mein schiefes Grinsen auf und wies auf einen Stuhl:

»Nimm Platz.«

Instinktiv setzte er sich. Erst dann begriff er, daß ich in seinem eigenen Haus das Kommando übernommen hatte. Nun war es zu spät, noch zu reagieren, denn ich hatte bereits ihm gegenüber Platz genommen und die Ellenbogen auf die Mahagonitischplatte gestützt. Er wurde wütend, und genau das hatte ich beabsichtigt. Wer leicht aus dem Gleichgewicht zu bringen ist, liefert erfahrungsgemäß unfreiwillig Informationen.

»Woher kennen Sie Tolly?« kläffte er.

»Tja, Billy-Boy, man kennt sich eben. Wir trafen uns kürzlich auf Gibraltar.«

»Tolly ist nicht auf Gibraltar!«

»Zur Zeit nicht, nein. Wir sind doch alle fahrende Gesellen. Er sagte, er wolle nach Singapur, aber dort hält man sich ja nicht gern lange auf.«

Er kratzte sich die Wange und wußte noch weniger, was er mit mir anfangen sollte. Ich war eindeutig eingeweiht, und da man ihm im Gegensatz zu mir nicht mitgeteilt hatte, wo sich Tolly aufhielt, mußte ich über einigen Einfluß verfügen.

»Warum sehen Sie aus wie irgendein Rowdy von der Straße?« fragte er pikiert.

»Ein Mann von der Straße ist immer inkognito. Außerdem gehöre ich zu denen, die möglichst keine Aufmerksamkeit erregen wollen. Das müßte dir eigentlich klar sein.«

Ich wußte, daß ich nicht wie ein Jetsetter oder ein Topmanager aussah, aber mußte er mich gleich Rowdy nennen? Außerdem war ich nicht bewaffnet. Es wäre auch nicht angebracht gewesen. Eine Pistole unter der Kleidung ahnt man unter Umständen, oder sie kann sichtbar werden, wenn sich die Jacke zufällig öffnet.

Nachdenklich fügte ich hinzu:

»Obwohl, du bist ja noch so jung und hast vielleicht noch keine Erfahrungen. Als ich in deinem Alter war ... na laß mal, die kommen mit den Jahren.«

Nichts mußte ihn mehr reizen als solche Sprüche. Seine grauen

Wangen röteten sich, und die schmalen Lippen preßten sich aufeinander wie eine zugeschnappte Rattenfalle.

»Kommen Sie zur Sache!« kreischte er.

»Ja, mein Freund, alle wichtigen Sachen drehen sich um Geld.«

»Ich investiere nicht in die Projekte von Unbekannten.«

»Es verhält sich auch umgekehrt. Ich will investieren, und die hinter mir stehen noch viel mehr.«

Diese unerwartete Wendung machte ihn nachdenklich. Wenn ringgeschmückte Finger mit dicken Brieftaschen winkten, war er zum Handschlag bereit. Er hatte gemeckert, gekeift und gekreischt, jetzt äußerte er sich kurz und knapp:

»Ich höre.«

»Du kannst mich übrigens J.P. nennen, wie alle guten Freunde.«

Kurz zuvor hatte ich über den alten New Yorker Finanzmagnaten Morgan – Öl, Eisenbahnen, Banken – gelesen, der J.P. mit Vornamen hieß. Er war tot und konnte nichts dagegen tun, daß ich mir seinen Namen borgte. Ich sagte nicht Jot Peh, sondern Dschej Pieh. Wenn schon denn schon, R. Hassel machte keine halben Sachen.

»Na, J.P.?«

Er legte die Fingerspitzen aneinander und hob effektvoll die Augenbrauen.

»Wir wollen uns an der Black Circle Limited beteiligen.«

»Wie bitte?«

»Mit Black Circle meine ich die ganzen Reedereigeschäfte. Was kostet ein Posten von, sagen wir, zehn bis fünfundzwanzig Prozent?«

Er starrte mich aus blanken blauen Augen an.

»Was sollte ich über irgendeinen Black Circle wissen?«

»Nun, die ›Carla‹ wirft ordentlich Geld ab. Kompliment für den gelungenen Coup. Wir fordern keinen Einfluß, sondern lediglich eine Gewinnbeteiligung für investiertes Kapital.«

Ich lächelte nicht mehr so schief und ließ ihn glauben, daß ich ihn als ebenbürtigen Partner anerkannte.

»Wir wissen, daß du mit der Black Circle Limted gute Geschäfte gemacht hast. Die sieben Weltmeere stehen Männern mit Initiative und Durchsetzungsvermögen offen. Natürlich bestimmst du nicht selbst, aber du hast Einfluß. Rede mit deinen Leuten und nenne uns ein Angebot.«

Ich spürte, daß ich genau richtig vorgegangen war. Jetzt vertraute er mir. Er sollte mir einen großen Gefallen tun, doch ich war nicht vor ihm gekrochen, sondern geradezu unverschämt aufgetreten. Hätte ich geblufft, wäre ich von Anfang an unterwürfig gewesen – so lautete seine Logik. In seinen Kreisen war Unverschämtheit wenn auch kein Beweis für, so doch ein Zeichen von Ehrlichkeit. Weiterhin hatte ich deutlich gemacht, daß ich über Insiderwissen verfügte. Ich kannte Tolly und seinen Aufenthaltsort; ich wußte von der »Carla« und Black Circle. Das ließ mich als möglichen Geschäftspartner erscheinen. Ich hatte ihn gereizt, nun konnte er es mir heimzahlen. Das alles war von seinem Gesicht abzulesen, obwohl er sicher glaubte, seine Züge perfekt unter Kontrolle zu haben.

»Soweit ich weiß, stehen keine Posten zum Verkauf«, meinte er arrogant, zog das Insignium der Macht, eine spazierstocklange Zigarre, hervor und steckte es sich in den Mund.

»Alles ist eine Frage des Geldes.«

Er stieß eine schicksalsschwangere Rauchwolke aus.

»Wir werden sehen. Ich verspreche nichts. Man kann darüber diskutieren.«

»Bitte, nur zu!«

»Alle eventuellen Verträge laufen über mich.«

»Sure thing. Wann höre ich von dir?«

Er konnte die Zigarre kaum zwischen Daumen und Zeigefinger halten, doch er fuchtelte mit ihr herum wie mit einem Marschallstab. Die anfangs so ungemütliche Situation war richtig angenehm geworden. Der verdammte kleine Mörder!

»In einer Woche kannst du nachfragen.«

Aha, nun waren wir also per du. Ich hätte mich geehrt fühlen müssen, zumal er mir zum Abschied auch noch die Hand entgegenstreckte. Es war eine schlappe, kalte, teigweiche Hand, als drückte man eine kranke Kröte.

»Kann ich dich erreichen, J.P.?«

»Ich weiß nicht, wo ich mich in der nächsten Zeit aufhalten werde. Habe eine Sache auf Malta zu erledigen. Also dann, in einer Woche!«

Er brachte mich zur Tür. Ridenmann schaute mit verdrießlicher Miene aus seinem Arbeitszimmer, doch er konnte von dem Zigarrenraucher keinen Rückhalt erwarten. Im Treppenhaus atmete ich tief durch. Die Luft in Intells Unternehmen kam mir sehr abgestanden vor.

Hiller hörte sich meinen Bericht über das Gespräch an und trank dabei ein Glas perlenden Wein. Es war später Nachmittag und also Zeit für einen kleinen Drink nach kontinentalem Muster. Ich wußte, daß er diese Sitte schätzte.

»Klartext gesprochen: Ich hätte ihm in die Fresse schlagen können!«

Ich reichte ihm das Fax. Er faltete es auseinander und las den Text. Ich wies ihn auf den Absender hin.

»Wir haben handfeste Beweise gegen diesen Gernegroß. Er ist mit Vontenius liiert, kennt Saxo und hat dessen Dienste in Anspruch genommen. Aus unserer Unterhaltung ging klar hervor, daß er zu der internationalen Bande gehört, die Seeleute ermordet.«

»Kannst du nicht wie ein normaler Mensch ein Glas Wein mit mir trinken?«

»Wer behauptet, daß ich normal bin? Was unternehmen wir?«

»Was meinst du?«

»Wir schlagen zu. Nehmen jeden Fetzen Papier in dieser Etage unter die Lupe. Es finden sich garantiert massenhaft wichtige Hinweise. Und dann verhören wir Intell und Ridenmann lange und gründlich.«

Er trank den Wein zur Hälfte aus und hielt das Glas gegen das Licht, um die aufsteigenden Bläschen zu beobachten.

»Dein Vorschlag ist exemplarisch für einen Polizisten.«

»Wir würden mit einem Schlag die ganze Organisation zerschlagen.«

»Rolle, deine Arbeitsweise bestärkt mich in der Überzeugung, daß du reif bist für andere Aufgaben.«

Konnte er meine Gedanken lesen? Oder war das eine natürliche Folge der Geschehnisse, in die ich verwickelt war?

»Er hat zugegeben, an dem Schwindel mit den Briefkastenreedereien beteiligt zu sein. Okay, ich habe ihn zu einem Verbrechen angestiftet und das ist, wie wir schon einmal diskutierten, verboten. Meinetwegen soll man mir später eine Disziplinarstrafe verpassen. Aber wenn wir jetzt zuschlagen, können wir enorme Resultate erzielen.«

Wein ist weniger Alkohol, sondern eher ein Kulturgetränk; außerdem kann man auf einem Bein nicht stehen. Hiller goß sich folgerichtig ein zweites Glas ein.

»Und wenn wir keine kompromittierenden Unterlagen finden?« fragte er.

»Wir werden, mit Sicherheit.«

»Vielleicht ... Falls er Mitglied in ...«

»Kein: ›Falls‹! Hast du nicht zugehört?«

Er nickte zustimmend.

»Als Mitglied einer internationalen Organisation, die Briefkastenfirmen unterhält und Versicherungen betrügt, weiß er, worum es geht. Niemand darf gefährliche Informationen sammeln. Wenn einer auffliegt, fliegen alle auf, also darf keiner auffliegen. Keine Papiere, keine Disketten. Man trifft sich an neutralen Plätzen und bespricht die Projekte. Die Nachrichten, die man sich zukommen läßt, sind scheinbar harmlos. Ehe jemand die Codes entschlüsseln könnte, sind sie bereits vernichtet.«

»Aber das Fax von Vontenius!«

»Ein belastendes Detail, für das sich eine Erklärung finden läßt.

Sein indirektes Geständnis? Wenn er es abstreitet, steht Aussage gegen Aussage. Du hast nichts auf Band. Er kann behaupten, daß er alles nur gesagt hat, um dich loszuwerden. Für ihn warst du ja kein Polizist, sondern einfach ein unbekannter Mann.«

»Wir könnten Ridenmann unter Druck setzen. Er ist wie ein Kind.«

»Mhm. Aber er weiß, wie er sich zu verhalten hat. Er wird behaupten, ein einfacher Angestellter zu sein, der nur von den legalen Geschäften Kenntnis hat, die Intell selbstverständlich betreibt. Solange es keine Beweise gibt, reicht es ihm, bei dieser Version zu bleiben, um heil aus der Sache herauszukommen. Was also hätten wir erreicht, wenn wir zuschlagen?«

»Trotzdem sollten wir die Chance nutzen.«

»Meinst du wirklich?«

Ich haßte die Art, in der er die Frage stellte. Für mich war die Sache klar. Ich hatte Informationen beschafft, die eine Aktion rechtfertigten. Volle Kraft voraus, war meine Devise, doch er wollte offenbar nicht einmal den Anker lichten.

»Wenn wir zuschlagen, könnten wir unsere Trümpfe verspielen und plötzlich mit lauter schlechten Karten dasitzen. Wir verlassen die Deckung, gehen in die Offensive – und stoßen ins Leere. Jedenfalls wissen wir jetzt, daß Intell zu der Organisation gehört. Dort setzen wir an; wir hören das Telefon ab, beschatten Besucher, folgen ihnen auf Schritt und Tritt, werfen unsere Netze auch nach anderen Fischen aus. Laß uns noch eine Weile warten.«

Er hob abwehrend die Hand, um meiner Erwiderung zuvorzukommen.

»Ich weiß, ich weiß, doch es gibt weitere Argumente, die für meine Auffassung sprechen. Wir müssen auf einem höheren Niveau agieren und dürfen Stockholm nicht zum Nabel der Welt machen. Ich will die ganze verdammte Bande und nicht nur einen kleinen Teil. Außerdem, Rolle, ist Bill Intell eine bedeutend interessantere Person, als du ahnst.«

Er trank Wein und genoß den edlen Tropfen. Sicher hatte er vergessen, wie ordinäre Getränke schmecken.

»Inwiefern?«

»Interessantere ist vielleicht das falsche Wort. Sein Name taucht in interessanteren Zusammenhängen auf, als es zuerst den Anschein hatte. Ich habe mit meinen Chefs gesprochen und werde ihnen übermitteln, was du mir berichtet hast. Sie mögen dich, meine Chefs. Jetzt, da Interpol mehr zur operativen Arbeit neigt, um der internationalen Kriminalität Herr zu werden, weiß man deine Leistungen zu schätzen.«

»Aber was soll ich *meinen* Chefs berichten? Soll ich lügen wie gedruckt?«

»Schreib die Wahrheit. Daß du krumme Geschäfte vermutest und dranbleiben willst.«

Er konnte recht haben. Wie immer klang er so überzeugend, daß ich zu zweifeln begann. Vielleicht sollten wir wirklich noch ein wenig warten, doch Simon mußte in jedem Fall exakt erfahren, was ich Hiller erzählt hatte. Vor einem Vierteljahr war das Leben noch einfach und unkompliziert gewesen. Meine Arbeitsaufgaben waren genau definiert, Grenzen und Regeln bekannt. Ein kleiner Greiferbulle unter anderen Greiferbullen, und ich kämpfte zusammen mit den anderen so gut ich konnte gegen eine Kriminalität, die wir kannten und die greifbar war. Jetzt war das Leben schwer und kompliziert. Aber ich hatte an dem Komplizierten Gefallen gefunden und gemerkt, daß ich es so haben wollte.

Simon war den ganzen Tag in einer Konferenz, also legte ich ihm meinen Bericht auf den Tisch. Im Flur stieß ich mit Sune zusammen, und wir starrten uns haßerfüllt an, bevor wir im Halbkreis umeinander herumschlichen. Wir waren fertig miteinander. Was sollte ich tun? Arbeiten? Auf meinem Schreibtisch lagen die üblichen Fälle und warteten darauf, daß ich mich auf Polizeiart in sie verbiß, aber sie mußten ungebissen ausharren. Wieder kribbelte es unter der Haut, und das Hemd wurde mir eng. Am liebsten wollte ich den Tod von über zwei Dutzend braven Seeleuten aufklären, doch ich hatte keinen Ansatzpunkt. Myrna kam herein, und es war schön, sie zu sehen. Ich würde sie an meiner neuen Arbeitsstelle vermissen. In Gedanken hatte ich mich schon so auf meinen neuen Job eingestellt, daß mir die restliche Zeit bei der Fahndung wie Überstunden vorkam.

»Pelle hat Angina und muß heute im Bett bleiben«, teilte sie mit.

»Dann hat Gullan sicher ebenfalls Angina«, vermutete ich. »Und ist mit ihm im Bett geblieben.«

Sie kicherte bei der Vorstellung:

»Da liegen sie und anginern miteinander. Tja, Pelle und ich hatten heute nachmittag was zusammen vor, und ohne Sparringspartner geht es nicht. Irgendein Typ könnte ja frech werden, und wenn ich keinen habe, der mich zurückhält, schlage ich ihn vielleicht zu Brei.«

»Okay, ich komme mit. Ich betrachte das als Therapie.«

Myrna glaubte, daß ich scherzte, aber ich meinte es ernst. Bis Mittag würde ich Akten wälzen und danach ihren Partner simulieren.

»Wollen wir zusammen futtern gehen?« fragte sie. »Ich treffe mich zum Lunch mit meinem Väterchen.«

»Das ist bestimmt ein schrecklicher Kerl«, seufzte ich. »Langweilig und faul und böse und dumm. Aber ich opfere mich.«

»Du hast recht, Mitesser hat er auch noch. Trotzdem muß man nett zu alten Leuten sein.«

Ein paar Stunden später saßen wir in einer Kneipe in Norrmalm, die vor allem von Taxifahrern besucht wurde. Myrnas Papa Jompa war stolz auf seinen neuen Volvo, mit dem er erst wenige Runden gedreht hatte. Er war ein freundlicher, offener Mann, der seinen Beruf liebte, und da mein Vater vor seiner Gasvergiftung auch als Taxichauffeur gearbeitet hatte, entdeckten wir einige Gemeinsamkeiten. Wie seine Tochter sprach er einen ausgeprägten Söderdialekt. Zwischen den beiden herrschte ein scheinbar scharfer Ton, doch wenn man genau hinhörte, merkte man, wie gern sie sich hatten.

Und es machte Spaß, ihnen zu lauschen, normalen Menschen, die ein normales Leben mit normalen Problemen lebten und sich umeinander kümmerten. Erland Ridenmann, Bill Intell und ihre Kumpane konnten mit dem Kopf gegen die Wand rennen, diesen Menschen konnten sie nicht das Wasser reichen, dagegen waren sie geistige Krüppel mit Geld als einziger Krücke.

»Meinst du nicht, daß das Mädel mager geworden ist?« fragte Myrnas Vater. »Glaubst du, sie ist krank?«

»Was quatscht du da, Papa! Wenn ich auf die Waage steige, reicht die Skala nicht aus.«

»Du bist dünn wie eine Bohnenstange. Iß mehr! Hassel, kannst du ihr nicht ab und zu was zwischen die Zähne schieben, wenn ihr das Pflaster tretet?«

»Ich verspreche, daß ich es versuchen werde, doch wahrscheinlich wird sie mich in den Finger beißen.«

»Genau wie ihre Mutter, die zeigt einem auch bei jeder Gelegenheit die Zähne! Will jemand noch 'nen Pott Kaffee, bevor wir uns auf die Socken machen?«

Myrna und ich fuhren nach Kärrtorp, wo wir einen alten Dieb zu einem alten Diebstahl befragen sollten, doch er glänzte durch Abwesenheit. Auf Lidingö suchten wir nach einer Frau, die uns Informationen über einen gesuchten Scheckbetrüger geben sollte, aber sie hatte sich den Oberschenkel gebrochen und lag im Krankenhaus. In Sundbyberg hatte ein Rentner angegeben, daß sein Enkel an einer Brandstiftung beteiligt gewesen war, und da wir den Jungen kannten, wollten wir mehr darüber hören, doch der Opa zog seine Anzeige zurück und stellte das Ganze als einen Scherz dar. Wir glaubten ihm nicht. In seine Augen trat ein gehetzter Ausdruck, als ob das Leben plötzlich grau und trostlos wäre. Solche Reaktionen beobachtet man an schwedischen Ehemännern, wenn die Gattin ankündigt, daß der große Hausputz bevorsteht. Offenbar hatte der Enkel versprochen, seinem Großvater sämtliche Knochen zu brechen, falls dieser auspacken würde.

Am späten Nachmittag waren wir in einem der weniger feinen Vororte, die man ihrem Schicksal überlassen hatte, nachdem die Natur planiert und langweilige Häuserscheiben errichtet worden waren. Ghettoisierung, Stigmatisierung und Tristesse wegen der hoffnungslosen Situation, aber auch eine schleichende Wut bei denen, die sich um ihr einziges Leben betrogen fühlten und noch die Kraft zum Ausbrechen hatten. Die Bitterkeit fraß wie Salzsäure, aufgestaute Aggressionen brachen sich Bahn. Aber alles läßt sich ändern, wenn man verändern will. Aggression kann in positive Kraftfelder, Zorn in Engagement, Bitterkeit in Lebensfreude verwandelt werden. Höheren Ortes findet man schöne Worte der Sympathie, die wie ein warmer Regen über ausgedorrtem Land herniedergehen, aber Geld gibt es keines, und also kann nichts wachsen. Die über Wohl und Wehe bestimmen, falten lieber die Hände und hoffen auf ein Mirakel – aber die Zeit der Wunder ist vorbei. Und die Bomben ticken.

Der Gesuchte sollte etwas später nach Hause kommen, und wir warteten im Auto. Eine Bande von fünfzehn- bis achtzehnjährigen Jungen schlich auf dem Weg zur U-Bahn oder dem Einkaufszentrum nahe an unserem Wagen vorbei. Man sah den Burschen an, daß mit ihnen nicht gut Kirschen essen war. Ein abfälliges Wort, und sie würden zuerst das Auto und dann uns auseinandernehmen. Wir kannten die Sorte, es gab sie in allen Vororten. Nichts im Kopf, dafür mit um so dickeren Muskeln bepackt, streifen sie umher und suchen nach Gelegenheiten, ihre Aggressionen auszuleben. Vorbilder sehen sie in amerikanischen Serienhelden. Der geringste Anlaß genügt, um loszuschlagen, und wenn es keinen gibt, dann schafft man sich einen. Ihre Augen glänzten, und wir wußten Bescheid. Es heißt, daß schon die Wikinger Mittel genommen haben sollen, um sich in Raserei zu versetzen. Auch unsere Zeit hat Rezepte, um die Vernunft auszuschalten und Hemmschwellen zu senken. In einem Glas mischt man Bier, anabole Steroide verschiedener Art und Amphetamin. Man trinkt die Flüssigkeit wie bei einem Ritual. Die Wirklichkeit treibt davon, die Fäuste ballen sich, man wird unbesiegbar und will es beweisen, will die verzerrte Welt erobern und zu Staub zertreten. Myrna seufzte.

»Weißt du, daß die vierzehnjährigen Mädchen heutzutage Amphetamin mit der Cola schlucken, wenn sie tanzen gehen? Damit ist ein gelungener Abend garantiert. Und nicht nur in Stockholm, auch in Kleinstädten. Kostet ein paar Hunderter, aber Taschengeld haben sie ja genug. Wenn Lillan flügge wird, werde ich wie eine Glucke über sie wachen.«

»Wenn Elin so alt ist, um tanzen zu gehen, werde ich sie zu Hause anketten.«

»Der Kerl, der mit Lillan ausgehen will, muß ein Zeugnis vorweisen, daß er in jeder Hinsicht tadellos ist, von mindestens zwei Bischöfen bezeugt.«

»Das genügt nicht. Ich zeige jedem ein Gewehr und verkünde, daß jede Hose in Schußweite mit einem Schrothagel rechnen muß.«

Der von uns Erwartete kam sehr spät und hatte vergessen, was er uns erzählen wollte. Wieder ein Schlag ins Wasser, der letzte für diesen Tag. Nein, ich hatte es satt, zu warten und nichts tun zu können, beispielsweise Häuser umstürzen. Als wir wieder im Polizeigebäude waren, schrieb ich sofort ein Versetzungsgesuch und schickte es mit der internen Post ab. Der erste Schritt war getan, nun hieß es abwarten.

Es folgten ein paar Tage ohne besondere Vorkommnisse; sie kamen und gingen ganz unauffällig. Die Verhaftung Sverre Abergs erwies sich als ein Volltreffer. Im Verborgenen hatte er sich ein Drogenimperium mit Kontakten ins Ausland aufgebaut, die wir verfolgen konnten. Die ganze Bande von Rauschgifthändlern flog auf, weil Aberg so unvorsichtig gewesen war, sämtliche Namen und Telefonnummern in einem Adreßbuch zu notieren. Dumme

Menschen glauben oft, sie wären so schlau, daß ihnen niemand auf die Schliche kommen könnte.

Aberg gestand unter Tränen, daß er Eva und Hardy mit Stoff zum Weiterverkauf versorgt hatte; sie konnten allerdings nicht zahlen. Er hatte sie in Verdacht, einen eigenen Import aufzuziehen, und wollte hinter ihre Quelle kommen. Also heuerte er Saxo an, der im Ruf stand, jeden weichklopfen zu können. Doch davon, sie zu töten, sei nie die Rede gewesen, oh nein, das war eine Überraschung, ein schreckliches Mißgeschick, aber es sei nun einmal geschehen, und dann mußten die Leichen aus der Villa. Wie oft hatte er schon Menschen mißhandeln und umbringen lassen? Die Tränen flossen, nie zuvor, heulte er, doch die Ermittler glaubten ihm nicht, und so würde er die nächste Zeit mit einer Packung Papiertaschentücher in der Zelle verbringen.

Simon saß immer noch in der Konferenz, so daß ich ihn nicht erreichen konnte, und Hiller war nach Wien gefahren. Es war Freitag, und ich rechnete mit einem ruhigen Abend daheim. Doch gegen acht wurde ich telefonisch mobilgemacht.

»Hej, hier ist Johansson vom Bereitschaftsdienst. Sorry, daß ich an so einem Abend störe, aber du weißt ja, wie es ist.«

»Klar, nach all den Jahren. Worum geht es?«

»Eine Riesending kommt auf uns zu. Hat mit Aberg zu tun. Es wird eine Verhaftung geben. Jemand könnte mit einem gewissen Mark Odler in Verbindung stehen, und Simon behauptet, du würdest ihn kennen. Kannst du gleich kommen?«

Der Abschied von Virena und Elin fiel nicht allzu sentimental aus. Meine Frau wußte – und meine Tochter begann zu begreifen – daß es mit einem Polizisten kein störungsfreies Familienleben geben konnte. Ich zog die Jacke über und versprach, so bald wie möglich wiederzukommen. Sie wandten sich dem Fernseher zu.

Ich trat auf die Straße und lief die Pontonjärgatan entlang zur Polhemsgatan. Als ich am dunklen Park vorbeikam, waren plötzlich zwei großgewachsene Männer rechts und links von mir. Ein

Wagen glitt an den Straßenrand. Im Rücken spürte ich den Druck einer Pistolenmündung, und eine Stimme zischte:

»Los, steig ein, aber schnell!«

23.

Die Hintertür wurde geöffnet, gleichzeitig stießen mich die Männer zum Auto. Ich verlor die Balance und bekam weitere Stöße, so daß ich mehr taumelte als ging. Die Männer nahmen mich auf dem Rücksitz in die Mitte, und der Wagen fuhr sofort los. Es ging die Polhemsgatan hinunter zum Norr Mälarstrand und dann weiter in Richtung Stadshus. Alles war so schnell passiert, daß ich es noch gar nicht begriffen hatte. Widerstand zu leisten hätte sich nicht gelohnt. In Konfrontationstechnik lernt man zuallererst, niemals gegen Schußwaffen vorzugehen, sondern immer auf eine günstigere Situation zu warten. Der Mann rechts von mir hatte die Hand im Jackett, und die Beule war nicht zu übersehen. Sie bedrängten mich nicht, schienen jedoch äußerst wachsam zu sein.

Bei dem Wagen handelte es sich um eine lange Limousine; vom Chauffeur konnte ich nur die Uniformmütze und das kurzgeschnittene Nackenhaar erkennen. Die Rückbank war breit und weich und bequem. Die Extrasitze uns gegenüber waren hochgeklappt, so daß die Beine viel Platz hatten. Durch die getönten Scheiben konnte ich zwar hinausschauen, doch niemand von draußen konnte beobachten, wie ich regelrecht gekidnappt wurde, mitten im ruhigsten Stadtteil von Stockholm.

Meine Begleiter waren keine Gorillas, sondern normal gebaute Männer, die allerdings besonders energisch und entschlossen schienen. Sie trugen feine Anzüge; man hätte sie für mittlere Geschäftsleute auf dem Weg zu einem Repräsentationsessen halten können. Mein linker Nachbar trug einen Ehering, wahrscheinlich führte er ein ordentliches Familienleben, wenn er nicht gerade Menschen entführte.

Wohin ging die Reise? Aha, über die Stadshusbron in Richtung Gamla Stan und Monkbroleden. Der Regen bewirkte, daß das Licht von Fenstern, Lampen und Straßenlaternen im feuchten Asphalt gespiegelt wurde. Die Wischerblätter glitten über die Frontscheibe und hinterließen schmale Streifen, die wie Perlenketten schimmerten. Durch die getönten Scheiben erhielt der Himmel eine ganz besondere, samtene Farbe. Jetzt fuhren wir am Stadsgarden entlang nach Nacka.

Der Anrufer hatte sich als Johansson vom Bereitschaftsdienst vorgestellt, überzeugend geklungen und Aberg, Odler und Simon erwähnt. Wenn es sich um einen Verräter handelte, kam nur ein sehr kleiner Kreis innerhalb der Polizei in Frage. Vielleicht war es auch ein Zufall, daß Johansson mich angerufen hatte, während die Kidnapper vor dem Haus auf mich warteten.

»Wohin fahren wir?« fragte ich.

Sie rührten sich nicht, und ich hatte auch keine Antwort erwartet. Entführer sind selten gesprächig.

»Vielleicht habt ihr den Falschen erwischt?«

Ihre Gesichter zeigten keine Regung.

»Ich heiße Roland Hassel und bin für eine Entführung völlig ungeeignet. Bei mir ist kein Geld zu holen.«

Falls sie sich geirrt hatten, blieben sie dabei. Es war unbegreiflich. Intell kannte mich nicht als Hassel. Niemand, der daran interessiert sein konnte, den Zeugen eines Versicherungsbetrugs zum Schweigen zu bringen, wußte von meiner Existenz. Aberg und Saxo hatten keinen mehr informieren können, und wozu auch? Sie saßen hinter Gittern, und niemand konnte sich einbilden, daß man sie gegen eine Geisel austauschen würde. So etwas funktioniert nicht, nicht einmal im Kino.

Der Wagen bog nach Fisksätra und Saltsjöbaden ab. Schwarze Waldstücke wechselten mit hell erleuchteten Ortschaften. Wir fuhren die Küstenstraße entlang. Protzige Villen klebten wie Adlerhorste am Steilhang. Der Chauffeur fand sich im Gewirr der Wege hervorragend zurecht. Warum trug er eine Uniformmütze? Gab es überhaupt noch Privatchauffeure? Vielleicht für die Reichsten der Reichen. Möglicherweise galt es wieder als schick, wenn einer in Livree hinter dem Lenkrad saß.

Die Grundstücke wurden immer größer, wie auch die Gebäude, die dazugehörten. Im Dunkeln nahmen sie die Konturen von Herrenhäusern, Palästen und Schlössern an. Dann fuhr der Wagen langsamer und bog in einen schmaleren Weg ein. Durch ein weißes Tor rollten wir über einen Kiesweg auf ein Haus zu, das zu den größten in der Gegend gehörte. Einer der Männer schaltete die Innenbeleuchtung ein. Der andere öffnete das Sakko und zeigte eine rote Plastikpistole. Dabei grinste er wie ein Schuljunge.

»Das Lieblingsspielzeug meines Jüngsten. Wir sollten dich nur schnell und diskret herbringen. Es hat Spaß gemacht, ein bißchen Gangster zu mimen.«

»Was zum Teufel ...«

»Sprich lieber nicht darüber. So sehr haben wir dich doch gar nicht erschreckt.«

Der andere stieg aus und öffnete mir die Tür. Natürlich war ich verwirrt. Eine Bedrohung hatte sich plötzlich in eine Varieténummer verwandelt. Der Wagen wendete und fuhr davon. Bis auf ein paar kleine Lampen zu beiden Seiten des Eingangs lag das Haus im Dunkeln. Was blieb mir übrig, als die Treppe hinaufzusteigen? Die Tür schimmerte kupfermatt. Mit einem schweren Klopfring machte ich mich bemerkbar. Lautlos glitt die schwere Platte zur Seite; ich tippte auf Kugellager. Vor mir stand Carl Hiller. Verblüfft glotzte ich ihn an.

»Du?«

»Ja, ich. Ich darf dich Willkommen heißen.«

»Was zur Hölle sollte die Maskerade?«

»Es war wichtig, daß niemand erfuhr, wohin deine Reise ging, nicht einmal deine Frau. Klartext war deshalb nicht möglich.«

»Und wohin ging meine Reise? Ich meine, wo bin ich eigentlich, und was willst du von mir?«

»Wir werden an einer Versammlung teilnehmen. Folge mir.«

Das Innere des Hauses entsprach dem Äußeren. Alles war gewaltig, würdig, großbürgerlich und antik möbliert. Hier wohnten Menschen, die noch nie von Krisen, Fehlbeträgen und Dönerkebab gehört hatten. Alle Fenster waren geschlossen und durch schwarze Fensterläden, die ich von außen gar nicht bemerkt hatte, zusätzlich gesichert. Wir durchquerten die Halle und betraten einen Saal. Ein Dutzend Personen saß um einen großen ovalen Tisch herum. Ich kannte nur die einzige Frau unter den Anwesenden: Valerie Hoch-Sundin. Diesmal sah sie so aus, wie man sie aus den Massenmedien kannte, aber sie wirkte sorgenvoll und bedrückt.

»Mr. Hassel?«

Ein älterer Mann saß an der kurzen Seite, und seine Ausstrahlung spürte man physisch. Er war zum Führer geboren und sich dessen bewußt. Bis auf einen dunklen Haarkranz war er kahlköpfig; über seinen scharfen, aber nicht unfreundlichen und vielleicht sogar humorvollen Augen saßen markante Brauen. Seine dicken Lippen standen im Kontrast zu den mageren Wangen.

»Ja, der bin ich.«

»Can we speak English?«

»Yes.«

»Ausgezeichnet. Ich bin Lord Mowlan. Wollen Sie bitte bei Mr. Hiller und Mr. Konz Platz nehmen?«

Hiller hatte sich einen freien Stuhl am anderen Ende des Tisches gesucht, und ich setzte mich neben ihn. Von seiner anderen Seite reichte mir ein Mann in meinem Alter die Hand und stellte sich leise vor:

»Erhart Konz, Interpol.«

Zwischen uns dreien und den anderen zwölf waren Stühle frei, so daß wir in zwei Gruppen saßen; eine Aufteilung wie im Gerichtssaal. Aber wo saßen die Angeklagten, wo die Richter?

»Erraten Sie, wer wir sind?« fragte der Lord.

»Ich denke, ja. Die geheimnisvolle Ordensgesellschaft der Odeoniten.«

Mowlan nickte und goß sich Mineralwasser ein. Vor jedem stand ein Glas; aus mehreren Flaschen konnte man sich selbst bedienen. Der Lord trug als einziger einen Smoking, aber bei ihm wirkte das ganz natürlich.

»Sie haben recht und irren sich gleichzeitig. Wir sind kein heimlicher Orden, sondern scheuen die Öffentlichkeit, weil wir Grund haben, terroristische Angriffe zu fürchten. Wir sind alle bekannt, manche sogar prominent, doch Gutes können wir am besten bewirken, wenn wir anonym bleiben. Wissen Sie, warum Sie hier sind?«

»Vielleicht. Aber verraten Sie es mir ruhig, dann sparen wir Zeit.«

»Wir werden verhandeln.«

»Wer wird verhandeln? Auf wessen Rechnung? Wer sind die Parteien? Worüber verhandeln wir?«

»Die Parteien sind einerseits die Odeoniten, andererseits Interpol.«

»Und was habe ich dann hier zu suchen? Ich gehöre nicht zu Interpol. Ich bin Kriminalinspektor bei der zentralen Fahndung in Stockholm und also kein Verhandlungspartner. Übrigens – sind alle Odeoniten hier versammelt? Seid ihr wirklich nicht mehr? Und falls ihr mehr seid – habt ihr das Mandat zu verhandeln?«

Mowlan ließ sich nicht beeindrucken. Er war mit allen Wassern gewaschen und wußte, daß in solchen Situationen der mit dem besseren Sitzfleisch und den besseren Nerven gewinnt. Einige der anderen Herren rutschten auf ihren Stühlen herum; ihr Sitzfleisch war wohl etwas magerer.

»Zu unserer Gesellschaft gehören noch viele andere, das ist wahr, aber Sie dürfen sich darauf verlassen, daß ich das Mandat habe, für uns alle bindend zu beschließen. Ich bin für diese Fünfjahresperiode zum Vorsitzenden gewählt worden; das verleiht mir weitreichende Vollmachten. Was Ihre Rolle betrifft, können wir darauf zurückkommen. Kennen Sie mich? Haben Sie meinen Namen schon einmal gehört?«

»Nein. Ich nehme an, Ihr Stammvater hat im sechzehnten Jahrhundert einem König aufs Pferd geholfen und wurde zum Dank geadelt.«

Mowlan lächelte schwach.

»Etwas in der Richtung muß es gewesen sein, aber die Geschichte ist uninteressant. Was uns interessiert, sind Gegenwart und Zukunft. Jedenfalls kennen Sie uns?«

»Nicht als einzelne Personen, aber als Organisation. Sie betrachten sich als ein Machtfaktor in den Geschäften der Welt.«

Der Lord nickte, und seine modulationsfähige Stimme klang ein wenig nach religiösem Eifer:

»Wir betrachten uns nicht als Machtfaktor, wir sind einer, doch wir verkörpern eine Macht, die dem Aufbau und dem Guten dient. Wir entschärfen Konflikte, suchen nach Auswegen, lösen Probleme. Unsere Ressourcen sind Erfahrungen, Klugheit, Weisheit und psychologische Erkenntnisse. Wir haben Geduld und achten darauf, daß keine Seite ihr Gesicht verliert. Niemand weist uns zurück. Man akzeptiert vielleicht nicht unseren Rat, aber man hört uns zu und respektiert uns in allen Lagern. Wir vermitteln sogar zwischen unversöhnlichen Feinden. Trauen Sie meinem Wort, Mr. Hassel?«

»Wie könnte ein echter Lord lügen? Für Geld interessieren Sie sich wohl überhaupt nicht?«

Hiller kniff mich in den Oberarm und Konz stieß ein erschrecktes Grunzen aus. Doch Mowlan fuhr mit seiner eton- oder oxfordgeschulten Stimme ungerührt fort:

»Natürlich kann jeder lügen. Aber in unserer Tätigkeit lügen wir nie. Eine einzige Lüge würde unsere Integrität zerstören, und die ist schließlich unser Kapital. Wir können gute Geschäfte machen, aber wenn wir in den Verdacht gerieten, gegen Bezahlung Rat zu erteilen, würde niemand mehr auf uns hören. Diejenigen, die bei uns sind, weil sie über große finanzielle Ressourcen verfügen ...«

»Wie Sie selbst, zum Beispiel.«

»Wie ich, richtig, doch das reicht nicht; es sind auch andere Qualifikationen erforderlich. Wir sind nicht gierig. Wir bezahlen große Summen für die Aktivitäten der Odeoniten. Wenn bewiesen werden könnte, daß jemand unsere Ziele verrät, würde uns niemand mehr vertrauen. Können Sie das verstehen?«

Er sah mich auffordernd an, und ich verstand ihn tatsächlich. Damit schien er zufrieden zu sein.

»Dann lassen Sie mich daraus folgendes ableiten. Solange uns alle Parteien vertrauen, sind wir ein Machtfaktor. Wenn sich ein einziges Mitglied unehrenhaft oder egoistisch verhält, verlieren wir unsere Integrität, und die Organisation fällt wie ein Kartenhaus zusammen. Also sind wir äußerst verletzlich; deshalb wird jede Mitgliedschaft vorher genauestens geprüft. Kein Schatten darf auf den Kandidaten fallen. Trotzdem kann es Fehlentscheidungen geben. Aus diesem Grund sitzen wir auch hier. Langweile ich Sie?«

»Ja. Kommen Sie zur Sache.«

Hiller seufzte und Konz schien schockiert zu sein, aber der Lord hatte mich gefragt und eine ehrliche Antwort bekommen.

»Mr. Hiller hat uns mitgeteilt, daß Sie als Undercover-Agent für Interpol gearbeitet haben. Würden Sie so freundlich sein und auch uns ausführlich darüber berichten? Reden Sie, so lange Sie wollen, wir lauschen.«

»Carl Hiller kam zu mir ...«

Sie bekamen die ganze Geschichte von Anfang bis Ende zu hören, und ich schmückte sie mit den Details aus, die für mich wesentlich waren. Während ich sprach, ließ ich den Blick über die am Tisch versammelten Personen schweifen. Ein Japaner, ein weiterer Asiate, einige Südeuropäer, möglicherweise ein Amerikaner, vielleicht ein paar Deutsche. Waren außer Valerie noch andere Schweden darunter? Nicht ausgeschlossen. Mein Interesse für die Spitzen der Großindustrie war ziemlich gering, und außerdem ist es ein Unterschied, ob man jemanden auf einem Foto oder im wirklichen Leben sieht. Alle lauschten aufmerksam auf das, was ich zu sagen hatte, doch ich konnte natürlich nicht ahnen, was sie dachten. Die einzige, die persönliche Regungen zeigte, war Valerie Hoch-Sundin. Sie schaute auf den Tisch, drehte nervös einen Ring an einem Finger und leckte sich ab und zu unbewußt die Lippen. Als ich fertig war und mir ein Glas Mineralwasser einschenkte, sagte der Lord:

»Wir alle hier verstehen, wie sehr Sie mit den Opfern fühlen. Glauben Sie mir, ich bin genauso zornig. Für Geld zu töten ist dasselbe wie Raubmord. Wie soll es weitergehen?«

»Sämtliche Personen müssen entlarvt und bestraft werden, sowohl die aktiven Täter als auch die Hintermänner von der Black Circle Limited und den anderen Briefkastenreedereien, die den Massenmord finanziert haben.«

»Aus Ihrer Sicht eine plausible Forderung. Lassen Sie uns darüber verhandeln.«

»Das heißt also, daß eines Ihrer Mitglieder zu den Unternehmen gehört, die angeblich nicht zu ermitteln sind? Daß diese Person gemeinsam mit Ihnen idealistische Ziele verfolgt, hinter Ihrem Rücken jedoch Morde finanziert? Und jetzt soll er davonkommen? Darauf lasse ich mich nicht ein.«

»Wenn es so wäre, hätte ich längst meinen Hut genommen, das können Sie mir glauben. Ein so übler Verrat aus unseren Reihen hätte das Ende der Organisation bedeutet.«

»Warum wollen Sie dann Mörder schützen? Worüber soll dann verhandelt werden? Und noch einmal, ich bin kein Verhandlungspartner, ich bin Polizist und Augenzeuge.«

»Und Sie sinnen auf Rache?«

Ich nickte nachdrücklich.

»Da haben Sie recht, ich will Rache.«

Valerie gab einen pfeifenden Laut von sich und schlug die Hände vor das Gesicht, doch als Frau von Welt gewann sie schnell die Fassung wieder. Sie trank einen Schluck Wasser und holte tief Atem.

»Rache ist eine starke Triebkraft für menschliches Handeln. Es hat aber niemand aus unserer Mitte Schuld an dem, was passiert ist, sondern eine Person, die zu einem unserer Mitglieder in Verbindung steht. Ich wiederhole: Unser Mitglied trifft keine Schuld, doch obwohl die Verbindung sehr schwach ist, könnte ein Verdacht entstehen, und die Odeoniten würden ihre positive Macht verlieren. Verstehen Sie, Mr. Hassel?«

»Name und Adresse!«

»Wie bitte?«

»Ich möchte wissen, über wen wir hier reden.«

Mowlan überlegte einen Augenblick. Der Japaner zündete sich eine Zigarette an und paffte so konzentriert, als befolgte er ein Ritual.

»Wir sprechen über William Intell, auch Bill genannt. Intell ist der schwedische Geldgeber für die Unternehmen, deren Tätigkeit Sie so detailliert beschrieben haben. Glauben Sie mir bitte, weitere Schweden sind nicht beteiligt.«

Das empfand ich nicht gerade als große Überraschung, eher als Antiklimax. Der Lord fuhr fort:

»Unser Mitglied Valerie Hoch-Sundin war mit dem sehr vermögenden Industriellen Johan Sundin verheiratet, der inzwischen verstorben ist. Sundin war zuvor bereits zweimal verheiratet gewesen, in erster Ehe mit Mona Intell. Aus dieser Verbindung stammt der Sohn William, sein einziges Kind. Nach der Scheidung nahm Mona ihren Mädchennamen wieder an, auch für den Sohn. Sundin sorgte jedoch dafür, daß William eine internationale Ausbildung erhielt. Als Sundin starb, hinterließ er seinem Sohn ein beträchtliches Vermögen an Geld und Aktien. Lassen Sie uns hören, was Mrs. Hoch-Sundin zu berichten hat.«

Valerie hatte es jetzt schwer, aber da mußte sie durch. Sie

gehörte nicht zu der Sorte Frauen, die bei jeder Gelegenheit losheult; Gänse haben in der Ellenbogengesellschaft keine Chance. Doch im Augenblick sah man ihr die Erregung an.

»Ja, das ist ... Bill kannte ich kaum. Mein Mann mochte ihn nicht, war aber dennoch der Auffassung, als Vater Pflichten zu haben. Als Herr Hiller mir mitteilte, womit sich Bill beschäftigt, bekam ich einen furchtbaren Schock.«

Wie lange hatte Hiller das schon gewußt? Ich warf ihm einen fragenden Blick zu, und er antwortete mit einer Geste, die wohl ausdrücken sollte, daß er leider gezwungen war, im Interesse von Interpol zu handeln. Natürlich, doch wieder einmal kochte ich vor Wut.

»Ich besuchte ihn in seinem Büro«, setzte sie ihren verbalen Gang nach Canossa fort. »Aber er lachte mich aus und erklärte mir, daß mich seine Geschäfte überhaupt nichts angingen. Selbstverständlich war mir klar, welche furchtbaren Konsequenzen das für die Organisation haben konnte. Ich ... ich sprach mit unserem Sekretär, aber er ... Ich versuchte sogar, Bill einzuschüchtern, um ihn von seinen abscheulichen Taten abzubringen. Ich ...«

»Haben Sie deshalb den Gangster Bernt Ahlbäck angeheuert?« unterbrach ich sie.

»Hieß er Ahlbäck? Man sagte mir, er sei der richtige Mann für so eine Sache. Daraus wurde ja nichts, weil ...«

»Wie kamen Sie in Kontakt mit einem unbekannten Gangster?«

Sie machte eine hilflose Handbewegung.

»Ich war verzweifelt. Ein Mann, dem ich vertrauen kann, übernahm es ... eine solche Person ausfindig zu machen. Entschuldigen Sie, den Tip dazu soll er von einem bei der Polizei bekommen haben. Der Mann, der den Kontakt vermittelt hat, teilte mir mit, daß ich diesen Ahlbäck in Södermalm treffen könnte. Wir ...«

»Den Rest kenne ich.«

Das erklärte ihr Verhalten. Die Angabe, daß der Tip, Ahlbäck zu beauftragen aus Polizeikreisen gekommen war, machte Valeries Darstellung glaubwürdig. Ihr mußte klar sein, daß diese

Information meinen Zorn erregen konnte und ihrer Sache nicht gerade diente. Der Lord meldete sich wieder zu Wort:

»Können wir verhandeln?«

»Sie scheinen gut informiert zu sein.«

»Mr. Hassel, ich weiß alles über diese bedauerliche Affäre. Aus diesem Grund kann ich verhandeln.«

»Sie wissen keinesfalls alles, aber zunächst möchte ich wissen, welche Rolle Vontenius spielt?«

Der Lord hielt mich bestimmt für einen Querulanten, aber das war mir egal. Seine fast zudringliche Autorität degradierte die anderen zu Wachspuppen. Sie waren da, um seine Führerschaft zu legitimieren, aber er war in jeder Hinsicht der Wortführer.

»Christer Vontenius ist ein Geschäftsmann mit schlechter Moral; ein kleiner Krämer mit weitem Gewissen. Er machte Geschäfte mit Intell, hatte aber nichts mit der Reedereigeschichte zu tun. Lecta Broker in London wußte nichts über Vontenius' private Aktivitäten in Schweden. Intell leidet an Größenwahn und bildete sich ein, durch sein Vermögen und die entfernte Verwandtschaft zu Mrs. Hoch-Sundin Mitglied der Odeoniten werden zu können. Er war es, der durch Vontenius Lecta Broker Limited in London ein freies Büro im selben Gebäude vorschlug, in dem unsere Gesellschaft Räume innehat.«

»Und was ist mit Erland Ridenmann? Hat er denselben Komplex wie der kleine Intell? Ist auch da ein reicher Papa im Spiel?«

Seine Lordschaft gestattete sich, auf britische Art hochmütig zu schnaufen:

»Pah, Vater Ridenmann ist von einem Schlag, den wir wie die Pest meiden. Der Sohn war Intells Spielkamerad und verfügt über die Intelligenz eines Papageien. Können wir jetzt verhandeln?«

»In diesem Falle ist es am besten, wenn ich gehe.«

»Nein, Mr. Hassel, Sie werden bleiben. Formell gehören Sie nicht zu Interpol, das ist wahr, aber Interpol und wir haben dasselbe Ziel. Wir wollen mit Ihnen verhandeln, um im Falle William Intell Ihr Schweigen zu erkaufen.«

24.

Offenbar war ich die Hauptperson in dieser seltsamen Runde, aber das schmeichelte mir gar nicht. Lord Mowland hatte frei heraus gesagt, zu welchem Ergebnis er gelangen wollte, und wahrscheinlich war er mit dieser Methode bisher sehr erfolgreich gewesen. Doch diesmal mußte er sich auf zähen Widerstand gefaßt machen.

»Es geht um einen Massenmord, und Sie wollen mein Schweigen erkaufen? Nachdem hunderte Seeleute sinnlos gestorben sind? Das kann ich nicht.«

»Warum nicht? Sie wollen Rache, und Sie werden sie bekommen.«

»Nur zu Ihrer Orientierung: Es gibt einen Begriff, der Gerechtigkeit heißt, und in diesem Land nehmen wir ihn sehr ernst.«

»Lassen Sie uns auf die Rache zurückkommen, die auch Gerechtigkeit einschließt. So funktioniert Vergeltung oft. Etwas zu rächen bedeutet etwas auszugleichen, einen Zustand wiederherzustellen, wie er existierte, bevor das Unrecht geschah. Wenn man die Bedeutung der Rache für die juristische Entwicklung in einer Gesellschaft nicht anerkennt, leistet man der Ungerechtigkeit Vorschub. Glauben Sie mir, wenn ich Ihnen sage, daß uns auch dann noch Türen offenstehen, wenn Politiker und Polizeiorganisationen längst nicht mehr weiterkommen. Bitten wir um Informationen, erhalten wir sie umgehend. Na, Mr. Hassel, an wem wollen Sie sich rächen?«

Er streckte seine adlige Hand aus und rechnete mir an den Fingern vor:

»An dem Mann, der sich Leon nannte? Er ist identifiziert. An dem falschen Kapitän und die anderen an Bord der ›Carla‹, die Sie mit Recht als Mörderbande bezeichnen? Sie sind alle identifiziert. An den Männern hinter der Briefkastenreederei Black Circle? Auch die sind identifiziert; sie kontrollieren insgesamt sechsundvierzig dubiose Firmen. Wir kennen alle mit Namen und Adresse. Das ist unser Verhandlungsangebot, plus Rache. Die Mitglieder der Mörderbande werden bei der Polizei der Länder, in denen sie leben, angezeigt. Wir garantieren, daß man alles unternehmen wird, um sie unschädlich zu machen.«

»Und damit soll ein Massenmord gerächt sein?«

»Vergessen Sie nicht, daß die Sprengungen in neutralen Gewässern erfolgten. Sie könnten in Schweden ohnehin nicht zur Rechenschaft gezogen werden. Glauben Sie mir, sie werden in den Ländern, in denen sie sich aufhalten, hart bestraft werden. Sie werden verhaftet und viele Jahre im Gefängnis schmoren, bis ihnen der Prozeß gemacht wird. Es handelt sich um Staaten, die wir nicht zu den Demokratien zählen; dort herrschen andere Spielregeln. Sie werden garantiert keine Freude an ihrem Geld haben.«

Valerie sah noch immer tief bekümmert aus; so erschüttert, daß sie einen fast kränklichen Eindruck machte.

»Wollen Sie Rache an den Unternehmern, die hinter den Reedereien stecken? Alle Namen werden an die Polizei- und Steuerbehörden der jeweiligen Länder geschickt, zusammen mit Angaben über Transaktionen und Bankguthaben. Sie werden bald in Konkurs gehen, dafür sorgen wir. Den Rest des Lebens werden sie im Elend verbringen. Glauben Sie mir, für einen reichen Mann kann es nichts Schlimmeres geben, als wie ein Armer leben zu müssen. Ich betrachte das als eine gerechte Strafe.«

Ich flüsterte Hiller zu:

»Du bist aber heute redselig.«

»Meine Zeit kommt noch.«

Der Lord kümmerte sich nicht um den kurzen Wortwechsel in der ihm fremden Sprache, sondern fuhr in seiner Aufzählung fort:

»Rache an Vontenius? Er wird seinen Job und seine Einkünfte los. Die Mehrheitsgesellschafter in London sind äußerst empört. An wem könnten Sie sich noch rächen? An William Intell natürlich, dem schwedischen Teilnehmer des Verbrechersyndikats. Ich muß Sie überzeugen, daß die Rache an ihm nicht so weit gehen darf, daß seine Mittäterschaft öffentlich bekannt gemacht wird. Sperrt man ihn wegen seiner Wirtschaftsverbrechen ein, wird man eine Verbindung zu Valerie Hoch-Sundin herstellen, und ich muß sicher nicht noch einmal darauf hinweisen, welche Konsequenzen das hätte. Lassen Sie uns hören, was er selbst dazu zu sagen hat.«

Er drückte auf einen Knopf. Eine Tür öffnete sich, und Intell wurde von einem Mann hereingeführt, der den Saal sofort wieder verließ. Intell war offensichtlich psychisch aus dem Gleichgewicht, und das freute mich. Man hatte ihn erwischt und festgestellt, daß seine angeblich blütenweiße Weste in Wirklichkeit schmierig und schmuddelig war. Arroganz und dummdreistes Benehmen waren wie weggeblasen; vor uns stand ein junger Mann, dem man ansah, daß er nicht weiter zu denken vermochte, als seine kurze Nase reichte. Er wollte sich auf einen freien Stuhl sitzen, wurde aber scharf ermahnt, stehen zu bleiben. Für ihn war es keine Versammlung, sondern ein Tribunal. Nicht einmal der wohlerzogene und höfliche Mowlan nannte ihn Mister, und das war die deutlichste Demonstration von Verachtung, zu der ein Lord fähig war. Valerie legte die Hand über die Augen, um ihn nicht sehen zu müssen.

»Intell, wir haben eine Aufstellung Ihrer sämtlichen Vermögenswerte. In Geld, Aktien, Immobilien und anderen Objekten belaufen sie sich auf zweihundertdreiundzwanzig Millionen, umgerechnet in schwedische Kronen. Auf geheimen Konten im Ausland liegen weitere vierhundertachtundneunzig Millionen. Stimmt das mit Ihren Zahlen überein?«

Intell nickte nicht; ihm fiel einfach der Kopf herunter. Mühsam stammelte er:

»Waren eben gute Geschäfte … Versicherungen … war nie direkt beteiligt … wußte nicht so viel …«

»Natürlich wußtest du über alles Bescheid! Du hattest doch unmittelbaren Kontakt zu Leon!« unterbrach ich ihn aufgebracht.

»Was? Ja ... aber trotzdem ... man begreift nicht richtig ... denn was man nicht wissen will ...«

»Mit Ihrem Gewissen müssen Sie selbst ins Reine kommen«, sprach der Lord gemessen. »Was sind Sie bereit zu leisten, um einer juristischen Bestrafung zu entgehen?«

»Ich ... ich überlasse mein ganzes Vermögen einem Fonds Ihrer Gesellschaft.«

Der Lord streckte sich nach einer neuen Flasche, reichte aber nicht ganz heran. Der Japaner half ihm auf eine so raffiniert graziöse Weise, daß die einfache Geste wie ein Ritual wirkte.

»Mr. Hassel, das also ist unser Verhandlungspaket. Wenn Sie im Interesse unserer Organisation über Intells Rolle Schweigen bewahren, würden wir Ihnen folgendes zusichern: Interpol erhält die Namen aller beteiligten Mörder und Betrüger und umfassende Informationen über deren wirtschaftliche Vorhaben. Wir geben Ihnen die absolute Garantie, daß sämtliche Verpflichtungen, die wir übernehmen, auch voll erfüllt werden. Weiterhin erhalten wir viele Millionen, die auf ein spezielles Konto eingezahlt werden. Dieses Geld soll den Familien der Seeleute zukommen, die durch die Sprengungen den Tod fanden. Wenn Sie unsere Vorschläge zurückweisen ...«

Wieder trank er einen Schluck Wasser. Für ihn war es sicher ein ungewöhnliches Getränk für diese Tageszeit; für die meisten der Anwesenden wahrscheinlich auch.

»... haben wir natürlich keinerlei Interesse, überhaupt einzugreifen, denn dann würde unsere Organisation ja ohnehin nicht weiterbestehen. Die Familien der toten Seeleute wären dann der Armut preisgegeben. Die Entscheidung liegt bei Ihnen, Mr. Hassel.«

Der Interpolchef nahm das Wort. Sein Englisch hatte einen schweren deutschen Akzent und war manchmal kaum zu verstehen:

»Unser Interesse ist es, die internationale Kriminalität zu bekämpfen. Hier hätten wir eine einmalige Gelegenheit, eine der schlimmsten mafiosen Organisationen zu zerschlagen, die wir heute kennen. Unzählige Morde könnten dadurch verhindert werden. Daß die Familien der bisherigen Opfer eine Hilfe erhalten würden, begrüßen wir besonders.«

Konz wiederholte alle Argumente noch einmal, und ich fühlte mich in die Enge getrieben. Eigentlich sollte ich einfach nicken und das Angebot akzeptieren. Der erbärmliche Intell war die Konsequenzen eines »Nein« nicht wert. Aber ich hatte für Sunny und die anderen Blut sehen wollen. Im Hinterkopf begann sich etwas zu regen.

»Mr. Hassel, wir warten!«

Saxo und Intell. Saxo und Vontenius. Saxo und Aberg. Aberg und Eva und Hardy. Aberg und Mark Odler. Ich schoß aus der Hüfte, doch ich spürte, daß das Pulver trocken und die Scheibe groß genug war.

»Ich bin mit diesem Abkommen einverstanden. Ich verspreche, über Intells Beteiligung an den Reedereien zu schweigen.«

Der Lord und die anderen lächelten; das Wachs schmolz und die Puppen bekamen ein wenig Leben.

»Kluge Entscheidung, Mr. Hassel«, lobte Mowlan. »Das rechnen wir Ihnen hoch an.«

Hiller wollte sich gerade erheben, in der Annahme, die Versammlung wäre beendet, da fügte ich nachdenklich hinzu:

»Leider gibt es ein Problem, das ich nicht lösen kann.«

Die bescheidene Freude auf den Gesichtern erstarb wieder.

»Ein Problem, Mr. Hassel?«

»Tut mir leid, aber so ist es. Sie haben nicht an Intells umfassende Drogengeschäfte gedacht.«

Valerie stöhnte resigniert, und der Lord sagte langsam:

»Davon ist mir nichts bekannt.«

»Nein, Sie wissen nicht alles. Ich war es, der kürzlich den Rauschgifthändler Sverre Aberg und den primitiven Schläger Saxo verhaftete. Es dauerte eine Weile, bis Verstärkung kam. Aberg wollte sich freikaufen, indem er mir sowohl Geld als auch Informationen anbot. Er gestand, daß Intell sein Kompagnon war. Jetzt sitzt Aberg beinahe rund um die Uhr im Verhör.«

»Also wissen nur Sie von dieser Sache?«

»Ja, aber das hat nichts zu bedeuten. Aberg heult und gesteht seine Taten am laufenden Band. Intells Name wird irgendwann fallen, falls es nicht schon geschehen ist. Und darauf habe ich absolut keinen Einfluß. Ein Dealer von Intells Format hat keine Gnade zu erwarten.«

Der Lord wandte sich an Intell, und seine Stimme klang wie ein Peitschenhieb:

»Intell! Ist das wahr?«

Intell krümmte sich und murmelte breiig:

»Geschäft ist Geschäft ... große Gewinne ... wenn nicht ich, hätten es andere getan ... ergab sich eben so ...«

Mowlan dachte nach, und niemand störte ihn dabei. Valerie kaute an einem Fingernagel; ihr Blick flackerte zwischen dem Lord und Intell hin und her.

»Ich muß gestehen, daß ich nichts davon wußte. Das ändert die Sache, aber vielleicht nicht ganz und gar. Drogengeschäfte sind so weitab von den Aktivitäten der Gesellschaft, daß man keine Verbindung herstellen wird, trotz der Verwandtschaft.«

Zum ersten Mal konnte ich Zweifel auf den Gesichtern der Wachspuppen lesen. Sogar der Lord schien an seinen eigenen Worten zu zweifeln, mußte jedoch Moral und Hoffnung hochhalten.

»Was meinen Sie, Mr. Hassel?«

Mit Wohlbehagen betrachtete ich Intell, der sich in ein Häufchen Elend verwandelt hatte.

»Er bekommt mindestens zwölf Jahre, und für diese Sorte Verbrechen gibt es keinen Rabatt. Auch Hafturlaub wird er jahrelang nicht bekommen. Er landet in einer Anstalt, wo die schlimmsten Typen sitzen. Es wird die Hölle für ihn werden, jeder einzelne Tag!«

Intell sank noch mehr zusammen. Er lebte, weil die Lungen

automatisch arbeiteten, ansonsten war er wie abgeschaltet. Endlich spürte ich die Süße der Rache; das war fast so gut wie Blut.

»Danach hatte ich nicht gefragt, Mister Hassel.«

»So lautet aber meine Antwort. Wie andere reagieren werden, das müssen Sie beurteilen, nicht ich.«

»Wir haben eventuell eine Frist von einigen Tagen. Mein Vorschlag ist: Intell übergibt sein gesamtes Vermögen sofort an unseren Fonds. Er bekommt die Chance, das Land zu verlassen. Wohin er sich wendet, geht uns nichts an. Können wir Ihr Schweigen auch für diese Tage kaufen, falls es eine Fluchtmöglichkeit gibt?«

Ich nickte.

»Solange man mich nicht fragt, was mir Aberg über Intell erzählt hat, werde ich dichthalten. Mehr können Sie von mir nicht verlangen. Ich möchte auch Quittungen sehen, daß er sein Vermögen wirklich diesem Fonds für die Hinterbliebenen überlassen hat. Falls Intell fliehen kann, bevor Aberg gesteht…«

Ich warf Hiller einen sarkastischen Blick zu.

»… wird die schwedische Polizei Interpol bitten, bei der Suche zu helfen!«

Am Donnerstagmorgen wurde Bill Intell von seinem Geschäftspartner Erland Ridenmann tot in seinem Büro aufgefunden. Er hatte sich mit einer Pistole erschossen, die von Ridenmann, der Mitglied eines Schützenvereins und Inhaber eines Waffenscheins war, in der Firma aufbewahrt wurde. Auf seinem Tisch lag ein von Hand geschriebener Zettel: »Ich halte es nicht mehr aus.« Ridenmann bestätigte, daß Intell in den letzten Tagen verstört gewirkt hätte, offenbar eine nervliche Krise. Möglicherweise habe er sich Sorgen gemacht; weshalb, wisse er, Ridenmann, nicht. Ich dagegen konnte mir am Daumen einer Hand ausrechnen, was es war.

Für mich war er überspielt. Hoffentlich hatte das Horrorszenarium über das Leben im Gefängnis ihm den Tod als bessere

Alternative erscheinen lassen; besser auch als eine endlose Flucht rund um den Globus, denn ohne Geld für Bestechungen kann man sich in keinem Land lange verstecken.

Hiller war mit der Entwicklung sehr zufrieden. Interpol arbeitete eng mit den Odeoniten zusammen, und die Gesellschaft vollbrachte die Wunder, von denen man geträumt hatte. Simon war zufrieden mit dem, was wir schwedischen Polizisten zustandebrachten. Mit Saxo und Aberg war uns ein Fang geglückt, der weitere Ergebnisse nach sich zog. Simon fragte nur das Wichtigste und begnügte sich mit unseren Resultaten.

Ebenfalls am Donnerstag teilte mir Hiller mit, daß ich Valerie Hoch-Sundin in ihrem Büro besuchen könnte, um die Quittungen zu kontrollieren; ganz so, wie ich es gewünscht hatte. Intell habe sein Vermögen ordnungsgemäß übertragen, bevor er sich erschoß. Damit wäre ich aus der Sache heraus.

Ihrem Konzern gehörte ein ganzes Gebäude im Zentrum von Stockholm. Als ich es betrat, befand ich mich plötzlich in einer anderen, diskreteren Welt, wo die Tradition der hohen Kragen, der Untertänigkeit, des Kratzfußes und der gebeugten Rücken noch in den Wänden saß. Ich spürte sie in der Luft und unter den Füßen, als ich auf der Direktionsetage den langen Gang entlangschritt, der zu Valeries Büro führte. Die meisten Türen rechts und links standen offen, und ich sah, wie sich fleißige Angestellte über Berichte und Dokumente beugten, während andere auf Monitore starrten und mit flinken Fingern Tastaturen bedienten. Ich erinnerte mich an Büros, die ich früher besucht hatte – wie hatten da die Schreibmaschinen geklappert! Es gab sogar jährlich schwedische Meisterschaften im Maschineschreiben, und die hohe Kunst bestand darin, ohne xxx auszukommen. Damals dominierte in den Büros ein lebendiges Geknatter; jetzt war es, als würde ich über einen Friedhof spazieren.

Eine Sekretärin bat mich, einen Moment zu warten. Gewiß, ich sei angemeldet, doch Frau Hoch-Sundin müsse erst ein anderes Gespräch zu Ende bringen. Es gab eine kleine Besucherecke mit

Grünpflanzen und Zeitungen. Ich nahm in einem hypermodernen Sessel Platz, der allerdings nicht sehr bequem war, und griff mir eines der Blätter. In weniger als einer Minute hatte ich den langweiligen Inhalt überflogen.

Aus einem Raum, an dem ich vorbeigekommen war, hörte ich Stimmen, eine männliche und eine weibliche. Sie stritten nicht gerade, hatten jedoch einen Meinungsaustausch. Er meinte, richtig gehandelt zu haben, während sie es anders gemacht hätte. Ihre Stimme klang ziemlich schrill. Nachdenklich legte ich die Zeitung zur Seite. Da war etwas, das …

»Bitte, Herr Hassel. Frau Hoch-Sundin kann Sie jetzt empfangen.«

Valerie war diesmal eine ganz andere Frau als bei unseren ersten beiden Begegnungen. Ihr Büro wirkte streng und sachlich, wohl um davon abzulenken, daß der Chef eine Frau war. Auch sie selbst gab sich, passend zur Umgebung, streng und sachlich. Sie stand zur Begrüßung weder auf noch reichte sie mir die Hand, sondern sagte nur kurz und knapp:

»Nehmen Sie bitte Platz.«

Ich war so frei und setzte mich auf den Besucherstuhl, der eine hohe Lehne und einen harten Sitz hatte. Ihr Sessel war mit Sicherheit weicher gepolstert und verfügte über Armlehnen. Sie hätte sich bequem zurücklehnen können, doch sie zog es vor, kerzengerade und mit hochgerecktem Kinn dazusitzen. Ein wenig ähnelte sie einer Lehrerin, die einen frechen Schuljungen zur Rede stellen will. Sie trug ein graues Kostüm und eine einfache Halskette. Ihr Blick sagte mir, daß ich mich ruhig hätte in Schale werfen können, aber von Schlipszwang in Konzernzentralen war mir nichts bekannt.

»Hier sind die Quittungen. Beeilen Sie sich bitte, ich habe gleich eine Besprechung.«

»Ich nicht, ich habe den ganzen Tag Zeit«, erwiderte ich.

Ihr strenger und sachlicher Mund verzog sich; offenbar hatte sie keinen Sinn für meine Scherze. Sie reichte mir eine Klarsichthülle mit Einzahlungsbelegen und Kontoauszügen, und ich studierte sie gründlich.

»Ist etwas nicht in Ordnung?«

»Wie soll ich das wissen, wenn ich noch nicht kontrolliert habe?«

»Haben Sie kein Vertrauen zu Lord Mowlan?«

»Manchmal trau ich mir nicht einmal selbst, obwohl ich ein verläßlicher Typ bin.«

Soweit ich es beurteilen konnte, stimmten die Belege. Nun mußte ich nur noch Carl Hiller bitten zu kontrollieren, ob die Hinterbliebenen der Seeleute entsprechend unserer mündlichen Vereinbarung ihren Unterhalt bekamen.

»Ich habe eine Besprechung!«

Mit beherrschter Ungeduld schaute sie auf die Uhr. Nach Bills Selbstmord war sie aus der Gefahrenzone. Sie und die Organisation konnten weitermachen, als wäre nichts geschehen. Ich stellte keine Bedrohung mehr dar, und es gab keinen anderen Grund mehr als normale Manieren, höflich zu mir zu sein, doch dafür war sie viel zu reich.

»Okay«, sagte ich.

»Na also. Adieu, Sie finden sicher selbst hinaus.«

»Ja, ich habe Karte und Kompaß bei mir.«

Ohne mich noch einmal anzusehen, nahm sie den Telefonhörer, wählte eine interne Nummer und begann, eine Tagesordnung zu diskutieren. Ihre Sekretärin im Vorzimmer lächelte professionell unverbindlich, und ich grinste amateurhaft zurück. Als ich den Gang entlangging, hörte ich, daß die Frau und der Mann immer noch zankten. Sie schien die Oberhand gewonnen zu haben. Irgend etwas störte mich, meine Gedanken begannen zu kreisen.

Statt direkt zum Fahrstuhl zu gehen, begab ich mich zu dem kleinen halbrunden Tisch, der mit Telefon, Bildschirm und Notizblock ausgestattet war und als Etagenrezeption diente. Die Frau dahinter war in mittleren Jahren; ihr mütterliches Aussehen paßte gut zu ihrer beruflichen Rolle. Ich lächelte sie an und fragte:

»Wer sitzt eigentlich im dritten Raum von hinten, auf der linken Seite?«

Sie zählte die Türen und sagte:

»Das ist Fräulein Kristina Boman, die ökonomische Direktorin des Unternehmens.«

»Oho, eine hohe Position.«

»Ja, höher kann man nicht kommen. Sie ist sehr tüchtig. Wer behauptet, daß sie nur Chef geworden ist, weil sie mit Frau Hoch-Sundin verwandt ist, irrt sich gewaltig.«

»Verwandt?«

»Ja, entfernt verwandt. Ich weiß nicht genau wie, und das spielt auch keine Rolle. Sie hat durch ihre Leistungen Karriere gemacht.«

»Hat sie keinen anderen Vornamen als Kristina?«

»Nicht daß ich wüßte. Frau Hoch-Sundin nennt sie Krischa, aber das ist ganz persönlich.«

Im Fahrstuhl fühlte ich, wie Kälte durch meinen Körper kroch. War das Puzzle falsch zusammengelegt? Sollte ein anderes Bild herauskommen? Krischa ... die Stimme, die ich auf dem Band von Vontenius gehört hatte! Von Geschäften war die Rede gewesen. Auf wessen Rechnung? War sie in Valeries Auftrag dagewesen? Er hatte sie Krischa genannt, was sonst nur Valerie tun durfte.

Das konnte darauf hindeuten, daß Valerie ein ganz anderes Verhältnis zu Bill hatte als von ihr angegeben. Angeblich waren sie und Bill Fremde füreinander. Wenn sie nun aber bei verschiedenen Projekten zusammengearbeitet hatten ... er war nach außen hin aufgetreten ... sie steuerte ihn, wie es sein Vater getan hatte ... falls sie von dem Versicherungsbetrug und den Reedereien wußte, vielleicht beteiligt war ... auch an den Drogengeschäften ... War Intell deshalb so bereitwillig darauf eingegangen, sein ganzes Vermögen aufzugeben, weil er wußte, woher er neues Kapital bekam ... Aber das hätte sie erpreßbar gemacht. Hatte

Bill wirklich Selbstmord begangen? Oder hatte sie nachgeholfen, um einen gefährlichen Zeugen loszuwerden?

Kalter Schweiß brach mir aus. Ich stellte mich vor dem Eingang in den Nieselregen und grübelte weiter. Wenn man Krischa zum Verhör holte … Doch wenn ich von meinem Verdacht berichtete, würden die Odeoniten auseinanderfallen wie das Kartenhaus, von dem der Lord gesprochen hatte. Was war meine Pflicht? Wem gegenüber? Die Familien von Sunny und seinen Kameraden sollten die Möglichkeit erhalten, weiterhin ein menschenwürdiges Leben zu führen. Wenn ich Bericht erstattete, würden sie nichts bekommen. Aber …

Über eine Stunde stand ich im Regen und konnte mich nicht entscheiden.

ENDE

Über den Autor

Olov Svedelid, Jahrgang 1932, debütierte 1964 und schreibt seitdem Detektiv- und Polizeiromane, historische Romane für Erwachsene und Kinder, Satiren, Biographien, Schulbücher und »ganz gewöhnliche Romane«. Dazu kommen Novellen, Artikel für Fernsehen, Radio, Film und Theater. Bisher erschienen über 100 Bücher Olov Svedelids, er ist seit Jahren einer der populärsten Autoren beim schwedischen Lesepublikum.

Seit 1972 sind etwa 20 Romane um den Polizisten Roland Hassel erschienen, die zu einem großen Teil auch verfilmt wurden. Sie haben wiederholt Tabus gebrochen und zu heftigen Debatten um die Ästhetik des Kriminalromans geführt.

In seinem Heimatland hat die Auflage seiner Werke die Millionengrenze längst überschritten.

KBV - ROMAN

Olov Svedelid
Wiedergänger
Hardcover · 320 Seiten
ISBN 3-927658-20-0

Wiedergänger – das sind die totgeglaubten Schatten der Vergangenheit, die, gleich einem Rudel pestverseuchter Ratten, nach Jahrzehnten wieder auferstehen, um erneut Schrecken und Verderben im Volk zu säen.
Als Olov Svedelids perfekt gebauter und mit vielen Thrillerelemeneten angereicherter Roman in Schweden erschien, löste er eine Welle der Betroffenheit aus. Es hieß, diesmal sei Svedelid eindeutig zu weit gegangen. Leider ist die Wirklichkeit dabei, die erschreckende Vision des Schriftstellers einzuholen.
Mit den »Wiedergängern« sind Nazis gemeint, die eine traditionsreiche Demokratie terroristisch unterwandern. Doch es geht dem Erfolgsautor, der in seinem Heimatland weitaus populärer ist als die bei uns so bekannten Sjöwall/Wahlöö, nicht vordringlich um die Darstellung von Gewalt und »action«.
Svedelid schildert ebenso überzeugend Menschen, die sich der Brutalität entgegenstellen.

Olov Svedelid
Die heimliche Macht
Hardcover · 380 Seiten
ISBN 3-927658-36-7

Kriminalinspektor Roland Hassel ahnt nicht, worauf er sich einläßt, als er einer jungen Frau beisteht, die von ihrem Zuhälter brutal verprügelt wird. Der Schläger kann entkommen. Kurz darauf wird die aus Rußland stammende Prostituierte von einem Killerkommando auf offener Straße umgebracht. Hassel fliegt nach Moskau, um die Eltern der Ermordeten zu befragen. Die Reise wird zum Alptraum, der sich nach seiner Rückkehr fortsetzt. Eine heimliche Macht ist hinter den Tonbandprotokollen her, eine Organisation, die über schier unerschöpfliche Ressourcen zu verfügen scheint und vor blutigem Terror nicht zurückschreckt. Die schwedische Polizei ist dem militärisch agierenden Gegner strukurell nicht gewachsen, zumal es offenbar Verräter in den eigenen Reihen gibt. Hassel begreift, daß es auf den einzelnen ankommt. Er stellt sich einem ungleichen Kampf …

Espen Haavardsholm
Nicht von der Sonne geküßt
Hardcover · 300 Seiten
ISBN 3-927658-35-9

Unmittelbar nach der Befreiung 1945 wurde ein bedeutender norwegischer Widerstandskämpfer tot aufgefunden – Selbstmord, so lautete die offizielle Erklärung. Fast fünfzig Jahre später kommen seinem Vetter die Zweifel stärker zu Bewußtsein, die er in all den Jahren erfolgreich unterdrückt hatte: Warum sollte jemand im Augenblick des Sieges Selbstmord begehen? Und wer hatte Nutzen von diesem Tod? Erik Orre, Hauptfigur des Buches, macht sich auf eigene Faust an die Ermittlungen, stößt auf ein Gewirr von Lügen und Intrigen und findet eine heiße Spur – und diese Spur führt mitten in den norwegischen Widerstand und die militärischen Kreise, aus denen bald darauf die NATO entstand. Aber was hat Eriks Vetter damals gewußt, was der NATO gefährlich werden könnte?

KBV - KRIMI

Marvin H. Albert

Die Jahre des Falken

KBV-Krimi Nr. 10

Taschenbuch · 300 Seiten

ISBN 3-927658-34-0

Als Kinder verlassen Alexandre und Marius Falcone Korsica. Gerade haben sie getötet, das uralte Gesetz der Blutrache vollzogen. Um sich vor der drohenden Vergeltung zu schützen, gehen sie nach Marseille. Hier beginnt ihr Aufstieg, und sie beherrschen bald die Unterwelt Südfrankreichs.

Unbarmherzig wird der Leser hineingerissen in eine fast unvorstellbare Welt mafioser Verbrechen und menschlicher Leidenschaft. Marvin H. Albert erzählt diese Geschichte, die Parallelen zum »Paten« aufweist, packend, realistisch und glaubwürdig.

Ken Follett

Die Ratten von Nizza

KBV-Krimi Nr. 1

Taschenbuch • 192 Seiten

ISBN 3-927658-31-6

Die Ratten von Nizza« ist eine authentische Reportage und gleichzeitig ein spannender Thriller über den größten Bankraub aller Zeiten. Der Protagonist Albert Spaggiari steht seinem Vorbild, dem »Posträuber« Ronald Biggs, an Wagemut, Dreistigkeit und Raffinesse in nichts nach.

Zwei Monate lang gräbt Spaggiari, zusammen mit einer bemerkenswerten Gang und von niemandem entdeckt, einen Tunnel durch die Abwasserkanäle von Nizza und durchbricht schließlich am 16. Juli 1976 die Wand zum Tresorraum der Bank »Société Générale«.

Die Beute: über hundert Millionen Franc ... Das große Rätselraten beginnt: Ist Spaggiari ein einsames Genie – oder gibt es einen Auftraggeber im Hintergrund? Und welche Rolle spielt der Bürgermeister von Nizza in diesem Stück?

Derek Hansen

Ramon erzählt

KBV-Roman Nr. 15

Taschenbuch · 384 Seiten

ISBN 3-927658-45-6

Vier Männer unterschiedlicher Nationalität treffen sich seit vielen Jahren jede Woche zum Lunch, um ihre gemeinsame Obsession zu teilen: Das Erzählen von Geschichten. Unter ihnen ist der blinde Argentinier Ramon unbestreitbar der größte Erzähler.

Die düstere und zugleich atemberaubend spannende Geschichte, die Ramon seinen Zuhörern auftischt, führt sie von den blutigen politischen Umbrüchen im Argentinien der 70er Jahre auf die indonesische Insel Java, um schließlich im heutigen Sydney zu enden. Gebannt lauschen die drei Männer Ramons Bericht vom Schicksal des Argentiniers Jorge, der seine Geliebte an ihre politischen Feinde verraten und deshalb nach Australien fliehen muß – bis in ihnen der Verdacht wächst, daß die offensichtlichen Parallelen zwischen Jorge, dem Helden der Geschichte, und Ramon selbst nicht zufällig sind. Ist es möglich, daß sich hinter Jorge, der sich auf so furchtbare Weise schuldig gemacht hat, der Geschichtenerzähler Ramon verbirgt?

KBV - KRIMI

Oliver Schilling

Himmelreich

KBV-Krimi Nr. 29

Taschenbuch · 224 Seiten

ISBN 3-927658-62-6

Heinrich Monninger, auf den ersten Blick ein normal anmutender, durchschnittlicher Student, kehrt nach Jahren in das Dorf seiner Jugendzeit zurück. Hier, so teilt er dem Leser alsbald mit, hat er einst seine Freundin Sabine ermordet und auf einem Feldstück namens »Himmelreich« begraben. Durch eine Kette für ihn günstiger Umstände wurde die Leiche nie gefunden, und er selbst geriet nicht in Verdacht. Doch sein Leben wird seither von den Gedanken an die Tat dominiert. Als er zurückkehrt, verstrickt er sich erneut in die unglückselige Vergangenheit. Voller Schrecken stellt er fest, daß das »Himmelreich« bebaut werden soll, und damit wird die alte Angst, entdeckt zu werden, konkreter denn je. Doch Heinrich ersinnt, beflügelt durch bislang ungekannte Gefühle, einen Plan, der ihn von all seinen Bedrängnissen erlösen soll …

Burkhard Ziebolz

Morgensterns Erkenntnis

KBV-Krimi Nr. 8

Taschenbuch · 256 Seiten

ISBN 3-927658-39-1

Die mysteriöse Ermordung einer Psychiaterin stellt Hauptkommissar Hans Fröhlich von der Braunschweiger Kripo vor schier unlösbare Rätsel; ist der Täter unter den Krankenhauspatienten – kriminellen und verurteilten Jugendlichen – zu suchen? Oder stand die Ermordete der Karriere ihres jungen Assistenten, Dr. Frenzel, im Wege? Doch woher stammen die großen Geldsummen, die in den vorangegangenen Monaten auf das Konto der Ärztin überwiesen wurden? Und wo liegt der Zusammenhang mit dem Mord an der kleinen Karla Kronburger drei Jahre zuvor? Ihr Bruder Tobias, der die Tat gestanden hatte, wird seither auf der psychiatrischen Station behandelt. Bevor Fröhlich eine Antwort auf die vielen Fragen finden kann, geschieht ein weiterer bestialischer Mord.

Mani Beckmann

Tabu

KBV-Krimi Nr. 23

Taschenbuch · 240 Seiten

ISBN 3-927658-54-5

Ganz und gar nicht klar ist es in dieser mörderischen Tragikomödie, wer wen auf dem Gewissen hat.

Aus der Sicht von drei – auch emotional – beteiligten Personen wird diese Berliner Geschichte von Liebe, Eifersucht und Rache erzählt, die alle Fragen offen läßt.

Trotz aller Unklarheiten, an Spannung mangelt es nicht. Schließlich gilt es unter anderem, zwei Morde aufzuklären. Und am Ende bekommt doch eigentlich jeder, was er verdient. Oder doch nicht?